바람의
날개

바람의 날개

정 연 희 소 설

개미

차례

그물코

1

　큰길가 어마어마하게 큰 의료원의 영안실이었지만, 늦가을비가 추적추적 내리는 길로 치닫고 내리닫는 차들의 소음만 이따금 스며드는 빈소는 한적했다. 상주는 물론 없고 친척들이라야 술집 〈피안〉의 점주(店主)였던 김점순이 돈방석에 앉아있을 때만 득실거렸으니, 그가 세상 떠났다는데 부의 들고 찾아올 인정머리가 남아있을 리 없었다. 더구나 김점순이 나이 들면서 꾀가 늘어, 쌓아 놓았던 돈을 한 짐은 절에 바치고 남은 한 짐은 장학금으로 내어 놓고 하는 일에 변호사를 동원했다는 소문이 돌았으니, 뒤에서 입을 비죽거렸을망정 신세졌던 때를 돌이켜보며 찾아올 양심을 구경할 일이 있겠나. 권력과 돈줄을 쥐고 세상을 쥘락 펼락 하며 날이면 날마다 그 술집으로 군림, 희떱게 기염을 토하거나 장담을 일삼던 사내들이야말로 무엇 하자고 그 빈소를 찾겠는가. 그들도 지금쯤은 끈 떨어진 쪽박 같은 신세가 되었을 궁상들이니— 잘나가던 그 술집에서 작부로 뼈가 삭아가던, 이제는 흑싸리 빈껍데기 같은 신세의 늙은 여자들 몇이 빈소로 들락거릴 뿐— 삼일장이 차라리 지루했다.

절에다 장례비를 이미 넉넉하게 맡겨두었기에, 영정사진을 가운데 둔 꽃은 아낌이 없었고, 시간 맞추어 독경이 이어져 목탁소리와 함께 그런대로 빈소다운 데가 없지는 않았다. 검정 치마저고리로 상복을 입은 도희는 독경에 얹혀 물끄러미 영정을 바라보았다. 병들어 절로 들어가던 초입에 마련한 영정이었는지, 임종 가까웠을 때 보던 얼굴은 아니었지만, 사진을 바라보던 도희는 저도 모르게 웃음을 깨물었다.

도희의 나이 스물두 살에 처음 만나, 삼십오 년을 두고 지지고 볶아가며 보아온 얼굴이니 익을 대로 익을 만도 한 얼굴이었건만 새삼 웃음이 비어져 나오는 것은 첫 만남에서 받았던 묘한 충격이 지금껏 남아있다는 뜻이었을까. 고등학교 동창 중에 제법 얼굴이 반반하다는 희숙이 일찌감치 진출했다는 술집을 찾아갔던 첫날. "얘 인사드려, 우리 사장님이야. 사장님, 내 고등학교 동창이에요." 얼굴을 들었을 때, 도희는 하마터면 어머머! 소리를 지를 뻔했다. 이 세상에 그렇게 야릇하게 생긴 얼굴도 있었던가. 더구나 여자라면서! 좁디좁은 이마 아래 미간으로 여덟팔자 찍힌 짙은 눈썹하며 유난히 두둑한 눈두덩 아래로 째진 눈이 날카로운데, 들썩 올라간 콧구멍 아래 입술은 홀떡 뒤집혀 그야말로 한 사발이었다. 게다가 뻐드렁니가 입술을 다물지 못하게 만들었고 관자놀이에 찍혀있는 시커먼 점이 두드러졌다. '기집애! 그렇게 잘나간다고 하는 술집 사장이 이 여자라고?' 도희는 기가 막혀 고개를 돌렸다. 세상이 못생긴 여자보고 메줏덩이라고들 한다지만, 그 얼굴은 메주하고도 거리가 멀었다. 도희는 시골에서 자랐지만 볏

섬이나 하던 집안에서 비교적 엄격한 부모에게서 고명딸로 태어나 어려운 사람을 함부로 대해서는 안 된다는 가르침도 받았고, 오라비들도 또래들보다는 속이 깊어, 남을 쉽게 깔보는 성정도 아니었는데 그날만은 그 얼굴을 참을 수가 없었다. 도희는 친구의 엉덩이를 쿡 찌르고 핑계를 댔다. "나 약속이 있어서 그만 가 볼게, 다음에 다시 오지 뭐." 그러는 도희를 째진 눈으로 노려보듯 빤히 바라보던 점주가 입을 뒤틀며 웃었다. "너는 여기 다시 올 생각 마라! 내 말 명심해! 다시는 오지 마라! 올 일을 절대 만들지 말라고! 알아들었니?" 야릇하게 웃던 점주의 입술이 바로잡히면서 얼굴이 엄숙해졌다. 그런데 그 야릇한 얼굴에는 무엇인지 승복하지 않으면 안 될 것만 같은 위엄이 있었다. 그렇게 일갈한 사장은 휙 돌아서서 홀 복도 구석에 있는 문으로 훌쩍 들어갔다. 희숙이 눈을 세모꼴로 만들고 도희를 나무랐다. "애! 너 저 사람 보통 사람 아냐! 너 같은 피라미가 사람을 제대로 볼 줄 알기나 하겠니? 저이는 사바세계의 보살이야! 알겠어? 기왕 왔으니 여러 말 말고, 오늘 구경이나 하라고! 이 술집 이름을 피안이라고 지어 준 분은 저 사장이 하늘처럼 섬기는 절의 주지스님이었어. 스님이 지어준 이름이라고! 이 술집 이전의 이름은 무랑루즈였어. 너 소설가 되고 싶다고 했잖아. 여기도 사람 사는 데야! 이런 곳이 있다는 것 모르고 어떻게 소설을 쓰겠니?" 아직 저녁 이른 시간이어서 희숙은 술손님 없는 한적한 홀 한 옆 별실로 도희를 끌고 들어갔다. 희숙은 탁자에 놓인 재떨이를 끌어다 놓으며 익숙하게 담배에 불을 붙여 물었다. 늘씬한 다리에다 휘감아 안기 좋을 만큼 잘록한 허리가 순간 고혹적으로 느껴졌다. 세상에! 불과 삼 년 만에 사람이 이렇게 달라질 수 있다니! 도희는 주눅이 들어 몰래 마른 침을 삼켰다. 피안(彼岸)이라니. 술집 이름이 피안이라니……

　시간에도 그물이 있고, 그물이 있으면 그물코가 있겠고, 그 시간의 그물코에 고리가 있을까. 시간, 시간…… 시난고난 기막히거나 어려운 일 없을 때는 그물이 있는지 없는지 그저 물 흐르듯 흘러가다가도, 때로 인연따라 얽히는 화액(禍厄)은 시간의 그물코에 걸리게 마련인가. 그날 희숙을 만난 것은 인생사, 아니면 팔자가 끌고 가던 시간의 그물코에 걸려든 것이었을까. 그물을 치고 있던 시간의 그물코의 고리가, 도희가 겪고 있는 엄혹한 현실을 음험하게 눈치 채고 낚시를 던진 것이었을까. 지방도시의 고등학교였지만 그네들이 다닌 학교는 지방치고는 명문이었다. 비교적 상위권에 들었던 그들은 어렵지 않게 각기 남녀 공학 명문대학에 진학했다. 학교는 달랐지만 도희는 경쟁이 그리 심하지 않은 심리학과에 그리고 희숙은 나름대로 이름 있는 남녀 공학 도서관학과에 입학한 것이 3년 전이었다. "희숙이 쩡쩡 울리도록 유명한 술집의 새끼마담이 되었다더라!" "남자들이 침을 흘리는 장안의 파티걸이 되었다던데……" 만나지 못한 동안 희숙의 소문은 고향 친구들뿐 아니라 학교 친구들에게까지 은밀하게 퍼지기 시작했지만 도희의 귀에까지 그 소문이 들어 왔을 때, 도희는 믿기지 않아서 그 소문에 항변했다. "그럴 리가 없어! 희숙이 결코 그렇게 될 아이 아니야! 희숙을 닮은 그런 술집 여자가 있었겠지……!" 어쩐지 그 소문이 두려웠다. 희숙을 아껴서만이 아니라, 어떤 검은 손이 도희 자신에게도 뻗혀 오는 것 같은 이상한 점액질의 두려움이었다. 희숙과 도희는 학년 상위권에서 친하던 친구였다.

　지방 학교이기는 했지만 희숙은 언니들이 있어, 교복 외에 입성도 누구보다 세련되었던 여학생이었고, 집안이 한미한 것도 아니었다.

"무엇이 아쉬워 학교를 그만두고 술집 마담이 되었겠어? 그게 사실이라면 더구나 그 집안 어른이며 언니들이 가만 두었겠어?" 그렇게 벼르면서도 도희는 자신이 빠져있는 수렁에서 허덕이느라고 희숙을 찾아내지 못하고 해를 넘겼다. 그리고 그날, 서울 중앙우체국에 볼일이 있어 들렀다가 명동으로 들어서던 길이었는데, 명동 초입에서 희숙과 마주쳤다. 희숙은 이미 화려하고 세련된 여인이었다. 충격으로 멈칫거리는 도희를 바라보며 희숙은 천연스레 웃으며 잡아끌었다. "오래간만이다. 소문 들었구나? 설마 했겠지? 그렇게 됐어. 바쁘지 않으면 차 한 잔 할 수 있겠니? 아, 별 일 없다고? 그러면 아예 내가 일하는 데로 가서 구경도 할 겸 그동안 쌓인 이야기를 하지 뭐, 괜찮지?" 희숙은 큰길로 나서서 익숙하게 택시를 불러 도희를 태웠다. 그렇게 도착한 곳이 강남 어느 대학 근처에 자리잡은 술집 피안이었다. 희숙의 이야기가 본격적으로 풀리기 전에 동료들인 여급들이 한둘 들어서는 기맥이 보여 도희는 자리를 털었다.

*

가을이 깊어지면서 해가 짧아지기 시작한 거리에서 불 밝힌 상점들이 따뜻해 보였다. 도희는 길 잃은 어린아이처럼 거리에 우두커니 서 있었다. 불길한 예감이 앞을 가로 막았다. 낚싯바늘에 걸려 튕겨져 오른 낚싯대와 낚싯줄에 매달려 퍼덕거리는 물고기가 떠올랐다. 왜 갑자기, 왜 갑자기 낚시에 걸린 물고기가…… 그렇게 저물어가는 거리에 우두커니 서 있었지만, 자신의 내면은 무엇엔가 덜미를 잡힌 듯 버둥거리고 있었다. 간신이 정신을 수습하고 학교 근처 신촌 자취방 앞에 이르렀을 때, 툇돌에는 크나큰 남자 구두가 눈을 부릅뜬 것처럼 기다리고 있었다. "어딜 갔다 이제 오나?" 홀깃 보니, 벽에 기대어 그가 읽고 있는 영어 원서는 칼릴 지브란의 '예언자'였다. 그이는 화가 난 얼굴로 질책하듯 물었지만 도회는 다른 날처럼 긴장하지 않았다. 도회의 세상, 도회의 삶 천지를 가득 채운 대상. 태산이었고 조건 없이 기댈 수 있다고 믿고 있는 상대였지만 그날만은 긴장감도 조심성도 일지 않았다. 그가 갑자기 낯설었다.

2

입학 다음 해인 지난해 봄, 교양 과목 학점이 모자라, 철학 강의 수강 신청을 끝내고 첫 강의를 듣기 위해 강의실에 들어갔을 때, 강단에 선 철학 교수의 눈과 마주친 순간, 갑자기 무슨 예리한 연장에 찔린 듯 가슴이 철렁 내려앉았다. 중후하고 세련된 중년. 강의는 어느 교수보다 능숙했다. 플라톤, 아리스토텔레스, 소크라테스, 그리고 현대에 이르러 스피노자, 하이데거 키에르케고르 등에 이르자 도회는 황홀했다. 희랍 비극의 소포클레스 아이스킬로스에 이르러서 교수는 연마된 연기자였다. 그의 박식, 분필을 들고 강단을 오락가락 종횡무진 박학을 전하는 그이의 회색 프란넬 바지와 감색 상의가 눈부셨다. 그리고 그 교수는 그 대학의 실세라는 보직의 자리에 군림해 있다는 것을 나중에 알았다.

그렇게 봄이 무르익던 어느 날 오후, 하학 후에 하숙방으로 돌아가던 길. 문득, 남자의 쉐이빙 스킨 향취가 스치는가 싶던 다음 순간, 옆에 다가서며 함께 걷는 사람이 철학 담당 민 교수였다. "오늘 강의는 끝인가?" 그렇다고 하자, 교수는 계속 나란히 걷다가 문득 걸음을 멈추고 하늘을 올려다보며 탄식하듯 입을 열었다. "아아, 너는 희랍의 여신이다. 자네를 강의실에서 처음 발견한 첫날 나는 강단 위에서 혼절해 쓰러지는 줄 알았다. 너는 아테네 아크로폴리스 중앙, 파르테논 북쪽에 있는 에레크테이온 신전을 받치고 있는 여신이다. 에레크테이온의 여신상이다!" 도희는 울렁거리는 가슴으로 보폭을 줄여가며 천천히 걸었다. 며칠 전, 교수는 강의 시간에 에레크테이온의 사진을 보여주었다. 여섯 개의 여상주(女像柱)로 된 아크로폴리스 언덕의 처녀단(處女壇)의 사진 설명을 할 때, 교수는 파르테논 신전보다 에레크테이온의 처녀단과 그 기둥을 이룬 여신의 옷자락이 오늘도 나부끼듯 아름답다는 설명을 할 때, 꿈을 꾸는 사람 같았다. 교수는 도희의 아버지 또래의 장년이었다. 교수는 도희에게 남자가 아니라 존경의, 경의의, 신비 저쪽에 있어야 할 사람이었다. 교수가 야수가 된 것은 그로부터 반년이 지난 초겨울. 그저 떨리고 부끄럽고 두렵고 캄캄했다. "너의 신비한 우아함은 에레크테이온 신전의 처녀 옷자락을 바람이 훔쳐가듯 사라질 것만 같아서 나는 이렇게밖에는 너를 확인할 방법이 없었다." 두려워서 떨기만 하는 도희의 알몸을 듬직한 나신으로 끌어안고, 쏟아도 쏟아놓아도 바닥이 나지 않아 헐떡거리는 그의 점액질의 욕망은 도희에게 감미가 아니라 통렬한 고통과 두려움으로 다가왔다. 교수는, 산골 깊숙한 호텔 침대 시트를 물들인 선홍색 처녀의 피에 얼굴을 비비며 눈물을 흘렸다. "이제 너는 내 것이다! 이제야 너는 내 것이 되었다! 우리는 전생에 그리스에서 부부로 살았어!" 귀머거리처럼 멍청하게 허공만을 바라보는 도희를 끌어안으며 사내는 희열로 부들부들 떨며 말을 이었다. "알고 있지? 내게는 아들이 없어. 아내는 몇 년째 불치의 병을 앓고 있어. 얼마 못가. 너는 내 아들을 낳아야 해! 그리고 너는 죽을 때 내 무릎을 베고 죽어야 해!" 사내의 입에서 쏟아지는 언어는 뜻없이 가닥가닥 부서지고 부서져 허공으로 제멋

대로 날아다녀, 도희는 단 한마디도 알아듣지 못했다. 이래로 도희는 교수의 요구대로 하숙집을 떠나, 드나드는 문이 따로 나 있는 자취방을 얻었고, 사내는 당연한 권리를 행사하듯 찾아왔다. 명문대학의 철학 교수, 그리고 으리으리한 보직, 그런 중년의 탄탄한 사내가 학생의 자취방을 찾아드는 것이 기이했지만, 도희는 절대자의 힘 앞에 현혹 아닌 굴종으로 끌려가는 작은 짐승이었다.

3

그날, 읽고 있던 칼릴 지브란의 예언자를 내려놓은 교수는, 그 자리에서 당연한 순서처럼 도희의 옷을 벗겼다. "내가 성 도착증 환자 같지? 강의를 하다가도 네 생각만 나면 그 자리에서 내 아랫도리가 그냥 탱탱해지는 거 알아? 그런데 너는 차가운 불이다. 차가운 불이 어떤 유혹인지 너는 모르지? 그래서 내 욕구는 끝을 볼 수 없는 거다! 무엇 달린 놈 치고 너를 욕심 내지 않는 놈이 있을까? 다른 놈이 채어 가기 전에 미친 듯 서둘지 않으면 안 되었던 나를 알겠나? 알겠어?" 당초에 희망도 희열도 배제된 씨름은 얼마동안 그렇게 이어졌다. 아들. 임종. 철학 교수에게 아들은 무엇을 의미하며, 수십 년 연하의 딸 같은 손아래 애인? 의 임종을 자기가 지켜야 한다는 욕심은 무엇을 의미하는가? 어찌하여 교수보다 훨씬 젊은 도희가 그의 무릎을 베고 숨을 거두어야 한다는 것인지. 바로 그 염원이 사랑이라는 것인가. 장년의 사내가 육욕 짙은 누린내를 풍기면서, 도희의 절망을 달래는 횟수가 늘어나면서 도희의 여체는 그렇게 아주 희미하게 실눈을 뜨기 시작했다.

사내의 육중한 체중에 눌리면서 도희는 흘깃 머리맡의 칼릴 지브란의 '예언자'를 보았고 이어서 기이하게도 희숙이 나가는 술집에서 만났던 험상궂은 점주의 얼굴이 눈앞을 가로 막았다. 그리고 문득, 있어야 할 달거리가 건너뛰고 있다는 사실에 가슴이 내려앉았다. "너는 나에게 아들을 안겨 주어야 해! 하지만 지금은 아냐. 아직은 내가 맡은 보직을 위태롭게 만들 수는 없지!" 피임 때문에 신경을 곤두세우는 것은 아버지보다도 나이 많은 사내의 처지 때문이었고, 달거리가 보이지 않는 것은 도희 혼자만의 두려움이요 공포였다.

그렇게 다시 두 달이 지났을 때, 지독하게 고민하는 눈치를 보이던 사내는 도희를 학교에서 떼어내 산골로 보냈다. "이 아이는 사내아이가 되었건 여자아이가 되었건, 당분간 나하고는 상관없는 아이라는 것 잊으면 안 돼! 때가 되면 내가 맡아서 키우겠지만 그때까지 도희는 누구의 눈에도 이 아이를 보여주면 끝장이라는 것 잊지 말고!" 그 말을 하는 사내의 표정은 야차였다. 산골 집으로 옮겨 가던 날, 사내는 도희를 데려다 놓고 떠나기 전, 하룻밤에 세 번이나 도희를 품었다. "너를 당분간 자주 못 본다고 생각하니 내 몸이 타 붙어! 몸조심하고, 이 근처 어느 누구, 더구나 사내의 눈에 띄지 않도록 숨죽여 지내라고!" 교수가 심각하게 그 말을 다짐할 때, 도희의 눈앞으로 기이하게도 술집 점주의 얼굴이 다시 떠올랐다. 교수는 이따금 점점 배가 불러오는 도희를 찾아와 육욕을 풀고 갔다. 그런데 짐승의 냄새가 나는 그 사내로부터 조금씩 쾌락을 익히면서 자신도 짐승이 되어가는 것을 먹먹하게 지켜보았다. 시골 산부인과의원에서 팔 개월 만에 조산으로 태어난 아이는 사내아이였지만 사흘을 넘기지 못하고 떠났다. 학교 일로 바쁘다는 핑계로 내려오지 못한 사내는 죽은 아이를, 넉넉한 금전 약속으로 시골 의사에게 맡겼다. 도희는 시골 의사의 손으로 떠나는 아이를 바라보면서도 울지 않았다. 눈물이라는 현실이 아득했다.

지옥인가, 아니면 연옥인가, 이따금 술집 점주의 이상한 얼굴이 떠올랐고, "다시는 찾아오지 말어! 여기에 찾아올 일을 만들지 말라고!" 무슨 주문처럼 던진 그 말이 계속 출렁거렸다. 아이를 잃고 막막하게 엎드려 있던 도희에게 한참만에 내려온 교수는 아무 일도 없었던 사람처럼 담담하고 사무적이었다. "복학은 조금 두었다 하지. 그리고 어차피 아이에 대한 미련은 접어! 어떻게 보면 그 아이의 복이 그것뿐인 거야. 아무래도 감쪽같이 숨겨가며 키울 방법이 그렇게 쉽지는 않았어. 내 보직은 아직 너무 아까워! 차라리 모두에게 잘 된 일이라고 생각 안 돼? 도희는 아직 젊고……." 이게 어느 나라 말이야? 그네는 처음으로 자신에게서 눈 뜨는 구체적인 살의가 생명임을 깨달았다. 시골 처녀의 무지는 순진이 아니라 바닥없는 죄였다. 사내는 불륜을 득의로 즐겼고, 포식자 앞에 이미 생명력을 빼앗긴 여대생은 일방적인 의미에 목을 맨 포로였다.

4

복학은 도희의 의지였다. 그럭저럭 두 학기만 견디면 새로운 출구가 열릴 것 같았다. 그 결심은 사슬에서 풀려나는 첫걸음이었다. 교수에게 알려주지 않고 자취방을 정했다. 교수의 강의를 들을 일은 없어, 잘만 피하면 학교에서 마주칠 일도 없었다. 그렇게 두어 주일쯤 지난 어느 날, 하학 후에 교문을 나서는데, 웬 중년 여인이 다가왔다 삼십 대 중반의 여인은 다소 세련되어 보이기는 했지만 우둥퉁하고 심술궂어 보였다. 심술이 드레드레한 표정으로 말문을 여는 여자의 말투가 거칠었다.

"학생이 심도희 맞지? 나하고 잠깐 이야기 할 수 있겠어?"

"무슨 일이신데요?"

"무슨 일은? 들어보면 알 일이야! 찻집으로 가지."

심상찮은 일이 닥쳤다는 것을 직감으로 알았다. 너무도 당당하고 자신만만한 중년 여인은 먹잇감을 포획한 맹수처럼 도희를 앞세우고 의기양양하게 찻집을 찾아들어가 마주 앉았다. 탁자를 사이에 두고 앉은 여자는 미묘하게 비틀어진 미소를 띠고 도희를 꿰어 뚫어버릴 듯 바라보다가 입귀를 썰그러뜨리고 말문을 열었다.

"으응! 과연 미모는 미모로군! 희랍의 여신 같다더니…… 팔자 사납게 생겼어. 이 세상 사내들이 가만 두겠어? 나? 내가 누구냐고? 궁금하겠지! 당연하게 궁금하겠지! 나? 철학 교수, 민 교수의 내연의 여자야. 칠 년쯤 숨겨져 온 애인이지. 그이는 지금도 내가 살고 있는 아파트가 자신의 오아시스라고 하며 지내고 있어. 나? 그이를 섬기려고 이혼까지 한 삼 남매의 어미이기도 해. 자, 내가 공연한 소리한달까 보아. 여기 사진 가져왔어. 보라고!"

탁자 위에 펼쳐진 사진은 교수가 앉아 있는 책상에 찻잔을 두고 그 여인과 마주앉은 사진과, 어느 바닷가 파라솔 안에 수영복 차림으로 나란히 앉아 있는 사진이었다. 도희가 떨리는 눈을 들어 여인을 바라보자 여자는 다시 비틀린 웃음을 띠고 입을 열었다.

"나? 그 남자의 부인이냐고? 물론 아니지! 그이 부인은 오래전부터 불치의 병을 앓고 있어. 안 된 소리지만, 나는 그 아내가 떠나기만을 기다리는 내연의 여자야!"

"그런데……."

도희가 심하게 떨리는 입술로 간신히 입을 열자 여자는 피식 웃었다.

"그런데 왜 심도희를 찾아서 이런 자리를 만들었느냐? 시앗이 시앗

꼴 못 본다는 말 못 들었니? 내가 일찌감치 알았던들 네가 이렇게 깊숙이 그이한테 얽혀들게 하지 않았을 것을……, 너 아직 젊고 미모도 출중한데 그이에게서 그만 떠나라고. 그이를 색마를 만들지 말고! 너 때문에 그 교수님 패가망신할라! 알아들었어?"

색마를 만들지 말고…… 색마를 만들지 말고…… 그분은 신사야. 그분만큼 점잖은 남자는 세상에 다시없어! 심도희 너 당장 떠나지 않으면, 너는 앞으로 다른 남자를 만날 수 없게 될 것이고, 결혼? 그런 것 꿈도 꾸지 마라. 나? 그렇게 만만한 사람 아니야. 오늘이 네 삶의 분수령이 되기 바란다. 여자는 계속 엄포를 놓았다. 다변에다 달변이었다. 인생의 수퍼 헤비급인 여자와 체급조차 없는 도희가, 갑자기 올라간 인생의 링 위에서 도희가 다시는 회생 불가능하도록 녹아웃 된 날이었다. 다음날, 도희는 이를 악물고 학교를 떠났다. 수소문 끝에 허옇게 되어 찾아 온 교수는, 어르고 달래다가 나름의 기묘한 예화(例話)로 도희를 달랬다. "이거 보아 그 여자 미친 여자야. 도희처럼 차분한 사람이 어떻게 그런 여자를 한번 만나보고 결단을 내리나? 우리 학교는 농구로 유명한 대학이라는 것 알지? 기독교 계열의 학교여서 농구선수들 합숙시킬 때, 영양 보충시킨다며 자주 손바닥 두께만한 스테익을 구워 준다고. 그렇게 식탁에 차려놓고 식사기도를 드리는데, 짓궂은 놈이 옆의 친구에게 속삭이는 거야. '야, 네 고기에다 내가 침 발랐어!' 그러면 그 말을 들은 학생은 그 고기를 못 먹어. 그렇게 침 발랐다고 귓속말 한 놈이 그것까지 먹는 거지. 사실은 침 같은 것 바른 것 아니었거든, 하지만 그 말을 들은 친구는 제 몫을 못 먹고 마는 거야. 그 여자 말이야, 옆의 친구에게 침 발랐다고 한 놈처럼 도희에게 거짓말 한 거야! 오래전부터 치근거리던 여잔데, 도희의 소문을 듣고는 눈이 뒤집힌 거지! 속지 말어, 제발 그 여자에게 속지 말라고!" 도희는 가만히 웃었다. 섹스의 단련도 단련이던가? 아버지보다도 나이 많은 교수에게 길들던 동안, 그네에게는 언어가 지니는 진실의 농도(濃度)를 측정하는 더듬이가 생겼다. 그네는 미소를 띠고, 알았어요, 순하게 대답했고, 옷을 벗기려는 사내에게 가까스로 다음날을 약속하고 떠나보냈다. 그리고 일단 고향집으로 돌아갔을 때, 집은 난가(亂家)였다. 철학 교수의 내연의 여자가 도희의 부모와 오라비들을 만나고 돌아간 뒤, 아버지가 쓰러져 입원했고, 도희의 두 오라비는 도희를 때려 내쫓았다. 도희는 대책 없이 깊은 산골로 달아났다.

5

복학 포기. 자살 포기. 과거를 숨기고 결혼할 수도 있을 가능성 포기. 그리고 가을이 깊어가는 어느 날, 도희가 찾아간 곳은 술집 피안이 있는 서울 강남 동네였다. 길에서 만난 희숙에게 끌려가서 점주를 만난 지 일 년 몇 개월. 그는 피안이 바라보이는 건너편 카페에 앉아 몇 번 리필한 커피를 마시며 이따금 피안을 건너다보았다. 무슨 성벽 같은 집에 창문이 없는 같은 건물. 낮이어서 외등도 없고 벽면이 스산해 보이는, 황량함이 어른거리는 건물이었다. 강남에서도 서쪽으로 기울은 거리는 그다지 기름져 보이지는 않았다. 아파트 골목으로 접어드는 가도에, 약국과 베이커리와 세탁소, 그리고 꽃집이 있고 꺾어진 골목 어귀에 포차라고 간판을 붙인 허름한 대폿집이 밤을 기다리고 있었다. 콘크리트, 아스팔트, 급조한 아파트 단지. 예스러운 것이라고는 터럭 하나 보이지 않는 잿빛 거리. 낙엽이 날리기 시작한 거리에 휴지 쪽이 뒹굴고, 보도 구석으로 캔이며 플라스틱 물병이 널려 있었다. 황폐해가는 삶의 현장. 아무나 꽁초를 버리고 종이컵을 던지고 플라스틱 물병을 던지고 돌아서는……, 그리고 그 다음에는— 나는 저렇게 버려진 폐품인가. 철학 교수의 일회용. 그네는 자신이 갇혀있는 폐쇄회로를 어떻게 뚫고 나가야 할는지 감감해졌다. 술집으로 출근한 여자들이 요란하게 화장하고 옷을 갈아입을 만한 시간에 그네는 전쟁터로 뛰어들 듯 술집 피안으로 들어갔다.

"여자 팔자 뒤웅박 팔자라고 했다. 너는 다시 여기 와서는 안 된다고 했지? 보기 싫으니 가거라. 다시는 발걸음 하지 말라고! 썩 나가지 못하겠니?" 점주는 도희를 당장 때려내어 쫓을 듯 험악하게 소리 질렀다. 왜 희숙은 되고 저는 안 됩니까? 물었을 때, 점주는 눈을 까뒤집고 그 괴상한 얼굴에다 화까지 곁들여 악을 썼다. "네 팔자하고 희숙이 팔자하고 같은 줄 알아?"

그리고 다시 때려내어 쫓을 듯이 달려드는 것을 희숙이 말렸다.

"애 지금 먹고 잘 곳도 없어요. 엄마, 그저 우선 며칠만이라도 여기 묵게 해 줘요. 집에서는 이 고명딸 때문에 아버지가 뇌졸중으로 세상 떠나, 오라비들이 여동생이 나타나기만 하면 죽인다고 난리고, 아버지가 돌아가셨을 때 애는 머리도 못 풀었어요. 오빠들이 아버지 빈소에 발도 들여놓지 못하게 쫓아냈어요. 지금 몸 부칠 곳 없이 일자리도 못 얻고…… 굶다가 죽으라고요? 애만큼 심성 착한 여자 없어요. 불쌍하잖아요. 엄마는 그런 분 아니잖아요. 보살님이잖아요. 갈데없는 사람을 그렇게 내쫓는 법이 어딨어요?"

"보살은 무슨 썩어질 놈의 보살? 내 팔자 하도 기구해서 이 짓해 입에 풀칠하며 무슨 죄는 안 지었겠니? 술 처먹고 기집질하며 돈 뿌리는 놈들 다 제 멋에 겨워 그 짓들 한다지만, 여기서 별의별 일이 다 영글게 되니 내 죄가 어디 가겠니? 수미산보다 더 큰 죄 지옥 불에나 던져질 죄지! 알아들어?" 점주는 탁자 위에 얹은 주먹을 부르르 떨며 도희를 향해 째진 눈을 희번덕거려 가며 말을 이었다. "네 인물이 널 잡아먹는다고! 알겠니? 일색이 소박맞는 일은 있어도 박색 소박은 없다고 했다. 너 벌써 네 인물이 너를 반쯤 죽였겠구나. 뻔하지 뻐언해! 모르겠다. 네가 여길 기어들어 온 것두 네 팔자라면 낸들 어쩌겠니? 팔자는 비켜갈 길이 없다 했으니. 그물코에 걸렸지. 그물코에! 어쩌다가 희숙이 눈에 띄어 여기로 기어들어 왔는지. 하지만 며칠 있어 보고 마음 고쳐먹어라 제발! 나는 더 해줄 말이 없다!"

점주의 말은 깊은 심성에서 뜨겁게 미어져 나오는 듯 생김새하고 다르게 가슴을 찔러댔다. 얼마 뒤, 도희가 그곳에 눌러 앉을 결심을 비쳤을 때, 점주는 어느 새벽에 딸아이에게 들려주듯 자신의 이야기를 술술 풀었다.

"너, 나를 처음 본 날 웃음 참느라고 이를 악물었던 것 내가 모를 줄 알았니? 박색 중 박색, 이런 박색을 본 일 없었을 게다. 허지만 박색이 나를 살렸고, 박색이 오늘을 살도록 도왔다. 집에서도 구박데기, 궂은일이란 모두 내 몫이었어. 농사꾼 사내들 하는 일 중에 못하는 것 없이 가래질 써레질, 산으로 나무하러 다니고 여름 한철 김매기는, 세 때 밥 먹는 일은 잊어도 뙤약볕 땀범벅은 혼자 하는 일이니 할만 했다. 나 못 생긴 게 내 죄냐? 어머니도 아버지도 자기네들 좋아서 한 짓으로 빚어 덜컥 낳아놓고, 생긴 것 가지고 타박이더라. 집신도 짝이 있다는데 시집은 언감생심 꿈도 꾸지 말라며, 남의집살이로 돈 벌어오라며 차비만 달랑 주어 서울로 쫓아 올려 보내더라. 이집 저집 드난살이 많이 했다. 그러다가 굴러 굴러들어온 것이 이 술집이었다. 이술집 부엌데기로 들어왔을 때, 부엌에서 일하던 여자는 새벽까지 졸음 참고 술손님 수발드는 일이 고되다고 자꾸 나가더란다. 이 술집 여주인은 무슨 배우질하던 여자라던데, 그때 유명하던 조미령은 아니고 도금봉도 아닌데 하여간에 배우였더라는데, 아이고 나를 무슨 짐승 보듯 하면서도, 오래만 있어주면 돈을 벌게 해주겠다며 약조를 하라 더라. '너는 절대로 손님 앞에 얼굴을 내 놓지 마라. 뒷간도 따로 써라. 손님하고 마주치면 안 되니까 부엌 뒤 복도에도 나가면 안 된다. 그리고 입을 열어 말하지 마라. 네가 한마디 했다가는 벼락이 떨어질 테니까. 절대로 출반주하지 마라! 어떻던 부엌에서 얼굴을 내밀지만 말아라! 그리고 구구로 오래만 있어라! 그 약조만 지키면, 밥에 옷에 돈에 여한 없이 살도록 해주마.' 그러더라고. 술집 부엌일이야 논밭 김매기나 가래질 써레질 나무하기보다는 누워 떡먹기였지. 술 처먹는 놈들이 기집 끼고 나가는 시간이 대개 새벽이니 그때꺼정 나는 부엌에서 일하다 졸다가 서서 몇 술 먹는 것으로 하루가 가는지 열흘이 가는지, 시퍼런 하늘을 보는 날이 별로 없었다. 나? 내가 사내 맛을 보았겠느냐고? 족두리 한 번 써보지는 못했지만 드난살이 할 때, 집 주인 놈이 덮쳐서 사내 맛이 아니라 당한 일은 있었구면. 기집질에 길든 놈들이야 돼지 얼굴 보고 잡아먹겠니? 그 짓하는 놈의 여편네도 서방이 설마 나 겉은 것 덮쳤으랴 안심하는 눈치여서, 사내들이 불 꺼진 식모 방으로 기어들어 오는 일은 식은 죽 먹기였더니라. 처음에는 용을 쓰며 버르적거리고 밀쳐냈지만, 점점 예사로워지는 것이 끔찍해지더라. 그래서 드난살이를 접고 술집 부엌으로 기어들어 왔느니라. 몇 년 동안은 낮에 하늘을 볼 일이 없었다. 그저 부엌에서 세월이 가는지 네월이 흐르는지 모르고, 낮에 잠깐 눈 부치고 해가 뉘엿해지면 술집 부엌이 그저 내 세상이려니 주인 시키는 대로 음식 만들고 설거지하고, 그러다보니 내 음식 솜씨가 구수하다며 설거지꾼을 따로 들이더라. 주인이라는 여사장은 술을 많이 퍼 마셨어. 그게 술손님을 끌어들이는 맞수라고 믿었던 거지. 그리고 전 남편에게서 남매를 두었지만 저도 나이 들면서 외로웠던지 가슴에 사내를 품더라. 그렇게 만난 사내라는 게 계속해서 돈 훑어, 몰래 젊은 년 끼고 돌아……, 이 술집에 반반한 애가 들어오면, 이 술집 사장이 끼고 돌던 사내들이, 침 흘리고 몰래 뒷거래하더라. 내가 부엌에만 처 박혀 있어도 눈치 하나는 나 따를 놈 없다! 손님 들기 전 이른 저녁 시간에, 더러더러 숙취 때문에 누렇게 뜬 년들이 부엌으로 기어 들어와서 내 눈치를 보는 게야. 더러 토마토 주스를 만들어 주기도 하고 술국 남은 것을 데워 주기도 하면서 그저 걔네들 숨 쉬는 것만 보고도 무슨 일을 겪었는지 알겠더라고. 이 집 사장은 속정 준 사내들의 감언이설에 말려들었고…… 그게 망하는 시초였다. 사내들 중에 술집 여사장을 연모한답시고 드나들며 계속 외상으로 술 처먹는데, 한 건만 하면 외상 술값의 몇 배를 갚아 준다는 말을 믿었으니— 그러다가 자취를 감추고 더러는 감옥으로 가고— 그렇게 당하고도, 사장이라는 것이 계속 연애에 몸 닳아하며 술이며 주방 식재료에 신경 안 쓰고, 은행 돈 계속 대출받고…… 얼마 못가 속빈 강정이 된 거지. 사내를 믿지 마라. 순정? 세상에 순정이 어디 있다고? 술집에 있으면서 사내를 가슴에 품는 날은 그날이 망조 드는 날이란 걸 알아라. 망하는 것 알면서도 사내를 놓을 수 없다면 그게 팔자겠지만, 사내를 믿느니 떠돌이 강아지를 믿어라. 더구나 돈 있고 권력 쥐었다는 놈을 후려 보았자 제 아랫도리나 더럽히고 머리 아플 일이나 생겨! 권력 쥐고 흔들며 정장 차림으로 신사처럼 보이는 놈들, 넥타이 풀고 덤벼들면 저승사자야! 나는 무식하고 무식하지만, 시님(스님)의 법문을 많이 들었다. 그저 부처님만 믿고 죽을 때꺼정 부처님만 의지할란다. 너, 어쩌자고 여기꺼정 기어 들어와서 내 마음을 시끄럽게 만드느냐? 너를 보니 심란하기 짝이 없구나……. 하지만 말이다. 이런데 몸 붙였다고 다 망하는 거 아니다. 내가 모시던 이 가게 사장이 결국은 이 돈 저 돈 끌어 쓰다가 두 손 들더구나. 내가 이 술집에 몸 붙여 20년에 이 술집을 맡으리라고 누가 꿈이나 꾸었겠니? 나는 주인이 하라는 대로 죽으라면 죽는 시늉해가며 숨죽이고 돈을 모았어. 20년 넘게 술손님에게 얼굴 한 번 내비친 일 없던 내가 주인이 되더구나. 꿈같지만, 인생살이 이런 꿈같은 일도 있느니라…… 인생이 한바탕 꿈이라지만 아주 몹쓸 꿈, 기어이 재미없는 꿈만은 아니더구나. 독해야 살아남는 게야. 남에게 독한 게 아니라 저한테 독해야 살아남는다! 부디 너 자신 헌테 독하거라, 알아듣겠니?"

점주가 자리를 뜨자 희숙은 비죽이 웃었다.

"우리 사장님 말이야 얼마나 순수 순진한지 말해 줘? 저 양반이 이 집 주방장 되고 십 년 만에 사장이 가는 절에 따라갔다가 아주 절에 포옥 빠졌더란다. 그런데, 보통 때 껌 하나 사먹는 일 없던 이가 시주를 시작했는데 절에서 깜짝 놀랄 만큼 많은 돈을 시주하더란다. 그렇게 열심히 초파일을 지키던 저이가 말이야 어느 해던가. 초파일 전날 절에 가서 밤 새워 등 달고 부엌일 돕고 하다가, 초파일에 인산인해를 이루었던 사람들이 저녁 때 모두 흩어지자, 그 절의 주지스님한테 아주, 아주 심각하게 묻더란다. '시님, 부처님 오신 날이라면서 부처님은 언제 오셨는데요?' '왜 부처님이 아직 오시지두 않았는데 모두가 가버려요? 오신 부처님은 어디 기신데요?' '오셨으면 만나야지요. 그런데 사람들은 왜 부처님을 만나지 않고 모두들 가버리는 거지요?' 부처님 오신 날을 목 늘여 온갖 정성 다해 기다리던 저이가, 부처님 오신 날이라는데 그 부처님을 만나지 못하는 걸 이상해하면서 그렇게 물었더란다. 저이 그런 사람이야. 하지만 너 두고 보아라. 얼마나 심지가 굳고 튼튼한지 웬만한 사내들 속내를 유리쪽 대고 들여다보듯 정확하게 읽어내는 사람이야. 홀보지 말라고!"

술집 피안을 찾아가기까지 도희는 산골 구석에 처박혀 한 달을 뒤척였다. 목숨을 끊으면 교수의 양심이 눈을 뜰까? 이를 악물고 학업을 마친 뒤 중학교 선생 자리라도 얻어 평범한 삶을 살아갈 수 있을까? 아니면 과거를 감쪽같이 감추고 적당한 남자 만나서 가정을 이룰 수 있을까? 희랍의 여신, 에레크테이온의 옷자락이라는 말에 독이 들어 있는 것을 모르고 말려든 여대생. 하필 그 대학에 입학원서를 낸 것에 무슨 주술이 있었을까? 그 교수를 만나던 첫 강의실과 그 시간, 그 시간의 그물코에 무슨 고리가 있었을까? 고등학교에서 단짝으로 지내던 희숙을 만나던 그 시간에는 날카로운 시간의 고리가 이미 숨겨져 때를 기다리며 벼리고 벼리다가 심도희라는 낚시 물(物)을 찍어 냈을까. 시간의 그물은 그물코에 고리를 만들고 고리는 관계를 얽어 주고, 그 고리는 낚시 물을 낚아 운명이라는 점액질에 빠뜨리는 것일까. 그네가 목숨을 끊는다면, 색마였던 교수가 한 건(件)이 잘 마무리가 되었다고 한숨 돌리며 드라이아이스 같은 미소를 짓겠지…… 그 얼굴이 떠올라 벌떡 튕겨져 일어나 앉았다. 시간의 그물코, 그 고리에 낚여, 아이까지 낳고 밟히고 짓이겨지던 삶을 걷치고 학업을 끝낸 뒤에 강단에 서? 시침 뚝 떼고 결혼을 해? 그럴 수는 없었다. 그러면 어디로 가야 하나? 무엇으로 목숨의 거미줄을 걷어내어야 하나? 자살보다는, 세상을 속이고 학생들을 가르치기보다는, 차라리 인간이, 여자가 얼마나 망가질 수 있는가 스스로 시간의 고리에 몸을 던져? 인생의 격투기에 체급도 없이 던져져 짓밟히던 삶을 밴텀급 격투기에 내어던져? 그리고 어느 때, 그 교수를 담담하게 만날 수 있게 되기까지 단련을 받아?

6

점주가 다니는 절의 주지가 지어주었다는 술집 이름 피안. 도희가 술집 피안에 몸을 붙인 것은 김점순이 술집을 들이차 안고 이십여 년이 되던 무렵이었다. 피안. 술집 이름을 피안이라고 지어준 주지는 어떤 중이었을까? 시주를 듬뿍듬뿍하는 점순이 더 많은 시주를 할 수 있기를 바랐을까? 김점순은 그 뜻이나 알고 술집 이름을 받았을까? 피안. 주지에게는, 다음 생에서 부디 생사윤회(生死輪廻)의 사바세계를 떠나 부디 열반상락(涅槃常樂) 오성(悟性)의 세상 만나기를 바라던, 진정한 연민이 있었을까? 이쪽 언덕에서 저쪽 언덕으로 넘어가는 사이에는 무엇을 딛고 가게 되는지를 알라는 뜻이었을까. 육바라밀(六波羅蜜)의 육도(六度)를 꿈에서나마 깨닫기를 바란 자비였을까. 권력과 돈을 따라 미친 세상에 살던 사내들이 이 술집엘 드나들며 열반상락을 희구했을까? 설마…….

점주는 도희가 피안의 부엌에서 일을 하겠다는 결심을 비쳤을 때, 다시 엄격한 다짐을 했다.

"너 우선 부엌에서 살아보련? 얼마를 견디는지 보자. 내가 부엌 이십 년에 탈을 벗었으니 너는 얼마를 견딜는지 보아야겠다. 하지만 예서 살아남으려면 첫째로 입단속하거라. 입을 놀렸다가는 어느 놈의 칼에 찔릴는지도 모르고, 쥐도 새도 모르게 죽게 돼! 그리고 몸 함부로 굴리지 마라! 헤프게 굴리다가는 그저 음력설 열나흘 만에 액막이로 만든 제웅처럼 버려지게 마련이란 것 잊지 마라! 술집 여자뿐이겠니? 사내에게 쉽게 몸을 준 여자는 헌신짝이다! 사내들, 홀레 개만도 못한 것들이야. 여자하고는 전생에 무슨 원수였을 게다. 그저 한번 품고 제 욕심 채우고 나면 헌신짝처럼 버리기 예사여! 그리고 예서 얻는 것은 아무것도 없다. 제정신 놓았다가는 그저 허랑방탕한 놈들 허황지황 권력과 돈에 미쳐 돌아가는 틈바구니에서 같이 무너지게 되어 있어! 정신 차리라고! 그 무어, 정인숙인가 무어라나 하는 년, 하늘 높은 줄 모르던 높은 놈의 애새끼 낳은 뒤에, 제 오라비인가 하는 놈에게 총 맞아 죽는 거 입 함부로 놀리다가 당한 개죽음이라는 거 잊지 마라! 제 오라비가 죽였는지, 어느 놈이 입막음하느라고 죽였는지 그렇게 개죽음하는 거 남의 일 아녀! 얼굴 반반하게 태어난 년들이 빠지는 수렁이다! 얼굴 반반하게 태어나는 것 운 좋은 일 아녀! 술집! 아무나 덤벼드는 거 아니다! 부엌이라고 마음 놓지 말거라! 네 발로 술청에 나가겠니? 머잖아 어느 놈이 낚아채도 낚아채겠지! 할 수 없지, 할 수 없어! 부처님 말씀으로는 모든 것이 인연이라지만, 모두가 그물코에 걸려드는 게여! 인연, 말이 좋아 인연이지, 세월이란 그저 무심하게 흘러가는 것 같지만 세월에도 그물코가 있어! 허황지황 살다가 그물코에 걸려드는 게여! 팔자라면 피해갈 길 없는 것이다! 하지만 말이다 여기 드나드는 놈들 모두가 제정신 어디 두고 사는지 알 수 없는 놈들이여! 돈에 걸귀 들리고, 계집에 눈 뒤집히고, 그저 제 세상이 거저 굴러가는 줄 알고 반쯤은 비몽사몽간에 거드럭거리는 놈들이여! 정신 바짝 차리지 않았다가는 그 귀신에 쓰여 중독자처럼 되는 게여! 무슨 인연으로 나도 예꺼정 기어 들어와서 이 짓을 하며 지내고는 있다만 번연히 알면서 묶여 있는 내 죄가 보이니, 내가 정신을 놓을 일은 없는 게지! 그러니 너 정신 바짝 차리거라!"

심술이 드레드레한 말이었지만 한마디도 버릴 것이 없었다. 억세게도 이상하게 생긴 여자였지만 심지가 남달랐다. 나락에 빠져있던 도희의 귀에 그 말이 들어오는 것이 신기했다. 도희는 피안의 뒷방에 처박혀 며칠을 잠만 잤다. 점주도 희숙이도 도희에게 술청으로 나가라는 요구를 하지 않았다. 며칠 만에 점주가 다시 도희를 불러 앉혔다.

　"술집이라는 데가 색(色)에다가 불을 지르는 데여. 색에 몸 닳고 눈먼 사내들이 불나비가 불로 뛰어들듯 달려드는 데라는 말이다. 네가 만일 술자리로 나가면 사내들이 길길이 뛸 텐데, 너 그걸 어떻게 감당하겠니? 아서라 네가 불섶으로 뛰어드는 꼴 나는 못 본다. 남녀가 태어나 어울려 살아야 하는 이 세상이라는 데가, 색으로 범벅이 된 세상이다. 색으로 자식을 만들고, 색에서 용심도 일어나고, 색의 힘으로 권력도 움켜쥐는 거여! 색이 있어 만상(萬象)이 빛을 낸다고 시님도 법문하시더라. 하지만 그 색이 잘못 뻗히면 나락으로 처박히는 것 또한 색의 이치란다. 야야!, 네 일색이 타고난 요망스러움이란 걸 알아라! 까딱하다가는 남도 죽이고 너도 죽게 되는 팔자를 타고 났으니 숨죽이고 살아라. 술 따를 생각 말고!" 색즉시공 공즉시색, 설마 점주가 반야심경의 요체를 터득하고 하는 말이었을까. 색은 곧 텅 비어 있는 공이고, 텅 빈 공은 곧 색이다…… 텅 비어 있음이 색이라니. 그 비어 있음은 비어 있음이 아니라 무(無)에서 유가 태어나는 바탕이 되는 것 아닐까. 그곳이 창조주의 터가 아니었을까. '술집이라는 데가 색에 불을 지르는 데야……' 도희는 누가 무어라든 색에다 불 지르는 술집의 생리가 궁금했다. 그러나 김점순의 엄명은 추상같았다. 입에 풀칠하고 다리 뻗을 곳 없어서 피안의 뒷방 신세를 지다가 결심하고 일어날 무렵, 점주가 도희를 다시 불러 앉혔다.

　"정 갈 데가 없는 게야? 밥 먹여 줄 사람도 없고? 그러니 부엌에서 일을 하라는 게다. 그것도 싫으면 당장 여길 떠나고!" 도희가 점주의 말을 따르기로 했을 때, 점주의 다음 말은 다시 추상이었다. "너, 여기서 일하는 동안 손님 중 누구의 눈에도 띄면 안 된다! 나는 박색이어서 숨어 살았지만, 너는 일색이어서 숨어 살아야 헌다! 팔자라는 게 그렇게 제각각 따로 타고나는 것이라는 것 알겠니? 이눔의 세상이 색으로 빚어졌다지만 색이라는 게 또 이렇게 각각 심란하다는 걸 알아라!"

희숙은 도희를 부엌으로 몰아넣는 점주를 향해 여러 말을 건넸지만, 도희는 오히려 부엌일을 하게 된 것이 마음 편했다. 도희의 부엌일. 점주의 각별한 배려였을까. 희숙은 점주가 자신보다 도희에게 저렇도록 마음 쓰는 것을 어떻게 해석해야 할는지 알 수가 없어했다. 배려였을까, 천대였을까, 아니면 어떤 속셈을 감춘 것이었을까. 도희는 부엌일을 착실하게 해냈다. 술안주가 될 만한 음식을 개발하기 위하여 서양 요리책에서 레시피를 익히고, 설거지를 할 때도 몸을 아끼지 않았다. 그러는 친구를 바라보며 희숙은 도희에게 유럽 귀족 집안의 메이드며 여집사(女執事)의 의상을 주문해 입혔다. 검은 옷 위에 흰 에이프런과 레이스 둘린 흰 사포를 머리에 얹어주었다. 부엌데기 아닌 신데렐라의 탄생. 신데렐라가 불어로 '재투성이'라는 뜻이라지만 눈부셨다. 술집 피안의 부엌에서 도희의 시간은 그렇게 풀렸다. 그 부엌은 연옥(煉獄)이었다. 그러나 시간의 고리는 늘 길목에서 낚시를 느리고 기다렸다. 어느 깊은 밤, 술안주가 될 만한 요리를 대강 장만해 놓고 뒷방으로 잠깐 쉬러 들어가던 길, 점주의 골방에서 점주와 무슨 밀담을 하고 나오던 어느 실세(實勢)와 마주쳤다. 어지간히 술기운이 올라 있던 사내는 도희와 마주치는 순간, 어? 숨을 들이키며 길을 막았다.

"어? 너 누구야? 도대체 이 집에서 무얼 하고 있는 거야?" 그는 도희의 팔목을 휘어잡고 아직 골방에 있는 점주 앞으로 끌고 들어갔다. 팔을 뺄 수 없이 완강했다. "아니, 김 사장! 이럴 수가! 이 애를 무엇에 쓰고 있는 거야? 이를 수가! 이건 안 될 일이지! 김 사장이 감춰 두고 동성연애하는 상대야?"

점주는 실세의 요란한 항의에 잠깐 눈을 감았다. 아, 올 것이 왔구나 싶은 얼굴이었다. 그리고 눈을 떴을 때는, 어쩔 수 없지…… 싶은 체념의 빛이 역력했다. 드디어 그물코에 걸려든 시간.

"어이구, 알았어요. 알았다고요. 그래도 좀 기다려요. 기다리라고요!"

"언제까지? 언제까지 기다리라는 거야? 지금 당장 내 자리로 데려가겠어!"

"어이구! 큰 일 허시는 분이 왜 이렇게 참을성이 없으실까. 그 아이 그렇게 만만한 아이 아니라고요!"

점주는 사나운 얼굴로 사내의 손에서 도희를 낚아채어 부엌으로 끌고 갔다.

<h1 style="text-align:center">7</h1>

"어? 피안의 실력 대단하네! 어디서 이런 요물을 잡아왔어? 사람 죽이네! 저 피안의 내숭이 어디까지야? 그 실력을 아는 사람 나와 보라고!"

"그런데 김 사장 이상하잖어? 처음 들어오는 아이는 일단 아래층 홀에서 선보이더니 이 아이는 어디에 꽁꽁 숨겼다가 이제 내 놓는 거야?"

점주의 상술에는 차원이 있었다. 술집 룸은 대개 이층이었고, 아래층은 시원하게 터놓은 넓은 홀에 피아노 한 대만 덩그렇게 앉혀두었다. 점주는 처음 선보이러 오는 여자를 방으로 곧장 들이지 않는다. 술손님이 올만한 시간에 아래층 홀에서 피아노를 치게 하거나, 피아노를 칠 줄 모르는 여자에게는 화분 화초를 돌보는 척 하게 만든다. 넓은 로비에서 어정거리게 만드는 것은, 시간대에 들어서는 사내들의 눈에 띄기 좋은 방법이었다. 사내들의 혹하는 눈치를 보아가며 여자를 고르는 솜씨였다. 그 넓은 아래층 공간이 아깝다고 방을 들이자고 해도 막무가내로 듣지 않고 자신만이 이용하는 무대를 삼았다.

　도희는 술자리에 처음 나간 날, 정권의 실세로 주목받는 사내가, 아랫것들을 거느리고 희떱게 떠드는 것을 차분하게 지켜보았다. 그네는 긴장하지도 않았고 두려워하지도 않았다. 그 사내가 철학 교수로 둔갑하는 것을 보았기 때문이다. 민 교수보다 더할 놈이 있을라고? 이래로 어느 술자리에서 어떤 사내를 만나도 그 얼굴은 교수의 얼굴로 둔갑했고 그네는 그 얼굴을 심지(心志)에 담으며 얼마든지 차분해졌다. 술집 피안은 허황한 꿈의 난장판이었다. 사내들은 수상한 성공이며 당찮은 성취를 꿈꾸고, 그들에게 딸려오는 여자들은 돈의 냄새에 취해 어울렸다. 그들은 바로 한 겹 문밖이 황량한 현실이라는 것을 조금도 괘념치 않았다. 나라를 쥘락 펼락 하던 대통령이 하룻저녁에 시해를 당하고, 별 몇 개 달고 거드럭거리던 자가 나라를 틀어쥐었어도, 술집은 달라지는 것이 아무것도 없었다. 오히려 권좌에 올라앉은 자의 근처에서 얼쩡거리는 새로운 얼굴들이 술집 피안으로 몰려들어, 피안은 성시를 이루었다. 18년 동안 나라를 끌어안고 씨름을 하던 대통령이 꽃으로 뒤덮인 리무진에 얹혀 청와대를 떠나는 화면이 뉴스로 이어지는 것을 바라보며, 시간이라는 그물코에 얽혔던 고리에서 풀어지면 그것이 황천길이라는 것을 보았다. 한줌 흙이 되는 육신, 그 열두 관 육신에 잠깐 깃든 영혼이 무엇이기에 — 존재가 현실이라는 터위에 존재하는 것은 언제인가? 시간이라는 그물코에 걸려들었을 때뿐, 얽혀 돌며 몸부림을 칠 때 뿐, 그물코에서 고리가 풀리면 잡히지 않고 닿지도 않는 그림자로구나. 피안은 매일 밤 사내들의 살타는 누린내와, 허공에다 휘두르는 돈이 풍기는 노린내의 웅덩이였다.

점주는 고객들 앞에 잘 나타나지 않았다. 더러 만나야 할 상대가 있을 때는 점주 홀로 지내는 골방에서 독대를 하는 일은 있어도 얼굴을 내비치는 일은 드물었다. 여급들의 귀에 딱지 앉으리만큼 계속해대는 말은 입단속이었다. "이집에 누가 오고 누가 누구를 만나는 말을 입밖에 내는 날은 입놀림 한 년이 이집에서 떠나는 날인줄 알아라. 제입도 지가 맘대로 못하는 게 사람이기는 하다만, 입이 함부로 놀지 못하게 하려면 귀 막고 눈 가려, 아무것도 듣지 못하게 하고 네 눈으로 보는 것도 없어야 하는 게다! 옛날 시집살이 같다고? 그 시집살이는 약과였지, 여기 드나드는 놈들이 얼마나 무시무시한 저승사자인지 알아라. 놈들이 무서운 건지 권력이라는 귀신이 무서운 건지! 데리고 노닥질하던 여자 하나 죽이는 것쯤…… 시집살이에 비하겠니? 하여간에 너희가 살아남으려면 입 다물고 살거라!" 술집 피안에 드나드는, 방귀께나 뀌고 힘께나 틀어쥐었다는 사내들은 술집 피안의 보안에 대해서만은 안심할 수 있는 것을 귀하게 여겼다. 정계에서도 재계에서도 피안은 안전한 술집이라는 정평이 나 있었다. 입소문이 났는지, 다른 술집 단골들도 더러 얼굴을 들이미는 일이 흔해졌고, 그렇게 사내들이 들끓는 대로, 점주는 여급들에게 퍼붓는 잔소리에 비례해 어느 술집보다 후했다. 그리고 점주의 입단속 종주먹은 심해졌다. 주객들 사이에서도 점주의 소문은 특이했다. '무식하고 못생긴 점주가 보통 여자가 아니라더라. 적잖은 돈줄을 쥐고 있고, 사채업자들이 줄을 잡으려고 줄줄이 알랑거리고, 정계며 재계의 거물급들도 더러 점주의 힘을 빌려야 할 때가 있다더라.' 더러 정계로 진출하려는 피라미가 돈에 목이 말라 점주에게 매달려도 여간해서 끄떡없었다. 점주의 대답은 늘 의뭉스러웠다. "어! 피안의 대감 김 사장, 나 좀 보라고!" "왜 불러요? 이런 데서 사는 여자가 무얼 알겠어요?" "그러지 말고 힘 좀 나눠 줘" "아이고 큰 일 하실 분이 사람 볼 줄 모르시네. 나 겉은 무지 렁이가 누구를 알며 무슨 일을 할 수 있겠다고?" "이거 왜 이래? 다 알고 부탁하는 건데?" "객소리 그만 하시고 술이나 들고 가시지요." "혹시 김 사장이 내 힘을 빌릴 일이 생길는지도 모른거 아냐? 한번 보고 말거야?" "내가 앞으로 부탁할 일이 뭐 있겠어요? 무얼 알아야 부탁도 하지." 그래도, 더러 은밀하게 점주를 찾는 머리 굵은 자가 있을 때, 점주는 아무나 잘 들이지 않는 은밀한 구석방에서 그를 만났고, 그렇게 점주를 만나고 나오는 작자는, 쩡쩡 울리는 세도가라해도 무엇을 얻어냈는지 대개는 희색을 띠고 나오고는 했다. 그 술집 손님들은 피안의 점주를 신주 모시듯 했다. 조금도 거드럭거리거나 티를 내는 일없는 박색 점주를 누구도 함부로 대하지 않았다. 술집 피안은 허황한 꿈이 구름떼처럼 몰려드는 한 세상이었지만.

"이거 봐! 박 사장! 요즘 시세 좋던데?"

실세와 함께 나타난 박 사장은 개기름 번드르르한 얼굴에 희색을 띠고 실세의 말에 아루선을 친다.

"그렇고말고요! 모두가 누구의 덕이겠습니까? 요즘만 같으면 살맛이 어떤 것인지, 천국이 따로 없습지요!"

그리고 그 술자리는 호화판에다 술이 술을 불러 어지간히 취기가 오르면 저들끼리 정한 암호 같은 이야기들이 난무한다. 군부가 권좌를 차지한 뒤, '왕자'가 된 자가 나타나는 날은, 각기 다른 방을 차지한 손님이라도 대개는 기고만장하던 짓을 접고 숨을 죽였다. 우두머리는 늘 아랫것들이 옹위하고 다녔고, 그 아랫것들의 숫자가 우두머리의 힘을 과시하는 눈금이었다. 아랫것들은 우두머리가 들어간 술집 근처에서 망을 보며, 그곳에 드나드는 인물을 살핀 뒤에 우두머리에게 보고하는 것이 그들의 막중한 역할. 실세의 밑뿌리에 감자알갱이처럼 달려있는 것은 몇몇 사채업자. 그들은 실세와 함께 나타나, 얼마가 되던 선선하게 술값을 지불하며 돈줄을 푸는 검은손들이었다.

*

　술집이라는 무대. 그곳에서 배역을 맡은 배우. 술집으로 출석하는 배우들은 각각 맡은 배역을 따라 눈동자를 굴리고 혹시 대사(臺詞)가 틀릴까보아 몸살 앓는 환자들이었다. 도희의 눈에는 그들 모두가 아슬아슬하고 불안한 그림자였다. 악역인 줄도 모르고 매달리는 사내들. 얼마나 갈는지 모르는 실세. 세자가 될 수도 없는 왕자. 어용. 막후. 허세. 여급들끼리는 점주 몰래 사내들을 별명으로 불렀다. 돈 잘 푸는 놈, 손버릇 나쁜 놈, 연애를 꿈꾸는 연애박사. 술자리에서 아무리 기고만장해도 뒤돌아서면 별명뿐. 술집 피안에서 비벼대는 시간은 누린내 나는 물거품이었다.

*

　"어! 피안! 김 사장! 잘 부탁해!" 점주를 그렇게 불러가며 이용가치 있는 존재에 줄을 대는 자들은 점주를 깍듯하게 대접했다. 로비에는 실체가 없다. 점주에게 부탁하는 자는, 점주의 골방에 걸려 있는 점주의 코트 주머니에 봉투를 찔러 넣고 가며 눈짓으로 신호를 보내고, 점주는 그 봉투가 누구에게 가야 하는지를 정확하게 알고 감쪽같이 전달한다. 주고 받는 임자가 누구인지 죽어도 드러나지 않는 눈먼 현금이었다. 점주의 코트 주머니는 요술항아리였다. 도희는 얼마 만에 피안에서 돌아가는 내막을 알아차렸다. 점주의 입단속은 술장사만 하기 위한 것이 아니었다.

"야! 너 오늘 녹화 그만 두어!" "안 돼요! 방송국 일인걸요! 가야 해요! 펑크 내면 큰일 난다구요! 목 잘려요!" 불려왔던 유명가수가 울상을 하면, 대기업체 회장은 손사래를 쳐가며 기염. "가지 말라고! 내가 그 방송국 아주 사 버린다고!" 기고만장한 재계의 망둥이는 좌불안석하는 가수를 끌어안고. 모두들 유쾌해 못견뎌하며 파안. 가수도 기고만장의 기염이 헛소리인줄 알면서도, 자신이 돈방석을 깔고 앉은 그놈의 마음에 들었기를 희망하며 방송국 펑크를 결심한다. 검은손의 뒷거래와 미색(美色)낚시에 인생 눈금을 올리는 영원한 철부지 사내들―. 피안의 밤은 연옥을 건너 뛴 지옥이었다. 미구에 도희 자신에게 뻗혀 올 손길에 대한 것은 예감이 아니라 불안한 순서였다.

"야! 너 왜 그리 도도해? 네 별명이 얼음공주라고? 술 안마시고 견디겠다고? 술 못 마시면서 왜 이런 데서 돈을 벌어?"

왕자의 술자리에서 드디어 동티가 났다. 주객인 왕자의 불편한 심기를 눈치 챈 그 자리의 오너가 어루선을 쳤다.

"아닙니다. 얼음만도 아닙니다. 전적으로 오해예요. 각자 관심을 가진 자들이 주가를 올리기 위해 만들어낸 공연한 별명이지요. 정작 안아보면 그렇지도 않답니다. 노여움 푸시지요."

"누가? 어느 놈이 이미 침 발랐어? 당신 이 아이 안아보고 하는 소리야?"

"아이고 이 아이 그런 아이 아니라는 것 더 잘 아시면서요."

"아니면 '블랙 아이스'인지도 모르지. 잘못 디뎠다가는 걸려 넘어져 일어나지 못하는, 그런 얼음을 감추고 있는 것 아냐?"

트집이 날카로워지자 그날의 오너가 되는, 어마어마하게 큰 기업체

회장이 도희의 무릎을 엄지손가락으로 아프도록 꾹 찔렀다. 수청들라는 신호. 미친 수캐들! 그날, 도희가 마지못해 마신 술에 무엇이 들었는지, 까무룩 정신을 잃었던 그네가 눈을 떴을 때는 낯선 호텔방이었고, 벌거벗은 맨 몸의 왕자가 옆에 널브러져 있었다. 그렇지……. 그냥 넘어가겠니? 하기야 풋내 날 때 철학 교수에게 짓뭉개진 몸둥이. 죽으면 썩어질 몸둥이! 네 몸이나 내 몸이나 문들어져 보자! 통과의례를 겪은 듯, 아무 일도 없었던 듯 옷을 갈아입는데, 왕자씨께서 눈을 뜨더니 다시 달려들었다. 도희는 반항하지 않고 그가 옷을 벗기는 대로 몸을 맡겼다. 그리고 사내가 체중을 실리고 헐떡거릴 때, 그네는 간절한 목소리로 가만히 속삭였다. "아기를 갖고 싶어요. 아기를 낳게 해 주세요. 사내 아기를 낳겠어요!" 그러자 사내는 기겁을 하고 나자빠졌다. "미쳤냐? 너 미쳤구나?" "누구의 아기라고 죽을 때까지 말 안 할 거예요. 그저 훌륭한 분의 아기를 홀로 키우며 살고 싶어요." 사내는 얼빠진 표정으로 그네를 밀쳐냈다. 권력에 미친 사내의 욕정에는 본능적 지배력이 감추어져 있었고, 권력으로 포획한 쾌락에는 눈먼 폭력이 번쩍거렸다. 도희는 그 폭력을 쥐어지르는 방법을 철학 교수에게서 터득했다. 권력을 탈취한 자들의 횡포가 먹는 것은 거의 일회용이거나, 부담 없이 즐기는 것이 전부였다. 그럴 수도 있었고 그러려니 치지도외할 수도 있었다. 그런데 권력의 주변에서 얼쩡거리는 지성인이며 지식인이라는 교수들의 꼴은 훨씬 메스꺼웠다.

"이거 보라고! 이름도 도도한 도희! 듣자하니 대학물을 먹었다며? 어쩐지 지성미가 풍긴다 했더니……, 역시, 어디 내가 말이야 대학에서 꽤 인기 있는 교수라는 것 알고 있나?"

실세의 꽁무니 배추꼬랑지 같은 그는 술상 아래서 가장 더럽게 자주 손을 놀렸다. 치마 속으로 손을 밀어 넣거나 취한 척 끌어안고 눈치 제치고 앞가슴으로 손을 넣기 예사였다. "이렇게 하시면서 대학 강단에서 학생들 내려다보며 강의를 하신다고요?"

"왜? 대학교수는 영웅호걸이 되면 못쓰나? 영웅호걸에게 여자는 두름으로 엮이는 것 아니겠어? 어때? 어차피 너는 학교를 버리고 이곳을 찾아왔고, 나도 학교를 등지고 한판 승부 위해 정치판에 들어섰으니 우리가 잘 어울리는 한 쌍 아니겠어?"

아! 에레크테이온의 여신상을 쳐들어 능욕을 일삼던 그 철학 교수가 여기도 있었네! 더럽고 더러운! 실세 옆자리를 차지하는 얼굴이 낯익다 싶었는데, 학생들이 '텔레페써'라고 별명을 붙인 대학교수였다. 텔레비전에 나서서 현 정치를 극력 옹호하며 지당하다는 대담프로에 자주 얼굴을 내놓는 인물이었다. 텔레비전의 '텔레'와 교수라는 '프로페써'의 '페써'를 합성한 합성어가 그들의 별명이었다. 텔레페써만 있는 것이 아니라 정치지향적 '폴리페써'도 드물지 않았고, '팔러페써'도 흔했다. 팔러먼트(국회), 국회의원의 금배지를 기어코 달고야만 끈질긴 대학교수는 팔러먼트(국회)의 팔러를 따낸 교수 출신 국회의원. 그는 실세의 한명회 같은 책사 역할을 하는 인물이었다. 그들 철저한 어용들은, 사회성이 약하다고 스스로 느낀 군부의 실세가 꿰차고 부려먹는 브레인들이었다. '왜요? 교수께서도 아들이 필요하세요? 제가 잘 생긴 아들 하나 낳아드릴까요?' 사내들이 달려드는 것은 충동적인 욕정, 뒤 끝 꼬리가 보이는 것을 질색한다는 것은, 도희가 터득한 호신술이었다.

*

그런 구정물 같은 자리에 어느 날, 전신에서 서늘한 기운이 흐르는 인물이 나타났다. 실장이라고 불리는 그는 기자 출신으로 발탁된 정무비서실 실장이라 했다. 술을 사양하지 않고 마시면서도 취기가 드러나지 않는, 흔들리지 않는 서늘함을 지닌— 서늘함. 쾌락의 결말을 이미 알아본 스산함이었을까. 여자들과 적당히 어울리면서도 천티가 조금도 드러나지 않았다. 이상한……, 전신이 기이한 서늘함에 감싸인 남자. 그날 새벽, 도희는 잠을 설쳐가며 그 서늘함이 어디서 오는 것일까. 궁금해 했다.

어느 날, 그가 상사들과 어울려 나타났다. 그가 나타나는 순간 도희의 가슴이 철렁 내려앉았다. 애끓는 덩어리가 숨을 막았다. 이게 무슨 일? 왜 이래? 무슨 망령? '예사로워라, 예사롭게! 저 놈도 똑같은 사내 중 하나다! 너 미쳤니? 무슨 재앙을 만들 징조? 단수 높게 누구를 호리려는 색다른 놈일 뿐이다—' 하지만 술자리 시중을 들면서 도희의 뇌세포는 온통 실장을 향해 곤두섰다. 그가 하는 말, 그의 표정, 그의 몸짓을 놓칠 수 없었다. 그 사내는 여전히 술도 취하지 않았고, 조금도 흐트러지지 않고도 자연스럽게 어울렸다. 고도로 발달한 술책이겠지! 도희는 속으로 이를 악물었다. 술자리가 질탕 되어 누가 무슨 소리를 하는지, 누가 무슨 짓을 하는지 서로 상관 않고 떠들썩한 가운데, 전신에서 서늘함을 풍기던 그가 도희를 향해 미미하게 웃었다.

"당신의…… 인생에 대한 방어기제는 냉랭함인가? 무엇이 두려워서 스스로 만든 폐쇄회로에서 나올 엄두를 내지 못하는가?"

서늘한 남자가 도희에게 말을 걸었다. 폐쇄회로…… 들켰는가? 그네의 가슴이 덜덜 떨렸다. 싸매고 감추어 두었던 상처에 호렴이 쏟아졌다. "아, 너무 어려워서 못 알아듣겠네요."

떨리는 목소리를 가까스로 감추고 새침하게 대답하는 그네를 바라보며 실장은 다시 웃었다.

"호신술이 남다르기는 하지만, 자신에게까지 거짓말은 못하는 법이지. 지금 떨고 있지 않소? 무엇을 그렇게까지 두려워하고 있나?"

"내 정체가 발각된 듯해서……."

"허! 자신의 정체를 똑바로 알기나 하고?"

그네는 자리에서 일어나 밖으로 나갔다. 그리고 점주의 골방으로 숨어 들어가 두 손으로 얼굴을 감쌌다. 도대체 나는 누구인가? 내가 누구인지를 나는 알고 있기나 한가? 내 정체를 똑바로 알고나 있는가? 무엇이 두려운가? 왜 설렘이 두려운가? 자신에게조차 감추어 왔던 실체를 알아본 그가 두려웠고, 그에 대한 설렘이 두려웠다. 그날 도희는 그 술자리로 끝내 돌아가지 못했다.

8

"어머머 대통령이 구속되었어! 대통령이!" "대통령이 무슨 대통령이야? 현직 대통령이 아니잖아? 전직 대통령이라고 해야지?" "어떻던 대통령까지 지낸 자가 구속되었다니, 더구나 저 사람 8년 동안이나 나라를 쥘락 펼락 맘대로 휘젓고 살던 정치군인이었잖아? 세상 참 많이 달라졌네! 달라졌어! 대통령까지 지낸 인물이 감옥으로 가는 것도 구경하고…… 우리가 참 오래 살았다, 오래 살았어!" 전직 대통령이 구속된 뉴스를 보면서 술집 피안의 여급(女給)들이 떠들썩했다. 아직 이른 저녁에 그들과 함께 뉴스를 보고 있던 점주가 담담하게 입을 열었다.

"저렇게 될 줄 몰랐니? 무어든 걸터듬질하다 보면 저 길로 가게 되어 있는 것…… 하늘 높은 줄 모르고 기어 올라가 보아야 떨어질 일밖에 더 있더냐? 돈이고 권력이고, 연놈 정분나는 것도 마찬가지지. 꼭

대기꺼정 올라가 보아야 떨어질 일밖에 더 있더냐? 인생사 끝이란 다 그런게야. 머리악을 쓰고 기를 써가며 옆 사람 짓밟고 기어 올라가 보아야 기다리는 건 내리막 천길 나락이지.

　1980년대 공포의 권력자였던 그가 내란죄목으로 사형선고를 받게 되었단다. 우리나라 헌정질서를 무너뜨렸다는 죄가 이제 그 실체를 드러냈다. 하늘을 찌르고도 남을 만큼 무시무시한 권력을 틀어쥐었던 자들도, 치러야 할 신산세월을 뛰어넘어 건너가는 재주는 없었다. 툭 하면 사람을 잡아 가두고, 수틀리면 잡아다 능지가 되도록 반죽음을 만들어 내던지던 군인 출신 두 대통령도 시간의 그물코에 걸려 감옥으로 갔다. 어마어마한 사건을 저질러 놓고도 이리저리 간단하게 둘러대 발표를 하면, 억울하게 당하고 원통하게 죽었어도 한갈할 데 없는 서민들만 당하는 일인 줄 알았는데, 이제 대통령 지낸 자도 감옥으로 가는 길이 열려 있다니― 삼두육비(三頭六臂), 세상 사람 다 죽어도 혼자만 살아남을 자신이 있다고 기염을 내지를 만큼 기고만장하던 인물도 무너질 때가 있다니―. 재판받고 감옥살이를 하고도 다시 한겨울 백담사로 들어가고…… 술집 손님 우두머리가 쭈그러져 사라지면, 문 앞에서 망보던 놈들이 자리 차지하고 거드럭거리고― 얼굴은 바뀌지만 사악함이 감추고 있는 허무한 기류는 여전히 한 곬으로 흘렀다. 탐욕과 허무를 대물림한 그들을 바라보는 점주는 조금도 티를 내지 않았지만, 도희는 점주가 감추고 있는 그만의 골방을 알아보았다. 비록 부처님 오신 날, 오신 부처님이 어디 계시냐 묻고, 왜들 부처님을 만나지 않고 모두 가버리느냐고 물었던 점주지만 아무도 엿볼 수 없는 골방을 감추고 있다는 것을 도희는 알았다. 자기만의 골방. 누구도 함부로 들어갈 수 없는 골방. 스스로 살아갈 수 있는 기준을 아무도 건드리지 못하게 지키는 방. 시간의 그물코도 손 내밀지 못하는 골방.

무식하고 무식해도, 괴상한 인상(印象)을 타고 났어도 자신을 지켜가는 생명력의 원천이 거기서 샘솟는다는 것을 도회는 지켜보았다. '남에게 독한 게 아니라 저에게 독해야 살아남는다!'

9

전직 대통령이 백담사로 들어간 얼마 후. 한낮이 기울 무렵, 도회는 뜻밖의 전화를 받았다. 어제 만났던 사람인 듯 담담한 목소리에, 그네의 가슴이 떨렸다. 그동안 서늘한 사내는 도회의 동계가 가라앉고 그럭저럭 잊혀질만하면 나타나고는 했다. 아무리 간극이 길었어도, 도회를 만나면 그 사내는 어제 헤어진 사람처럼 그 서늘함 속으로 도회를 끌어들였다. 전신이 서늘함에 감싸였어도, 어제 다 못한 이야기를 이어가듯 말문을 열고는 했다. "아직도 폐쇄회로 안에 갇혀 있어요? 이제쯤 나올 생각 없소?" 무슨 비밀접선의 암호처럼 옆자리의 취객들이 전혀 알아듣지 못할 말을 던졌다. "이미 실장님께 들켰는데 나오고 말고가 없지요." "아니, 아직도 꼭꼭 숨어라 머리카락 보인다! 자기도 알아 볼 수 없는 깊은 곳에 감추어둔 자기가 있잖소?" "제발 소금 뿌리기 그만 하시지요. 오랫동안, 무소부재, 권력을 쥐고 흔드는 사람과 함께 지내시던 분이, 상처가 어떤 것인지 알기나 하세요?" "자신의 상처만 쓰라려 누구도 바라보려고 하지 않는 사람은 스스로에게까지 냉혹한 법이요. 나를, 운이 좋아, 최고 권력자를 돕는 자리에서 붙어 오랫동안 연명하고 있다고 보는군. 누구인가의 눈에 띄는 것이 반드시 행운만은 아니요. 재앙이 되는 수도 허다하지. 권력자의 눈에 띄어 수종들다 억울하게 목숨 잃는 경우는 내가 말 안 해도 알겠지. 누구인가의 눈에 띈다는 것……. 그것 정말 절대로 행운 아니라고! 그대는 도

가 튼 여자 맞아? 무슨 고통이 그대에게서 콩깍지를 벗겼을까?" 도희
는 그의 말에 철학강의 시간을 떠올렸다. 철학 교수의 눈에 띄었던 그
순간…… 도희는 서늘한 남자 앞에서 저도 모르게 중얼거렸다. "시간
의 그물 그물코…… 시간의 고리에 걸려드는……." 그러자 실장이 긴
장한 얼굴로 도희를 바라보며 입을 열었다. "시간의 그물코? 시간의
고리에 걸려들었다……?" 몇 번을 넋 나간 표정으로 계속 중얼거리다
가 말을 이었다. "아직도 걸려 있는 그대로요? 이 자리가 그렇게 걸려
든 그런 자리인거요? 그렇게 걸려든 것이라면 이제 무엇을 더 기다리
는 거지?" 도희는 깊은 한숨으로 말을 더듬었다. "미쳐 날뛰는 쾌락을
낯붉히게 만들 수 있는 그것…… 그런 힘을……, 나 자신의 내면을
알아볼 수 있는 그런 힘을……." "만일 그것이 불가능한 일이라면?"
"무덤 저 편으로, 마지막으로 영혼이 찾아가야 할 길을 찾아야겠지
요." "영혼이라……, 죽음을 기다릴 뿐이라……그렇군, 시간의 그물
코도 고리도 죽음 앞에서는 손을 내밀지 못할 테니까. 그대가 기다리
는 것이 죽음뿐이라……그러면 이제 세상에 무서울 것이 없겠군." 그
대화는 오래도록 도희의 머리에서 떠나지 않았다. 그렇게 여운을 남
겼던 그가 상전(上典)을 떠나보낸 뒤 얼마 만에 만나자는 전화를 걸은
것이다.

만나기로 한 찻집의 창가에 앉아 기다리는 동안 도희는 무연히 창
밖을 바라보았다. 집에서 쫓겨나 찾아갈 곳이 없어, 피안의 건너편 찻
집에서 그곳을 바라보던 십수 년 전이 떠올랐다. 그때에 비해 거리는
훨씬 부산스러워졌다. 하늘을 찌를 듯 재건축으로 올라간 아파트단
지. 외장(外裝) 요란한 백화점. 언제부터 그렇게 커피 맛을 들였기에,
온갖 외국 브랜드의 커피 가게. 기름 뚝뚝 떨어지는 무슨, 무슨 외국
이름의 닭튀김 가게. 외국 기업의 빵 가게. 땅속으로는 지하철이 얼기

설기 거미줄 같고, 땅 위로는 자동차가 밤낮없이 홍수를 이룬다. 활기차 보이지만 왜 그렇게 바쁜지 모르면서 얼켜 돌아가는 군상(群像). 늘어난 음식점. 늘어난 변호사와 법무사 사무실. 그리고 복권판매 간판의 구멍가게. 찻집 티브이에서는 북극해가 녹아 태평양 어느 나라가 바다에 잠기고, 몇 년 후에는 해수면이 차올라 해변마을이 물에 잠긴다는 뉴스. 아프리카의 기아, 가뭄, 뼈만 남은 아이들의 눈망울. 아프리카에서 벌어지는 종족간의 살상. 아프가니스탄의 전쟁. 누가 죽어가건, 누가 쓰러지건, 전쟁으로 쑥대밭이 되건 누구도 눈여겨보지 않는 티브이는 혼자 떠들며 돌아가고—

*

서늘한 남자는 어제 헤어진 사람처럼 스스럼없이 나타났다.

"별로 달라지지 않았소."

그윽한 목소리에 그네의 가슴이 잠깐 떨렸다.

"선생께서도요."

"겉으로는 달라지지 않았는지 모르지만 이제 완전 백수요."

"백수 자랑하러 오셨어요?"

"아니 그대가 왜 폐쇄회로에서 나오지 못하는지— 알아 볼 수 있을까 해서……."

"알아내셨어요?"

"글쎄…… 오지랖이라고 핀잔을 받지나 않을는지."

"정답 아니라도 괜찮아요. 폐쇄회로에 대한 진단에다 처방을 주고 싶으셨다면."

남자는 한동안 차를 마시면서 깊은 시선으로 도희를 바라보았다.

그리고 한참만에 무겁게 입을 열었다.

"그대가 지금까지 기다린 것은……, 아직도 기다리는 것은……, 몸과 넋을 아낌없이 나눌 수 있는 사람 하나, 영혼과 육체를 아낌없이 바칠 사람 하나, 영혼의 거울이 되어줄 한 사람을 기다렸을 것이오."

도희의 가슴속에서 빙산이 무너져 내렸다. 울컥 눈물이 나오려는 것을 목이 아프도록 삼켰다. 그리고 항변하듯 냉소를 띠고 반박하듯 입을 열었다.

"그런 진단과 처방을 들고 오신 선생님은 그런 사람 하나를 만나셨다고요? 그런 사람과 함께 살고 계시다고요? 그래 자랑하러 오셨어요?"

그러자 남자는 공허하게 웃었다.

"몸과 넋을 아낌없이 나눌 수 있는 사람 하나— 그건 영원한 숙제에다, 불가능한 일이오. 그 불가능을 기다리는 도희에게서 가련한 아름다움을 보았기에……. 술집 피안에 머물러 있으면서 아직도 기다림을 포기하지 못한 듯하기에……."

"네에, 술집 여자가 순정의 꿈을 버리지 못했다고 야단치러 오셨군요."

도희는 자조에다 냉소를 섞어 웃었다.

"그저 떠나기 전에 잠깐 보고 싶었소. 그뿐이오. 나머지 말들은 그저 싱거운 객소리였고……."

"떠나신다고요?"

그는 일어서며 헤어지던 자리에서 선선하게 말했다.

"아내가 오래전부터 어려운 병을 얻어 앓고 있소. 남매는 이미 독립했고, 우리 내외는 산골로 들어갈 것이오. 혹여 생각나거든 한번 들려도 좋소."

"아, 시골로."

"그럭저럭 우리의 무대에도 막이 내려질 때도 되었소. 그대가 말하던 그물코도 고리도 더는 닿지 않는 시간이오."

남자가 돌아간 뒤에도 도희는 밤늦도록 한자리에 앉아있었다. 몸과 넋을 아낌없이 나눌 수 있는 사람 하나. 정말 그 한 가지를 기다려 왔던가. 그랬을까. 갈망이었을까. 갈망을 껴안고 있었을까. 그것도 아니었다. 그저 그림자놀이처럼 헛것을 향해 허공을 더듬던 한 생이었다. 탐욕도 분노도 근거가 없어진 어리석음뿐. 파멸에 이르러 비로소 눈 뜨는 삶의 실체를 미리 볼 수 있는 눈이 없었다. 피안의 점주 김점순이 옹벽을 치고 들어앉았던 내면의 방이 자기에게는 없었다는 것을 도희는 알고 있었다. 스스로에게 독해야 살아남는다던 그 독함을 도희는 타고나지 못했다. 이제 정말 어디로 가야 하는가. 막막했다. 그렇게 막막해 하던 도희의 내심을 읽었는지, 그 무렵 점주가 도희를 불러 앉혔다.

"너 이제 진이 빠졌나보다. 그럴 때도 되었지. 이제는 여기가 지겹지? 충청도 진천에 세운 절 근처에 미혼모들이 내지른 아이를 받아줄 곳을 마련했으니 그리 가 보련? 너는 애당초 여기에 올 년이 아녔어. 진저리 그만 치고 그리로 가거라."

점주의 말을 따라 그곳으로 간 것은 도희의 나이 사십을 넘긴 뒤였다.

10

현실은 그림자였다. 파멸, 끝장에서만 실체를 드러내는 것이 삶이었다. 끝장에서만 얼굴을 드러내는 삶의 실체. 그래도 그림자 중에 진한 그림자였던 피안의 점주 김점순. 머리에 서리가 내리기 시작한 도희는 영정 사진을 바라보며 비로소 빙긋이 웃었다.

영원한 현재

　강남 네거리. 신호등이 있지만 사방에서 밀려드는 갖가지 자동차들은 계속 으르렁거린다. 신호에 걸려 출발선에 멈춰 서 있는 차들도, 때만 와 보아라! 총알 튀듯 튕겨져 나갈 태세로 사납게 별러대는 네거리. 겨울 들어 날씨가 영하로 내려간 지 한참인데 그 네거리에 추위는 없었다. 출근시간이 지나 점심때가 가깝지만 모두가 미친 듯 급했다. 자동차들은 어디선가 구토를 일으키고, 그것을 토해낼 곳을 찾아낼 때까지 참을 수 없다는 듯 꾸역꾸역 밀려들었다. 그런데……저렇게 앙심을 품고 달려간다고 삶의 억울함을 토해 버릴 그 자리가 나타나 줄까. 큼직한 버스 몸체에 하늘색 광고, '알바 천국―' '올리바아 허슬러'는 보라색 ― 금방 끊어질 듯 가느다란 끈만 달린 속옷 입은 여자들의 아슬아슬한 젖가슴. '부모사랑 상조! 부모사랑 상조!' 장례를 맡기라고 아우성치는 광고 옆에, 만취한 취객을 손짓하는 대리운전 광고. 광고, 광고가 소리 없는 아우성이다. 실버보험! 실버보험! 광고를 뒤바른 버스들 사이로 초라한 이삿짐을 싣고 밀려가는 1.5톤 트럭. 아

직 젖내나는 어린아이들을 가득 태운 관광버스— 택시! 택시! 그 잡
답을 뚫고 앰뷸런스가 소리치며 달린다. '죽을 것 같아! 죽겠어! 곧
죽겠어! 죽겠다구!' 악다구니다. 죽음이란 이승이라는 뒤숭숭한 꿈자
리에서 깨어나는 것이라는데 왜 저렇게 그 꿈에서 깨어나지 않겠다고
몸부림인가. 저렇게 악을 쓰고 달리면서 이승의 꿈을 더 꾸어본들 무
엇이 남겨진다고…… 아니면 무슨 덕을 끼치겠다고? 생명유지 장치
가, 인간이 위엄 있게 떠날 권리를 훼방하는 세기(世紀). 이승의, 차안
((此岸)의 비의(秘意)를 의연하게 작별하고, 피안의 나라로 귀환할 길을
가로막는, 명분 좋은 세기의 의료행위로, 휴머니즘을 부르짖으며, 당
당하게 의료수가를 올리는 의료원들.

차도로부터 금이 그어진 인도에도 사람들이 꾸역꾸역이다. 초고층
꼭대기 대형 간판에 '킬러 엘리트!' 영화 광고판에는 검은 안경의 험
상궂은 사내 셋이 거리를 노려보고 있다. 사람들이 그 빌딩으로 빨려
들어가기도 하고 밀려 나오기도 한다.

거리를 둘러보니 그 거리에서 노인은 자기 혼자다. 삼삼오오 떠들
면서 무엇인가를 기다리는 젊은층, 강남 지하도로 달려 들어가는 젊
은 여자들. 테헤란로 언덕으로, 개선문 샹제리제 언덕을 올라가듯 기
분 좋게 걸어가는 사무직 여성들. 늘씬한 다리, 잘록한 허리, 그들에
게서는 어렴풋 삶의 향기가 풍겼다. 나란히 다정하게 걸어가는 젊은
이들에게서 희망 비슷한 그림자가 뒤따르고— 대형 유리문의 은행에
서 나오는 사십대 여성은 무엇이 좋은지 환한 미소를 머금고, 옆의 건
물 치과에서 나오는 늙은이는 볼을 싸쥐고 울상이다. 이 거리에 나 말
고도 노인이 또 있었네— 지상에서 만나는 늙은이라야 저렇게 우거지
상뿐이지. 늙은이들은 거의가 땅속 지하철이 제 세상이거나, 늙은이
들이 꼬이는 지정된 지역이 아니면, 누가 정해놓은 것이 아니지만, 이

렇게 싱싱한 거리에는 나타나서 안 될 존재들처럼 조심스럽다. 그는 서울로 올라올 때, 전철을 타지 않거나 전철을 타는 경우에도 노약자 자리를 멀리 피해 자리를 잡는다. 반백을 넘어 백발이 다 된 머리칼 덕에, 더러 전철에서 깜짝 놀랄 만큼 갸륵한 젊은이가. 자리를 양보할 때도 그는 냉큼 그 자리에 앉는 짓을 하지 않고도 아직은 다리가 든든 했다.

거리마다 광고는 계속 몸살. '골프 헬스— PT 댄스 24시 연중무휴 오픈. 프리 세일 1차 2차 3차 회원 모집 중. 전화상담 및 예약 시 최고 혜택과 만족 보장!' 이 거리에서 저기에 가입만하면 오오! 만족을 보장하겠단다. 만족을 보장하겠단다! 이 거리가 내지르는 한없는 거짓말이 악마를 의젓하게 초대할 텐데 아무도 그 악마를 두려워하지 않는다. 십대 후반의 소년이 식당 전단지를 돌리지만, 거의가 받지 않거나 억지로 받았다가 길거리에 흘리고 가버린다. 오십대 중반의 아주머니는 행인마다 매달리다시피 식당광고 전단지를 안겨주지만 군중은 잠깐의 관심도 아깝다. 거리에는 쓰레기만 늘고— 생계(生計)의 호소가 쓰레기로 버려지는 거리.

잡답. 끝이 보이지 않는 잡답(雜沓). 어디가 시작이고 어디가 끝일는지 알 수 없는 잡답을 향해 그는 한동안 우두커니 서 있었다. 갑자기 발밑에 허방이 뚫려 무너져 내릴 듯했다. 끝없이 쏟아져 나오고 끝없이 들끓는 인간군(人間群). 그 속에 자기도 섞여 있었으나 외계인이었다. 지구는, 아니 그 거리는 이미 유기체(有機體)가 아니었다.

갑자기 모든 것이 낯설었다. 여기가 어디야? 왜 던져진 듯 여기 서 있어? 산자락에 움막처럼 웅크린 자기 시골집으로 달아나고 싶었다. 앞으로는 황량한 벌판, 헐벗은 겨울나무가 까치집을 이고 있는 집. 산과 벌판과 겨울나무와 까치집이 어울리는 곳. 무엇한다고 허위허위

집을 떠나, 이 고독하고 비천해지는 잡담에 갇혀 있는가.

*

　인문과학 계통의 퇴직교수들 모임이 사오 년 이어지다 보니, 회원
중에 시나브로 하나 둘 세상을 떠났다. 퇴직하면서 새로 들어오는 회
원들 사이에 한두 해 차이는 있었지만, 그저 엇비슷하게 늙어가는 퇴
직자들이었다. 그런데 멀쩡해 보이던 친구가 암 선고를 받고 서너 차
례 항암치료 끝에 떠나는 가하면, 당뇨로 고생을 했지만, 대단찮은 수
술 끝에 맥없이 하직하는 친구도 있었다. 부음이 들리면 바로 자기 옆
에 사자(死者)의 손짓이 닿는 듯하지만, 빈소로 몰려가서는 "자 다음
차례는 누구야?" 술 몇 잔에 호탕한 소리를 치기도 했다. 다달이 만나
보아야 그저 밥이나 먹고 술이나 걸치는 일에 진력이 나서 "이제 이
짓도 그만 두지." 하는가 하면, "그래도 이렇게나마 꿈지럭거려야 하
루가 덜 지루한데 왜 그래?" 대드는 친구들도 적지 않았다. 퇴직 대학
교수. 평생 책하고 씨름하고, 논문 쓰느라고 진땀 빼고, 강단에 서서
목이 쉬어라 떠들어댔던 인간들이니, 늙음도 눈치 보면서 찾아 왔을
까? 그래도 전철에서 걷어채는 늙은이들하고 다른 무엇이 있을까? 종
로 삼가, 낙원동, 종묘 근처에서 어름거리는 늙은이들하고 구별되는
무슨 꼬투리라도 있을까? 그래도 자기네들끼리는 서로 불러주는 호
칭이 죽어도 '아무개 교수'요, 저들끼리 만날 때만이라도, 쉬어터지기
는 했지만, 지난날의 각별한 영광이 구겨진 틈새로 지식의 냄새라도
풍기니 그것으로 위로를 삼는 모양새였다. 퇴직 5년차의 정현수(鄭鉉
洙)교수는 그런저런 인연의 회원들 중에서 별로 티 내는 일없는 인물
이지만, 속내를 털어놓을 일로 누구라도 찾아가면, 상대방의 이야기

를 정성껏 경청하는 속 깊은 사람이었다.

'이 복잡한 때에 왜 하필 강남 네거리야? 십이월로 들어서면 무슨 큰 볼일이 따로 있는 듯 저마다 공연히 분주를 떨어, 장안은 온통 북새통인데, 왜 하필 강남이야?' 12월 모임을 강남 쪽에 정한 사람에게 불평을 해댔지만, 간사(幹事)는, 새로 생긴 복요릿집이 깜짝 놀랄 만큼 싼값으로 단체를 받는다기에 정했다면서 오래간만에 복으로 배를 채우자고 호언을 했다. 약속된 음식점은, 용인 동탄의 버스 종점인 강남 네거리에서 길을 건너야 하는 골목에 있었다. 건널목이 멀찍이 건너다 보여, 그는 지하도로 내려섰다. 땅속 인파. 촘촘한 가게들이 쏟아내는 아린 불빛. 산적한 물건 물건들. 불붙은 가게마다 호객에 열을 올리는 소년들이 있어, 그들이 악을 써대는 소리가 뒤죽박죽이 되어 아비규환이다. 고객의 지갑이 열리면 끈적끈적한 거래가 이어지고―. 사람들은 스스로 걷는 것이 아니라 인파에 둥둥 떠서 흘러갔다. 이상한 전쟁터였다. 아무도 누구를 죽이려 하지 않는데도 눈부신 주검들이 우글거렸다.

그 소요를 뚫고 문득 종소리가 울렸다. 종소리는 인파에 밀려가던 정 교수의 발목을 잡았다. 종소리가 12월을 열고 있었다. 12월…… 종소리는 쓸쓸하고 또 쓸쓸한 십이월을 열었다. 그래…… 십이월…… 구세군이 냄비를 걸어놓고 종을 흔들고 있었다. 서너 명의 구세군이 빨간 케이프를 두르고 인파 속에서 종을 치고 있었다. 세기(世紀)의 구명(救命)을 호소하듯. '아직 유기체가 아주 망가지지 않았어요! 아직 우리는 한 몸 한마음입니다!' 무기물로 변해가는 도회지를 향해 목숨 걸고 외치듯 종소리는 목이 메었다. 그런가? 아직 이 지구는, 이 거리는 유기체를 유지하고 있는가? 끔찍한 잡답 속에서 종소리는 마지막 안간힘을 다하듯 애절했다. 그는 눈치 채이지 않게 주머니에서 지갑을 열어 만 원권 몇 장을 슬며시 꺼냈다. 그리고 인파를 뚫고 구세군 냄비로 다가가던 순간, 숨이 멎을 뻔했다. 아니 숨이 멎었다. 빨간 라샤지 모자 밖으로 하얀 머리칼이 나와 있는 여인. 잔잔한 미소. 아니 할머니의 미소. 순간, 시간이 멎고 이승도 사라졌다. 환시(幻視)인가? 멎은 숨이 돌아오지 않는다. 저승인가? 칠십을 훨씬 넘겨 팔십은 되었을 그 사람…… 분명 그이였다. 이럴 수가…… 정 교수의 숨을 멎게 한 것은, 보기 드물게 예쁜 입술의 미소 때문만은 아니었다. 오른편 눈섶 옆에 새끼손톱만한 점이 눈에 띄었기 때문이다. 어지러웠다. 그가 넋을 놓고 서 있었어도, 백발의 예쁜 할머니는 그저 그린 듯 미소를 띠고 있을 뿐, 두어 발짝 앞에서 얼어붙은 사내를 개의치 않았다. 종을 치는 사람은 젊은 여성이었고 그 옆에는 남자 구세군 두 명이 서 있었지만, 잔잔한 미소를 짓고 있는 사람은 분명 팔십을 바라보는 그 사람이었다. 육십대 후반의 정현수는 다리가 얼어붙은 듯 꼼짝도 못했지만 아무도 그를 눈여겨 보는 사람은 없었다. 그가 그 자리에 쓰러졌다 해도 모두가 무심히 밟고 지나갈 만큼 지하도의 네거리는 무심하고 잔혹했다. 지금까지 연말마다 수없는 구세군을 보았지만 저렇게 나이든 할머니가 길거리에 서 있는 것을 본 일은 없었다. '아! 그이다! 그이다! 분명 그이다!' 고종명(考終命)에 이르렀을, 나이든 그이의 얼굴은 모자 밖으로 나온 백발로 해서 더욱 부드럽고 맑았다. 얼어붙었던 정현수는 후들후들 떨었다. 한동안이 지난 뒤, 정신을 수습한 그는 손에 들고 있던 돈을 구세군 냄비에 가만히 집어넣었다. "감사합니다. 메리크리스마스! 감사합니다!" "행복하십시오. 새해 복 많이 받으세요!" 구세군 젊은 여성이 정성껏 축복한다. 어떻게 할까……. 그는 떨면서 잠깐 망설였다. 알은 체를 할 생각은 아니었지만, 그 자리에 더 머물러 그이를 계속 바라보고 싶었다. 그이가 숨 쉬고 있는 그 공간에 잠깐만이라도 더 머물고 싶었다. 아름다운…… 아름다운 그이…… 떨리던 가슴에서 뜨거운 물이 솟아났다. 눈물. 그는 눈물이 흘러넘치기 전에 발길을 돌려야 했다. 아직 눈물이 있었다니…… 이 나이에, 신기한 명줄이로구나…… 명줄이 남아있었구나…… 눈물. 눈물이 흘러넘치기 전에 잡답이 그를 떠밀었다. 인파에 쓸려 저절로 밀려갔다. 꿈이었나? 착시(錯視)였나? 뒤를 돌아보았지만 이미 구세군은 보이지 않았다. 그 장면이 꿈이 아니었다는 것을 종소리가 증언한 뿐. 그는 닿는 대로 출구를 찾았다. 그리고 밖으로 올라서자 스타벅스 찻집이 눈에 띄어 그리로 들어갔다. 점심 약속장소에 전화를 걸어 참석하지 못하겠다는 연락하는 일만 잊지 않았다. 그리고 가장 구석진 자리를 찾아 쓰러지듯 주저앉았다. '그이다…… 그이다…… 그이가 아직 살아있었다니…… 살아있었다니…….'

*

휴전 직후의 서울은 폐허였다. 피란지에서 돌아온 현수네 앞에는 대문도 없고 방 문짝도 하나 없는 뼈대만 남은 집뿐이었다. "그래도, 우리는 요행이다. 요행이야! 기둥뿌리까지 쓰러지지 않았으니 우리는 살아갈 수 있다!" 부모는 사남매 앞에서 팔 걷어붙이고 살길을 찾았다. 연세대학과 이화대학 뒷산, 봉원동 산에서 벌어졌던 공방전이 얼마나 치열했는지, 아이들은 한동안 눈을 벌겋게 뒤집고 탄피를 주러 다녔고, 아현동 뒷산에는, 그 많은 아이들의 자루를 가득 채워줄 만큼 탄피가 널려 있었다. "이 녀석아! 제발 그만두지 못하겠니? 탄피 줍는다고 헤갈하고 다니다가 지뢰라도 터지면 어쩔려구 그래? 차라리 죽으면 그만이지만 평생 끌고 갈 병신 될 테냐?" 어머니 아버지도 그랬지만 형과 누나는 개구진 현수를 보기만 하면 닦달했다. 신촌, 봉원동, 연희동 뒷산, 북아현동과 아현동 굴레방다리 근처 동네는, 수색 쪽으로 이어진 야트막한 산세 골짜기를 등뒤에 지고 있어, 휴전 직후 수복한 마을에 인민군 시체가 여러 구 발견되었다는 소문하며, 아직도 전쟁포화의 화약 냄새 짙게 떠돌던 때였다.

맏딸인 누나는 어른들의 의논 상대였고, 수재로 소문난 형은 부모의 은근한 자랑이었지만, 집안에서 지청구 바가지는 현수였다. 현수는 아래로 막내인 사내놈까지 달고 다니며 말썽이란 말썽을 골고루 찾아다녔다. 나라가 풍비박산 나고, 집집마다 주검을 안고 배를 곯던 전쟁이었어도, 살아남은 아이들에게 전쟁 뒤끝의 거리는 호기심 가득 찬 세계였다.

아현동 고갯마루에는 조선조 황실에서 설립한 경기공업학교가 있었고, 마포형무소 간수들의 관사가 그 건너편에 있었다. 수복 후에 형무소를 이전했는지, 간수들이 살던 허름한 관사는 폐허가 되어 널브러져 있었다. 일제시대 지어진 목조 건물 근처에는 적산가옥이라고 부르던 가옥도 몇 채 있었지만, 형무소에서 죽어나간 시체를 두던 시체실이 있었는지, 마을 사람들은 쉬쉬하며 그곳을 피해 다녔다.

어느 날, 현수보다 한 살 위의 수복이란 놈이 얼굴이 벌게져서 떠벌렸다. "야! 야! 너희들 저 관사에서 무슨 일이 벌어지는지 알아? 나는가 봤거든? 아이구 참 희한한 구경했거든?" "무슨 일인데? 무슨 일이야?" 모두들 침을 튀겨가며 달려들었어도 수복이는 맛있는 비밀을 혼자 알고 있다는 듯 의기양양 웃기만 하고 다음 말은 하지 않았다. 약간 어눌한 수복이의 의기양양이 아니꼬웠지만, 모두들 그날만은 그를 건드리지 않고 그가 하자는 대로 따라다녔다. 점심때가 지났을 무렵, 수복이는 잠깐 저희 집에 들어갔다가 깜짝 놀랄 물건을 들고 나타났다. 반투명체 허옇고 말랑말랑해 보이는 물건이었다. 그 꼭지에 입을 대고 바람을 불어 넣으니, 당장 한 발은 되게 길게 부풀어 공중을 휘저었다. 무료하던 참에 아이들은 함성을 질러가며 수복에게 달려들었다. "야! 야! 그게 뭐니? 그게 뭐야?" 아이들이 호기심으로 열광할수록 수복이는 그것을 공중으로 휘둘러가며 달아났다. 바람만 가득 찬 무게 없는 그 물건은 말갛고 깨끗해 보여서 아이들은 침을 흘렸다. 약을 올려가며 달아나기만 하는 수복에게 화가 잔뜩 난 현수가 아이들을 달랬다. "저 자식, 그만 따라다녀! 저까짓것 금방 알아낼 수 있어! 오늘 밤 우리도 귀신 나온다는 관사로 가보자! 그러면 될 것 아냐? 저 자식이 관사에 보초 세웠냐? 이따가 밤에 가 보자!" 약이 오를 대로 오른 아이들은 수복이를 버려두고 현수를 따라다녔다.

　그리고 그날 밤, 일군의 아이들은 숨을 죽이고 적산가옥 거리를 지나, 옛날 형무소 간수들의 관사가 버티고 있는 폐허를 더듬어 찾아갔다. 현수는 아이들에게 단단히 일렀다. "여기 숨어 있어! 숨도 크게 쉬면 안 돼! 알았어? 숨 크게 쉬었다가는 사형당한 귀신이 냄새 맡고 잡으러 올 테니까!" 아이들은 폭격으로 무너진 폐허에서 걸려 넘어지고 엎어지며 시커먼 그늘을 찾아갔다. 아이들은, 벽돌 깨어진 부스러기, 시멘트 덩어리 으깨진 것, 나뭇조각 부서진 것, 깡통이 굴러다니고, 헌옷 나부랭이가 널려 있는 골목을 포복하듯 기어서 관사 구석을 찾아갔다. 여름이 지나 구정물 고인 곳은 없었지만 냄새는 지독했다. '수복이 그 자식은 도대체 이렇게 험하고 냄새나는 데서 그런 물건을 어떻게 얻었을까?' 제법 깨끗해 보이는 물건이었는데, 이런 더러운 데 어디서 그런 것을 얻어냈을까?' 가을이 깊어, 밤에는 공기가 제법 으스스했다. 아직 여름옷을 입고 있던 아이들은 으드득 떨면서도 사형당한 귀신에게 들킬세라 숨을 죽이고 기다렸다. "현수야, 우리 뭘 기다리는 거야?" "수복이 그 자식이 가지고 있던 물건을 누가 가져다 준다는 거야? 우리 그걸 기다리는 거니?" 현수 생각에 그럴 것 같지는 않았지만 정말…… 이렇게 고생고생해 가며 무얼 기다리는 것인지, 장담하며 끌고 온 아이들에 대해 잠깐 걱정이 생기기도 했다. 정말 무얼 기다리는 걸까. 얼마가 지났을까, 지루해서 거의 지쳐갈 무렵, 사람 기척이 났다. "야, 야! 미국놈이다! 미국 군인이야!" 방정맞은 정식이가 드디어 무엇인가와 조우했다는 반가움으로, 신이 난다는 듯, 그러나 조금은 불안한 목소리로 속삭였다. "짜아식! 조용히 해! 입 다물지 못해?" 현수가 정식을 윽박질렀다. 그리고 다시 숨을 죽이는데 이번에는 여자 목소리가 자근자근 들렸다. "야! 야! 여자도 있어! 여자야! 여자!" 이번에도 정식이가 참지 못하고 나불거렸다. 남녀는 건물 안으로 들어가며 몸집 큰 남자가 라이터를 켰다. 갑자기 환하게 밝혀진 공간에 군복과 여자의 살 냄새가 가득 찼다. 그들은 두런두런 말을 주고받더니 곧 잠잠해졌고, 가쁜 숨소리와 교성이 터져 나왔다. 이번에는 나이가 두어 살 어린 경수가 움츠러든 목소리로 다급하게 현수를 흔들었다. "현수 형, 현수 형! 저 미국 군인이 여자를 죽이나 봐! 우리 그냥 이렇게 가만히 있어도 되는 거야?" 다른 아이가 벌벌 떨었다. "아무래도 여자를 죽이려나 봐! 여자가 자꾸만 소리를 지르잖아?" 현수는 침을 삼켰다. 모르기는 하지만 사람이 죽어가는 소리 같지는 않았다. "가만있어 봐! 제발 이 새끼들아, 입 좀 다물어라! 제발!" 아이들은 꼼짝도 못하고 숨을 죽이고 엎드려 있었다. 목도 아프고 허리도 져렸다. 얼마가 지났을까, 남녀는 주섬주섬 그곳을 떠났다. 어둠은 더 짙어져 있었다. 뜨거운 숨결에 간혀있던 아이들에게서 툴툴거리는 소리가 났다. "봐! 죽이기는 무얼 죽여?" "그런데 수복이란 자식이 가지고 있던 건 어디 있어?" 현수는 자신이 없었지만 그 밤에 성냥가치 하나 없이 아무것도 할 수 없다는 것을 알고 후퇴를 명령했다. "내일 아침에 와보자. 수복이란 자식이 가진 것이 어딘가에 있을 거야. 이렇게 캄캄한데 어디서 무얼 찾겠니?" 빈손으로 돌아가는 것이 아쉬운 듯 정식이가 또 투덜거렸다. "너 정말 약속하는 거지? 내일 아침이면 알아본다고? 학교는 어떻게 하고?" "학교 가기 전에 다시 이곳에 모인다!" 현수의 대답은 대장답게 의젓했다. 그것이 무엇이 되어 우리 앞에 나타날는지…… 내일 아침…….

아이들은 거의 밤잠을 설쳐가며 아침을 기다렸다. 대장격인 현수의 가슴은 더 졸아붙었다. 아무것도 없으면 어떻게 하지? 도대체 수복이라는 놈은 어디서 그런 것을 발견했을까? 그렇게 생긴 것이 불쑥 나타난 걸까?

바람이 든 그 모양새 그 물건 때문에 학교로 가기 전에 아이들은 큰일 난 듯 몰려들었다. "아니 오늘은 무슨 바람이 불어서 이렇게 일찍 서둘러? 늘 늑장부리던 녀석이…… 학교에 엿이라도 붙여 놓았니?" 현수가 서둘러 가방을 울러메고 나서는 것을 보고 아버지도 어머니도 신기해했다. 누가 시키지 않았어도 일제히 몰려든 아이들은 서로 앞서거니 뒤서거니 관사 쪽으로 달려갔다. 태양은 비정했다. 떠오른 아침 해 속에 죽어 널브러진 관사 주변은 전쟁과 살육의 해골이었다. 쓰레기더미 근처에 똥 더미도 널려 있었고, 휴지며 겉장 떨어진 책, 찌그러진 냄비, 신발짝하며 코를 들 수 없었다. 아이들은 웩! 웩 헛구역질을 해가며 쓰레기더미를 뒤졌다. 그래도 목적이 분명한 아이들은 그 쓰레기 산을 정복할 심산으로 달려들었다. 그리고 어제 미군이 여자를 죽일는지도 모른다고 느껴질 만큼 이상한 괴성이 들렸던 근처에 이르렀다. 아침 해가 괴기(怪奇)와 씨름하고 있었다. 아이들은 눈에 불을 켜고 근처를 둘러보았다. 정기가 소리를 질렀다.

"앗 이게 뭐야? 이게 무어야?" 떨어지다만 합판이 널려 있는 자리로 아이들이 달려들었다. 질척하고 끈적끈적한 것이 뒤발린 얄브레하고 허연 고무 같은 것이 몇 개 뒹굴고 있었다. "에이 퉤! 더러워! 더러워! 구역질난다!" "이건 피 아냐? 피도 묻어 있어. 정말 여자를 죽이려고 했나 봐!" "야 그게 여자건지 남자건지 니가 어떻게 알아?" "남자하고 여자 중에 피가 나는 건 여자지!" 현수가 아이들의 논란을 제치고 결단력 있게 말했다. "어디 가서, 나뭇가지를 꺾어와 봐." "나뭇가지는 무얼 하게?" "글쎄 빨리 꺾어오기나 해!" 아이들이 혹시나 하는 얼굴로 이리저리 달려갔다가 단풍 나뭇가지를 몇 개 꺾어왔다. 현수는 그것으로 질척거리는 고무를 하나하나 건져 올리며 다른 아이들에게도 그렇게 하라고 이른 뒤에 앞장을 섰다. 아이들은 나뭇가지 끝에 그 이상한 물건을 걸쳐들고, 개선장군 행진하듯 공동우물 쪽으로 달려갔다.

"야! 혹시 누구네 엄마가 물 길러 왔으면 신호해! 이거 절대로 어른한테 들키면 안 된다고! 우리끼리만 해결해야 하는 숙제거든, 알았어? 너 우물에 어른 있나 망보고와!" 현수는 대장답게 다시 지시했다. "그리고 누구, 집 가까운 놈, 빨랫비누 훔쳐와라!" 현수의 명령은 득달같았다. 누가 가르쳐준 것은 아니었지만 저네들이 하는 짓을 어른에게 들켜서는 안 된다는 것을 육감으로 알고 있었다. 망보던 놈이 신호를 했고, 우물에서 가까운 집의 아이가 빨랫비누를 들고 달려오자 아이들은 일제히 우물로 달려들었다. 처음에 구역질을 하던 아이들은, 그 이상한 물건을 빨랫비누로 벅벅 씻어가며 흥분하기 시작했다. 깨끗하게 씻긴 콘돔에다 현수가 입을 대고 바람을 넣었다. 얇은 고무는 입 바람으로 길게 부풀어 길게, 길게 공중으로 솟아올랐다.

"와아! 커진다! 커진다! 수복이 것보다 더 크다! 와아!" 아이들마다 신나게 바람을 넣고 끝을 묶으니 길다란 풍선이 되었다. 아이들은 신이 나서 서로 칼싸움하듯 그것을 휘둘러가며 시간 가는 줄 몰랐다. 그날은 당연히 모두가 지각이었다. 그날 이래 아이들은 밤이면 밤마다 고양이처럼 떼를 지어 폐관사를 찾아갔다.

"이눔으 자식들 그게 뭔 줄이나 알고 입에 대니? 당장 버리지 못해? 아이고 시상에, 세월이 하 수상하다 보니 아이들이 별걸 다 가지고 지랄들이네!" "아이고, 흉해라! 온 동네가 난리도 아니네, 쟤네들이 도대체 어디서 저걸 주어다가 저 난리야? 전쟁이 원수라더니 아이들 다 버리겠네! 버리겠어!" 콘돔 풍선도 풍선이지만, 아이들이 어디서 어떻게 그것을 주어 오는지 알게 된 어른들은 생난리를 쳤다. 아이들이 폐가 관사에 몰래 숨어들어, 미국 군인들과 양색시들이 하는 짓을 낱낱 구경한 뒤에 주어 오는 물건이라는 것을 알게 되자 마을은 발칵 뒤집어졌다.

아낙네들은 대경실색 난리를 쳤지만, 아이들은 콘돔 풍선놀이를 중단하지 않았다. 미국 군인들의 그것은 길고 하얀 고무풍선이 되어 마을 곳곳에서 수상한 냄새를 풍기며 날아다녔다. 어느 서양 아저씨의 거시기를 마음대로 가지고 놀 수 있다는 상상이 아이들을 흥분시켰다. 가을이 깊어갈수록 아이들은 각기 그 풍선 숫자로, 누가 더 많이 가지고 있는가 그 숫자로 재세를 했다.

*

겨울로 접어든 어느 날, 현우는 발가벗겨져 집에서 쫓겨났다.

"집에 들어 올 생각 마라! 이 집에서 옷이고 밥이고 다시는 현수한테 주지 마라! 저 녀석은 우리 식구 아니니까! 절대로 집에 들이지 말라고! 현수 너는 네 마음대로 살아 보라고! 그리고 누구도 저 놈을 집에 들이는 사람은 저도 쫓겨날 줄 알라구! 끝없이 집안 망신시키는 놈한테 문만 열어 줬다봐라!" 현수 아버지는 풍선 내막을 알게 된 뒤로, 현수로부터 다시는 그 물건을 손에 넣지 않겠다는 다짐을 받아냈다. 하지만 현수가 그 놀이를 그만둘 리 없었고, 더구나 그 물건 숫자 때문에 싸움질이 나면 상대방 아이의 코피를 터뜨리기 예사여서 그것이 어른 싸움으로 번지기 일쑤였고, 학교에서도 현수네 집으로 자주 연락이 와서 담임에게 불려가는 일이 드물지 않았다. 부모도 누나도 입만 열었다하면, "제발, 형을 반만이라도 닮아라!" 종주먹을 댔다. "반만 닮으라고? 반은 닮아 무엇할 건데?" 어느 날, 현수는 눈 똑바로 뜨고 달려들었다. "왜 꼭 모범생이 되어야 하는데? 왜 내가 꼭 형을 따라가야 하는데? 나는 형이 아니잖아?" "네가 너무 말썽을 부리니까 그렇잖아?" "말썽은 무슨 말썽이야? 우리 또래가 다 그렇고 그렇잖아? 왜 꼭 얌전하라는 거야? 얌전한 것들처럼 아무 짓도 하지 못하는 병신이 되라고? 나는 형이 지루해! 지루하단 말이야!" 집안에 불란이 끊이지 않던 어느 날 밤, 드디어 현수 아버지가 더는 참지 못하고 작은 아들을 발가벗겨 내쫓았다. 초겨울, 아랫도리 한 겹만으로 내쫓긴 현수는 몸을 웅크리고 벌벌 떨면서 대문 밖에 서서 잠시 생각했다. 어떻게 한다? 어떻게 하지? 그러자 머릿속에서 불이 번쩍 켜졌다. 언제인가 보아두었던 어느 집 굴뚝이 떠올랐다. 아현동 고갯마루에는 한옥이 많았고, 대개 한옥 굴뚝은 한옥 담벽 밖으로 뽑아져 지붕 위로 이어져 있었다. 저녁에 밥을 지으며 불을 때었을 테니 굴뚝이 한동안은 따뜻하리라는 것을 생각해내고, 현수는 어느 골목집 담장 밑으로 가서 굴뚝을 끌어안았다. 제법 따뜻했다. 그렇게 알몸으로 조금은 추위를 견디자, 현수는 스스로 얼마나 지혜로운가 비죽비죽 웃어가며 처량한 생각을 접었다. 그렇게 하다가 등이 시리면 등을 돌려대고 굴뚝을 업었다. 그렇게 얼마가 지났을까, 굴뚝을 껴안고 스르르 잠이 들었다. "아이고 애야, 세상에! 속도 좋다. 이러고 잠이 들다니, 그래 이러고도 잠이 오더냐? 네가 장차 무엇이 되려고 이렇게 배포가 크단말이냐? 어서 일어나라. 에미 속 좀 작작 썩히고, 어서 일어나! 이 지청구야!" 아들을 찾아 얼마나 헤매었을 어머니가 모포로 아들을 얼싸안고 감싸며 한숨이었다.

*

형이 다니는 명문 중학교는 바라볼 엄두도 못 내고, 현수는 집 근처에 있는 공업중학교에 입학했다. 아버지도 어머니도 형도 누나도 현수에 대해 일찍 기대를 접었기에 그저 중학교라고 들어간 것만 대견해했고, 그나마 무사하게 고등학교로 들어갈 수 있기만 바랐다. 중학교에서는 그럭저럭 낙제는 면했고, 교과서 외의 이런저런 책을 남독하는 가운데 머리가 굵어갔다. 소학생 때처럼 돌아가며 짓궂게 말썽을 부리지 않으니, 어른들은 아슬아슬해 하면서도 현수가 자라는 것을 신기하게 바라보았다. 현수는 장남인 형에 비해 작은 아들을 형편없어 하며 아예 내어 놓은 자식처럼 여기는 어른들의 편애를 당연하게 여겼다. 그리고 마음 상하거나 원망하거나 미워할 일이 없었다. 어머니 홀로 그런 작은아들의 성정(性情)을 안쓰러워해서 틈틈이 현수를 다독여 준다는 것도 알고 있었다.

운명은 어딘가에 숨죽이고 숨어 있다가, 아무렇지도 않은 얼하고, 일상 속으로 예사롭게 걸어올 수도 있는 것인가. 그 일은 한 소년의 생애에 어떤 징후도 없이 슬며시 찾아왔다. 소년의 일상은 무미한 것 같았지만, 그것을 견디다 보면 무엇인가 만나게 되리라는 막연한 기대가 보이지 않는 뿌리로 내리는 나이이기도 했다.

중학교 삼학년, 늦가을. 같은 반 친구 원일이가 은근하게 현수를 불러냈다. 아버지가 신문보급소 국장이어서 언제나 신문을 끼고 살던 녀석으로, 또래의 다른 아이들보다 시사에도 밝고 공부도 그런대로 잘나가는 녀석이었다. 신문보급소에서는 가게 앞이나 전주(電柱)에 영화 광고나, 선거 포스터 같은 것을 붙이는 일이 있었고, 원일은 그때마다 현수를 불러 함께 일을 돕게 했지만 맨입은 아니었다. 포스터 붙이는 일이 끝나면 극장표가 나왔고, 현수와 원일에게 극장 출입은 비밀스럽고도 우쭐한 행사였다. 극장마다 암행어사 같은 선생이 돌아다니고 있어, 들키기만 하면 곧장 정학은 떼어놓은 당상이었지만, 두 소년은 그 아슬아슬한 맛을 즐기며 어른이 되는 즐거움을 누렸다. 그 극장표는, 동네나 학교에서 더러 으스대는 건달들을 몰래 얕볼 수 있는 숨겨진 훈장 같은 것이기도 했다.

"야, 이따가 방과 후에 풀빵 먹으러 갈래?"

풀빵. 그날은 풀빵으로 시작된 하루였다. 방과후, 원일이 무슨 일로 찰싹 붙어 다정하게 굴었지만 현수는 별 생각 없이 학교 근처 풀빵집엘 들렸다. 밀가루도 귀하고 팥이 든 빵도 별미였던 때였다. 풀빵 접시를 앞에 놓고 원일이 진지한 얼굴로 입을 열었다.

"현수야 사실은 말이야……, 나 부탁이 있어."

현수는 풀빵을 입에 물고 원일을 바라보았다. 짜아식…… 겨우 풀빵 몇 개로 부탁을?

"뭔데 그래? 갑자기."

"너, 내가 우리 아버지 보급소에서 신문 돌리는 것 알고 있지?"

보급소 국장인 아버지 덕으로 신문도 돌리고 극장표도 얻어내던 원일이 갑자기 진지하게 묻는 말은 생경했다.

"그런데? 왜?"

"내가 집안에 일이 생겨서, 신문 돌리는 일을 할 수가 없게 됐어. 너 내 대신 신문 돌리는 일 좀 해 줄래? 다른 아이를 얻을 때까지만 이야."

그 무렵에는 현수네 집안 형편도 심이 펴진 때여서, 현수가 굳이 그런 용돈이나 푼돈에 목을 맬 일은 없었다. 원일은 그런 현수를 알고 있었기에 조심스럽게 부탁하는 어조로 졸랐다. "한동안만 보아 주라. 너밖에 이 일을 마음 놓고 맡길 친구가 없잖니? 신문 돌릴 사람을 얻으면 금방 인계하면 된다구."

원일의 진지함에 현수는 대번 마음이 풀어졌다.

"그러지 뭐. 그런데 우리집에는 비밀로 해 주라. 집에서 알면 야단나. 그러잖아도 우리집에서는 내가 늘 아슬아슬한 주목의 대상이거든."

조석간(朝夕刊)이 있던 시절이어서 신문 배달은 아침과 오후 두 번을 뛰어야 했다. '뭐, 조간신문은 아침 뜀뛰기로 하고, 석간은 몸을 푸는 오후로 하면 되겠지─' 현수는 간단한 일로 여겼다. 일은 그렇게 쉽고 간단하게 시작되었다. 신문구독자는 아현동을 건너 대흥동 고개를 넘고, 염리동을 지나서 마포 둑 근처 토정동으로 이어져 있었다. 당시 자유당에서는 공무원들의 신문구독까지 감시하는 통에, 울며 겨자 먹기로 서울신문을 구독할 수밖에 없는 공무원들의 집들이 있었지만, 대부분이 동아일보와 경향신문 구독자들이었다. 주택지만 돌린다면 새벽에 한 시간 정도로 삼백 부도 돌릴 수 있었겠지만, 토정동으로 이어진 길은 주택지가 아니어서 백 부 정도가 한계였다. 아버지와 어머니는 아침 일찍 집을 나서는 현수를 이상하게 여기고 다그쳤다.

"너처럼 게으른 녀석이 이런 신 새벽에 어디를 가느라고 서둘러?"

"권투 배우러 다니기로 했어요."

"아이고, 싸움질이 모자라서 이제는 권투냐? 그런데 도장에 월사금은 누가 대?"

"친구네가 하는 도장인데, 일 좀 도와주고 그냥 다니기로 했거든요."

거짓말은 미끄럽게 잘도 나왔고, 부모는 또 잘도 속았다. 신문 배달에 대해 쉽게 대답하고 쉽게 시작했지만, 주택가가 아닌 지역의 신문 배달은 생각보다 쉽지 않았다. 대흥동 고개, 염리동까지는 그런대로 드문드문한 집을 가려가며 신문을 던져 넣을 수 있었지만, 토정동은 말이 아니었다. 산밑 골자기에 양기와를 얹은 집도 드문드문 있었지만, 어느 집은 움막에 가까운 것이 밭 가운데 자리잡고 있었다. 이집 저집 집집마다 밭을 일구고, 호박밭이 널려있어, 비 오는 날에는 진흙길에서 미끄러져 거름 구덩이에 빠지기 일쑤였다. 거름 구덩이에 빠진 날은 똥물에 뒤발한 신발이며 바지를 빨아야 하는 일이 가외로 큰 일이었다. 가볍게 허락을 했던 처음 생각보다 배달일은 쉽지 않았다. 아침에 한바탕 배달하고 수업이 끝난 오후에 다시 보급소로 달려가 신문을 받아야 했고, 수금까지 책임을 지는 일은, 시원하게 대답을 했던 현수를 후회 비슷한 기분에 빠지게 만들었다. 신문 배달보다 수금이 훨씬 어려웠기 때문이다. 정말 돈이 없어서 그러는지, 그냥 선뜻 구독료를 주기가 아까운 생각이 들어서 그러는지, 대개는 질질 끌고 '다음에 와' '내일 와 봐' 그렇게 헛걸음을 시키는 집이 많았다. '빌어먹을 그럴 거면 신문을 왜 봐?' 성질 좋은 현수가 얼굴을 붉히게 만드는 어른들이 많았다. 더구나 평일에는 수금을 할 수 없어, 토요일 오후나 일요일에 할 수밖에 없어, 놀기 좋아하던 현수가 공일을 반납해야 하는 억울함은 무엇으로도 보상이 되지 않았다.

*

토정동 한길가, 시금치며 열무 등 가을까지 푸성귀가 심겨진 밭가에 블록으로 얼기설기 지은 양기와 집이 한 채 있었다. 그 집은 반쯤 지하로 내려앉은 방이 있어, 창문 높이가 현수의 턱밑 정도여서 방안이 한눈에 들여다보였다. 여름에 시작된 배달이어서 아침에는 창문에 꽂아 두고, 오후에는 신문을 창문 안으로 던져 넣었다. 가을로 접어든 어느 날, 석간을 돌리는데, 문득 방안에서 아기가 옹알거리는 소리가 들렸다. '아니, 어디서 아이 옹알이가?' 저도 모르게 창문을 내려다보았다. 돌은 지났을 듯싶은 사내아이가 비칠비칠 위태롭게 걷기도 하다가 쓰러지기도 하면서 혼자 놀고 있었다. 아기는 장난감이 있는 것도 아닌데 혼자 옹알거려가며 방안을 이리저리 돌아다녔다. 한참을 들여다 보고 있어도 어른은 나타나지 않았다. 엄마는 어디로 가고 나타나지 않는지. 그런데 저 어린아이는 왜 울지를 않지? 혼자 있는 것에 얼마나 익숙해졌으면 어른을 찾지 않을까. 측은했다. 그 정경을 버려두고 얼른 발길이 돌아서 지지 않았다. 밭 가운데 집이어서 행인의 눈에 뜨일 일도 없는 그런 집에다 아기를 혼자 두고 어른은 어딜 갔다는 말인지.

현수는 다음날부터 석간 배달을 나설 때면 과자나 사탕을 챙겼다. 그리고 영락없이 아이가 혼자 놀고 있는 그 방 앞에서 아기를 불렀다. "아가야! 아가야!" 아이는 아주 순하게 소리가 나는 창문을 올려다보았다. 그리고 벙긋이 웃었다. 저를 부르는 사람에게 하는 인사였다. 세상에! 저런 아기를 혼자 버려두다니. 울컥했다. 아기는 얼마나 영특

하고 귀엽게 생겼던지— 현수는 한동안 아기를 어르다가 과자를 던져 주었다. 아기는 엉금엉금 기어서 과자를 주어 입으로 가져갔다. 과자를 입에 넣고 다시 창문을 올려 보는 눈이 맑고 맑았다. 그렇게 아기하고 노느라고 석간 배달이 늦어지고는 했다. 가을이 깊어가면서 토정동 일대의 밭도 덜 질척거렸고 아침저녁의 선기는 현수의 신문 배달을 신나게 만들었다. 어느 날 오후, 여느 때처럼 아기를 보려고 창문을 드려다 보던 현수는 잠깐 멈칫 했다. 어른이 있었다. 젊은 여자. 아기 엄마 같았다. 눈이 마주친 순간 가슴이 철렁했다. 얼마나 맑고 따뜻한 눈이었는지. 현수는 창 안으로 던져 넣으려던 사탕봉지와 배달해야 할 남은 신문을 팔에 낀 채 얼어붙었다. 꼼짝 못하고 얼어붙은 현수를 바라보며 여자가 웃었다. 그 미소는 현수의 가슴을 두 번째 내려앉게 했다. 얼어붙었던 현수의 가슴이 벌렁거릴 무렵, 여자가 일어서며 창문 쪽으로 다가왔다.

"아, 신문쟁이 학생이었구나. 내 아기에게 과자와 사탕을 넣어 준 사람이……, 요즘 세상에……, 이런 천사 같은 사람도 있었네……."

현수는 반벙어리가 되어 소리쳤다.

"아, 네, 저, 그게……."

그러다가 혼신의 힘을 다해 걸음아 날 살려라! 도망치기 시작했다. 얼마를 뛰었는지 옆구리에 끼고 있던 신문 한 귀퉁이가 땀에 젖었다. 그날 밤, 현수는 잠을 이루지 못했다. 그 창문 앞에서 왜 그렇게 달아났는지, 왜 그렇게 죽자 살자 달려야 했는지 이유를 알 수 없었다. 잠 못 드는 밤이 이어졌다. 한밤중에 현수는 자리를 털고 일어나 미친 듯이 토정동으로 달려갔다. 창문은 닫혀있었지만 유리창 너머로 방이 환하게 들여다 보였다. 낮은 촉수의 불이 밝혀진 방에, 아이는 잠이 들어 있었고, 여자는 보이지 않았다. 현수는 평상심이 없어진다는 것이 그렇게 힘든 것이라는 것을 배우며 겨울을 맞았다.

어느 일요일 아침, 수금을 나선 현수는 철렁거리는 가슴을 안고 그집 창 문 앞으로 다가갔다. 창문을 가볍게 두드렸다. 창문이 드르륵 열렸다.

"아, 신문쟁이, 그 학생이로구나!" 창문 밖으로 현수를 바라보는 여자는 앞가슴이 훤히 드려다 보이는 잠옷을 입고 환하게 웃었다. "추운데 들어와! 신문값 달라고? 알았어. 신문값 밀렸지? 줄 테니 저쪽 대문으로 해서 들어오라고!"

"괜찮아요."

"괜찮기는 뭐가 괜찮아? 추우니까 잠깐 들어오라는데."

현수는 머뭇거리다가 밀린 신문값 이야기에 자신을 달랬다. 그리고 벌렁거리는 가슴을 짓눌러가며 어정어정 대문을 찾아 들어갔다. 엉성한 양기왓집 대문은 안채로 드나드는 문과 뜰 아래로 주저앉듯 낮게 들인 방으로 드나드는 문이 따로 있어, 안채에서는 그 방으로 누가 드나드는지 아랑곳하지 않았다. 방안은 따뜻하고 향기로웠다. 아이가 장난하지 못하게 하느라고 그랬는지 선반에 화장품이 즐비했고, 횃대에는 다소 사치스럽게 느껴지는 옷들이 겹겹이 걸려 있었다. 여자의 나이를 가늠할 수 없었지만 여자의 귀밑은 뽀얗고 보드러웠고, 소년이 처음으로 맡게 된 향기가 어지럼증을 일으켰다.

"추운데 이리와요." 여자는 아랫목에 깔려 있는 얇은 이불에다 현수의 발을 잡아끌어 넣어주면서 웃었다. "무어가 그렇게 부끄러워? 아직 솜털도 벗겨지지 않은 도련님이네…… 자아 이리 와요."

이불 속에서 발이 녹으면서 현수의 아랫도리가, 불에 덴 것처럼 불끈 뜨거워졌다. 부들부들 떨면서 신음을 깨물고 있는 현수 옆으로 다가온 여자가 현수의 아랫도리에 손을 댔다.

"이런? 이런? 큰일 났네! 어쩌지?"

현수는 여자가 이끄는 대로 여자의 몸 위에서 몸을 풀며 쓰러졌다. 걷잡을 수 없었다. 세상이 간 곳 없어졌다.

"아아, 숫총각이다! 정말 숫총각이네?"

여자의 목소리를 몽롱하게 들으며 소년은 한동안 일어나지 못했다.

*

며칠 후, 조간을 배달하던 현수는 무작정 반지하 대문으로 들어가 방문을 열었다. 아침 햇살이 아직은 엷은 시간. 소년은 방으로 들어가자 배달하던 신문을 팽개치고 주저앉았다. 술 냄새를 진하게 풍기며 잠들어 있는 여인의 얼굴은 화장이 지워지지 않은 채였다. 여인의 이취(泥醉)는 소년에게 불을 질렀다. 소년의 숨소리가 거칠었던가 여인이 살풋 눈을 떴다. 여자는 소년이 눈에 띄자 행복한 꿈을 꾸듯 환한 웃음을 가득 담고 입을 열었다.

"아! 신문쟁이 천사가 왔구나…… 우리 아기의 천사……, 이리 와, 이리 들어오라고."

아직 술내가 풍기는 여체가 소년을 끌어안았다. 황홀한 세상. 여인의 품은 한 세상이었다. 이런 세상이 있었다니— 현수가 여체를 탐하던 동안 여인의 얼굴이 눈물에 흠뻑 젖었다. 아, 웬 눈물이……, 왜 우는 걸까. 이런 황홀한 세상에 웬 눈물이……, 두 사람이 얼크러져 있는데, 아기가 깨어 엉금엉금 기어서 두 사람에게 달려들었다. 여인이 흐느끼면서 소리쳤다.

"미지야! 저리 가! 미지야! 안 돼! 저리 가라고!"

"왜 울어요?"

현수가 부끄러움 중에도 숨 가쁘게 묻자 여자가 눈물 젖은 얼굴에 환한 웃음을 담았다. "도련님이 너무 사랑스러워서. 너무너무 순수한 게 고마워서……."

그날 소년은 남은 신문 배달도 무였고 학교도 뒷전이었다. 그 방에서 종일 몽롱하게 지냈다. 아기 이름이 왜 미지인가 물었더니, 아빠가 누구인지 몰라서 이름을 그렇게 지었다며 아기 엄마는 다시 눈물이 그렁한 눈으로 소년을 바라보았다.

"하기는 정작 내 이름이 미지(美知)야, 아름다울 미 자에다, 깨닫고, 느끼고, 기억하고 알게 되는 지(知)자로 지어졌지만 정작 나도 내가 누구인지 모르거든."

소년은 그날 저녁 여자가 술집으로 출근을 하기 전까지 그 집을 떠나지 못했다. 미지 엄마가 달래고 떠밀었어도 소년은 막무가내였다. 편애, 모범생, 학교, 집, 친구, 이제 그런 것은 아무래도 좋았다.

밤이 이슥해서 집으로 돌아가자 가방도 없이 학교엘 어떻게 갔으며, 어디서 무얼 하다 이제야 돌아오는지 닦달이 심했지만 현수는 운동하다 늦어 그냥 학교에 갔었다며 천연스런 거짓말을 했다. 누가 무어라 해도 소년이 간직하게 된 비밀한 자부심에게는 미움도 원수도 없었다. 한밤중에 느닷없이 토정동으로 미친 듯 달려가 보면, 얕은 불빛 속에 아이만 잠들어 있고, 엄마는 보이지 않기 예사였다. 그렇게 새벽까지 기다렸다가 여자를 만나고 돌아오면 학교에서 하루 종일 졸았다. 소년에게 그해 겨울은 온 세상이 황홀한 상처였다. 미지의 엄마가 겪은 전쟁, 고아원, 다방 레지에서 술집으로 풀리게 된 경위는, 소년이 처음으로 눈뜨게 만든 아픔이었다. 소년보다 아홉 살 연상의 미지 엄마. 소년은 새벽마다 찾아가는 미지 엄마를, 나쁜 놈들이 억지로 먹인 술 때문에 잠들어 있는 잠자는 공주라고 생각했다. '내가 저 공주의 잠을 깨워야 해. 저 가엾은 공주의 잠을 깨워야만 해!' 소년은 어떻게 하면 돈을 벌어, 미지 엄마가 술집엘 나가지 않고 살게 할 수 있을까, 고뇌에 빠졌다. 미지와 미지 엄마의 보호자가 되어야 한다고 홀로 다짐하고 또 다짐했다. 여체의 향기에 취하면 취할수록 자신이 어른이 된다고 믿었고, 그 만남은 자신이 선택한 운명이라 믿었다. 소년은 미지 엄마를 품고 어른스럽게 다짐했다. "내가 돈을 벌게요. 돈을 벌어서 술집에 나가지 않게 할게요. 마시고 싶지 않은 술 마시지 않고 살게 해 줄게요."

현수는 어떻게 해서든 그렇게 하겠다고 스스로에게 다짐하고 또 다짐했다. 그 한겨울, 소년은 미래를 꿈꾸고 계획하며 부쩍 자랐다. 육체가 만났던 감각의 세계에서도 영혼은 깊은 뿌리를 내리고 있었다.

*

해가 바뀌고 학기말 시험이 끝날 무렵의 어느 날 새벽. 신문 배달을 마치고 현수가 미지네 방에 들어가, 이제는 어른처럼 너무도 자연스럽고 든든하게 미지 엄마를 품었을 때였다. 갑자기 천둥치듯 머리맡 창문이 드르륵 열렸다. 현수가 늘 신문을 던져 넣고, 미지를 들여다보며 사탕이며 과자를 던져주던 그 창문이, 깨질 듯 사납게 드르륵 열렸다. 반사적으로 훔칠 올려다보니 형의 얼굴이 창문에 가득 차 있었다. 옆에 어머니의 얼굴도 함께였다. 어머머! 미지 엄마의 얼굴이 백짓장처럼 창백해졌다.

"옷 입어! 이놈아!" 얼굴이 하얗고 매끄러워 귀족적인 도련님이라고 불리는 형이 험악한 얼굴로 소리를 질렀다. "어머니도 와 계셔! 이놈아! 빨리 나와! 나오지 못해?"

벌벌 떨고 있는 형은 목이 쉬었고 얼굴은 하얗게 질려 있었다. '이렇게 불안한 행복이었던가.' 현수가 주섬주섬 옷을 입고 방에서 나오는데, 어느 틈에 입구를 찾아낸 어머니가 현수를 밀치고 방으로 들어섰다. 현수가 어머니의 치맛자락을 부여잡고 늘어지자, 뒤따라 달려든 형이 현수를 잡아끌고 대문 밖으로 나갔다. '저런 샌님한테 어디 이런 힘이 있었어?' 현수는 형의 무지스러운 힘이 이상했다.

"이 화냥년아! 그래 어디 해 먹을게 없어서 어린아이를 후려? 이 미친년아! 콩밥 먹어 볼래? 미성년 유괴해서 성 노리개를 삼았던 게 어떤 죄인지 가르쳐 줄까?"

지금까지 본 일도 없었고 들은 일도 없었던 어머니의 사납고 상스러운 목소리가 밖으로까지 튀어 나왔다. 어머니가……, 어머니가 어떻게……, 어머니는 표범보다 더 사나웠다. 가슴이 타 붙던 현수가 형을 뿌리치려 해도 형의 손아귀는 강철 같았다. 형에게 질질 끌려 거리로 나가자 형은 대뜸 택시를 불러 현수를 태우고 집으로 향했다.

"미친놈!"

타기하듯 형이 내 뱉는 말에 현수는 어이가 없었다. '모범생이 이런 세상을 어떻게 알겠어? 저는 공부 외에 할 줄 아는 게 아무것도 없으면서―' 택시가 집 앞에 이르렀을 때, 현수는 형을 재빨리 밀치고 줄행랑을 쳤다. 그리고 곧장 친구네 집을 찾아갔다.

현수의 집에 지진이 일어났다. 식구마다 현수를 찾아 나서서, 친구네 집에 숨어있던 현수를 찾아냈고, 곧장 끌어다가 감금했다. 현수는 심각한 전염병 보균자 같은 신세가 되었다. 누구도 현수에게 말을 건네는 사람이 없었고, 아예 괴상한 짐승 보듯 했다. 며칠 만에 현수가 집을 탈출해 토정동으로 달려갔을 때, 미지네 방은 텅 비어 있었다. 현수가 고등학교 진학 시험을 포기한 것은 식구들에 대한 무언의 항의였다.

　간단히 시작한 신문 배달은 현수의 운명이었다. 운명은 늘 어느 길목에서 아주 심상하고 예사로운 얼굴로 다가오게 마련이었던 듯 그렇게 다가왔다.

*

　이해할 수 없었다. 어머니나 형, 누나와 그밖에 수군거리는 사람들은, 끝까지 그 여자를 나쁜 여자라고! 몹쓸 여자라고! 영혼이 없는 여자라고, 미친년이라고 주장했다. 현수가 영혼이 없는 이상한 괴물에게 물렸다가 풀려났다고 우겼다. 현수를 가족의 일원으로, 그리고 자기편으로 끌어안으려는 사람들은 그렇게 믿고 싶어 한다는 것을 현수는 알고 있었다. 현수를 정상적인 인간으로 만들기 위해서는 그렇게 믿어야만 했다. 어떻게 사는 것이 정상인데? 그 관계가 왜 잘못된 관계라고 단정을 짓는 것인지 현수는 이해할 수가 없었다. 육체만 가진 여자. 영혼이 없는 여자. 그들이 모두 그 여자를 괴물로 여겨도, 미지 엄마가 영혼과 육체의 유기적 통합체임을 믿기 위해서, 현수는 그를 잊지 않기로 했다. 소년을 몸으로 받아들이던 여자가 흘린 맑고 맑은 눈물을 현수는 잊지 못했다. 왜 사람들은 누구의 육체를 헌신짝처럼 여기는지. 왜 누구의 육체는 천하고 더럽게 여기는지 알 수가 없었다. 분명 정염(情炎)은 생명이었다. 왜 육체가 느끼는 황홀함을 불결하게 여겨야 하는지 알 수가 없었다. 현수가 정상적인 삶을 살게 하기 위하여 가족은 끊임없는 노심초사로 현수를 단단하게 묶었다. 가족은 가족애라는 지배성향을 내세워 현수를 비정상아로 몰아갔고, 그 여자를 잊게 만드는 것은 현수의 인생을 시궁창에서 건져 올리는 일이라고 굳게 굳게 믿었다. 핏줄이 가르치는 정상적인 사람이라는 것이 무엇이라는 말인가? 고등학교에 진학하고, 대학에 들어가 영문학 전공으로 이름을 얻고 대학교수가 되었지만, 현수의 영혼에 각인된 한 사람은 지워지지 않았다. 소년의 정염(情炎)은 영원한 현재였다. 가족관계, 사회법으로 규정된 관습도 그를 그 정염에서 떼어내지 못했다.

그는 전임강사 자리에 올랐을 때 아파트를 구입한 뒤 독립했다. 결혼적령기를 훨씬 넘기고도 결혼할 생각 없이 독신을 고수했다. 부모와 형제들의 근심과 성화도 지칠 대로 지쳤을 무렵. 동생의 결혼식 가족 뒤풀이 잔치 자리에서 술기운이 어지간한 숙부가 조심성 없이 떠들던 소리를 현수는 그저 흘려들었다. 사춘기 때 현수의 내력을 속속들이 알고 있던 숙부였다. "저 눔이 아무래도 그 몹쓸 계집 때문에 병이 든 게여! 그래, 멀쩡하게 성공해서 대학교수까지 된 눔이 뭐 부족해서 장가를 안가겠어? 멀쩡하게 생겨가지구, 좀 잘 생겼어? 인물이 빠져? 학벌이 빠져? 주위에 여자들도 꽤 있다 더구먼. 그때 병이 든 겨, 그 계집 쫓아 보냈다고 그걸루 끝난 줄 알았던 어른들이 잘못한 거지! 그 병이 지금꺼정 저 눔 잇사이에 물려 있는겨!" 숙부의 말에 누구인가의 사내 목소리가 이어졌다. "아니 어렸을 때 나이든 여자헌테 동정 빼앗긴 사내가 그걸 평생 못 잊는 그런 숫뵈기가 있다고? 설마…… 결혼 안 할려는 게 꼭 그 때문은 아닐게여!" 현수는 그들의 말을 곰곰 생각해 보았다. 꼭 그런 것만은 아닐 것 같기도 했지만 현수는 결혼에 관심이 없었다. 공부하던 동안, 교수직으로 올라가기까지 영일 없이 바쁜 탓도 있었겠지만 결혼 자체가 버거웠다.

그가 결혼에 실패한 것은 어쩌면 당연했다. 아름답고 영특했으며 기독교 신앙으로 철저하게 다져진 아내는 결혼 얼마 후, 현수의 실체를 알아냈다. "당신, 나 아닌 누구인가를 품고 살아가네요. 당신을 열렬하게 좋아했던 나는 당신의 겉껍데기만 가진 거네요. 당신은 표현을 하지 않았지만 당신이 아이를 원치 않는 이유도 알만해요. 당신의 영혼은 이미 누구인가에게 붙잡혀 있는 것을 내가 미처 알아보지 못했어요. 내 실책이에요. 내 탓입니다. 구원(久遠)의 여인을 품고 있는 남자를 몰라보았어요." 아내는 삼 년 만에 떠나갔다. 결혼은 현수에게 죄의 원형이 되었다. 부모와 형제들의 성화에 못이기는 척, 통과의례로 이끌려갔던 결혼이, 결국은 아내에게 돌이킬 수 없는 상처를 안겨준 죄로 남았다. 남모르게 미지를 찾아 헤매었어도 끝내 찾지 못했다는 핑계가 영글면서 남겨진 죄였다. 현실이라는 지평(地坪)이 넓어지면서 지난날을 돌이켜볼 여유도 없어졌고, 죄책감도 희미해져, 그저 삶이 그럭저럭 이어져가던 동안 더러는 떠밀리고 더러는 타성에 끌려 살면서, 상식이라는 거대한 밀물에 떠서 흘러갔다.

그에게 아내라는 여체는 감미도 뜨거움도 없는 제례(祭禮)였다. 아내는 그것을 알았고 노여움이나 미련 없이 떠났다. 이후로 현수는 홀로 지냈다. 가족도 주변의 친구들도 그를 그저 괴짜라고 간단히 치부했다. 그의 세월은 늘 아득하게 흘러갔다. 살아가자니까 그냥 살 수도 있었다. 대학 강단에 서고, 제자들과 어울리고, 학회에서 논문도 발표하고, 여행도 다니고, 연애 비슷한 감정에도 젖어보고, 돈도 챙기고, 명절 때면 옛날을 씻은 듯 잊었다고 하는 부모와 형제들하고 어울리기도 하고, 조카들에 대해 삼촌의 위세를 부려보기도 하며 살았다. 극한의 절박성이 없는 대신 희망의 싹도 보이지 않는 삶. 그런대로 생존의 모양은 갖추어지고…… 세속(世俗)이란 그런 곳이었다. 체념에는 막연한 기대가 숨겨져 있는 듯했지만, 욕구 없이도 삶은 그저 등 떠밀려 밀려갔다. 어쩌면 미지 그네에 대한 어머니의 호통이 절대로 옳은 것이었을 수도 있었다. 신문 배달만 하지 않았어도, 토정동 반지하의 방에서 엉금엉금 기어 다니던 아기를 발견하지만 않았어도, 정현수 자신의 삶은 지금하고 판이한 모양새를 갖추었을는지도 모른다. 삶에 대한 열망도 없었지만 죄책감 없이 살 수도 있었을 것이다. 뜨거움도 차가움도 없는 삶을 미지근하게 살면서 그가 막연하게 기대했던 것은 젊었을 때 읽었던 괴테의 파우스트가 마지막 순간에 구원을 받는다는 결론에 있었다. 철저하게 이기적이고 거만하며, 약간은 신비로운, 악마 메피스토펠레스를 달고 다니며, 욕망을 쫓아 그레첸을 쾌락의 도구로 삼고, 살인도 서슴지 않았던 파우스트가, 종내 구원을 바라보게 되는 그런 파우스트를 막연하게 건너다보았다. 악마와 결탁, 저주받은 영혼에서 종내에는 신으로부터 용납당하는 영혼의 주인공 파우스트를 막연하게 동경하며 살았다. 파우스트에게도 뉘우침을 통한 무한한 자기체념(自己諦念)이 있었던 것일까. 죽기까지 끊임없이 새로운 자기실현을 추구한 생명력을 신은 용서한 것일까.

그는 아름답고 신비한 독초(毒草)의 향기로, 자신의 영혼에서 뿌리를 내리고 있던 첫 경험을 잊은 일이 없었다. 감각이 꼬리를 감추었어도, 체험이라는 사실은 그의 삶에서 계속 눈뜨고 있었다. 어머니에게 능멸을 당한 여인에 대한 쓰라린 상처가 더욱 그를 못 잊게 만들었다. 영혼의 시선에서 떠나보낸 일이 없는 그이에 대한 영상(影像)은, '그이도 내 영혼의 시선에서 벗어난 일이 없을 것이고, 나도 그 영혼의 시선에서 비켜간 일이 없다……'는 확신을 평생 간직하게 만들었다.

*

찻집 스타벅스는, 점심을 먹고 들린 젊은이들로 시끌시끌했다. 대도회 군중의 일상이 의미 없이 무너지는 자리가 밥 먹고 마셔대는 커피 가게다. 구석 자리에 앉아 있는 정 교수의 정면에서 텔레비전의 영상이 바쁘게 바뀐다. 광고, 광고가 판을 친다. '암! 암! 멀티플 암 보험! 남자 세 명 중 한 사람, 여자 네 명 중 한 사람이 암이다! 수많은 암에 대비! 멀티플 암 보험! 암! 암!' 아암! 아암! 그렇지, 그렇고말고! 광고는 암에 걸리기를 응원한다. 암! 암! 자꾸자꾸 생겨라, 인간의 몸뚱이를 점령하라! 암이여! 암이여! 그 자리에서 아직은 싱싱하게 웃고 떠드는 사람들 모두의 몸 어딘가로 습격하라. 암이 꼬리를 치게 만드는 광고— 암! 암! 그렇고말고! 번화가의 찻집에는 늘 의미 없는 소요(騷擾)가 구정물처럼 고여 있다. 그는 암을 외쳐대는 광고가 역겨워 눈을 감았다.

그러자 그는 홀연히 시간을 건너, 토정동 집 창문 앞에 서 있다. 벌벌 기어 다니는 어린아기가 창문 쪽을 올려다보며 벙싯벙싯 웃는다. 영원한 현재였다. 그의 삶은 그 아기의 웃음을 만난 이전과 이후로 나뉘듯, 그 이후의 삶은 부질없는 부스러기를 헤쳐온 시간이었다. 미지, 아빠가 누구인지 모르는 미지, 엄마는 어디 갔니? 문득 미지 엄마를 닦달하는 어머니의 앙칼진 목소리가 들린다. "화냥년아! 그래 어디해먹을 게 없어서 어린아이를 유인해서 성 노리개를 삼아? 이 미친년아! 콩밥 먹어 볼래? 미성년 유괴해서 성 노리개 삼는 게 어떤 죄인지 가르쳐 줄까?" 표범보다 더 사납던 어머니의 목소리가 가슴을 찌른다. 세상에 그 누구도 미지 엄마의 눈물을 아는 사람은 없다. 아빠가 누구인지 모르는 미지는 영원히 그 얕은 방 창문 아래서 그렇게 웃고 있어야 한다. 미지 엄마의 몸을 거쳐 간 남자들은 영원으로부터 미지의 시간을 도둑질하고 살해한 자들이다.

그는 앉아 있던 자리에서 튕겨지듯 벌떡 일어났다. 그랬다. 정현수는 그때 이미 미지가 빨간 구세군 케이프를 두르고 웃고 있는 오늘의 모습을 보았다. 그때 이미 하얀 앞머리를 곱슬하게 내리고 빨간 라사지 모자를 쓰고 서서 웃는 그이를 알고 있었다. 영원한 현재였다. 그 앞과 그 뒤에 어떤 삶의 징검다리가 있었다 해도, 그이는 지워지지 않는 영원한 현재였다.

그는 구정물로 흐르는 개울을 건너가듯, 자리에서 일어나 밖으로 뛰쳐나갔다. 그리고 잃은 것을 찾으러 가는 사람처럼 강남 네거리로 달려갔다. 잡답에 밀려 지하도로 내려가며 구세군 종소리를 향해 귀를 기울였다. 그러나 구세군 냄비는 그대로 있었지만 사람들은 바뀌었다. 오전보다 더 꾸역꾸역 쏟아져 내려온 인파는, 지구가 무너져가는 소리를 듣지 못하는 귀머거리들처럼 밀려가고 밀려들었다. 군중은 여전히 출렁거리는데, 곱슬한 흰머리를 느린 라사지의 빨간 모자 아래 티 없는 웃음을 머금고 있던 그이는 보이지 않았다. '환시(幻視)였던가? 아니면 사람을 잘못 본 것일까? 공연히 제풀에 놀라 엉뚱한 사람을 그이로 보았던가. 그럴 리가!' 환시가 아니었다. 그는 토정동에서 이미 오늘 보게 될 그네를 알아보았다.

'이 자리는 시간을 건너온 영원한 현재, 그리고 그 현장이다.' 그는 잠깐 멈추어 서서 종을 흔들고 있는 구세군에게 다가가 구세군 그 할머니의 신상에 대해서 물을까 했다. 그리고 그다음에는…… 그렇게 확인 다음에는……? 토정동 반지하, 가난한 방의 현재에서 어디로 갈 것인데? 그이를 확인한 뒤에 정현수는 그이 앞에서 무엇이 되어야 하는데? 그 자리에서 어디로 갈 것인데? 확인은 무슨…… 그때, 그 공간에서 두 사람의 시간은 그대로가 영원한 현재였을 뿐…… 그는 인파에 이리 밀리고 절리 밀리다가 문득 소스라쳤다. 칠십여 년 동안 풀수 없었던 숙제에 불이 반짝 켜졌다. 어머니가 내지르던 무서운 욕설과 하얗게 질렸던 미지의 얼굴이 떠오를 때마다 죄책에 시달리던 현수의 눈앞이 갑자기 밝아졌다. 술 취해 잠자던 공주를 깨워 일으킨 사람은 결국 현수 자기였다. 신문 배달 학생의 사춘기에 불을 붙여준 미지가 그 자리에서 쫓겨나게 만든 것은, 어머니의 능욕이 아니었다. 살의(殺意)로 날을 세웠던 어머니의 욕설은 미지를 쫓아낸 것이 아니라 미지가 새로운 삶을 찾아 떠날 수 있게 만든 채찍이었고, 그 채찍에 묶여 있었던 것은 사춘기의 현수였다. 토정동 가난한 반지하 방에서 현수는 미지를 깨워 배웅한 것이다.

오후가 되면서 더 복잡해진 강남역은 연말을 통째 삼키고 말듯이, 그악스럽게 달려든 사람들로 이상한 전쟁터가 되었다. 그는 다시 밀리고 밀려 지상으로 올라섰다.

*

그는 오래간만에 전철을 탔다. 오후 세 시가 넘은 전철은 헐렁하다. 늙은이들이 노약자석에 구겨 박혀 졸고 있다. 더러 시큼한 모주 냄새를 역하게 풍기며 사타구니에 두 손 처박고 입을 쑤욱 내밀고 하릴없이 꾸벅꾸벅 졸고 있다. 전철이 지상으로 올라서자 건너편 언덕에 빗긴 해가 눈부셨다. 무덤들이 가지런한 한적한 등성이가 흘러갔다. 양지바른 언덕의 묘지. 죽음의 평화가 오후의 햇살 속에서 눈부셨다. 저 늙은이들이 꿈속에서라도 저 묘지를 볼 수 있기를— 살아서 꿈틀거리는 것들은, 왜 한사코 죽음의 평화를 외면하려 하는가. 죽음을 안고 태어났으면서 그 죽음으로 들어가는 것을 한사코 두려워하다니— 그는 자신의 숨이 멎는 순간을 오래도록 상상했다.

전철을 내려 시외버스를 탔다. 버스가 중간 기착지인 A읍에 도착했을 때, 늘 그렇듯이 마을로 들어가는 버스를 기다리는 사람들이 적잖이 서성거리고 있었다. 전국이 개발 붐을 타고 땅값이 난리를 쳐도, 그곳은 눈치 없이 촌스러움을 벗지 못하는 읍내였다. 그는 사람들이 들끓지 않을, 그렇게 후미진 곳, 버려진 시골집을 싼값에 마련해서 둥지를 틀었다. 돈 냄새도 멀고, 사람 냄새도 멀고 먼 곳을 찾아간 것이다.

낡고 낡아서 부서지는 소리를 내지르며 달리는 시골 버스는 그나마 시간마다 있는 것이 아니어서 그 시간을 놓치면, 적잖은 값의 택시를 타거나, 한두 시간을 종일 기다리게 만드는 불편한 교통편이었다. 얼큰한 막걸리 쉰내를 풍기는 노인에, 댓진내로 절어서 근처에만 가도 퀴퀴한 냄새가 코를 찌르는 노인에, 꼬부랑 할머니에, 장보따리가 힘에 겨워 보이는 중년 여인에, 멀리서 일감을 찾아온 피부색 다른 노동자들이 서성거리는 네거리. 농협은행, 하나로 마트, 한의원, 약국, 부동산, 순댓국집, 고깃간, 구멍가게, 손수레 양말장수, 떡볶이 수레, 호떡가게, 김밥집이 어지럽게 널려 있는 네거리는, 늘 먼지가 안개처럼 자욱하게 끼어 있었다.

버스를 기다리는 승객 중에는 나이든 수녀와, 귀밑머리 솜털이 아직 보스스한 소녀들이 아기를 둘러 안고 있는 모습도 보였다. 아이가 아이를 안고 있었다. 열예닐곱에서 그저 스물 안팎의 미혼모 소녀들이었다. 포대기에 감싸 안고 있어 아기들 얼굴이 보이지는 않았지만 포대기 속에서 꼼지락거리는 것이 포대기 밖으로 보였다. 가톨릭에서 운영하는 '생명의 집'에 들어 출산한, 미혼모 어린 산모들이었다. 생명의 집으로 계속해서 모여드는 10대의 미혼모 소녀들은 날로 늘어나는데, 그곳에서는 그렇게 출산을 돕고 양부모를 연결해 주는 일을 하기에 여념이 없었다. 정현수가 집을 떠나 버스를 탈 때마다 보아오던 어린 산모들이었다. 눈에 뜨일 때마다 '저 인생들은 앞으로 어떤 삶을 살아가려나. 멋모르고 태어난 생명은 또 누구를 만나 어떤 삶을 연출할 것인가' 가슴을 짓누르는 묵직한 슬픔에 몰래 머리를 흔들고는 하던 장면이었다. '문란의 정도를 넘어, 코를 푸는 것보다 더 쉽게 욕구를 풀어 던지는 세대에서, 피임을 하고도 실수? 로 생긴 생명을, 득달같이 산부인과로 찾아가 찢어 긁어내는 일을 성형수술보다 쉽게 알고 처리하는 세태에서, 저들은 어쩌다가 저런 짐을 진 것일까. 순진했던 것일까? 바보였을까, 무책임한 무른 성격 탓이었을까?' 디룩디룩 아이를 안고 꽤 큼직한 기저귀 보따리와 각자가 가진 짐이 적지 않았다. 아이에게 양부모가 생겨, 신생아의 짐을 정리할 작정이었는지, 그들은 각자 착착 접힌 큼직한 골판지 박스를 힘겹게 들고 있었다. 슬픔만이 아니라 부끄러움까지도 휴지처럼 구겨 던진 거리에서, 저들은 슬픔과 부끄러움을 열 달 동안 뱃속에 구겨 넣고 아기를 낳았다.

겨울의 갈한 먼지를 흩뿌리며 버스가 도착하자, 지루해하던 승객들이 버스 앞으로 우르르 몰렸다. 골판지 박스가 몇 겹 접힌 것을 들고 있는 아기 엄마들은 아기를 안은 남산만한 앞가슴으로 짐을 들고 절절맸다. 정 교수는 아기 엄마들의 짐을 모두 몰아서 받아들었다.

"먼저 타요. 짐을 들어 줄 테니―"

고맙습니다. 고맙습니다. 엄마들은 힘들여 버스에 오르며 고마워했다. 버스에 오르자 빈자리를 찾아 앉은 어린 엄마는, 포대기에 싸여있던 아기가 힘들어했을 것을 염려하며, 아기가 숨을 쉴 수 있도록 포대기를 젖혔다. 얼굴이 빨간 예쁜 딸아이의 아주 작은 얼굴이 드러났다. 순간 손잡이를 잡고 서 있던 정현수의 가슴이 뜨거워졌다. 미지, 미지도 이렇게 태어 났다……. 하지만 지상에서 일어난 일 중에 의미 없이 스러지는 것은 없다. 생명에게서는 지울 수도 빼앗을 수도 없는 현재만이 뿌리를 내린다. 속이고 속는 것도 없다. 순간순간이 영원한 현재다. 그 영원한 현재가 높은 곳으로 높은 곳으로 올라간다. '아가야…….' 가슴이 뭉클했다. 눈시울이 뜨거워졌다. 생명이 누리는 현재는 영원하다. '아가야, 태어났으니, 어디서 무엇을 만나던 열심히 살아라, 그것만이 구원이다. 뜨겁게, 뜨겁게 살아라, 너의 영원한 현재가 여기에 있구나. 부디 복되어라, 복되어라. 지금 이 순간이 우리 모두의 영원한 현재로구나.' 미지의 한 생명 앞에서 그의 영혼이 혼신을 기울여 기원했다. 미혼모의 품에 안긴 아기를 바라보는 그는 나이를 잊었다. 토정동을 찾아갈 때처럼 모든 것이 황홀하고 뜨거웠다.

일회용, 일회용!

"누구야? 누구냐고?"

시영아파트 ○동 508호. 아파트 안에 불이 켜져 있는 것을 확인하고 현관문을 몇 번 두드리자 당장 물어뜯을 듯 쇠 된 소리가 터져 나왔다.

"죄송합니다. 통장인데요. 인구조사 다니는 봉사자입니다. 낮에도 뵐 수가 없고, 이른 저녁에도 댁에 계시지 않아, 여러 번 들렀습니다. 오늘밤, 불이 켜져 있기에 들렀습니다."

그러자 현관문이 벌컥 열리면서 오십대 중반의 감때사납게 생긴 여자가 불쑥 나타났다.

"너 뭐야? 인구조사를 오밤중에 다녀? 정부에서 그렇게 하래? 도대체 밤 열한 시에 이게 무슨 행패야? 행패가?"

"열한 시는 아직…… 지금 열 시 반인데요."

"그거나 그거지! 우리 엄마도 자다가 깼어! 그 양반 자다가 깨면 그냥 날밤을 새는데 너 들어와서 재워 줄래? 별…… 깡깽이 같은 것이!"

"죄송합니다. 정말 죄송합니다. 여러 번 찾아왔었지만 번번이 계시지 않기에…… 밤이 늦었지만 무릅쓰고 찾아왔습니다. 제가 맡은 이 일에 실적이 오르지 않아 제출 못하고, 주민센터에서는 계속 재촉을 하고……, 정말 어려워서 그럽니다. 잠깐이면 됩니다. 도와주세요!"

"하이고! 늙다리네, 노파야! 늙다리 주제에 자원봉사라고? 교육이나 제대로 받고 다니는 거야?"

현관 불빛에 드러난 봉사자를 흘깃 바라보던 508호가 비틀어진 소리를 했다. 방문객은 508호를 어이없어하며 바라보다가 목이 아프도록 침을 삼키고 대답했다.

"그럼은요. 봉사자들 모두 교육을 단단히 받은 뒤에 발령을 받고 다니지요."

"받긴 뭘 받았겠어? 돈 벌려고 이러구 다니는 거 아냐? 늙다리가 교육 제대로 받았으면 이렇게 밤중에 찾아다니겠어? 보나마나 돈이 아쉬운거지! 돈 없어서 이짓 하는 거 아냐? 쳇! 일회용, 일회용이지! 결국 너는 일회용이잖아! 얼른 꺼져! 춥다고! 무슨 염치로 현관문 열어놓고 계속 수다야? 수다가? 이따위 짓 하는 이거 인터넷에 올릴 거야!"

제풀에 분이 치미는지 '일회용!' 일회용!'을 계속 씹어대던 여자의 헝클어진 모습이, 아닌 게 아니라 추위에 시퍼래 보였다. 12월의 바람이 아파트 복도로 들이닥쳤다. 인구조사 용지를 들고 있는 그네의 손이 덜덜 떨렸다. 일회용이라니— 돈을 벌기 위한 일회용이라니— 그리고 노파, 늙다리, 늙다리……, 오십 중반인 저보다야 늙어 보였겠지만, 사람을 면전에 세워놓고 이럴 수가…….

"무슨 그런 말씀을…… 보세요. 여기 정부에서 내준 봉사자 패찰을 목에 걸고 다닙니다. 이 일, 돈 받고 하는 것 아닙니다."

"그 패찰이 진짜란 걸 어떻게 믿어? 시끄러! 그만 떠들고 꺼져! 꺼지라고! 정 그러면 낼 아침에 와!"

기왕 문을 열고 화풀이를 했으니, 이름, 주소, 주민번호 정도만 기재하면 될 것을, 내일 오라니— 무슨 억하심사인가. 기가 막혔다. 무슨 이런 일이…….

"내일 아침에는 댁에 계실는지요. 그러면 내일 아침 열 시에 들리겠습니다. 꼭 좀 써 주세요. 아주 간단한 서류거든요."

"거지 같은 것! 일회용! 일회용이 까불어!"

뺨을 때리듯 바람몰이로 문이 철컥 닫혔다. 희미한 불빛 아래 기나긴 복도가 썰렁했다. 사람의 그림자가 스쳐간 일이 없는 이상한 꿈속에 던져진 듯 머릿속이 시렸다. 이것이 처음이 아닌 듯, 언제인가 존재 자체에 덧씌워졌던 장면 속에 다시 세워진 것처럼 낯설지는 않았다. 이런 모욕으로, 기이하리만큼 존재감이 칼날 같이 살아나다니. 단절된 호젓함으로부터 부조(浮彫)되는 존재의 그림자를, 그네는 가만히 내려다보았다. 시영아파트 508호의 여자로부터 당한 모욕도 처음이 아닌, 아득한 시간 저쪽에서 이미 생생하게 겪은, 존재로 세워지기 위한 닦달이라는 느낌이 낯익었다. 시간 그 너머에 던져진 듯, 앞도 뒤도 없이 잠깐 아득했다. 복도의 전등이 타이머였던지, 얼마 만에 불이 스러졌다. 그래도 그네는 움직이지 못하고 가만히 서 있었다. 갑자기 창문이 벌컥 열리더니 508호에서 다시 욕설이 터져 나왔다.

"야! 너 거기서 뭐 하는 거야? 무슨 망을 보는 거야? 거기서 밤새울래? 우리집? 훔쳐갈 것 아무것도 없어! 아무것도 없다고! 썩 꺼지지 못해? 경찰에 신고하기 전에 꺼져! 꺼지라고!"

그네는 표독스런 윽박에 떠밀려 발길을 돌렸다. 복도 전등이 다시

켜지고 발 앞에 자신의 그림자가 길게 드리운 것을 밟고 걸었다. 어디를 어떻게 걸었는지 집으로 가는 길이 아니었다. 그네가 들어선 길은 시영아파트 근교 산자락. 아침이면 일찍부터 운동하러 나선 사람들이 여기저기 그들먹한 산길. 정상까지는 비교적 경사가 가팔랐고, 먼지 안개만 아니면 정상에서 멀리 서울 장안이 건너다보이는 산이었다. 마을이 끝나는 산자락 입구에 외등 하나가 숨을 죽이고 길을 터주었다. 자주 다니던 산길로 들어섰다. 왜 그길로 들어섰는지, 무슨 생각을 따라 걸었던 것도 아니었다. 몇 걸음 만에 외투를 추스르는데 겨드랑에서 지갑이 미끄러지면서 봉투가 툭 떨어졌다. 집에서 나올 때 우편함에 비죽이 나와 있던 편지봉투. 발신자도 확인하지 않았던 편지. 누구였지? 땅에 떨어진 봉투를 들어 올려 희미한 가로등 빛으로 비추어 보았다. 〈신은주 선생님〉 20 몇 년 전, 초등학교 제자였던 남상우가 띄운 편지. 집에서 나오던 길 우편함 끝머리에 걸쳐진 편지가 궁금하여 뽑아 들고 지갑에 끼어 넣은 것이, 지갑 뚜껑이 풀리면서 땅에 떨어진 것이다.

내 이름이 신은주였던가. 어느새 육십을 넘기고 노파 소리를 듣다니. 그때까지 인구조사 용지를 움켜쥔 손은 땀에 젖어있었다. 그네는 봉투를 들고 우두커니 하늘을 올려다보았다. 종일 흐렸던 하늘에서 눈도 아니고 비도 아닌 것이 푸슬푸슬 흩어지고 있었다. 그네는 봉투를 지갑에 넣고 다시 걸었다. 산 중턱에 이르자 숲은 우거지고 길은 좁아져 늘 다니던 길이 아니었더라면 발을 내딛기도 위험했을 산길에서 그네는 원목으로 투덕투덕 만든 벤치에 허리를 걸치고 가만히 앉았다. 어둠이 그네의 숨과 함께 영혼까지 흡수하듯 육신이 어둠으로 녹아들었다. 푸슬푸슬 내리던 것은 어느 사이 싸락눈이 되어 그네를 가만가만 흔들었다. 이대로……, 이대로……, 녹아 스며들어 스러지는 것이라면— 그런데 그게 아니라며, 그런 것이 아니라며, 영혼의 귀를 살며시 열어주는 소리가 있었다. 청대밭이 수런거리는 소리였다. 소리. 영혼이 흔들리고 어둠도 가만가만 흔들렸다. 언어로도 기호로도 표현할 수 없는 소리. 눈먼 영혼으로 전신이 귀가 되었다. 어둠의 품은 깊지 않다고, 밤하늘도 깊은 것이 아니라고, 깊은 것이 아니라고, 눈이 싸라기가 되어 속삭임이 되어 깊지 않다고 깊은 것이 아니라고……, 슬픔은 슬픔이고 아픔은 아픔이고 눈물은 눈물이라고, 하늘이 싸라기가 되어 깊지 않다고 깊은 것이 아니라며 댓잎에 내려앉는다. 근처는 조릿대 숲이었고 싸락눈이 어둠을 달래며 깊음을 달래며, 수줍고 수줍게 바람을 타고 조릿대 잎에 내려앉는다. 남도(南道)산속에서나 불 수 있었던 조릿대가 어느 사이 조츰조츰 올라와 서울 근교 산으로까지 자리를 잡았는지. 싸락싸락, 사그락사그락, 하늘이 계속 땅으로 내려앉는 소리였다. 그네의 육신은 귀가 되어 가만히 무릎을 꿇었다. 어둠은 어둠이 아니고 소리는 소리가 아니었다. 그저 눈물이, 눈물이…… 맑고 맑은 눈물이 흘러내렸다. 세상은 간곳없어지고, 조릿대에 내려앉는 비밀한 하늘만 있었다. 영혼은 구름 깃이 되어 하늘로 너울너울 올라갔다. 육신아 눈물로 녹아 흐르라. 이 순간을 위하여 한 생은 그리도 고달팠던가. 슬픔도 아닌, 감사도 아닌, 그저 조릿대 위로 내려앉는 싸락눈 소리로 녹아드는 눈물. 언어가 없었다. 순연한 목숨이 조릿대 한 잎, 싸락눈 한 톨이 되어 스며들고 있었다.

*

얼마 만에 그는 무거운 몸으로 산길을 터벅터벅 걸어 내려오고 있었다. 신비는 잠깐 왔다가 숨는다. 그래서 신비다. 시간이 아니고 공간도 아닌, 인식도 없었고 사고도 없는 잠깐이었다. 그러나 그 잠깐으로 영혼이 헹구어졌음을 그네는 알았다. 시영아파트 508호 앞을 지나며 그네의 얼굴에 웃음이 스쳤다. 지금쯤 그 여자는 잠이 들었을까. 길길이 뛰던 그 악다구니가 그의 삶을 이어가는 활력소였겠다. 서슬 퍼런 분노가 삶의 에너지가 되는— 그래, 무엇이든 닿기만 하면 이를 갈고 욕설을 퍼붓는 일로 살아갈 힘이 된다면 퍼부어라! 퍼부어라! 얼마든지 퍼부어라! 어디에 그런 에너지가 웅크리고 있다가 무엇이든 걸려들기만 하면 폭발하는 그 힘의 원천은 무엇이었을까. 콘크리트 덩어리 아파트에 더러 불이 밝혀진 곳도 있었고 대개는 어둠에 묻혀 숨 고르듯 잠잠했다. 아귀다툼의 낮에는 보이지 않던 슬픔이 거기서 살아나고 있었다. 살아 숨 쉬는 모두가 불쌍했다. 그래……, 불쌍하지 않으면 태어나지도 않았겠지. 태어나는 것이 슬픔이로구나.

＊

통장이 되려면 면접시험을 치러야 한다. 한 달 22만 원에, 일은 영일 없이 태산이다. 그 마을에 통장일을 볼 만큼 마땅한 사람이 없는데다, 남편을 떠나보내고 삼 남매 모두 시집장가 보낸 퇴직교사라는 형편을 알고 구청에서도 동회에서도 매달리다시피 하는 것을 박절하게 거절하지 못해 맡은 일이었다. 정년 두 해를 남겨놓고 학교를 그만둘 수밖에 없었던 것은 뇌졸증으로 쓰러진 남편 수발도 그랬고, 삼 남매와 시어머님의 성화를 이길 힘이 없어서였다. "조금만 견디면 연금을 탈 수 있어요, 어머님." 연금이 아까워 애걸복걸했어도, 젊어 홀로된 시어머님은 아들의 자리보전 수발 못한다 했고, 아이들 거두는 것도 더는 못한다고 잡아떼어 눈물 머금고 퇴직을 결정했다. 남편 떠나고 3년 후 시어머님까지 돌아가신 뒤, 딸 둘에 아들 하나 성가(成家)시키는 일에 허리가 휘었는데, 아들이 시작한 벤처라나 하는 것이 어그러진 것도 기가 막힌데, 딸들은 딸들대로 툭하면 친정어머니를 불러댔다.

통장 임기 6년. 그나마도 더는 이어갈 수 없는 자리가 통장 자리였다. 그런 통장에게 구청이나 동회는 인구조사에다 '에코마일리지(Eco—Mileage)' 모집 일까지 시켰다. 〈생활 속 작은 실천이 지구를 살립니다.〉 가정, 기업, 학교 등에서 전기, 수도, 도시가스 등 에너지를 절약하면, 절감 실적에 따라 인센티브를 제공하는 온실가스 감축 실천 프로그램이다. 그저 쉽게 말해 각 가정에서 전기 수도 아껴 쓰면 정부에서 그만큼 돈을 준다는 프로그램이다. 가입대상은 서울시 거주 가정과, 학교, 아파트 단지, 건물. 신청자가 구청 환경과나 주민센터를 방문하여 가입신청서를 작성하여 제출할 수도 있었지만, 주민 대부분이 '에코마일리지'라는 생소한 명목에 선뜻 납득하지 못하여 가입을 꺼렸고, 홍보가 쉽지 않아 통장에게 가입자를 모아오라는 지시가 떨어졌다.

꾸역꾸역 늘어나는 인구. 불편을 조금도 참지 못하는 현대인. 하늘에 거미줄 치듯 항로(航路)를 만들어, 나라마다 수천수만 대 헤갈하는 항공기. 왜들 그렇게 헤갈을 하고 다니는지, 툭하면 비행기가 꼬나 박혀 승객이 떼주검을 하것만, 사람마다 설마 내가…… 설마를 믿고 머리악을 쓰고 하늘을 휘젓고 다닌다. 바다로는 여객선 말고도 전쟁에 쓰겠다는 항공모함까지 어마어마한 철갑선이 헤아릴 수 없이 떠돌고, 그러다가 기름 싣고 다니던 유조선이 깨어져 바다를 온통 시커먼 기름으로 뒤덮기 예사가 되고— 자동차는 지구 표면을 뒤덮을 만큼 늘어나면서, 툭하면 추돌사고로 사람이 파리 목숨보다 더 가볍게 죽어가면서도 비대발괄 승용차를 소유하고 미친 듯 돌아다닌다. 마음놓고 편하게 전기를 쓰겠다고 원자로를 계속 늘리고, 서로서로 견제한다고 보유한 핵무기는 지구 곳곳에 묻힌 것이 수만 기(基)에 이른다. 지난해 일본 열도를 덮친 쓰나미로 수십만 명이 집을 잃고, 후쿠시마 원자로가 뒤집혀 땅은 물론 태평양이 오염되어 전전긍긍하면서도 근심도 걱정도 없는 하루하루를 헐렁하게 살아가고 있다. 왜 인류는 두려움을 잊었을까. 왜 인간은 근심을 잃었을까. 단추 하나 생각 없이 누르면 터질 핵무기. 인간은 어쩌다가 이렇게 두려움이 없어졌는가. 아무것도 무서워하지 않고 근심도 걱정도 없이 마구 쓰고 버리고, 끊임없는 걸터듬질로 몸 붙여 살고 있는 지구를 망가뜨리고 있는지. 모두 귀까지 먹어 지구라는 녹색 행성이 앓는 소리를 듣지 못한다.

정부정책으로, 6개월간 평균 10% 이상 에너지를 절약, 아껴 쓰는 집에 5만 포인트를 지급하겠다는 시책을 발표했지만 시민의 반응은 그저 그랬다. 가입서류에 기재하는 것이라야 호주의 이름과 주민번호, 가족 수, 주소 그리고 가입 연월일이 전부였지만, 사람마다 의심이 태산이었다. "아니? 주민번호를 왜 써야 해? 그것 무엇에 써먹으려고? 수상하잖아?" "이거 개인정보 유출이잖아? 못 해! 안 하겠어! 무슨 말라죽은 마일리지가 마일리지야! 앓느니 죽지!" "나중에 에너지를 아껴 쓰신 것만큼 보상해 드릴 때 은행에서 필요하거든요. 의심하시지 마세요. 돈으로 돌려드릴 때 필요합니다. 개인정보 제공 및 활용 동의서가 있고, 그 동의서에 서명하신 것은 정부가 개인정보를 절대적으로 지켜드립니다. 믿으셔도 됩니다." "당신 말을 어떻게 믿어? 대통령이라도 그래!" "앞으로 2년간 대비, 6개월간 온실가스를 평균 10% 이상 감축한 가정이나 학교, 아파트 상업건물에게는 절약하신 그만큼 현금 또는 기부금을 드립니다. 나라와 함께 지구를 살리고 나라 살림을 알뜰하게 해보자는 좋은 뜻입니다. 정보 유출은 절대로 근심하지 마십시오." 아무리 설명에 설명을 거듭해도 여간해서 의심을 거두지 않았다. 목이 아프도록, 앉은 자리에 땀이 차도록 이해를 위해 설명을 해도, 절대로 믿지 않는 사람이 많았다.

대도회의 의심은 미세먼지보다 더 지독했다. 이웃이 없었다. 같은 층 바로 옆집에서 사람이 세상을 떠났어도, 시신의 악취가 코를 들 수 없게 되어서야 수런수런 소문이 날뿐, 연민은커녕 놀라움도 두려움도 없는 단절이었다.

하지만 어떻던 일단 맡은 일이어서 그네는 동회의 담당 직원이 목이 타서 안달하지 않을 만큼 실적을 올리고 싶었다. 에코마일리지 가입권유는 아직 계속되고 있지만 실적은 미미했다.

지난 늦가을, 몇 번을 찾아가도 사람을 만날 수 없던 7동. 저녁 8시경, 오래간만에 불이 켜져 있기에 현관문을 두드렸다.

"누구야? 누구야?"

"네, 통장입니다. 만나 뵙고 의논드릴 일이 있어 왔습니다."

"지금 안 돼! 이따가 아홉 시쯤 오라고!"

퉁명스러운 남자 목소리가 윽박이듯 날아왔다.

"그러면 그 시간에 다시 오겠습니다. 부탁드립니다."

이 마을 사람들은 왜 경어라는 것을 잊었을까. 아무에게나 반말이고 아무에게나 해라를 내 던지네— 하지만 한두 번 겪는 일이 아니어서 그저 그렇게 지나갔다. 그리고 몇 집을 더 들러 가입권유를 한 뒤, 아홉 시를 조금 넘겨 넉넉하게 시간을 대어 그 집을 찾아갔다.

"계십니까, 아까 들렀던 통장입니다. 오라고 하신 시간인데요."

불은 켜져 있는데 좀체 문이 열리지 않았다. 조심스럽게 다시 문을 두드리니 현관문이 화를 내듯 벌컥 열렸다. 그런데 열린 문으로 드러난 남자의 행색이라니! 남자 아랫도리에 삼각팬티 한 장뿐 알몸이다.
그네는 어마지두에 한 걸음 물러서며 고개를 돌렸다. 그러자 남자도
다소 계면쩍었는지 조금은 머뭇, 하는 눈치였다. 샤워를 하다 말고 나
왔을까. 아무리 그랬기로 어떻게 알몸으로 문을 열어준다는 말인가.
권유고 무어고 달아나고 싶었는데 남자가 서둘러 말했다.

"거기 기다리라고! 금방 나올 테니……."

여전히 반말지거리. 하지만, 기왕 여기에 이르렀는데, 이런 일쯤으
로 한 집을 포기할 수는 없었다. 다시 닫힌 문 앞에서 목이 아프도록
침을 삼키고 서 있었다. 얼마 만에 문이 다시 열렸다. 하지만 이번에
남자가 걸친 것은 윗도리로 민소매의 런닝 한 장이었다. 민망해서 머
뭇거리는데, 문을 연 남자가 아까보다는 부드럽고 낮은 목소리로 말
했다.

"들어와요. 밤바람이 차." 그리고 열어놓은 현관문 안으로 들어선
그네에게 다시 권했다. "안으로 들어오라니까."

오십대 중반쯤 되어 보이는 사내였는데 여전히 반말이었다.

"아닙니다. 그냥 여기서 잠깐 설명을 드리도록 하지요. 간단합니
다."

"도대체 무언데 그래? 들어와서 설명인지 뭔지 하라니까!"

"선생님은 잘 알아들으실 수 있는 분 같네요. 여기가 편합니다. 잠
깐이면 되고요."

그네는 에코마일리지 가입 홍보물을 건네며 차근차근 그러나 이해
하기 쉽게 설명했다. 그리고 가입서류에 기재하려면 선 채로는 글씨
를 쓸 수 없는 일이어서 현관 턱에 걸터앉아 서류를 펼쳤다. 이름이며
주소 주민번호를 남자가 불러주면 간단하게 기재한 뒤에 일어설 생각
이었다. 사내가 아무 말 없이 설명을 듣고 있기에 가입할 뜻이 있는가

싶어 필기도구를 들었는데, 갑자기 귓가에 뜨거운 입김이 스쳤다. 허리를 구부리고 그네의 얼굴을 옆으로 들여다보던 사내가 가볍게 혀를 찼다.

"나이 좀 드셨구먼!"

목덜미까지 열이 치받쳤지만 그 말을 못들은 척 그네는 다구지게 말을 이었다.

"설명을 들으셨잖아요. 탄소 마일리지 가입이라고 말씀 드렸잖아요. 알아 들으셨을……줄……."

"어떻게 하는 건데?"

지금까지 그렇게 열심히 설명을 했는데, 그동안 무엇을 했는지, 남자는 엉뚱했다. 그네는 목소리가 떨릴 세라 숨을 삼켜가며 말했다.

"여기 서류에 성명하고 주소, 주민번호를 써 넣고 제출하면 됩니다. 내가 써 드릴 테니 불러 주시지요." "나 그런거 하기 싫은데! 싫다고!" 그 말을 마치기도 전에 사내는 별안간 그네의 한쪽 어깨에 상체를 실려 얼굴을 들이대고 뜨끈뜨근한 입을 열었다. "야! 우리 문을 잠글까?"

아니 이게 무슨 소리야? 그네는 용수철처럼 튕겨져 일어났다. 열려 있는 현관문 밖으로 튀어나갔다.

"이거 안 해 주셔도 됩니다. 하지 않아도……."

계단으로 내려가는 그네는 고꾸라질 것 같았다. 굴러 떨어질 것만 같았다. 가입하지 않으려는 수작이었을까. 아니면 상습 성추행범이었을까. '나이 좀 드셨구먼!'은 무어며 '야 우리 문을 잠글까?' 라니— 그네는 사내의 입김이 닿았던 귓볼이며 뺨을 으깰 듯이 문지르고 또 문질러댔다. 무슨 이런 일이……. 구토가 치밀었다. 도대체 어떻게 살아온 인간이기에 저 지경이 되었을까. 아파트를 벗어났다. 시커먼 아파트 덩어리가 괴물이었다. 다리가 덜덜 떨려 걸음을 옮길 수가 없었다. 무슨 세상이……, 도대체 무슨 세상이……. 그랬어도 아직 끝나지 않은 인구조사와 에코마일리지 권유를 다녀야 했다. 맡은 일이었다. 세상살이 이런 일도 있고 저런 일도 있지. 허구 많은 인간 중에 어떤 화상은 없겠는가. 하지만 이런 꼴 안 당하고 사는 사람은 복된 사람이겠다.

*

한낮에는 아귀 같던 도회지도 밤이 되면 슬픔을 모락모락 피워 올린다. 변두리 아파트 단지의 상가는 가게마다 기를 쓰고 불을 밝혔다. 네온은 피곤해! 피곤해! 자고 싶어, 자고 싶어 조르면서 힘겹게 어둠과 싸우고 있다. 어둠은 순하게 가자는데 인간은 팔 걷어붙이고 어둠과 싸우자고 덤벼든다. 노래방, 화장품 가게, 약국, 베이커리, PC방…… 네온의 물결이 힘겹게 몸을 틀며 허황된 것들을 향하여 껌벅거리는 것은 외로움이었다. 단 한 가지라도 놓질 세라 눈에 불을 켜고 있는 가게들. 노래방의 점멸 전광 간판은 깔깔대고 웃는 것이 아니라 피곤해, 피곤해, 졸려, 졸려, 자고 싶어, 자고 싶어, 쉼 없는 애소였다. 그네는 13평형 단지 끝자락에 있는 자신의 아파트로 들어가지 못하고 한동안 우두커니 서 있었다. 갑자기 집이 없어졌거나 처음부터 돌아갈 집이 없었던 것은 아닌가 싶게 막막했다. 벤처에 뛰어들었던 아들이 얼마 만에 손만 털고 나온 것이 아니라, 살고 있던 강남의 아파트까지 성업공사에 넘어가게 만들고 자취를 감추는 바람에 전세로 든 방 두 칸뿐인 집. 하나는 할머니가 중학교 3학년짜리 손녀딸과 쓰고 나머지는 중학교 1학년짜리 손자하고 며느리가 차지했다. 그네의 남편이 집을 떠난 뒤에, 며느리는 친구가 경영하는 커피점에 아르바이트 자리나마 얻어 남매의 학비에 보탬이 되고 있었으나, 밝은 얼굴을 구경할 일이 없어졌다.

남의 집에 눈치보아가며 들어가듯 들어가니, 손자는 불을 켜놓은 채 책상에 엎드려 잠이 들었고, 안방인 그네의 방에는 손녀딸이 허연 허벅지를 아무렇게나 드러낸 채 퍼졌고, 티브이는 혼자 떠들고 있었다. 하루 종일, 그리고 밤늦게까지 일껏 남의 집을 일일이 탐방해가며 인구조사며 탄소 마일리지 포인트를 권하고 다니다가 막상 집으로 오니, 집에서는 손자손녀가 마음놓고 전기를 켜놓은 채 잠들어 있었다. 티브이에서는 늦은 밤 뉴스가 한참이었다.

미국 뉴저지, 고등학교 여학생이 부모에게 학비 6천 달러를 내놓으라는 소송을 건 재판으로 시끌시끌한 뉴스가 흐른다. 법정에 나란히 앉은 부모는 눈물이었고, 변호사를 옆에 앉히고 당당하게 고개를 치켜든 딸은 화려무비였다. 아버지는, 딸의 간단없는 명품쇼핑, 무분별한 이성교제에다 외박을 일삼는 딸에게 학비를 내줄 수 없다는 것이었고, 재판 도중 어머니는 내내 펑펑 울기만 했다. 판사는 고등학교 여학생을 나무라며 집으로 돌아가라는 판결로 부모의 손을 들어 주었으나, 부모는 재판에 이겼어도 계속 눈물을 흘렸다. 이어서 삼성의 스마트폰 미국 내 판매금지 소송에서 삼성이 애플에게 일단 승소는 했지만 9억 몇천 달러를 물어내야 한다는 판결. 아귀다툼의 세상 뉴스가 혼자 떠들고 있다.

외투를 벗고 허리를 걸치니, 성경책이 놓인 교자상 위에 허연 메모지가 눈에 띄었다. "할머니, 내 구닥다리 휴대폰 스마트폰으로 바꿔주지 않으면 나 학교에 못가요. 쪽팔려서 못가요." 중학교 삼학년 손녀딸의 메모지. 그네는 한숨소리가 자신의 귀에 들릴세라 숨을 삼켰다.

스마트폰. 엊그제 쇼핑몰에 들렀을 때, 스마트폰 거치대가 설치된 유모차에 아기를 태우고 자랑스럽게 쇼핑하고 있는 젊은 엄마와 마주쳤다. 젖먹이도 스마트폰하고 노는 동안에는 보채지 않는다? 무슨 이런 세상이— 티브이를 끄려는데 펄펄 끓는 특보(特報). 남도의 어느 대학생 오백여 명이, 신입생 환영회로 모였던 리조트 강당 지붕이 무너져 십여 명이 죽고 백여 명이 다쳤다— 너무 끔찍하여 티브이를 꺼버렸다. 그리고 머리맡 등을 켜고 옛날 제자 남상우의 편지를 열었다. 편지는 두툼했다.

　선생님
　벌써 다시 겨울입니다. 찾아뵙지 못하고 강녕하시기를 비는 마음으로 글월 올립니다. 제가 교사가 된 지도 벌써 십여 년입니다. 소학교 오 학년 때 선생님의 담임 반 학생이었던 그 한해가 제 일생에서 가장 밝고 희망찼던 한해였음을 지금도 설레는 가슴으로 돌아봅니다. 제가 중학교 교사가 되어 한해, 한해 해를 거듭하면서 새로운 담임 반을 맡을 때마다 선생님을 생각하며 새로운 각오로 아이들을 품겠다는 나름대로 다짐을 하며 맡아왔지만……, 선생님, 죄송합니다. 이 글을 쓰면서 벌써 가슴이 메고 눈물이 차오릅니다. 올 한해, 저는 공교육에 대한 회의와 저 개인의 한계를 뛰어넘지 못해, 근래 없이 방황하고 있습니다. 선생님 저의 이번 편지에 얼마나 실망하실는지 짐작도 됩니다. 하지만 이 막막한 심정을 어디에도 하소연 할 곳이 제게는 없습니다.

　선생님의 종례시간에는 우리 반 아이들의 눈이 초롱초롱했던 것을 기억하시겠는지요. 선생님은 학교 뒷마당에 텃밭을 일구시고, 절기에 맞추어 저희들 스스로 씨앗을 뿌리고 싹이 돋아나는 신비함을 경험하게 하셨고, 저희들 가슴에 무엇을 심어야 할는지, 저희가 살아가는 동안 가장 가까운데서 무엇을 보아야 할는지를 늘 가르쳐 주셨습니다. 사람과 사람의 만남이 어떤 축복이고 신비인지를 가르쳐 주셨습니다. 그래서 저도 교사가 되어 제가 만나는 아이들에게 단 한 번뿐인 삶을 어떻게 살아야 하는지를 가르치겠다는 결심을 했습니다.

선생님, 학교에서 돌아와 밤이 되면, 어떻게 하면 자신이 절망하지 않도록, 해이해지지 않도록 끌고 갈 수 있을는지를 저 자신에게 채찍질해가며 몸부림치고 있지만, 선생님, 점점 나락에 빠져드는 느낌에서 벗어날 수가 없습니다. 금년에 저는 중학교 2학년 담임을 맡았고, 저의 전공인 역사시간이 한 주에 열아홉 시간이었습니다. 오전 수업시간은 다소 덜했지만 오후 수업시간에는 책상에 엎드려 자는 아이 삼분의 일, 스마트폰 들여다보는 아이 삼분의 일, 나머지도 저를 바라보고는 있지만 눈동자에 초점이 보이지 않습니다. 목에 피가 맺히도록, 학과를 가르치는 것이 아니라 왜 배워야 하는지, 역사의식이 인생길에 어떤 영향을 주는 것인지 아무리 애절하게 들려주어도 그 아이들에게 닿지를 않습니다.

어른도 그렇고 이제는 학생들이 스마트폰에 완전히 사로잡혀 있습니다. 교실에서고 길에서고 전철 안에서고 가리지 않고 매달려 있는 모습을 선생님께서도 보시겠지요. 이제 인간의 영혼은 스마트폰의 노예가 되고 말았습니다.

미국의 글로벌 IT시장조사업체가 조사한 자료에는, 전 세계 스마트폰 보급률 통계에서 우리나라가 67.6%로 세계평균 보급률 14.8%보다 5배가 많았다고 합니다. 3년 전인 2012년 통계였으니 지금은 보급률 80%를 넘었을 것입니다. 더 기가 막히는 것은, 교육자라는 제가 맡은 학생들 문제가 아니라 제 집안의 문제입니다. 저에게 아들 형제가 태났을 때, 선생님께서는 당신의 손자처럼 기뻐하시면서 돌잔치에까지 일일이 오시지 않았습니까. 그런데 올해 중학교 2학년인 큰아들이 스마트폰 중독자가 되었습니다. 잘 때도 그것을 들고 자고, 등교 전에 밥 한 술을 뜨면서도 그것을 손에서 놓지 못하는, 그야말로 미치광이가 되었습니다. 저희 내외가 그야말로 무슨 짓은 안 해 보았겠습니까. 얼마 전 그것을 빼앗아 아주 없애버렸더니, 한밤중 친구하고 어울려 스마트폰 점포 문을 부수고 훔쳐내는 일까지 저질러 지금 소년원에 수감 재판 중에 있습니다. 선생님, 저는 살아갈 희망을 잃었습니다. 제가 아예 통제 불가능한 종자를 자식이라고 낳았을까요. 자식이 아니라 원수라며 울부짖는 아내를 달랠 길이 없습니다. 어쩌다가 제가 이런 실패자가 되고 말았는지. 가슴을 치고 또 치고 있습니다. 집안의 자식도 건사하지 못하는 교사가 어떻게 남의 자식을 맡을 수 있겠습니까.

선생님, 하지만 저의 슬픔과 고통은 제 집안과 학교의 테두리에 머무는 것이 아닙니다. 선생님의 담임 반 학생이었던 시절, 저희가 선생님께서 일구신 텃밭에서 생명의 경이(驚異)를 배우던 그 경이가 지금 어디에 있는지요. 지구라는 행성에 살고 있는 인간 모두는 삶의 경탄, 단 일회뿐인 삶의 경이를 깡그리 잊은 동물이 되어가고 있습니다. 지구라는 행성의, 우주에서 가장 아름다운 녹색열차를 타고 우주를 알아볼 수 있는 신비한 기회를 얻었음에도, 인간은 지구열차를 타고 좌석에서 눈 감고 졸고 있는 동물의 한 종(種)이 되고 말았습니다. 프로그램화된 현대인의 삶, 자동화된 일자리, 한없는 반복과 끊임없이 이어지는 자동화에 실려 늘 바쁘기만 할 뿐 살고 있지 않은, 감격 없는, 영혼이 고사(枯死)되어가는 것을 의식하지 못하는 종자(種子)로 전락하고만 것 아니겠습니까. 어른이고 아이들이고, 스마트폰 게임에 빠져 부르짖는 것은 〈죽여! 죽여! 눌러! 눌러!〉 손가락 명령뿐입니다. 생각도 판단도 필요 없는, 사고력을 잃은 괴물이 되고 있습니다. 저는 이것을 돌이켜 막아보려고 게임을 배웠습니다. 게임의 현장에서 내가 선택한 캐릭터가 눈으로 들어오면서 후두엽(後頭葉)으로 넘겨지고 다시 전두엽으로 옮겨져 생각하고 판단하는 사이, 나의 캐릭터는 장렬하게 전사하고 맙니다. 그래서 게임을 할 때는 후두엽에 상(像)이 맺히는 순간, 죽여! 죽여! 눌러! 눌러! 손가락 명령을 전달할 수밖에 없습니다. 그 순간을 놓친다는 것은 게임의 의미가 없어지는 것입니다. 생각과 판단이 필요 없는, 전두엽을 사용할 필요가 없는 세상입니다. 저희들 성장기에 그렇게 열중했던 독서는 글자를 읽을 때, 후두엽에 상(像)이 맺히는 것이 끝이 아니라, 단어의 뜻, 문맥상의 상황을 따라 이해하고 상상해가며 생각을 정리하는, 전두엽의 활달한 활동이 순서였고, 인간 정서가 자라는 세상이었습니다.

스마트폰은 나이가 어릴수록 육체나 뇌에 심각한 영향을 미친다고 알려져 있습니다. 그런데 스마트폰 거치대가 달려 있는 아기 유모차가 판매되고 있다니— 우리 삶의 근원적인 온갖 것을 뭉개버리는 스마트폰은 악마가 아닐요. 스마트폰은 인간의 영혼이 감격할 기능을 빼앗아버렸습니다. 인간 영혼에게서 종합적 감지능력을 앗아가 버렸습니다. 스마트폰의 편리가, 그것의 시간 절약이 우리에게 무슨 기쁨이 되겠습니까. 삶의 이유를 자문하면서 살도록 창조된 유일한 존재였던 인간은 지금 어디로 가고 있는지요. 선생님, 제가 좌절하여 넘어져 다시는 일어날 수 없을 것만 같습니다. 미쳐버린 아들을 처음에는 가엾어 하다가, 이제는 함께 죽고 싶은 충동으로 몸을 떨 때가 종종 있습니다. 선생님, 저 자신을 제어할 길이 없어, 이렇게 선생님을 괴

롭히는 글을 쓰고 있습니다. 용서해 주십시오. 부디 용서해 주십시오.

선생님의 자제분이 벤처에 실패하고 가출했다는 충격적인 소식을 얼마 전에 초등학교 동창에게 들었습니다. 얼마나 힘든 나날을 보내고 계실는지……, 차마 전화도 드릴 수가 없었습니다. 그러나 선생님께서는 어느 누구보다 차분하게 그 일을 견디시며, 자제분이 재기할 수 있는 길을 모색해 주시리라 믿습니다. 선생님, 아무리 고통스러운 삶이라도 그 속에 창조의 뜻이 있다는 것을 가르쳐주신 선생님. 제가 직면한 현실이 미친 아들만이겠습니까. 고통에도 슬픔에도 유효기간이 따로 있겠지요. 저에게는 아직 이렇게 기막힌 편지를 드릴 수 있는 선생님이 계시다는 것만으로도 아직은 막다른 절망은 아니지 싶습니다. 미친 아들을 겪는 동안에 제가 깨닫게 될 무엇이 있으리라 믿고 싶습니다.

선생님, 몇 주 후면 겨울방학입니다. 방학이 시작되면 연락드리고 찾아뵙겠습니다. 무능한 제가 할 수 있는 다만 한 가지, 기도 안에서 선생님을 뵈오며 이만 줄입니다. 선생님, 부디 저를 긍휼히 여겨 주십시오.

불초 남성우 올립니다.

그네는 편지 위에 이마를 얹고 엎드려 한동안 숨도 쉴 수 없었다. 이따금 만나면 의지가 되던 제자였다. 제자가 아니라 든든한 상담역도 되어주던 사람이었다. 그 중년의 버팀목이 흔들리고 있다. 아니 그네 자신이 딛고 있는 현실에 지진이 닥친 듯 형편없이 흔들리고 있다. 답이 없다. 밤을 거의 새웠다. 옛날 제자에게 건네줄 답을 찾느라고 그런 것이 아니라 그네 자신의 목을 조여 오는 현실이 숨통을 막았다.

시집 간 큰딸이 첫딸을 낳았을 때, 친정어미인 그네는 신생아에게 어미젖을 먹이라고 간곡하게 일렀다. 하지만 당시 중학교 교사로 재직 중이던 딸은 몸매 핑계, 학교를 포기할 수 없다는 핑계를 대고, 앞가슴을 꽁꽁 여미고, 학교 위생실에서 젖을 짜내버리면서도 아이에게는 우유만 먹였다. 그네는 딸에게 사정하다시피 권했다. "나도 학교에 근무하면서 너희 삼 남매를 낳았고, 학교 일이 바쁠 때면 위생실에서 젖을 짜 학교 냉장고에 맡겼다가 집으로 가져가서 너에게 먹이고는 했다. 우유는 소 새끼가 먹는 젖이다. 사람 새끼에게 사람 젖을 먹여야 사람처럼 큰다. 신생아에게 먹이는 어미젖에는 아기에게 필요한 영양뿐 아니라 면역성을 갖추는 신비한 힘이 있다고 했다. 그리고 더욱 중요한 것은 아이가 엄마 품에 안겨 엄마의 심장박동에 귀를 대고 젖을 빨 때, 심령의 안정감을 얻게 되고 커가면서 두려움을 이길 힘도 얻는다고 했어. 아이를 살리는 길이다. 세계적으로 이름난 낙농국가인 네덜란드에서는 산모에게 지병이 있는 경우 말고는 신생아에게 우유를 먹이는 일이 없다고 하지 않니? 제발 어미 말을 들어라. 늦지 않았으니 학교에서 짜낸 젖을 살균한 유리병에 간직해서 학교 냉장고에 맡겼다가 집에 돌아와서 아기에게 먹여라." 그렇게 애걸해도 딸은 끝내 듣지 않았다. 은행 직원인 사위도 장모의 성화를 가볍게 여겼다. 내외 중 어느 한쪽의 수입으로도 조금만 절약해서 살면 아기를 어느만큼 키울 때까지 견딜만하련만, 딸 내외는 아파트를 늘려야 한다는 목표와 각자가 따로 승용차를 굴리지 않을 수 없다는 이유로 맞벌이를 놓지 않았다. 둘째로 사내아이를 낳은 뒤에는 더욱 목표가 뚜렷했다. 누구보다 당당하게, 아이들의 자유! 아이들의 행복! 남에게 뒤지지 않게 키우겠다는 일념이었다. 하지만 아이들은 유아원에서 어린이집으로 더러는 시간제 도우미에게로 떠돌면서 컸다. 재직 중인 할머니가 그래도 틈틈이 딸네 집을 찾아가 보면, 자라는 남매가 몸이 부풀기 시작하는 것이 확연했다. 아이들끼리 지낼 때는 반찬이 주로 소시지나 햄 종류에다, 배달해 먹는 음식은 햄버거 피자, 중국 음식이었다. 게다가 냉장고에는 콜라 사이다가 넘쳐났다. 아이들은 밥을 콜라에 말아먹다시피 했다. 할머니인 그네는 큰딸네 집에 들를 때마다 된장을 지졌고 김치를 권했고, 갖가지 김치를 맛깔나게 담가주고 돌아왔다. "어머니, 아이들 스트레스 주지 마세요. 먹고 싶은 것 먹게 두세요. 남들이라고 다 그렇게 사는데 왜 우리 아이들만 억지로 된장, 김치, 나물을 먹여야 해요? 나도 어렸을 때, 엄마 안 계실 때면 몰래몰래 햄 소시지로 반찬삼아 먹었고 외출 때 먹는 건 주로 빵, 케익, 피자 자장면이었어요. 그랬어도 제 몸매 제 또래 여자들보다 날씬하잖아요? 아이들 들볶지 마세요. 좀 더 자라면 다 저희가 알아서 할 거예요." 만날 때마다 갈등이고 실랑이였으며 때로는 싸움이었지만, 딸 내외는 조금도 달라지지 않았다. 이제 중학교 3학년이 된 손녀딸의 몸무게는 70Kg이 넘었고, 허리는 없어졌으며 허벅지는 웬만한 사람의 허리보다 굵었다. 볼살이 불거져 코는 납작해지고 목이 굵어지며 짧아졌다. 비곗덩어리 같은 허연 허벅지가 눈에 띌 때면, 돼지의 날비계가 목에 걸린 것처럼 메슥메슥 울렁거렸다. 그런데도 치마는 엉덩이에 걸렸고, 계단을 올라갈 때면 밑이 보일 정도였다. "너는 될 수 있으면 바지를 입어라. 치마를 입으려면 조금 길이를 늘려라. 그러면 할머니가 너 좋아하는 것 사줄게. 제발 할머니 말을 들어라. 아니면 치마를 입을 때 스타킹이라도 신어라." 그래도 그 아이의 치마는 엉덩이를 다 가리지도 못할 만큼 짧았다. 어른이고 아이고 치마라는 것이 간신히 엉덩이에 걸쳐질 정도로 짧아져, 옷인지 헝겊 쪼가리인지 아슬아슬하기 짝이 없이 아랫도리가 드러났다. "애야, 제발 스타킹이라도 신어라,

그렇게 맨살을 드러내어 무어가 좋겠니? 건강에도 해롭고! 보기 흉하다. 제발, 검정 스타킹을 신어라.""그러잖아도 뚱뚱해 보이는데, 자꾸 옷을 껴입으라고 그러면 어떻게 해요? 바지요? 요새 여학생 중에 누가 바지를 입어요? 내가 바지를 입거나 치마를 길게 입으면 왕따당한다고요! 왕따요!""그러기에 햄버거랑 피자 그만 먹고 나물하고 김치로 반찬 먹으라잖니?""냄새나잖아요?""냄새가 왜 나?""김치는 냄새나요! 저 고등학교에 올라가면 엄마가 지방제거 수술해 준다고 그랬어요. 걱정 마세요." 그 위에 손녀딸은 담배가 골초였다. 기가 막혔다. 할머니는 담배가 골초인 손녀를 눈물로 달랬다. 그런 할머니를 손녀는 우습게 알았다. "담배가 살 빠진대요. 그래서 피우는 거예요. 할머니도 저 살찐 것 보기 싫어하시잖아요." 당당했다. 큰딸네 일은 그네의 가슴에서 점점 커지는 납덩어리였다. 딸 내외도 손녀 손자도 그저 들떠 돌아가며 바빠! 바빠! 바빠하기만 할 뿐, 삶이 없었다. 이웃도 없었다. 그런 자식들의 삶을 건너다보며 대책 없이 지내는데, 옛날 제자의 암담한 현실에 대한 무슨 답이 있을 수 있으랴. 그저 모든 것이 숨 막히도록 막막했다.

*

아침 식탁에서 남의 빚 갚아 주듯, 누구인가를 위해서 먹어 준다는 듯이 젓가락으로 밥공기를 뜯적거리던 손녀딸이 볼멘소리를 했다.

"할머니, 할머니 성경 상 위에 메모 보았어요? 오늘까지만 참고 학교에 가겠어요. 오늘 스마트폰 해결 안 되면 저 내일부터 학교 못 가요!"

며느리는 자식들의 아침 성화를 피하듯, 카페 문을 그렇게 일찍 여

는 것도 아닌데, 새벽이 번해지면 집을 나가버려 애들의 이런 꼬락서
니를 볼 일이 없었고, 손자 손녀의 모든 실랑이는 할머니 몫이었다.
부엌을 대강 정리하고 인구조사서 용지와 에코마일리지 가입서류를
챙겨 들고 집을 나서는 가슴이 천근이었다. 손녀에게 스마트폰을 사
줄 돈도 넉넉지는 않았지만, 손녀가 그것을 손에 쥐는 날에는 통제 불
능의 종자 하나가 또 생길 것이 뻔한 일을 어떻게 겪어야 할는지 막막
했다. 하기는 학생 열 명 중 아홉이 스마트폰을 쥐고 산다는데, 우리
집 아이들이라고 그냥 넘어갈 리가 없기는 하다. 사주는 조건으로 여
러 가지 통제를 시도한다? 그것이 지켜지지 않는다는 것은 불문가지.
손녀딸의 손에 스마트폰이 쥐어지면 손자 녀석도 가만히 있을 리 없
었다. 불가불 한동안 어떤 결론으로든지 난가가 되리라. 그네는 약속
된 몇 집에 들려 인구조사를 순탄하게 마치고 어젯밤에 들렸다가 벼
락 맞듯 했던 508호의 초인종을, 숨을 삼켜가며 눌렀다. 한 집이라도
건너 뛸 수 없는 것이 인구조사였다.

"누구야? 어? 어젯밤 그 일회용이 또 왔어?"

"네 약속하신 오전 열 시네요. 바쁘시면 불러 주시는 대로 제가 기
입하겠습니다."

그네는 열린 현관문 앞에서 용지를 꺼내 들었다.

"이리 내!"

부르튼 얼굴로 사납게 용지를 채가기에 얼른 볼펜을 건넸다. 그러
자 주소, 이름, 주민번호, 가족 수를 적다가 학력 난에 이르자 잠시 멈
칫 하더니 대졸이라 기재했다.

"여깃써!" 용지를 내던지 듯하여 하마터면 땅에 떨어질 뻔한 것을
그네는 얼른 받았다. 여자는 아니꼽다는 듯이 그네를 꼬나보며 중얼
거렸다. "이런……, 일회용 같은 것이! 나이 들어 배우지도 못했을 것

이 이런 델 다녀? 일회용이……."

그네는 돌아서다말고 얼굴을 들고 찬찬히 여자를 바라보며 차분하게 말했다.

"어차피 우리 모두 일회용이거든요. 인생이…… 무어 그렇게 여러 번 되풀이해가며 살 인생도 아니네요. 말 안 해도 우리 모두가 일회용이거든요. 인생 누구도 두 번 못살아요."

"뭐야? 머라구? 저게? 저게?"

그네는 여자가 달려들 듯이 길길이 뛰는 것을 등지고 차분하게 걸었다. 달려들려면 달려들어라. 쥐어뜯으려면 쥐어뜯어라. 무슨 일인들 겪지 못하랴. 대졸? 대졸 자가 일회용 인생을 저렇게 살아? 어차피 우리 모두가 일회용이거늘, 저렇게 살아야만 하나. 그러나 한순간, 여자의 악다구니에서 묘한 활력 같은 것을 느끼며 자신도 모르게 악의에 찬 미소가 떠올랐다. 그네는 다음 행보를 이어갈 수가 없어 어젯밤 늦게 올라갔던 산길을 향해 걸었다. 한낮 해가 있어서였겠지만 어젯밤보다는 날씨가 부드러웠다. 아침나절 일찍 들려간 운동 패거리는 다 지나갔고, 길은 한적했다. 아파트 마을 끝자락 전신주에 쓰레기가 산더미였다. 전신주에는 그곳에 쓰레기를 버리지 말라는 경고문 팻말이 걸려 있었지만, 종량제 봉투가 아닌 일반 비닐봉투에 구겨 넣은 것하며, 일회용 컵, 김밥 담았던 일회용 스티로폼 박스, 가게에서 팔던 반찬용 호일, 꽃을 꽂았던 구멍 숭숭 뚫린 오아시스, 찌그러진 바구니, 음식 쓰레기 등, 구겨진 비닐봉투 등 함부로 흩어진 일회용 쓰레기가 산이었다. 분리수거! 분리수거! 재활용! 재활용!을 외치지만 외치는 쪽이 허무하다. 지구는 미구에 쓰레기에 덮여 끝을 보겠구나. 스물 몇 개 구 서울 구청에서 난지도에 버리던 쓰레기가 이제는 바다로 나갔고, 이제는 바다도 쓰레기를 더는 받을 수 없다는데—

문득 발뒤꿈치에서 개가 캉캉거렸다. 돌아보니 하얀 털에 빨간 리본을 달고 의기양양 달려오던 애완견 두 마리가 그네를 보자 어리광 비슷 계속 짖어댔다. 목줄을 잡고 따라오던 여자는 사십대 중반의 돈 냄새 제법 풍기는 여인.

"우리 아이들 물지 않아요. 산책 나온 것이 그냥 좋아서 그래요. 괜찮아요!"

여자는 못 견디게 사랑스러운 개를 데리고 나선 것이 그리도 즐거운지, 전신에서 달콤한 즐거움이 물씬 풍겼다. 그렇게 앞서가는 여자를 따라가는데, 얼마쯤 올라가자 어디서 흐느껴 우는 소리 같은 이상한 소리가 들렸다. 누가 울어? 설마 이런 아침에 이런 데서 누가 울겠어? 그러면 이게 무슨 소리야? 어리둥절 두리번거리는데, 통나무 벤치에 그 또래의 여자가, 그 또한 차림새하며 돈줄이나 쥐고 있어 보이는 여자가, 쫄랑거리는 개들을 보면서 흐느껴 울고 있었다. 그러자 개 주인이 벤치의 여자 앞에 멈추며 은근한 말투로 입을 열었다.

"아니 아직도 못 잊어서 그러세요? 이제 그만 마음에서 떠나보내세요. 그리고 아주 어린아이를 하나 입양하시지 그래요. 그렇게 새로운 정을 들이면 되잖겠어요? 그만 슬퍼하시고요."

벤치에 앉아 있던 여자는 말을 걸어주는 여자에게가 아니라. 지나가는 그네를 바라보며 슬프디 슬픈 하소연을 했다.

"내가요, ……얼마 전에 아들을 잃었거든요."

아들을? 아들을? 그네의 가슴이 내려앉았다. 아들을 잃었다니— 그렇게 잠시 멈추어 동정어린 눈으로 울고 있는 여자를 바라보는데 두 마리의 개 주인이 얼른 말을 거들었다.

"이분이요, 내 개들하고 똑같은, 사랑하고 사랑하던 말티스가 나이 들어 얼마 전에 세상 떠났거든요. 너무너무 사랑했기에 다른 아이를 입양도 못 하겠다는 거예요 글쎄. 더구나 이렇게 내가 데리고 다니는 이 아이들을 보면 더 눈물이 난다는 거지요."

아니 그러면 저 여자는 죽은 개를 두고 아들을 잃었다고 하는가. 개가 아들이었다고— 세상에 별……. 아니 개가 아들이라고? 개를 아들이라 하다니. 개 아들이라니. 개가 늙어서 죽었다고 저리 슬프게 울고 있다니. 그네는 흐느껴 우는 여자를 그저 멍청하게 바라보다가 하늘을 올려다보았다. 12월의 오전 햇빛이 싱그러웠다. 산 위에서 밀려 내려오는 낮은 바람은 겨울바람이 아니었다. 우그러져 울고 있는 여자를 감싸는 햇빛도 따스했다. 그런데 왜 울어? 죽은 개 때문에 울어? 죽은 개가 아들이라면서 울어? 세상천지에 정작 울어야 할 일이 태산인 것만 개가 늙어 죽었다고 저렇게 처 울어? 그 개는 해방되었지, 당신 같은 여자하고 살던 동안, 마음대로 돌아다니지도 못하고 뛰어 놀지도 못하고 바깥세상 구경이나 제대로 했겠어? 개는 개야. 개처럼 개답게 살아야 할 생명이야. 이 여자들이 아무래도 정신 나갔지. 어이가 없어 넋이 나가 서 있자니 말티스 개 주인 여자가 그네를 향하여 조금은 업신여기는 말투로 입을 열었다.

"댁에서는 개를 키우지 않는 모양이지요? 개하고 정들여 보세요. 사람 못잖아요. 아니, 아니 사람하고 비하다니! 그럼은요. 남편도 배신하고 자식도 속썩이지만 얘네들은 일편단심이거든요, 혼자 살던 미국 할머니들이 개나 고양이한테 유산 남겨주는 것 그거, 놀랄 일 아니지요, 그렇고말고요!"

그네는 우두커니 서 있었다. 낭랑한 오전의 햇살이 갑자기 부끄러워졌다. 오나가나 이건 또 무슨 몽둥이야? 세상이 왜 이래? 그저 일회용이 잠깐 산길을 걸으려 했을 뿐인데 왜들 이래? 그네는 씁쓸한 침을 삼키며 가만히 돌아섰다. 며칠 전, 〈우리나라 반려동물 시장 규모

1조 8천억〉이라는 신문 기사를 읽다가 설마……, 무슨 통계가 잘못된 것이려니 했다. 청담동 종합동물병원 상담 직원의 패키지 코스 설명이라니. 〈다이어트 프로그램받은 다음에 스파에서 사우나하고, 잠깐 낮잠 잔 뒤에 건강검진 후 미용서비스를 받게 됩니다.〉 고급미용 패키지코스는 애견(愛犬)이 받게 될 '유치원 돌봄 서비스' 닷새에 30만 원, 주인들은 아낌없이 30만 원을 던져 애견을 맡기고, 유치원 돌봄 서비스를 받은 애완견은 유치원 차량을 타고 집으로 돌아간다. 국민 5명 중 한 명이 반려동물 주인. 1천만 마리가 넘는단다. 다른 신문에서는 한술 더 떠서 〈입학시험 보는 강아지 유치원〉 기사가 거의 한 면을 다 차지했다. 강아지 유치원에 입학하려면 주인과 떨어져 1주일간 훈련 적합성 및 사회성 시험 기본훈련, 환경변화 적응력, 복종훈련 등 그 시험만 10만 원, 입학 후에는 기본훈련, 배변배뇨, 보행훈련, 퍼포먼스 훈련 등이 시행된다고. 수업료는 훈련별로 한 달 50만 원……. 이런 강아지 유치원이 전국에 수십 군데. 자리가 없어 입학이 쉽지 않은 곳도 있단다. 동물전용 호텔, 미용실, 스파, 장례식장 등 웬만한 사람보다 호강이다. 신문 기사에 분개할 겨를도 없어 읽다 말았는데, 오늘 눈앞에서 쥐어박듯 벌어졌다. 우리가 언제부터……, 아프리카며 방글라데시 등 빈국의 어린이들이 단돈 2백 원짜리 페니실린이 없어 죽어가고, 영양실조로 머리통만 커다란 아기가 뼈만 남은 팔다리를 늘어뜨리고 퀭한 눈망울로 우리를 바라보고, 물 한 모금을 얻기 위해 물동이를 이고 십여 리를 걸어가, 그나마 얻어오는 물이라는 것이 진흙탕물이라는 것을, 거의 매일 화면으로 보면서도…… 세계에서 가장 가난하고 취약한 굶주리는 아프리카의 '사헬지대'가 떠올랐다. 부르키나파소, 카메룬, 말리, 니제르, 나이지리아, 세네갈, 잠비아…… 아프리카 사하라 남쪽 가로로 길게 분포된 지역의 굶주리는 군상이 떠올랐다. '사헬'*로 지정된 지역이다. 당장 생존불가능하다는— 다섯 살 미만의 오백만 명 어린아이들이 영양실조로 죽어가는 모습이 떠올랐다. 분쟁, 전염병, 때로는 느닷없는 홍수, 끝없는 가뭄…… 첨단이라는 명찰을 단 문명이 곳곳에서 얼굴을 감춘 지구에서, 영양결핍상태 9억 2천5백만 명. 그러나 세계에서 가장 잘 사는 사람 85명의 재산이, 35억 명의 재산과 맞먹고. 세계 인구의 1%인 6천만 명이 전 세계 부의 절반을 차지하고 있다니— 선진국이라는 나라마다 음식물 쓰레기가 산을 이루고, 우리나라 음식물 쓰레기도 한 해 몇천억에 이른다는데, 늙어서 떠난 애완견을 못 잊어 철철 울고 있는 중년 여인이라니— 엊그제 세 모녀가 살아가기 힘들어 동반 자살했다는 기사가 신문에 도배질 되었건만. 임시직도 일용직도 얻지 못해 최저 생계비조차 마련하지 못하고 더는 버틸 힘이 없어 최후의 방법을 택한 것이 세 모녀의 동반 자살이었다는데—

지구라는 별에 태어나, 하늘 아래 같은 공기 속에서 바다와 대지를 함께 누리고 있으면서 누구는 늙어 죽은 개 한 마리 때문에 철철 울고, 누구는 굶다 못해 자식과 함께 목숨을 끊고, 누구는 배곯아 숨을 거두는 아이를 안고 하늘만 올려다보는 이 현상을 신은 어떤 눈으로 바라보고 계시는가. 이런 것을 일러 자유민주주의가 지향하는 자본주의라는 말인지. 돈, 권력, 온갖 기계를 우상으로 삼다 못해 이제 개 한 마리를 우상으로 삼았는가. 인간에게 부여된 자유가 두려워, 개에다 목줄을 묶어 끌고 다니며 주인도 그 목줄에 자유를 묶어 끌려 다니는가. 인간이 드디어 개라는 짐승으로 전락해 가고 있는가. 야생으로 살면서 얼마든지 자유를 누릴 수 있는 짐승을 집안에다 가두고, 인간이 개에게 온갖 아양을 떨고 있는 꼬락서니라니— 개를 목줄에 묶어 끌고 다니며 그 개가 행복할 것이라고 믿는 것인가. 이럴 수가— 이건 악몽이다. 너절한 악몽이다. 애완견 시장 1조 8천억! 이러다가 무슨 날벼락이라도 맞게 되는 건 아닐까. 그네는 두려움에 쫓겨 산길로 치달았다.

'먹을 것이 없어 굶주리는 지대가 사헬지대가 아니로구나. 바빌론처럼 로마처럼 먹고 먹다가 토해내고 다시 배터지게 먹으면서 이웃을 볼 줄 모르는, 영혼의 현주소를 잃은, 영혼이 목마르다 못해 피폐해 말라죽어가는 사헬이 여기야. 내 인생도 사헬에 빠져 허우적거릴 뿐 아무짝에도 쓸모없는 일회용으로 전락하고 말았네.'

그는 어젯밤에 머물던 조릿대 군락지를 향해 달렸다. 조릿대 군락지는 사람들 발길에 닳은 길에서 잠깐 돌아앉은 비탈. 지난밤 어둠 속 그 비탈에 지금은 아침 햇살이 아롱거렸다. 턱에 찬 숨을 고르는데 조릿대 숲이 사르륵 흔들린다. 조릿대 군락지에 바람이 머물고, 숲은 가만가만 숨을 고르고 있는데 나뭇등걸에 숨듯이 앉아 있던 젊은이가 말을 걸어온다.

"왜 그리 숨이 차요? 무엇 잃은 것 찾으러 오셨어요?"

이십대 중반은 되었을, 이마가 선듯하고 눈이 맑은 청년이었다.

"찾으러 온 게 아니고…… 도망쳐 오는 길인데."

"무엇에서 도망치시는 거예요? 저도 도망쳐 왔거든요."

"왜? 젊은이가 왜? 무엇에서? 어디서?"

청년은 웃었다. 잇속이 깨끗했다. 저렇게 준수한 청년이 이런 시간에 왜—

"사람 없는 델 찾아서……."

"그러면 나는 빨리 여기를 비켜 주어야겠네."

"아니요. 도망자들끼리니까 계셔도 괜찮아요."

그때쯤 턱에까지 차올랐던 숨을 가라앉힌 그네는 한숨을 끄며 젊은이로부터 훨씬 떨어진 곳에 있는 나뭇등걸을 찾아 걸터앉았다. 어젯밤에 내리던 싸락눈은 자취도 없었다. 꿈이었던가, 아련한. 조릿대는 아롱거리는 햇살 아래 기름을 바른 것처럼 푸르고 매끄러웠다. 사르락, 사르락 어둠 속으로 내려앉던, 비밀한 하늘소리. 그 소리는 아직도 살갗에 남아있었다. 그렇다면 꿈은 아니었다. 사방으로 우거 싸인 현실. 출구 없는 현실, 캄캄한 밤에 영혼이 귀가 되어 들었던 소리. 영혼도 육신도 그 소리에 가뭇없이 스며들고 녹아 스러질 수는 없는 것일까. 눈을 감았다. 감은 눈 속이 따뜻한 노을이다. 낮도 밤도 아닌, 영혼과 생명의 길목 같은 따스한 부드러움의 노을. 현실에서 꿈꿀 수 있는 평화로운 황혼이 눈 속 가득 지평을 열어 영원으로 가고 있었다. 생명이 그 빛 속으로 스며들고 다시는 이승으로 돌아오지 않는 것이라면……. 숨이 끊어질 때, 태어나는 순간처럼 무섭지 않을 것 같았다. 태에서 떨어질 때 목숨 다해 소리쳐 울던 것처럼 이승을 떠날 때는 소리쳐 울며 떠날 일이 아닐 것 같았다. 자궁, 십 개월. 먹는 일도 싸는 일도, 눈을 뜰 일도 말할 일도 없이 웅크리고 있다가, 좁디좁은 산도(産道)를 뚫고 밖으로 터져 나오던 순간의 공포 같은 것이 없을 것 같았다. 허위허위 한 세상 허우적거리다가 낡고 낡은 육신을 바닥에 누인 뒤에, 숨 한 번 길게 내 쉬고 끝내는 일에 무슨 공포가 있겠는가. 문득 댓잎 스치는 소리가 나더니 사람 그림자가 앞을 막았다. 사르락, 사르락, 댓잎이 서로 몸을 비벼대는 소리가 어젯밤의 싸락눈 소리를 닮았다.

"숨을 쉬지 않는 분 같은데, 참……평화스러워 보이네요."

청년이었다. 그네는 눈을 감은 채 나직하게 말했다.

"세상을 떠날 때는 태어날 때처럼 무섭지 않을 것 같다는 생각을 하던 참이에요."

"아! 정말……." 조심스러운 감탄이 청년에게서 흘러나왔다. 청년은 나직하게 말을 이었다. "참 기이하고 신비스럽네요. 저도 죽음을 생각하며 앉아있었거든요. 세상에는 이런 신비도 있네요."

그네는 눈을 떴다. 젊은이의 얼굴이 눈앞으로 바짝 확대되었다. 숲으로 내려앉는 햇빛이 젊은이의 얼굴에서 아롱거렸다. 그가 숲이었다. 그의 숨결에서 숲이 흔들리고 있었다. 밤 사이에 이슬이 된 싸락눈의 정령이었다. 햇빛이 그에게서 웃고 있었다. 고독한 한 생명이 황홀하게 빛났다. 햇빛, 바람, 숲이 고뇌에 응어리가 진 그의 이마에서 어울려 제의(祭儀)가 되고 있었다.

어디선가 바람인 듯, 싸락눈의 정령인 듯 나직한 목소리가 미풍이 되어 흔들렸다.

"저는요 상당한 부잣집 외아들이에요. 머리도 아주 좋게 태어난 편이고, 일류 학교로만 진학을 했고, 부모가 권하는 대로 법학전공, 고시 패스, 로스쿨에서 연수를 마치고 국가고시 패스, 변호사 자격에다 검사시보 육 개월로 법무부 발령, 대법원에서 판사 발령까지 받아, 어느 부서든지 골라서 갈 수 있는 자격을 다 갖춘 놈이에요. 그리고 우리나라에서 제일간다는 변호사 사무실에서 육 개월 동안 실습을 마쳤고요. 그런데 어느 날 갑자기 세상이 흑백 무성영화 같아지데요. 의미 실종(失踪)…… 아무 때고 늘 먹을 수 있는 진미(珍味), 여기저기서 눈독 들이는 명문가의 신붓감, 저의 주위에서 끝없이 부침(浮沈)하는 선망의 시선, 궁전 같은 집 침실에서 자고 깨는 아침, 그런데 어느 날 갑자기 세상의 모든 빛깔이 스러졌습니다. 생명의 빛이 스러졌어요. 자식자랑과 허영으로 배가 터질 지경이 된 아버지 어머니는 새파랗게 질려 절절매다가, 아들인 제가 영일 없이 공부만 하다 지쳐서 노이로제에 걸렸다고 판단, 일류 정신과 의사에게 저를 떠 맡겼는데, 의사하고 만나서 하는 짓은 그저 늘 저의 지나간 날의 똑같은 이야기를 되풀이 하는 것뿐, 점점 더 지루해질 뿐, 저에게는 세상이 끝없이 한 장면만 되풀이되는 무성 흑백영화같았어요. 도무지 달라지는 것이 없었어요. 그래서 도망치고 도망치다 보니 오늘 여기까지 오게 되었네요."

눈을 감고 잠잠하게 듣기만 하는 그네를 내려다보던 젊은이는, 눈을 감고 있는 그가 혹시 잠이 들었는가 싶어 목소리를 더욱 낮추었다.

"잠 드셨나…… 듣지 않으셔도 좋아요. 그냥 이야기가 하고 싶네요. 저는 사춘기가 어떤 것인지 모르고 불쑥 대학으로 들어갔네요. 아주 뜨겁게 느껴지는 선배들이 있었어요. 현실체제에 대한 억울함을 뒤집겠다는 의지로 뭉친 그룹이었는데, 꽤 괜찮아 보였어요. 저도 한때 휩쓸려 들어갔지요. 하지만 깊이 빠져들수록 그들에게서 수상한 악취가 나는 거예요. 모순, 갈등을 교묘하게 위장하는— 자본주의와 공산주의, 보수와 진보, 민주주의와 사회주의의 갈림길에서 정체성과 신념을 얻겠다고 몸부림치는 그들에게서 또 다른 권력쟁취의 목적이 보였습니다. 또 다른 형태의 패권(覇權)을 향해 달려가는 그룹이었어요. 그들에게는 외로움이 없었어요, 슬픔 실종(失踪), 외로움을 피해 달아난 집단인지, 당초부터 외로움이 어떤 것인지 모르는 사람끼리의 결속 같던데요. 선후배 남녀가 동지가 되어 똘똘 뭉치고, 수배자가 되는 것을 영웅이 되는 길이라 믿고, 초법적 레지스탕스 정의구현 자가 되어 기고만장이었습니다. 명확한 타도 대상을 향해 부러울 정도의 결집력을 과시하고 있는 그들에게는 존재의 허무감, 그런 그림자도 보이지 않았어요. 그들의 젊은 피가 목숨 걸어 독재체제를 뭉기고 민주화를 가져왔다는 공로를 인정받기도 했고, 국가 발전에 기여했다는 칭찬도 들으면서, 구태로부터 혁신을 이룩한 진보적 젊은이들이었다고 상찬이 이어지고 있지만, 결국, 그들도 또 다른 색깔의 권력이었습니다. 저는 그들 속에서 점점 허무의 늪에 빠져들었어요. 어머니는 운동이 필요하다, 골프를 배워라. 스키를 타라, 성화를 댔지만 그 무엇도 제가 재미를 붙이기에는 너무 단순했고, 허망하기만 했습니다. 우리 모두가 휩쓸린 디지털 세상이라는 것……, 컴퓨터, 게임기, 스마트폰, 티브이, 메일, 홈피, 페이스북, 트위터, 인터넷 누리꾼들, SNS를 통한 사회 전체, 세상을 아우르는 소통이라는 것은 무시무시한 고독의 얼굴을 감춘 괴물이더군요. 그것은 소통이 아니라 철저한 고립이었습니다. 대항하거나 싸워야 할 타깃이 없어졌어요. 진보를 내세워 증오의 힘으로 뒤집으려던 그들에게도, 민주주의 체제 타도! 시장경제 체제도 전복의 대상이 아니에요. 사회주의 국가들은 스스로 모래성이 되어 무너져 이데올로기라는 것이 얼마나 허망한 허구의 환상이었는가를 가르치고 있습니다. 아직 체제에 묶여 있는 북한은 굶기를 밥 먹듯 하면서도 핵을 들고 세계를 위협하는데, 남한은 점점 병들어가고 있습니다. 저…… 혹시 '헬리맘'에 대해서 알고 계셔요? 자식을 낳아 유치원에 들여보내는 순간부터 엄마는 대학입학 수험생이 된다는 말이 생겼어요. '아인슈타인 우유'만 먹이는 엄마는 아이가 아인슈타인처럼 머리가 좋아지라고! '서울우유'를 고집하는 엄마는 어떻던 서울대학 입학이 목표라네요. 헬리맘이란 자녀의 주위를 끊임없이 맴돌며 자녀를 챙기는 엄마에게 붙은 별명입니다. 그렇게 자란 아이들이 만나는 것은 디지털 세계지요. 저…… 제가 조금만 더 떠들도록 허락해 주세요. 듣고 계신지 아니면 잠들어서 못 들으셔도 상관 않겠어요. 그냥 오래간만에 왜 이렇게 저절로 말이 술술 풀리는지 모르겠네요. 어쩌면 저의 마지막 하소연이 되는지도 모르지요. 근래 우리나라에 운석(隕石)이 떨어졌다지요. 6천 몇백만 년 전, 거대한 운석이 지구에 떨어져 생물종(生物種)중 75퍼센트가 멸종했다는 설이 있는데, 이제는 운석 충돌이 아니더라도, 이제 지구에서는 그 당시의 어마어마한 멸종을 능가하는 속도로 생물종이 사라지고 있다는군요. 어느 현대 철학자가 그랬어요. 인간은 지구 위에서 일종의 암세포나 종양처럼 되어간다고요. 인간의 이상(異常) 대량증식으로 보나, 인간이 지구를 교란하는 정도로 보나, 인류는 자신의 존재조건마저 교란하면서도 그 위험을 의식하지 못하고 있다고요. 인간은 고도로 창의력이 있는 종이면서, 가장 약탈적이고 파괴적인 부류의 포식자라는 거지요. 미세먼지 때문에 마스크를 쓰라고요? 마스크로 막을 수 있다고요? 중국만 사막화되어가는 것이 아니라, 이제 물을 마실 수 없는 때가 가까워지면서 세계 곳곳이 사막화되어가고 있잖아요?" 그는 말을 끊고 한동안 잠잠했다. 문득 눈물을 삼키는 목울대의 움직임이 다가왔다. "지금은 절망, 절망만이 구원입니다. 가장 두려운 것은 증오도 파괴도 아닌 무관심이고 더 두려운 것은 비극이 아니라 무의미의 함정이지요. 저는 지금 절망에 빠져 구원을 향해 서 있어요."

젊은이가 울고 있었다. 지난밤 싸락눈처럼 눈물이 내리고 있었다. 그네는 눈을 감은 채 가만히 입을 열었다.

"그렇지 절망은 구원이고 말고…… 내 옆에 앉아 보아요. 그리고 눈을 감아요. 감은 눈 속에 노을이 깊어지고 바람이 스쳐가는 소리가 들릴 거예요. 언제까지고 눈을 뜨지 않을 수 있으면 그렇게 눈을 감고 앉아 있어 보아요. 어쩌면…… 세상의 온갖 빛깔들이 살아날는지도……."

숲으로 바람이 스쳐가듯 젊은이가 다시 나직하게 입을 열었다.

"혹시 전에 강단에 섰던 분이신가요? 선생님이셨어요?" 대답이 없자 그는 말을 이었다. "그건 알아 무얼 하겠느냐? 그리고 어떻게 알았느냐 궁금하시겠지요. 저는 지금 오래간만에 삶의 신비를 느끼고 있거든요. 만남의 신비를요. 저의 고뇌와 갈등이 버림받지 않고 이렇게 영혼의 색깔이 같은 분을 만난 것 말입니다. 선생님, 분명 아이들의 영혼이 밝은 빛으로 살아나게 만드신 선생님이셨으리라 믿어지네요. 사람은 누구나 나름의 향기를 지니고 태어나지요. 디지털 세상이 되면서 각자가 자기만의 향기를 가차 없이 지워가며 살고 있지만, 그렇지 않은 분이 지니고 있는 향기를 제가 맡을 줄 알거든요. 이제 더 떠들지 않고 숲에 파묻혀 눈을 감고 눈 속으로 들어오는 노을과 만나 세상의 빛깔이 살아나는 기적을 기다릴게요."

그네는 젊은이의 나머지 말을 듣지 못했다. 이상한 일. 까무룩 잠이 들었다. 눈 속은 여전히 노을로 가득 차 있는데 영혼이 날개를 달고 어딘가로 잠깐 떠나갔다. 평화였다. 얼마 만에 후르륵 호흡이 돌아오면서 그네는 까무룩 잠에서 깨어났다. 어젯밤, 남성우의 편지며 손녀딸의 메모며, 시난고난 잠을 못 이루어 고단했던가. 십이월의 숲속에서 잠에 빠지다니. 그네는 눈을 뜨는 것조차 조심스러웠다. 젊은이가 어디서 어떻게 하고 있는지― 조릿대를 스칠세라 바스락 소리도 내지 않고 살며시 일어났다. 젊은이는 눈을 감고 조릿대가 군락을 이룬 한 옆 나뭇등걸에 기대듯 편히 앉아있었다. 숨도 쉬지 않는 것처럼 고요했다. 깊은 평화. 젊은이를 잠깐 일별하는 순간 그네의 눈 속이 뜨거워졌다. '어제 깊은 밤, 나는 절망을 안고 산속 조릿대 군락지에 주저앉아있었다. 그리고 얼마 만에 조릿대 위로 내려앉는 싸락눈 소리에 전신이 녹아들었지. 영혼이 너울너울 자유의 날개를 달고 날아가고, 전신은 하늘 소리를 듣는 귀가 되었었지. 그런데 오늘 나는 처음 만나는 그 젊은이에게 감고 있는 눈 속의 노을을 전해 주었다. 빛을……, 그 빛은 내 것이 아니었어. 내게로 오신 빛, 그리고 오늘 만난 그 젊은이를 향해 그 빛은 흘러들어갔다. 신비……, 젊은이가 그랬어, 신비라고— 나는 그에게서 신비를 얻어가지고 떠나간다.' 조릿대를 헤치고 조심스럽게 걸어 나오는 그의 발길에서 사그락 사그락 댓잎끼리 몸을 섞는 소리가 향기로웠다. '그래 오늘은 새날이다. 하늘에서 햇빛이 내려오고, 바람이 있고 그리고 우리에게는 아직 댓잎이 남아있어. 절망을 나눌 수 있는 이웃이 있어⋯⋯' 그는 애완견 때문에 울고 있을 여자를 피하여 멀리 돌아서 마을로 내려오는 길을 택했다.

*

  큰딸네에게서 벼락 치는 연락이 온 것은 그날 늦은 밤. 성형비용과 지방제거, 뱃살 기름흡입비를 조르던 딸이 아파트 옥상에서 뛰어내렸다는 비보였다. 무릎이 꺾여 일어날 힘도 없었다. 그네는 한참만에 넋나간 사람처럼 어정어정 욕실로 들어갔다. 머리를 풀고 샤워기를 틀었다. 왜 머리를 감으려 했는지 알 수 없었다. 옷이 젖고 풀어진 머리에서 물이 뚝뚝 흐를 때에야, 자신에게 눈물이 남아있지 않다는 것을 어렴풋이 알았다. 젖은 머리에서 얼굴로 줄줄 물이 흘러내렸다. 눈물 대신이었다.

*사헬(아랍어 : 가장자리)

바람의 날개

순간과 영원이 만나는 정점은 어디쯤일까. 무심이 유심이 되어 눈을 뜨게 되는 지점은 어디쯤일까. 전쟁이라는 살육의 현장에서 살아남는 사람과, 평온하던 일상에서 갑자기 세상을 떠나는 사람의 목숨은 무엇을 기준으로 삼았을까. 불가(佛家)에서는 옷깃 한 번 스치는 것을 인연이라 하고, 부부가 되는 인연을 팔천세의 인연이라 했다. 전쟁 끝자락에 대롱대롱 매달려 살아남은 사람 중에, 국책은행에 일자리를 얻은 처녀들은 무슨 인연을 지었기에, 그 무렵, 폐허의 서울이라는 세상에서 귀족 중 귀족이 되었을까.

"얼음이야!"

"그러게 말이야! 왜 그렇게 도도하고 쌀쌀맞아? 남자가!"

"하기야 그럴 만도 하지…… 다른 출입기자들하고는 무언가 달라도 다르잖아!"

"피이, 그래보았자…… 뭐가 그렇게 다르겠어? 저나 우리나 수백만명 떼죽음한 전쟁 틈바구니에서 구차하게 살아남은 빚쟁이들이지……."

1960년대 초, 이십대 일의 경쟁률을 뚫고 입사한 몇몇 신입 여행원들은, 초기의 긴장감이 어지간히 가라앉았을 때, 어느 출입기자를 두고 내밀하게 수군거렸지만, 은경은 대수롭잖게 흘려버렸다. 하고많은 출입기자들 중에 누구를 두고 하는 말인지…… 저들 나름, 저희들끼리 찧고 까부는 소리인가보다…….

"그가 지나가면 찬바람이 일어…… 총재님이며 부총재님 어른들하고는 이야기도 잘 하더라만, 도무지 여자들이 있는 자리에는 눈길 한번 주지 않는…… 쳇! 얼음, 얼음왕자야……."

"왕자는 무슨 왕자…… 피이, 왕자는 무슨!"

나중에 말을 받은 친구는 '얼음'이라는 그 기자를 향해 아니꼽다는 듯 내던지듯 말했다. 처녀들 사이를 술렁거리게 만드는 유별난 기자가 따로 있었나…… 하지만 은경은, 다소 가시가 박힌 듯한 그들의 대화가, 처녀들만의 묘한 호기심이라는 것을 알았다. 대화 속의 가시는 나름의 관심이라는 것도.

폐허가 된 서울, 변사(辯士)도 없고 움직임도 없는, 흑백 무성영화 같던 서울에 조금씩 채색이 입혀지기 시작한 것은, 은경이 국책은행에 취직이 되고부터였다. 오매불망 잊지 못하던 A여자대학교 영문과에 합격을 하고도 입학을 포기했던 것은 아버지가 갑자기 세상을 떠났기 때문이었다. 열두 살에 만난 전쟁은 사춘기도 잡아먹고, 발레리나가 되고 싶었던 꿈도 잡아먹더니, 급기야는 은경에게서 아버지를 빼앗아갔다. 태어나는 일에 선택권이 없었듯이 삶의 길목에는 굽이마다 피해갈 수 없는 복병이 숨어 있다가 불시에 달려들고는 했다. 아버지와의 사별, 갑자기 들이닥친 빚쟁이들, 합격한 대학을 포기하지 않을 수 없던 쓰라림. 혹시 행복에 선택권이 있었다면, 여전히 선택권 없이 겪는 것은 불운과 불행이었다.

전쟁은 살아남은 자들에게 생명보상으로 가난을 안겨 주었다. 살아남은 자 누구의 삶도 남루했다. 일을 하고 싶어도 일자리가 없었다. 어른 아이 할 것 없이 늘 배가 고팠다. 거리에는 아직 거지들이 우글거렸다. 소매치기도 좀도둑도 줄지 않았다.

그런 핍절함 속에서 국책은행 여직원 모집 시험은 20대 1. 웬만한 처녀는 지레 하품을 하고 물러나게 만들던 경쟁률이었다. 은경이 스무 명의 경쟁자를 물리치고 그 시험에 합격한 것은, 삶을 더 이상 어둠으로만 끌고 가지 않아도 되겠다는, 꿈같은 희망의 싹이 살짝 눈을 뜬 일이었다. 국책은행 건물은 석조전(石造殿), 일본 제국주의가 조선을 다스리기 위해 자존심을 기울여 지은 아름다운 건물이었다. 석조전 앞 로터리에는 전쟁통에 부서졌지만, 분수대가 있던 로터리 건너편에 그 또한 일본이 석조로 지은 고급 백화점이 있었다. 이십대 일의 경쟁률을 뚫고 발탁된 스무 살 안팎의 처녀들은 그 나이만으로도 발랄하고 아름다웠다. 그들은 창구에 배당되지도 않았고, 돈을 세는 정사과(精査課)도 아닌, 국책은행 고위직 부속실로 배치되었다. 살아남은 자에게 전쟁이 요구하는 생명보상 같은 것에 저당 잡힌 흔적 같은 것이 보이지 않는 젊음이었다. 은경의 동기 입사생들은 하나같이 최우수 성적으로 입사한, 자부심을 가질만한 처녀들이었고 외모 또한 출중했다. 총재, 부총재실에 근무 배치를 받은 행원은, 모시는 분이 너무 조심스러워 다소 불편했지만, 국고부장실에 배치된 은경의 상사는 아버지뻘의 중후한 중년신사. 과묵한 편이었지만, 불편하지 않을 만큼 은경에게 일거리를 주고, 더러 그 또래 처녀들의 소식을 묻기도 하는, 대범하고 편한 분이었다.

몇 개월 만에 근무처가 익숙해지자 처녀 신입행원들의 관심은 중후하고 근엄한 상사보다, 젊고 팔팔한 출입기자들에게로 쏠렸다. 국책은행 출입기자들은 젊고 패기만만한 경제부 기자들. 일자리 흔치않던 시절에 신문사 기자로 출입처가 정해진 그들에게서는, 그들이 움직일 때마다 풋풋한 젊음이 풀풀 날렸다. 궁전 같은 천장 높은 석조건물 복도에서는, 처녀들이 움직일 때마다 발걸음 소리가 싱싱한 음계처럼 천장을 울렸다. 소리도 없고 울림도 없을 때는 고즈넉한 공기조차 우아했다.

처녀들이 첫 월급을 받았을 때, 몰래 돌아서서 봉투를 열어보던 신입행원들은, 상상했던 것보다 너무 기뻐, 몰래 몸을 떨었다. 봉투 안에 든 월급액수가 문제가 아니었다. 방금 제조기에서 걷어낸 듯한, 조심하지 않으면 손을 베일 듯한, 눈부신 신권(新卷)한 다발의 감촉이었다. 그들은 급여로 받은 돈이, 시중에서 보기 드문, 자칫 손을 베일 수도 있는 새 돈만으로 신분이 상승된 듯 우쭐한 느낌에 들떴다. 화장기 없던 그네들의 민얼굴이 차츰 달라져갔다. 옷매무새도 입사 초기 때하고 달리 빠르게 달라졌다. 그들은 운명의 왕자를 기다리는 발탁된 공주들이었다. 은경은 그 변화에 휩쓸리지 않았지만 자연스럽게 형성된 그 분위기가 얼마나 신선한 것인가를 뒷전에서 즐겼다. 동경하던 여자대학을 포기한 은경이, 고육지책으로 남녀 공학의 야간대학에 적을 두고, 퇴근 후에는 누구에게 들킬세라 삼선교에 위치한 학교로 달려가고는 했지만, 학교는 직장에 비해 칙칙했고 약간 비릿했다.

은경이 근무하는 국고부장실에는 통신사 기자들과 일간 신문사 기자들이 거의 매일 드나들었고 방문객도 적잖았다. 기자들뿐 아니라 각 신문사의 편집국장이며 논설위원들도 자주 들리는 곳이 국고부장실. 얼마 전 신입행원 둘이서 수군거리던 '얼음'이 누구일까 잠깐 궁금했지만 그럴듯해 보이는 기자가 좀체 눈에 띄지 않았다.

방문객 중에는 국고부장과 가장 가까운 분인 듯, K리퍼블릭 사장이 자주 들렀다. 직위도 직위였지만, 영국풍 신사인 그분의 정장과 넥타이 등은 남달랐고, 비서실의 나이 어린 처녀에게까지 깍듯하게 대하는 예절은 충분히 신선했다. 어느 날, 오후, 리퍼블릭 사장을 따라 들어오듯, 바람을 일으키며 들어서는 젊은이가 있었다. 무심코 고개를 돌리던 은경의 가슴이 갑자기 쿵 내려앉았다. 별나게, 처음 겪는 동계(動悸)였다. 흘깃 스친 옆모습의 이마가 서늘했다. 스쳐 지나며 가벼운 눈길도 주지 않던, 서늘한 이마와 웃음을 머금은 입술과 와이셔츠 깃 위로 이어진 파르란 면도 자국이 그네의 가슴을 느닷없이 흔들었다. 은경은 그가 곧 몇몇 신입행원들이 몸 닳아 하는 '얼음왕자'라는 것을 알았다. 그런데 왜 가슴이 떨려? 눈길 한 번 목례 한 번 건네는 일없는 그 사내에게 왜 가슴이 떨려? K리퍼블릭 사장은 뒤따라 들어가는 그 기자를 돌아보며 큰 소리로 반겼다. "아! M통신사의 윤영하 기자로군! 반갑네! 오랜만이오! 그동안 해외 출장 갔었다고? 재미 좋았소?" 뒤따라 들어간 그는 어른들과 어울려 시원시원 대화를 나누는 눈치였다. 차를 마련해 들고 들어가 세 사람 앞에 찻잔을 놓을 때, 유독 젊은이 앞에 놓는 찻잔이 흔들렸다. 은경은 속으로 이를 악물었지만 손이 말을 듣지 않았다. 젊은이는 볼일이 끝났는지 얼마 만에 먼저 일어나 나왔지만, 부속실 책상에 앉아 있는 은경에게 일별하는 일도 없이 바람처럼 그 방을 나갔고, 그가 밀고 나간 묵중한 문은 그의 침묵의 무게만큼 무거웠다. '뭐 저런 사람이 있어? 정식 인사는 아니더라도 목례라도 하고 나갈 일이지…… 무례야? 거만이야? 아니면 모종의 술책이야? 그런데…… 저 기자는 왜 모든 여자들의 가슴에 파고를 일으키는 남자인가? 왜 신입 여행원들의 화제가 저이에게 집중되는 거야?' 그날부터 은경은 신입행원들의 술렁거림에 귀를 기울이는 버릇이 생겼다.

변화는 그것뿐이 아니었다. 알 수 없는 기다림, 막연한 기다림……스스로에게도 들키고 싶지 않는, 그러나 그것은 분명한 기다림이었다. ……혹시 그가 들리지는 않을까, 흔들어 털어버리려 해도 털리지 않는 기다림이었다. "김은경 씨는 아직 고등학교 학생 같구먼. 묶었던 머리를 푼 것뿐, 화장 안한 민얼굴이 오히려 신선한데?" 선배 되는 남자 행원들이 더러 은경에게 관심을 보였지만, 그것이 칭찬이든 약간의 비꼬음 섞인 흥이든 괘념하지 않았다. 다만 최선을 다해 직장에 다니면서, 야간이지만 주간 대학의 몇 갑절, 열심히 강의를 흡수하여 작가가 되고 싶다는 꿈을 이루기 위해, 어떤 말에도 어떤 관심에도 보폭을 줄이지 않기로 했다. 그렇던 은경에게, 목표물에 닿지 않는 기다림이 생기면서 지분(脂粉)에 손이 갔다. 목표가 정해지지 않은 기다림—화장을 하면서 거울 속 저쪽에는 늘 상대방의 얼굴이 있었다. 항상, 닿는 대로 간편하게 집어 입던 옷이었는데, 화장을 시작하면서 옷장 문을 열고 옷을 고르는데 한참씩 걸렸다.

하지만 한편, 은경의 의식세계에서는 스스로를 담금질하는 담금질이 이어졌다. '냉담? 무심? 애송이 신입행원들쯤…… 눈에 담을 일도 아니다? 다른 총각 기자들처럼 두리번거리거나 더러 싱거운 말을 걸어보거나 하는 유치한 짓은 안한다? 그래? 그렇게 도도한 사람이야? 그렇다면 이쪽에서는 그보다 더 무심해야 하고, 더 쌀쌀 맞아야 하고…… 아니 그러면 그건 지어먹은 마음이라 들키기 쉽다. 정작, 정말, 담담하지 않으면 안 돼! 절대로, 절대로 호기심도 호의도 나타나지 않도록! 극히 자연스럽게, 의젓하게, 고품격의 숙녀답게 무관심해져야 한다!' 화장하는 시간도 늘리고 옷을 골라 입는 일도 중단하지는 않겠지만, 그것은 은경 자신의 삶을 위한 새로운 투자로 돌렸다.

　은경은 퇴근하자마자 총알처럼 학교로 달려갔다. 국문과 지도교수는 이미 시단에서 원로 대접을 받는 고명한 분이었다. 은경이 지향하는 방향이 소설이었어도 시의 세계를 거쳐 가야만 한다는 지론을 가진 교수의 지론을 은경은 철저하게 존중했다. 그는 남들이 쉽게 가는 삶의 유리한 조건이 아닌, 핸디캡에서 출발하여 이룩해내고야 말 자기만의 세계를 꿈꾸었다.

＊

　난만하던 꽃철이 지나고 잎눈에서 연둣빛 잎들이 밀고 나올 무렵, 비가 오는 날. 아침 출근길에 꾸물거리는 하늘을 올려다보던 어머니가 우산을 안겨 주었다. 막상 비가 오지 않으면 종일 짐이 된다고 받지 않으려는 딸을 달래가며 어머니는 딸에게 우산을 쥐어주었다. 꾸물거리던 날씨는 오후로 접어들면서 비를 뿌렸다. 은경은 퇴근길에 가슴을 쓸어내리며, 우산 없이 동동 뛰어가는 사람들 사이에서 의기롭게 우산을 펼쳐들고 거리로 나섰다. 비 내리는 거리에서의 우산 하나. 인생이란 이런 것인가. 우산 한가지로 비를 피하는 이런 정도의 행보에서도 우쭐해지는…… 그렇게 버스정거장을 향해 가는데, 뜻밖에 누구인가 우산 속으로 성큼 들어섰다. 흘깃 돌아보던 순간 가슴이 철렁 내려앉았다. 평소에 담담함을 스스로에게 훈련시킨 성적(成績)이 순간 허무하게 무너졌다. 윤영하. 자신도 모르던 사이에 백 번도 천 번도 은경의 마음을 훔쳐가던 이름이었다. 그런데 그이는 어제 만났던 사람처럼 아주 자연스럽게 은경의 우산을 받아들었고, 우산은 헌칠하게 큰 키의 그의 손에 들려 은경의 머리 위로 우뚝 올라갔다. 비는 세차지 않았지만, 봄비답지 않게 우산 밖으로 들어난 어깨를 적실만 했다.

"학교로 가는 길이오?"

남자는 늘 만나던 친근한 사람 대하듯 물었다. 적당한 음량의 목소리가 부드러웠다. 은경은 숨이 막히는 줄 알았다. 땅으로 꺼지고 싶었다. 남녀 공학 야간대학에 다닌다는 사실을 누구에게도 들키지 않았다고 믿었는데, 도대체 이 사람은 어디서 어떻게 알아냈을까. 들켰다는 수치심 때문에 그를 죽이든가 자신이 죽든가 해야 할 일이었다. 이럴 수가…… 이럴 수가…… 잠깐 비바람이 스치자 은경의 옷자락이 그의 코트 자락에 휘말렸다. 은경은 반사적으로 우뚝한 우산 그늘에서 오른편으로 몸을 틀었다. 그러자 남자의 오른편 팔이 은경의 어깨를 감싸며 우산 속으로 가만히 끌어들였다. 은경의 전신이 갑자기 촛농처럼 녹아 자취도 없어질 것 같았다.

"왜? 나하고 옷깃 스치는 것도 싫어요? 그렇게 싫어요? 그러면 우산을 혼자 받아요. 나는 그냥 걸어 갈 테니— 자!"

은경은 고개를 숙였다가 얼른 몸을 틀어 우산 밖으로 튀어나갔다. 그리고 쏜살같이 달리기 시작했다. 버스정거장은 멀지 않았다. 마침 은경이 타야 할 버스가 스름스름 정거장 쪽으로 들어오는 중이었고, 승객은 별로 붐비지 않아 은경은 탄력 만만하게 버스에 튀어 올랐다. 왜 도망쳤는지 자신도 알 수 없었다. 버스에 뛰어든 은경의 눈은, 길가에 우두커니 서 있는 그를 차창 밖으로 노려보았다. 늘 찬바람을 흘리는 듯하던 그 사내의 전신이 갑자기 추위를 타듯 엉성해 보였다. 더러 복도에서 마주쳐도 눈길을 건네는 일없이 지나가던 그가…… 불시에 기습을 당한 듯 난감해하는 표정으로 은경이 탄 버스를 무렴하게 바라보고 있었다. 은경은 버스 손잡이에 매달려 덜덜 떨었다. 그러나 뜻밖의 조우에서 부전승(不戰勝)으로 끝난 그 장면이 꿈같았다. 어디서 그런 용기가 솟았을까, 어떻게 그이를 뿌리치고 우산까지 안겨준 채 달아나 버스를 탈 수 있었을까. 자존심에 불을 붙인 듯, 전신이 타오르듯 뜨거움으로 몸을 떨었다. 버스는 또 절묘하게 바로 나타나, 은경이 얼른 튀어오를 수 있게 했는지— 덜컹, 버스는, 정거장 한 옆에 우두커니 서 있는 그를 버려두고 비안개 속으로 달렸다. 은경은 버스 손잡이에 매달려 흔들리면서 생각에 잠겼다. 그 남자의 자의식은 어떤 색깔이 길래, 신입 여행원 중 몇몇의 안달하는 시선을 의식하면서도 눈길 한 번 건네는 일없이 바람처럼 지나다닐까, 그가 국고부장실에 나타나는 일은 흔치 않았다. 더러 그가 바람을 몰고 들리더라도 은경은 그에게 시선을 건네지 않았다. 복도에서 스쳐 지날 때에도, 그가 저만치 나타나면 턱을 조금 가슴께로 당기고 못 본 척, 아무 느낌도 없는 듯, 사뿐사뿐 지나갔다. 하지만 그 남자에게서는 이상한 바람이 일었다. 그 바람은 지나가 스러지는 바람이 아니었다. 앉을 자리를 찾는 듯한…… 너울거림이었다. 아! 날개, 날개였다. 그 바람은 나비의 넋이었다. 오직 누구인가 한 사람 앞에서만 날개를 접기 위해 너울거리는 한 나비의 넋이었다. 우산을 던져주고 돌아선 그날, 은경은 그 너울거림이 바람의 넋임을 알았다.

학교 앞 버스정거장에서 강의실까지 달리는 동안 옷이 젖기는 했지만 유쾌했다. 바람처럼 스쳐 지나면서 눈길을 건네지 않던 그를 보기 좋게 물리쳤다는 쾌감에 몸이 떨릴 지경이었다. 강의실에 앉아있었으나 강의 내용이 전혀 귀에 들어오지 않았다. 늘 앞자리에 앉던 그는 그날, 강의실 맨 뒷자리에서 넋 나간 듯 멍청하게 앉아있었다. 가장 열심히 듣던 문학개론 시간. 강의시간에 들어와서 출석을 부르는 일도 없고, 학생 이름을 개별적으로 알려고도 하지 않는, 오직 열정적 강의만 하는 K교수는 그날, 뒷자리에 앉아 있는 은경에게 자주 시선을 던졌지만, 은경은 교수의 시선을 상관하지 않았다.

그날의 두 강좌 강의가 끝날 때까지 강의실 자리를 지켰지만, 강의의 내용은 한마디도 기억에 남는 것이 없었다. 책을 주섬주섬 챙기면서 밖을 내다보니 비는 여전히 지척지척 내리고 있었다. 비를 맞을 수밖에 없겠다…… 그래도 버스정거장에서 그를 버려두고 그렇게 도망친 일이 계속 통쾌했다. 묘한 통증을 수반하는 통쾌감— 비 좀 맞으면 어때? 그렇게 각오를 하고 강의실을 나서는데, 교문 수위가 은경의 이름을 부르며 찾아왔다.

"아! 김은경 학생 맞지요? 어느 신사분이 이 우산을 전해주라 하시던데요?"

불덩어리와 함께 뜨거운 비수가 가슴으로 날아들었다. 우산을 받아들기 전에 주저앉을 뻔했다. 얼음 속에 몰래 피어있던 꽃 한 송이의 향기가 은경의 가슴에 갑자기 비를 뿌렸다. 그가…… 어떻게 알고 학교에까지 찾아왔을까. 우산을 임자에게 돌려주러! 우산 주인이 비를 맞을까 보아? 세심한 그의 손길이 닿았을, 그의 체온이 아직 남아 있을 우산을 받아들며 은경의 가슴이 곤두박질쳤다. 은경의 신상을 세세하게 알고 있는 그를 용서할 수가 없어, 그를 버려두고 달아났지만, 비 오는 거리를 거쳐 학교에까지 찾아와 우산을 맡기고 간 그는, 얼음 왕자가 아니라 잠자는 공주를 깨우러 온 바람의 날개는 아니었을까? 학교까지 찾아오는 동안 그는 무엇을 생각하고 무엇을 느꼈을까. 은경의 내면에서 드디어 지각변동이 일어났다. 은경은 버스를 타는 것도 잊고 걷고 또 걸었다. 윤영하 그가 한동안 받고 걸었을 우산 손잡이에서 그의 체온을 느꼈고, 잔잔한 파도처럼 일렁거렸을는지도 모를 그 남자의 내면의 소리에 귀를 기울였다.

그렇게 들뜬 하룻밤이, 그에게 심한 몸살을 몰고 왔다. 한 숨 자면서 한기가 들더니 새벽에는 열이 심하게 올랐다. 어머니가 동네 입구 가겟집 옆에 있는 공중전화로 달려가 은경의 은행 친구에게 전화를 걸어, 국고부장실에 연락을 부탁했고, 결근할 수밖에 없었다. 은경은 종일 열에 들떠 앓으면서, 어제 오후, 비 오는 거리에서 발생한 상황이 결코 행복으로 이어지는 출발이 아니라는 것을 알았다. 부전승? 그랬으니…… 예감은 화려하지 않았고, 어쩐지 쓸쓸했다. 그래서 육신이 심하게 몸을 틀며 그 쓸쓸함을 통증으로 몰아갔다. 연애? 연애로 이어지면 자신의 실체는 발가벗겨진다……. 우선 내어놓을 만한 미모가 아니다. 매력? 비슷한 것에 자신 없음! 연애……연애는 이루어지지 않아야 연애다! 성취는 시들게 마련. 성취는 여운을 지워버린다. 에로스는 상대방을 정복하겠다는 욕망이다. 소유하고 누리려는 쾌손락에 대한 갈망이다. 그러나 연애가 손 안에 들면…… 마음과 몸을 정복하고 충족하고 나면, 그것은 연애의 대단원을 뜻한다. 이루어지지 않으면 이루어지지 않는 대로 바닥을 치며 상처로 남을, 이별의 심지(心志)를 안고 가는 관계가 연애다.

그 남자가 은경 자신의 실체에 접근하는 것은 절대로 위험했다. '나의 실체는 어떤 것인데? 실체? 가난한 과부의 맏딸? 가난? 남녀 공학의 야간대학? 심한 소아마비로 다리를 저는 여동생? 그런 가난한 집안의 가장……' 자신의 실체가 벗겨지는 것을 막아야만 했다. 빠지지 말자! 뛰어들지 말자! 상처를 운명처럼 안고 갈 그런 관계에 빠지지 말자! 너와 내가 하나가 되어 '우리'가 되는 연애? 그렇게 성취를 이루는 연애? 얽히고 향유하며 행복이라는 착각에 빠졌다가 욕망 충족 얼마 뒤에 덧없이 무너지게 될— 어차피 남녀의 영원한 결합은 불가능 한 것— 이루어지면서 스러질 신비. 신비로 남게 할 방법은? 실현되면서 떠나게 될 이별……을 미연에 막을 방법? 감정낭비를 최소화할 것— 영원히 이어질 연애는 이루어지지 않는 것! 영원으로 이어질 여운을 스스로 만들어 갈 것!

　이틀씩 결근을 할 수 없어, 다음날 다소 수척해진 얼굴로 출근을 감행했다. 아버지 같은 중후한 상사께서 근심을 띠었다.

　"좀 더 쉬고 거뜬해지면 나오지 왜 무리를 한 게야? 별달리 바쁠 일도 없는데……."

　"아닙니다. 그저께 밤에 비를 좀 맞았어요……."

　하루 결근에 혹시 밀린 일이 있을까, 부속실을 둘러보는데, 책상 위에 읽다가 둔 책 밑에 편지지가 끼어 있는 것이 눈에 띄었다. 동기생 중에 은경 대신 부속실 일을 돕다가 은경에게 메모를 남겼나? 무심하게 뽑아 보았다. 〈精神一到 何事不成〉 먹빛 진한 붓, 한지 위에 달필의 한자 글씨 여덟 자였다. 혹시 상사께서? 상사께서 아랫사람에게 주시는 글이라면 굳이 책 밑에 감추듯 넣어둘 리가 없었다. 친구 중에는 그런 한문 글귀를 쓸 만한 친구가 없었다. 아, 언제인가, 그 남자가 국고부장 앞으로 급하게 보내는 메시지 메모지를 은경에게 부탁한 일이 있었지! 그래, 그의 글씨체였다. 문득, 가슴이 떨렸다. 걷잡을 수 없는 동계(動悸). 여덟 글자가 적힌 종이를 들고 있는 손이 덜덜 떨렸다. '그이다, 그가 어제 비어 있는 이 자리에 이 글을 남겼다!' 은경은 고가연구(古歌研究)강의를 들어가며, 한옆으로 시경과 서경을 배우고 있어 한자에 대해 판무식은 면한 형편이었다. 여덟 글자가 적힌 한지가 은경을 덜덜 떨게 만든 것은, 들키고 싶지 않은 어떤 것을 들킨 것 같은 황당함에다, 그렇게 도도한 남자가 그런 글귀를 남겼다는 사실도 당장은 감당이 되지 않아서였다. 얼음 같은 그 사람은 도대체 어떻게 은경이 듣는 강의 내용까지 알고 있는지. '정신을 한가지로 모으면 이루어지지 않을 일이 없다? 어쩌라는 뜻인가. 혹시, 다른 여행원들하고 다르게, 자기에게 무관심한 여자를 이 수수께끼 같은 여덟 글자로 흔들어 보겠다는 뜻이었을까?'

　사흘쯤 지난 오후. 그가 홀연히 들어섰다. 문이 열리는 순간, 은경은 그가 나타나리라는 것을 직감했지만, 의자에서 일어나지도 않았고 시선도 들지 않았다. 떨리고 떨리는 내면을 감추고 태연을 가장하는 일이 고통스러웠다. 정신일도? 하사불성? 언제? 그런 글이 있었어? 나에게 해당 되지 않는 그 한지의 붓글씨가 무슨? 그날따라 상사께서도 차를 요구하지 않아, 은경은 그린 듯이 책상에 앉아 책을 읽었다. 아니, 책을 펼쳐 들었지만 글자는 한 자도 눈에 들어오지 않았다. 그역시, 얼마 만에 어른의 방에서 나오면서도 은경을 일별하는 일없이 바람을 일으켜가며 방을 나갔다. 바람의 날개였다. 나비의 넋, 바람의 넋이었다. 은경만이 알아보는 바람이었다. 날아가고 싶은 윤영하. 현실에서, 이승에서, 어딘가로 날아가고 싶은 인간 윤영하. 그이도 세상 누구에게도 들키고 싶지 않은 운명의 그늘이 있는 것일까. 그의 옷깃이 날린 바람에서 냉기가 풍겼지만 은경은 외로운 날개를 보았다. 바람의 날개는 은경의 가슴을 뜨겁게 흔들었지만 어쩐지 한없이 서러웠다.
　'그리움을 향한 촉각이 예리해지지 않도록 무두질을 쳐야 한다! 정신일도…… 그래서 어쩌라고? 과부 어머니와 소아마비 여동생의 생계를 짊어지고 있는 처지에 무슨 그리움?' 윤영하가 바람의 날개, 바람의 넋으로 은경을 흔들어도 은경은 그리움을 향한 더듬이를 아예 순(筍)부터 지르기로 했다. 자신의 젊음부터 부정해야 하는, 은경의 내면에서 시작된 이상한 전투였다. 그렇게 다시 하루가, 이틀이 사흘이 흘러갔다.

*

장마가 시작된 장마철…… 우산을 볼 때마다, 우산을 펼칠 때마다, 윤의 얼굴이, 그의 체온이 생생하게 살아났다. 그렇게 장마 한철이 이어지던 어느 날, 출근한 뒤 레인코트를 벗고 책상에 앉자, 읽다가 둔책 밑에서, 반쯤 얼굴을 내어 민 한지가 또 눈에 띄었다. 출근길, 아침내내 젖어있던 가슴에 불이 반짝 켜졌다. 세필붓으로 쓴 일본어 시. 제목이 〈여자의 가는 길〉이었다. 우선 글씨가 꽃처럼 아름다웠지만, 초등학교에 입학하면서 해방을 맞았던 은경에게 일본어는 생경했다. 은경보다 너덧 살 위라고 하여도 윤이 이렇게 달필 글씨를 쓰는 일은 돋보였다. 하기는…… "그이, 그 기자 말이야, 5개 국어에 능통한단다. 어학에 천재라지? 그래서 그이의 통신사 사장이 애지중지 한단다!" 여행원들 사이에 떠도는 선망을 은경도 익히 들었다. '하지만…… 어쩌자고 나에게 일본어 시를 남겨? 일본말 모르는 내가 어쩌라고?' 해독 불가능한 종이를 들고 은경은 반가움을 밟고 불같이 화가 났다. '여자가 가는 길이 어떻다고?' 우선 열등감을 건드린 그가 미웠다. '잘난 척하기는!' 일본어 시 한 편은 은경의 내면에 돌풍을 일으켰다. 하지만 그는 돌풍에 휩쓸려 그에게 끌려가는 일은 없어야 했다 '영혼이 거만한…… 인간…… ─정신일도─로 눈썹 한 올 까딱하지 않는 나를 이렇게 건드려 보겠다고?' 하지만 은경은 그 한지를 어머니에게 가져갈 수밖에 없었다. 뛰어난 어학실력으로 일제치하에서 전화국 교환원을 지냈던 어머니의 힘을 빌릴 수밖에 없었다. 딸에게서 일본어 시 한 편을 받아든 어머니의 얼굴에 갑자기 도화 꽃이 피었다.

"누가 너에게 이런 시를 보냈니? 아! 이 글씨하고…… 이 정도로 일본어를 구사하는 사람이면 나이가 든 사람일 텐데…… 아! 이 내용하고…… 이건 내가 가지면 안 되겠니?"

어머니는 근래 없이 흥분, 딸이 원하는 번역을 미루고 계속해서 읽고, 읽고 또 읽었다.

"글쎄 갖고 싶으면 가지시라고요. 하지만 번역은 해 준 뒤에 가지셔야지요!"

어머니는 꿈을 꾸듯 눈을 가늘게 뜨고 나직하게 시를 읊었다. '…… 가슴에 그리움을 간직한 여인, 수줍음으로 몰래 꽃을 피우고, 그이를 향해. 아련한 향기로, 몰래 다가가는 수줍은 여인……' 어머니 번역으로 음영되는 시…… 은경의 가슴이 흔들렸다. "얘 은경아, 일본어가 우리글에 비해 단순하고 덜 발달된 문자지만, 어느 때 감칠맛은 또 우리말하고 아주 다른 데가 있거든…… 내가 번역해서 읊었지만 내 번역보다 이 글은 훨씬 아련하고 절절해…… 이 글 내가 가진다? 이거 누가 준거니? 너한테 이런 글을 주는 사람이라면…… 나이든 남자? 아니면 일본 사람? 너 괜찮겠니?"

은경은 못들은 척 홀쩍 돌아섰다. 심하게 흔들리는 가슴을 감추고 자기 방으로 가서 옷을 갈아입으며 이를 악물었다. 돌풍에서 눈을 크게 뜨고 방향을 틀었다. '가슴에 그리움을 간직한 여인? 수줍음으로 몰래 꽃을 피워?…… 아련한 향기로 몰래 다가가는 수줍은 여인? 나는 결코 들키지 않을 거야! 결코 너에게 들키지 않을 거라고! 나 혼자

만의…… 그리움을…… 들키는 일은 없을 거라고! 너하고는 상관없
는 그리움이야…… 너하고는 결코 상관없는!' 그 사내를 향한 그리움
의 더듬이, 그 순을 질러버리겠다고 이를 악물었다.

*

　세월은 느리게 흘러갔다. 기다림이 이어졌다. 언제부터인가 일별하
는 일이 없더라도 그가 들려주기를 바랐다. 냉기로 흔들리는 바람이
라도 좋으니까. 그 바람의 날개가 전하는 무언의 언어를 듣고 싶었다.
냉담을 가장한 은경의 반응에 화가 난 그가 나타나기를 기다렸다. 그
가 정색을 하고 화를 내는 모습을 그려보았다. 그가 자존심 상한 얼굴
로 화를 불같이 낸다면, 그것은 그에게도 동계(動悸)가 시작되었다는
확실한 증거일 것. 하지만 숨겨 놓은 그리움은 자기와의 끊임없는 싸
움이었다. 윤영하가 은경의 앞을 스쳐 지나갈 때, 너울거리는 바람의
날개는 그 내면언어의 넋이라는 것을 읽었다. '그리움을 알면서……
가슴 깊이, 안으로, 안으로 뿌리내리는 그리움을 너무도 잘 알 테면
서…… 오! 잔인한 인간! 너처럼 영혼이 거만한 인간은 처음 본다! 하
지만, 어차피 우리는 타인의 타인이다! 도대체 윤영하, 그는 무엇을
향해 그따위 글을 써서 남겨 놓았는가? 어쩌라고? 어떤 반응을 기대
하고? 어떤 반응에 어떤 태도를 표명하라고? 반응 없음에 분개하고
있을까? 아니면 한번 건드려 보고 피식 웃어 치웠을까?' 은경의 영혼
은 하루하루 고통의 내용을 추론해가며, 홀로 견뎌야 하는 그리움의
아성을 쌓아갔다. 이루어지지 않는, 이루려는 의지도 없는, 한없이 깊
어지는 영혼의 애달픔……을 뛰어넘을 만큼의, 그보다 더 순수한 사
랑이 없다는 것을 은경은 알고, 또 믿고 있었다. 서로가 상대방을 수

용한 뒤에 필연적으로 식어가는 갈애의 뒤끝을 은경은 이미 알고 있었다. 열애가 성사되면…… 서로가 익숙해지면, 신비는 쓰러지고, 애닲음은 권태로 둔갑한다. '아아, 나의 첫사랑이 그렇게 시들게 만들수 없다…….' 처음으로 눈뜬 사랑을…… 그렇게 쉽게 이루어지도록 맡겨 둘 수 없었다. 종내는 무덤이 될 사랑의 종말을 향해 자신의 첫사랑을 내던질 수 없었다. 첫 설렘이기에 다가갈 수 없었다. 차라리 설렘을 외면하는 고통의 길을 택하기로 결심했다.

*

은경은 아버지와 어머니의 요란한 연애에 관해 여러 사람으로부터 수없이, 약간씩은 색깔이 다른 이야기를 들으며 자랐다. 아버지가 사랑을 쟁취하기 위해 자살미수까지 저질렀던 사건은 쉬쉬하면서 이어져 오는 전설이었다. 미모에다 학벌, 고급 공무원직의 친정아버지에다, 재산 넉넉한 가문까지…… 엄마의 처녀시절은 여왕을 방불케 만들던 화려무비의 탄탄대로였다. "말도 마라, 집안은 온통 그 결혼에 대해 반대 일색이었느니. 저가 좋아하는 여자를 얻기 위해 목숨을 버릴 정도로 독한 사내라면 나중에 무슨 일을 저지를는지 모른다고 모두들 혀를 내둘렀는데 말이다. 네 어미도 그놈한테 반해서 죽어도 결혼하겠다는 거였지……." 그렇게 이루어진 결혼이었으나, 무역회사 운영으로 잘나가던 은경의 아버지는, 은경 자매가 태어난 이후 얼마만에, 장안을 떠들썩하게 만들던 요정마담과의 염문으로 아내를 배신했다. 가족, 가족애라는 명찰(名札)이 증오로 변질되기 시작한 것은, 은경의 여동생이 심한 소아마비로 영영 불구가 된 이후였다. 은경의 동생 은희는 천사였다. 눈부신 미모에다 세상 그 무엇도 거슬리는 일이 없는 천사였다. 작은딸의 불행을 아버지는 어머니의 실수라 탓했고, 어머니는 아버지의 방탕이 부른 벌이라고 우기며 서로를 증오했다. "아이고! 이 세상 사내들이란 믿을게 못된다! 믿어선 안되고말고! 몸 닳아 죽네사네 매달려 제품에 꿰차고 나면 금방 시들해하는 게 사내들의 심보라는 걸 알아라!" 외할머니의 사설은 은경의 귀에 못을 박았다. "세상에 어떤 사내가 열 기집 싫다하겠니? 떠억 하니 안방에다 아내를 가두어 두고 나면, 마음놓고 한눈 팔기에 바쁜 게 사내들이다! 더구나 세상에 나가서 제 몫을 제법 차지하고 거드름 피울 만큼 되면, 여기저기 눈에 드는 것이 색다른 여자들이지! 은경애비가 그럴 줄 누가 알았겠나? 천지가 개벽할 일이었니라." "말 말아라! 부부는 팔천세의 원수가 만나는 것이요, 자식은 칠천세의 원수라지 않니?" "그런 원수라는 것을 알면서 왜 죽자고 결혼을 해요?" "아, 살아보아야 원수라는 걸 알게 되는 거지! 자식도 낳아서 길러가며 원수라는 걸 겪는 거지! 그게 다 인생사 아니겠니? 속이 깊어 깨달은 것들은 시집도 장가도 아니 가고, 자식도 두지 않겠지만…… 그래도 원수끼리 만나 지지고 볶아가며 깨닫는 것이 인생이겠거니 하며 살아가는 게지……." 영원한 사랑이라는 게 있겠어? 익명의 그림자로 그리움의 우물을 파자. 그에게 마음이 기울면 기울수록, 그를 향한 그리움을 위리안치(圍籬安置)시키리라! 가시울타리를 치고 문을 닫아걸자. 내 그리움은 평생 익명의 그림자로 남겨진다. 내 그리움은 더불어가 아니라 혼자 찾아가는 미로가 되리라.'

*

소슬한 가을이 시작될 무렵, 윤영하의 약혼 소문이 떠돌았다. 얼음

왕자를 두고 끊임없이 화제를 삼던 여행원들 사이에 논의가 분분했다. "아, 그렇게 잘생기고 그렇게 실력 있고, 벙어리처럼 말이 없으면서도, 입을 열면 그 목소리는 또 어떻고…… 아깝다! 아까워!" "그 사람 불행한 사람이야, 소문 못 들었어? 그이가 얼음왕자가 될 수밖에 없었던 까닭이 있었다고. 부모가 열렬한 공산주의자였는데, 9·28 수복 직후, 아군에게 체포되어 부부가 함께 총살당했다지…… 아마…… 그렇게 부모를 잃은 사람이란다." "아이고! 끔찍하다! 그건 들추지 말았어야 할 비밀이잖아?" "그래서 얼음왕자가 아니라 비밀의 왕자였다고…… 약혼자는 우리나라 굴지의 무역회사 사장 외동딸이라지 아마? 그 외동딸이 얼음왕자에게 목숨을 걸었다던데? 결국 데릴사위로 가는 거야. 딸의 사랑이 신랑감의 연좌제쯤 뛰어 넘었겠지." "단순한 데릴사위가 아니라 여자 쪽 아버지가 사위될 사람의 똑똑함을 알아본 거겠지…… 후계자쯤으로 물색했는지 모를 일이기도…… 안 그래?" "몰라! 몰라! 어떻든 심란하다!" "그 남자, 여기 출입하면서 어느 여자 행원에게 단 한번이라도 눈길을 주는 것 본 일 있어? 어차피 가망 없던 대상이었잖아?" "사람 속을 누가 알아? 아무도 모르게 눈여겨 바라보던 상대가 있었을는지." "글쎄에…… 그에게 그런 일이 있을 수 있었을까?" "또 모르지, 무역회사 사장 딸을 제치고 운명을 걸고 싶은 여자가 있었을는지." 은경은 그들의 이야기에 청각을 곤두세웠다. 윤영하는 드디어 결론을 향해 발걸음을 내어 디뎠다! '정신일도 하사불성(精神一到 何事不成)' 그가 은경에게 내어밀었던 손에다 은경은 끝까지 답을 건네지 않았다. '운명 같은 약혼자를 두고 왜? 왜 나에게 정신일도…… 같은 글을 건넨 거야? 어쩌라고, 어쩌라고! 그래…… 정신일도에 내가 반응했다면, 운명의 약혼자를 두고 돌아설 수 있었어?' 답을 얻지 못한 빈 손. '무응답 침묵이 충격이었을까? 자존심 상했을까? 고심했을까? 잠깐 화를 내다가 무시했을까? 그는 내 마음의 한자락이라도 알아보았을까. 그리고, 일본어 시, 여자의 가는 길을 쓰기 위해 먹을 갈고 세필 붓글씨를 쓰는 동안 무엇을 생각했을까…… 그리고, 끝내 털끝만한 반응도 만나지 못했을 때 그의 심중은 어땠을까.' 이번에는 은경의 추론 텔레파시가 작동불가였다. '그가…… 드디어 결론을 향해 떠난다. 내가 영원히 건너갈 일없는, 불확실한 상대방을 향한 그리움은 이제 영원을 향해 유랑의 길을 떠나기 시작했네……'

*

며칠 후, 부장께서 은경을 불러 음악회 표를 건넸다.

"새로 결성된 심포니의 첫 공연인데 김양이 가겠나? 나는 볼일이 있어 참석 못하겠어서─ 애인이 있으면 애인하고 가라고, 꽤 구하기 어려운 표라네."

베토벤의 운명이 주 곡목. 은경은 피아노를 배우고 있는 고등학교 2학년 동생 은희를 데리고 갔다. 얼굴만 보면 천사처럼 아름다운 미모에 감동해 마지않는, 그러다가 심한 소아마비를 아까워하는 실망의 시선들을 예감하면서─ 언니의 배려에 도화처럼 피어오른 은희의 얼굴은 신비스러웠다. 음악회에 초대받았다는 사실 한가지만으로 심하게 저는 다리를 조금도 부끄러워하지 않고 흥분하는 은희를, 은경은 눈물로 안아주고 싶었다. 은희의 팔을 끼고 좌석을 찾아가던 은경은 어느 순간, 자칫 저도 모르게 신음을 흘릴 뻔했다. 왼편 비스듬히 한 줄 앞자리에 윤영하가 앉아있었다. 그의 옆자리에는 그의 어깨에 머리를 기대다시피한 여자…… 은회색 실크가 우아한…… 여자는 무어라 속삭이고, 남자는 보일 듯 말 듯 고개를 끄떡이다가 여자 쪽으로 얼굴을 조금 돌리고 다정하게 귀를 기울였다. 완벽한 그림, 따뜻해 보였다. 낯설지 않았다. 언제부터인가 미리 보아온 듯 익숙한 장면. 은경은 가만히 한숨을 삼켰다. 결론, 마감, 정답……, 저 결론은 그들의 현실보다 훨씬 먼저 은경의 상상 속에서 정석으로 자리잡고 있었지만,…… 아픔이 눈을 떴다. 가슴 저 밑바닥에서부터 치솟는, 처음으로 눈뜬 치열한 아픔이었다. 아픔이 또 하나의 새로운 생명의 색깔로 열리는 기이한 순간이었다.

"언니, 여기 우리 자리 아니야? 왜 앉지 않아?"

기우뚱하게 불편하게 서서 기다리던 은희가 언니를 채근할 때에야 은경은 정신을 차렸다.

"응, 우리 자리 맞아. 앉자. 내가 먼저 들어갈게……."

"언니, 너무 좋다. 신분이 상승된 것 같다…… 자리도 아주 좋은 자리야…… 크크……."

"아주, 아주 크신 어른께서 받은 초대권이었거든, 그분이 오실 수 없다고 나에게 주신 표였으니까……."

은경은 은희에게 소곤거리면서도 눈은 한 줄 저쪽 두 사람에게서 떨어지지 않았다. '저이가 결근한 내 책상 위, 읽던 책 밑에 적어준, 한자 여덟 글자를 쓸 때, 무슨 생각을 했을까. 그리고 그 메모를 남긴 뒤, 나에게서 어떤 반응을 기대했을까. 세필 붓으로 쓴, 꽃처럼 아름다운 일본어 시 한 편을 남기고…… 어떤 반응을 기다렸을까. 그래도 눈 한 번 깜짝 않는 무반응에, 그의 내심은 어떻게 꿈틀거렸을까. 마치 무슨 숨바꼭질하듯, 그런 글을 남긴 일없는 듯 찬바람으로 쓸며 지나다니면서, 그의 내면에서는 무엇이 어떻게 소용돌이쳤을까. 어떻든 수수께끼 같은 여덟 글자는 내 내면을 깊이 찌른 가시였어. 그리

고…… 여자의 가는 길 시 한 편은 돌풍이었고 벽력(霹靂)이었어! 분해
라…… 가만히 앉아서 당했어…… 그때, 차라리, 이게 무슨 뜻이에
요? 왜 이런 글을 남겼어요? 한 번 따지듯 물을 걸 그랬나? 내가 지레
움츠러들어, 내가 오만을 가장하고 묵살했어…… 내가 방정이었다.
내가…… 세상 남녀 간에 이런 기이한 숨바꼭질도 있었던가.'

*

핀 라이트를 받으면서 지휘자가 무대에 등장하고, 오케스트라 단원
들이 일제히 일어나 지휘자를 박수로 맞이할 때, 은경의 시선은 무대
가 아니라 계속 윤영하 쪽을 향했다. 남자의 팔이 여자의 어깨를 감싸
고, 여자는 어미 품에 안긴 새 새끼처럼 기쁜 듯이 박수를 보내고 있
었다. 가슴 깊은 곳, 아픔이 자리했던 은경의 가슴에서 그 아픔은 서
서히 슬픔으로 변해갔다. 어차피…… 어차피 무엇도 이루어질 수 없
는― 그렇게 영혼의 울림이 깊을수록, 그것이 그리움이고 사랑이라는
확신이 들수록, 은경은 그 사랑을 감추고 드러내지 않기 위해 참고 견
뎌가며, 간직할 수 있을 때까지만…… 간직하겠다고 다짐했다. '당신
은 나에게 슬픔을 건네준 일이 없는데, 당신은 왜 나에게 슬픔이 되었
는지― 당신은 입을 열어 말을 건넨 일이 없는데, 당신의 침묵은 무한
언어가 되어, 침묵 안에서 끊임없이 나에게 말을 걸어오는지…… 그
이상한 이치를 당신은 알고 있는지…… 파동(波動)은 시작되었습니다.
그 파동을 따라 무방비로 어우러지다 보면, 사랑은 충돌이 되고 상처
가 되고, 끝내 파열되고 마는 결론에 이르겠지요. 나는 그런 비참을
만나지 않기 위해, 가깝지도 멀지도 않은 거리를 끝까지 유지할 것입
니다. 그리움도, 슬픔도, 아픔도, 모두를 홀로 견디며 그 모든 것을 내

삶에서 생명 에너지로 만들 것입니다.'

연주가 끝나 장내에 불이 밝혀지고 모두가 자리에서 일어날 때, 은경의 시선은 다시 끌리듯이 그들에게로 향했다. 남자는 여자를 일으켜 세우듯 하며 감싸 안았다. 냉랭한 바람을 일으키던 그에게 저런 무애(撫愛)가 어디에 숨겨져 있었을까. 여자는 풀꽃 같았다. 가냘프고 애련했다. 남자의 취향이었을까. '나는 저 여자에 비해, 너무너무……그래…… 너무 건조하게 느껴질 만큼 건강해 보였을까? 그래서 그는 나에게 ─정신을 한데 모으면─…… 그렇게 다소곳이 정신집중을 하라는 것이었을까?' 그의 약혼 사실을 확인하고 약혼자까지 똑똑하게 눈에 익힌 그날은 은경의 젊음에 고통스러운 획이 한 줄 확실하게 그어진 날이었다. 이제 마음에서까지 떠나보내야 하나. 그 연주회를 다녀온 이래, 은경의 삶에는 슬픔이 연무(煙霧)처럼, 떠나가지 못하는 이내처럼 떠돌았다.

∗

플라타너스의 낙엽이 거리를 휩쓸기 시작한 조락의 가을. 매일 아침 눈을 뜨는 순간, '오늘은…… 무엇이 기다리고 있을까. 나를 기다리게 만드는 그것은 슬픔일까 기쁨일까.' 은경은 꿈속에서도 늘 무엇인가를 기다리고 있는 꿈을 꾸었다. 하지만 늘 아련했고, 그 아련함은 끝이 없다는 것을 그는 알고 있었고, 그날, 그의 결혼식 소식이 전해졌을 때, 은경은 자신의 기다림이 늘 허망함이라는 것을 또 한 번 확인했다.

"김 양, 윤 기자 청첩장이네. 그런데 공교롭게도 내가 또 외국 출장이야. 김 양이 축의금도 전할 겸, 출입기자 결혼식을 구경하다보면, 김

양도 결혼을 서두르게 될 것 아닌가. 혼기 놓치지 말고 결혼하라는 뜻이오!"

청첩장을 받아드는 손이 떨리는 것을 들키지 않으려고 은경은 숨을 들이켰다. 초임의 여행원들 사이에서 윤영하의 결혼이 다시 화제가 되었다. "아아, 드디어 그가 떠나가는구나……." "언제는 뭐 우리한테 눈길 한 번 주었니?" "그래도, 결혼이라면 그나마 꿈속에서 그리던 가능성조차 지워지는 거 아냐?" "피이, 그래보았자, 가문 좋은 집 외동딸에게 끌려가는 데릴사위라더라 뭐—" "그런 조건이라 해도 그 사람이 신붓감에게 마음이 끌리지 않았다면 수락했겠어? 신붓감이…… 얼마나 아름다울까……." 은경은 그들의 논란에 끼어들지 않았다. '현실에서 달라질 것은 털끝만한 것도 없다. 나는 상사의 명령 받들어 그 결혼식에 갈 것이고, 어차피…… 그래 어차피 당초부터 아무것도 달라질 것이 없다는 것은 현실이었어. 아무것도 달라질 것이 없는 현실 앞에서 내가 눈을 돌려 똑바로 보아야 할 상대는 나 자신뿐이다. 도대체 내 내면에 도둑처럼 들어와 있는 그는 누구인가. 받아들인 것도 아닌, 초청한 일없는, 언제 어떻게 들어와 있는지 알 수 없는 그가 왜, 나의 내면을 이렇게 독차지하고 있는가. 나는 그가 누구인지 모른다. 알려고 한 일도 없다. 그래! 그의 결혼식을 참관하고 그리고, 나의 내면에 들어와 있는 그를 떠나보내자. 나에게 있는 가능성은 그 한 가지뿐이다. 어차피…… 이루어지면 시들게 마련인 에로스를 나는 일찌감치 그렇게 털어버릴 것이다. 남녀 간 열애, 연애의 성취는 그 열기에서 서서히 피어나는 곰팡이 같은 권태의 진행일 뿐!' 은경은 스스로에게 악을 쓰듯 강조하며 청첩장을 챙겼다.

날씨는 무겁게 흐렸다. 거리 어느 전파사에서 미국의 이름난 가수

'패티 페이지'의 구성진 노래가 흐르고 있었다. '아이 웬트 투 유어 웨딩……' 약간의 허스키, 처량하지만 미끄러운 음조, 가사가 처량했다. 사랑했던 남자의 배신이 다른 여자와 결혼으로 결론 맺는 그 결혼식에, 그 여자는 왜 군이 그 결혼식장에 가서, 신랑 편의 부모와 함께 눈물을 흘렸는지…… 미국 본토에서도 한참 인기 절정의 유행가수의 노래였다. 왜 하필…… 오늘 이 길에서 저 노래를 듣게 되는 건지—

외국 출장 중의 어른이 안 계신 사무실에서 일찍 서둘러 결혼식장을 향한 길이었다. 윤영하라는 인물은 엄연한 현실이지만, 은경의 내면에 들어와 있는 그는 환영이다. 이렇게 결론에 이른 것이라면, 미구에 어떤 형태로든 정신일도(精神一到)를 지워버려야 한다. 은경은 결혼식장 접수구에 축의금 봉투만 내고 돌아설까 생각했다. 혹시 신랑 되는 사람과 마주치게 될까 불안했다. 축하객들이 붐빌 때 얼른 봉투를 내고 돌아설까……. 그렇게 밖에서 기다리며 분위기를 살피다가 끼어들어 가야 했다. 식장 밖에서 어물거리고 있는데 "신부 도착이다! 신부가 도착했어!" 술렁거렸다. 황홀한 순백의 신부. 순백의 화관, 아침 안개 같은 레이스 속에 있는 얼굴은 여신이었다. 은경은 이끌리듯 따라 들어갔다. 신부대기실로 들어간 신부를 따라 사람들이 우우 몰려들었다. 너도나도 신부와 사진을 찍겠다고 자리다툼을 하는 뒷전에서, 은경은 신부를 눈에 넣을 듯이 눈을 크게 뜨고 바라보았다. 미소를 머금은 신부. 음악회에서 약혼자의 어깨에 머리를 기대고 소곤거리던 풀꽃 같던 여자. 면사포 속의 미소는 영묘(靈妙)했다. 영묘……한 미소— 숨 막히도록 아름답다! 신비롭다! 혼례 예복은 장엄과 거룩함 위에 화려무비! 그런데 다음 순간, 은경의 환상에서 신부의 미소는 하얀 국화로 변했다. 하얀 국화? 절정! 절정이…… 한 송이 흰 국화로 변해? 조화로 변한 하얀 국화…… 은경의 가슴이 후르르 떨렸다. 그리고 그다음에는…… 그다음에는……? 내가 악마일까? 아름다운 신부를 바라보다가 무슨 악의의 환상?…… 그 환상을 털어버리듯 머리를 세게 흔들며 돌아서던 은경의 앞에, 예복 차림의 신랑이 꿈결처럼 우뚝 서 있었다. 꿈에 그리던 왕자의 풍모. 시선과 시선이 허공에서 얽혔다. 두 사람 각자의 감성이 파장을 일으킨 그 자리에서, 기이하게 문이 열리던 순간. 감성의 파고가 서로에게 쏠리던 기묘한 순간이었다. 고립된 서로를 건너다보는 그곳에는 과거도 미래도 없었다. 그저 영원한 현재였다. 얼어붙은 듯하던 예복의 남자가 무슨 말인가 할 듯 입을 열려고 하는 순간, 갑자기 축하객 한 사람이 돌격하듯 신랑에게 다가가 축하인사를 건넸다. 신랑은 황망해하며 고개를 돌렸다. 그렇지…… 무슨 말인가를 할 듯 해 보인 것은 은경의 허망한 기대였다. 은경은 훌쩍 돌아섰다. 신랑 입장에 이어 신부의 입장이 시작되었을 때, 은경은 떨리는 가슴을 안고 그 자리를 떠났다. '누군가 그랬어! 웨딩마치는 에로스의 진혼곡이라고…… 정염(情炎)의 장송곡이라고!'……

*

그날 밤, 잠을 쉽게 이루지 못하고 뒤척이던 은경은 가까스로 잠이 든 뒤 꿈에 시달렸다. 자신이 순백의 드레스를 입고 눈부신 화관에다 손에는 한아름 되는 카라와 안개꽃을 들고 있었다. 그런데 신랑이 보이지 않았다. 애타게 찾아다녀도 신랑이 보이지 않았다. 처음부터 신랑은 존재하지 않았다고들 수군거리는 소리가 들렸다. 신랑이 존재하지 않았다고……? 하객들이 썰물처럼 결혼식장을 빠져나가는데 말리는 사람이 없었다. 꿈속에서 신랑은 윤영하가 아니었다. 수군거림처럼, 존재하지 않는 신랑을 상대로 면사포를 썼던가— 은경은 하객들이 썰물처럼 쓸려나간 뒷자리에 허망해져 서 있었는데, 이번에는 면사포와 화관과 드레스가 자신의 몸에서 시든 꽃잎처럼 줄줄이 흘러내리기 시작했다. 벗겨져 나가는 그 허물들을 허겁지겁 주어 담으려는데 손에 잡히는 것은 아무것도 없었다. 꽃잎이 흩어진 바닥을 헤매다가 잠에서 깨었다. 전신이 소나기를 맞은 듯 땀에 젖었다. 땀에 젖어 스스로에게 들려주듯 중얼거렸다. '에로스, 에로스의 결론은 육체의 결합이다. 그러나 육체의 결합은 욕망의 성취. 그 뒤로는 필경, 환멸과 권태라는 합작품을 낳는다.' 윤영하의 결혼식은 현실이었다. 현실이 입증되었다. 하지만 윤영하의 뒷모습은 멀어져 가는 것이 아니라 그리움으로 다가오는 고통이었고, 깊고 깊은 그리움의 고통은 현실이었다. 은경은 정작 그가 누구인지 모른다. 그의 무엇을 좋아하고 있는지, 자신은 왜 그를 흠모하는지 모른다. 그가 은경 자신의 가슴속으로 언제 어떻게 들어왔는지도 모른다. 도무지 단 한가지도 구체적으로 드러나는 것이 없는, 그의 무엇을 그리워하는지도 알 수 없었다. 다만, 은경이 알고 있는 것은, 남녀의 뜨겁고 뜨거운 정념(情念)의 종점은 권태의 앙금이라는 것과, 뜨겁고 뜨겁던 정염(情炎)일수록 현실 속에서는 시들고 만다는 필연에 관한 것이었다.

*

그 무렵, 은경에게 청혼이 들어왔다. 이종사촌 오빠의 친구, 육사출신 중위가 오빠를 통해 정식으로 구혼한 청혼이었다. 권 중위를 만나본 어머니가 솔깃한 눈치였다.

"사람 든든해 보이더라. 아들 없는 나에게 아들 노릇하겠다고 하던데?"

"엄마, 나 결혼하면 직장 그만두어야 해. 그래도 괜찮겠어요?"

"네 월급 믿고 미적거리다가 너 시집도 못가고, 그렇게 친정 먹여 살리느라고 노처녀로 늙게 되면 어쩌려고? 여자는 제 쪽에서 좋아하는 남자가 아니라, 남자 쪽에서 혹해서 달려든 사람에게 의탁하는 쪽이 득보는 법이다! 권 중위 속셈이 심상찮더라. 바짝 열을 올리는 눈치던데!"

그 순간, 은경은 '그래! 그렇게 삶의 전환점이 주어진다면, 내 내면을 차지하고 틀어 앉아 있는, 정체를 알 수 없는, 기괴한 질환 같은 그리움 밀어낼 수 있을는지도 모른다.' 현실을 뒤흔들며 내면을 들끓게 만드는 상황을, 그 기괴한 감성을 지워야 했다— 내면에서 들고 일어나는 정체 불분명한 감성을 지우고 자신의 현실을 개척해야 한다! 윤영하는 은경의 현실이 아니었다. 구체적인 감성도 아니었다. 은경은 자신의 내면을 누구에게도 열지 않고 끝가지 안고 가야 한다는 결정을 내렸다. 그리고 현재의 상태를 방치하는 어리석음에서 벗어나야 했다. 권 중위의 첫인상은 신실했다. 그는 건강한 현실이었다. 나라, 민족, 군인, 상관, 부하, 가정, 인간관계에 대한 가치관이 반듯하고 투철했다. 어떤 일에도 기초가 흔들리지 않는 건강한 남자였다. 감성…… 서정(抒情)…… 꿈…… 아련함…… 낭만…… 그런 것들이 살아가는데 왜 필요한데? 그렇게 너무너무 건강한 남자였다. 선을 본 뒤, 집으로 돌아와 어머니가 묻는 말에 은경은 내던지듯 대답했다.

"괴목장(槐木欌)처럼 튼튼해 보였어요. 엄마 말씀한 대로 틀림없는 규격품이야!"

"너는 오히려 그런 사람이라야 할게다. 살갑게 굴고 낭만이다 어쩌고 하는 달콤한 사내를 어떻게 믿고 살겠니? 너처럼 속이 여리고 시끄러운 여자에게는 차라리 군인이 제격일걸? 그래도 그 사람, 예수 믿는 사람이라더라."

어머니의 권유도 권유였지만 은경은 내면의 혼란을 가라앉히기 위한 방편을 받아들이기로 했다. 기이한, 도저히 용납할 수 없는 상황을 반전시켜야만 했다.

결혼을 결정한 직후, 은경은 권 중위가 믿는다는 예수신앙에 합류하기로 했다. '현실 앞에 무릎을 꿇자! 건강한 현실 앞에, 내면에서 몰래 두리번거리는 또 하나의 나를 항복시키자. 그렇게 인생을 출발해 보자.' 새로운 각오였다. 개신교 입교에는 6개월의 학습기간을 거쳐야 했다. 결혼을 결심하고, 결혼할 남자의 신앙에 합류하기로 한 것은, 자신의 내면에 부조(浮彫)되어 있던 어떤 한 사람을 지우고 현실에 충실하기 위해서였다. 그렇게, 입교절차를 끝내고 세례까지 받았으나, 정신일도(精神一到)에 대한 것이 지워지지 않았다. 당황스러웠다. 그리스도 앞에서도 정신일도가 불가능했다. 힘겹게 기도했다. '왜 그가 저의 내면에서 지워지지 않는지요? 그의 기억을 붙잡고 있는 것은 인격입니까? 육체의 어느 부분, 머릿속 뇌의 작용입니까? 이미 현존하는 존재와 존재 사이에 이어진 기억이라는 다리는 의지로 지워지는 것이 아닙니까? 그는 정신일도…… 라는 문장 하나로 나에게 다가왔는데, 왜 그것이 저를 지배하고 있는지요? 이것이 스스로에게 존재를 알리는 존재감입니까?' 주일성수(聖守)가 이어질수록 은경은 사랑의 하나님보다, 인간으로는 거의 성취가 불가능한 것들을 요구하는 예수 그분이 두려워지기 시작했다. 특히 〈음욕을 품는 자는 간음한 자!〉라고 윽박지른 그분의 교훈이 비수가 되어 날아왔다. 내면의 불륜은 더욱 간교한 불륜이었다. 감성불륜(感性不倫)은 더욱 치사한 간음이었다.

은경의 결혼은 현실순응(順應)이라는 자기최면이었다. 첫날밤, 남자를 경험하면서 그의 내면의식은 아득하게 먼 곳을 떠돌았다. 거기 누가 구체적으로 있는 것도 아닌, 먼 곳…… 여체에 열광하는 남자의 성은 은경의 깊은 슬픔을 건드렸다. 군인 가족은 한 곳에 붙박이로 살 수 없었다. 부대이동을 따라 늘 전전(輾轉)따라다녀야 했다. 삶의 유랑은 알 수 없는 슬픔을 끌고 다녔다. 소대장에서 중대장으로 다시 대대장이 되는 남편의 진급을 따라 삶의 이동은 끊임없이 이어졌다. 부대가 주둔한 자리는 거의가 산골마을이었다. 봄은 슬픔 속의 설렘이었고, 여름에는 그림자 없는 그리움의 그늘이 따라다녔다. 조락의 가을은 아련한 기다림이었고, 겨울은 눈 덮인 전설을, 부칠 길 없는 편지에 담는 절절한 외로움이었다.

딸이 태어났다. 무시무시한 진통 끝에 태어난 딸을 처음으로 품에 안았을 때, 그 딸에게서 남편이 아니라, 다시 아득한 어딘가에서 막막하게 바라보는 어떤 시선이 딸에게 묻어 있는 것에 화들짝 놀랐다. 남편은, 아내가 있고 딸이 있고, 위로 층층 상관이 있고, 아래로 내리 부하가 있는 것 외에 더 바라는 것이 없는 남자였다. 은경은 그런 남편에게서 다시 아들을 얻었다. 하지만 그는 자신이 무슨 죄를 저지르고 있는지 알았다. 남편의 아내, 남매의 엄마, 매일 이어지는 부엌살림, 군인의 아내가 내조해야 할 일들, 아이들의 교육문제, 끊임없이 이어지는 일상사를 잘 감당하고 있지만, 가족 간의 진정한 결속, 사랑의 결속력을 정신적으로 비밀하게 와해시킨 범죄자, 그것을 들키지 않고 꾸려가는 간특(姦慝)한 죄인이라는 것을 알았다.

*

내면에 슬픔의 강이 흐르는 삶에도 시간이 있었고 세월이 있었고,

그렇게 흘러가면서 남편은 승진했고 남매도 자랐다. 아이들이 자라면서 은경의 삶은 밤에도 꿈 없는 잠에 빠질 만큼 고단했다. 그냥 살았다. 남들이 하는 결혼도 했고, 남들이 낳는 아이도 낳았다. 그렇게 따라하며 그냥 살았다. 그렇게 그냥 살았다. 그렇게 살 수 있었다. '시간이 약'이라는 뜻에는, 슬픔에도 그리움에도 면역력이 있다는 뜻이었을까. 은경의 일상이 따분하지는 않았다. 딸의 학교 졸업식장에 참석한 날. 엄마 노릇에 길들기 시작한 삼십대 중반의 엄마들이 모여 있는 자리. 은경은 학급 내에서 친해진 엄마들 몇몇 사이에 섞여 망연하게 서 있었다. 단순명료한 현실, 별다른 색채 없는 단순한 자리였다. "오늘, 재학생 송사에 이어 졸업생 답사를 하는 남학생은 정말 잘생겼더라." "성적은 어떻고? 머리도 보통 좋은 학생이 아니었다던데? 이 학교에서 아주 드물게 나타난 우수한 학생이었다지?" "그런데 말이지, 얼마 전에 엄마가 세상을 떠났다지 뭐야……" "가엾어라." "저기, 저기 나타났네! 그 졸업생 아버지! 엄마 대신 아버지가 참석했을 거야. 이따금 아버지가 학교엘 들리곤 했거든―" 엄마들의 대화를 따라 무심히 눈길을 돌리던 순간, 은경은 숨이 막혔다. 순간 속에서 열린 영원의 문. 십수 년 전, 결혼식장에서 신랑 예복 차림의 그와 조우했을 때, 시선과 시선이 허공에서 얽혔던 순간, 감성의 파고가 서로에게 쏠리며, 순간 속에서 열린 영원의 문 앞에 서 있던 그 자리. 과거도 미래도 없던 그 자리에서, 얼어붙은 듯하던 그가, 무언가 한마디를 하려다가, 축하객의 축하인사 때문에 무너졌던 그 순간이 다시 살아난 자리! 바로 그때 열렸던 영원의 문 앞이었다. 이럴 수가…… 이럴 수가…… 일상의 삶에 변주(變奏)가 틈타지 못하도록 했던, 은경의 한묶음의 삶이 와해되는 순간이었다.

삶이 평이하도록…… 그래서 그동안의 삶은 너무도 평이했다. 미미한 평원처럼, 바람도 바람이 아닌 듯, 비도 비가 아닌 듯, 주룩 비를 만날 일도 없던, 슬픔도 그리움도 숨죽인…… 흔들림 없는 삶이었다. 눈물 바람도 없었고 그믐달 한숨도 죽이고 살았던, 자칫 무심해질 수 있었던, 잊은 것처럼 살던 삶이, 순간 무너졌다. 두 사람은 각자 제자리에서 서로를 건너다보았다. 마치 한차례 꿈을 거쳐, 유체이동이 이루어진 듯, 시간과 공간을 뛰어 넘은 두 사람이 서로를 바라보았다. 잠깐 스친 시선뿐, 각자는 슬픔의 실체 위에 서 있었다. '그의 아내가 떠났다…… 아내를 떠나보낸 사내…… 영묘(靈妙)한 미소, 풀꽃 같던 아내가 떠날 것을 저이는 알았던가…… 저 부부는 갈애(渴愛)라는 잉걸불에 서로를 태우지도 않고, 정염(情炎)에 그을리지도 않고, 죽음의 결별로 현실의 잇바디를 벗어났구나…… 저들의 결혼식장에서 문득 떠올렸던 국화 한 송이는 풀꽃 같은 신부의 죽음의 예표였어……' 남편에게 아들 하나를 남겨주고 떠나간 그 아내가 부러웠다. 그리고 그 아내는 남편에게 구원(久遠)의 여인으로 남았을 것…… 그리고 남편에게, 자신의 부모를, 사위로서가 아니라 아들이 되어 섬길 일을 남겨주었어…… 남자가 조금 움직였다. 은경에게 다가오려고 했다. 무언가 한마디 말을 하려는 듯, 간절함에 밀려 다가오려던 순간, "아빠아!" 이번에는 아들아이가 아버지에게 달려들었다. 그렇게 영원의 문에서 만난 순간은 단 한 치의 간격도 좁혀지지 않고 또 끝났다. 졸업식이 시작되었다. 답사를 하는 그의 아들은 출중했다. 튼실한데다 적당한 키에 귀골이었고, 발음이 명확한 언어에다 음성이 맑고 깊었다. 풀꽃 같던 아내가 남겨준 위대한 선물이었다. '그래서 저 사람은 더 서러울까. 그래서 저 남자의 삶은 더 절망적일까, 저이가 무언가 한마디 하려는 것처럼 느껴졌던 것은 또 한 번의 착각이었어……' 졸업식이 끝나자 꽃다발이 뒤엉키고, 사진 찍느라고 북새를 떠는 가운데를 뚫고 은경은 딸을 데리고 거리로 나섰다.

＊

　어느 늦가을, 서울에서 볼일을 끝내고 백화점에 들러, 아들아이 생
일선물을 산 뒤, 그의 발길은 저도 모르게 옛날 처녀 적 직장인 국책
은행 쪽으로 향했다. 무엇에 이끌리듯, 빛, 향기…… 어떤 발걸음 소
리를 따라가듯— 석조건물은 이미 저녁 그림자에 잠겼고, 은행잎이
화강암 포도 위에 눈부시게 쌓였다. 시청 쪽으로 내리 이어진 길가의
양복점(테일러)에는 서양 남자를 모델로 한 멋진 신사복이 쇼윈도에 걸
려 있었다. 화강암 포도 옆으로 걸터앉을만한 앉을 의자들이 가지런
한 자리에 그는 허리를 걸쳤다. 그때 그 시절의 시간과 공간이 가만히
살아났다. 기억의 저장고가 살며시 열리며 모든 것이 다시 살아 움직
이기 시작했다. 속에서 비밀한 이야기가 실타래처럼 풀려났다. 석조
건물의 천장 높은 휘휘한 복도에서 바람처럼 스쳐 지나던 그이. 은경
만이 알아보던 바람의 날개. 앉을 자리를 찾기 위해 너울거리던 바람
의 넋, 눈길 한번 스치는 일 없었어도 그 날개의 너울거림이 비밀한
언어로 다가오던, 그때의 공간이 아스라한 향기로 흔들렸다. 다시, 그
시간으로 돌아간다면 삶이 달라질 수도 있을까. 세네카가 그랬던가,
'살아 있는 한, 계속해서 사는 법을 배우라!' '나는 살아가는 법을 배
울 수 있는 기회를 스스로 버렸을까? 결혼을 도피성으로 삼아, 남편
이라는 한 남자를 기만한 죄는 저지르지 않았을 수도 있었을 것
을…… 사랑의 결정체여야 했을 아이들에게도 죄를 짓지 않을 수 있
었을 것을……' 감성불륜(感性不倫)은 남편과 남매에게 돌이킬 수 없는
죄였다. 눈물을 머금은 그의 눈에, 수북하게 쌓여 있는 은행잎 낙엽이

한세상이었다. 한 인간 내면의 무의식은 그 근원이 어디일까.

제1단계. 결혼 전, 설렘을 주던 남자를 스스로 거절하지 않을 수 없었던 까닭— 타오르는 정염을 따라 함께 불태우며 상대방을 속속들이 바닥까지 닥닥 긁어, 그 바닥에 이르러 허무와 절망, 자괴감과 권태에 빠지느니, 멀리 물러나 자신의 내면과 싸우기로 했던, 단계가 첫 번째의 단계였다. 상대편의 심중을 탐색할 필요 없이, 상대방에게 들키지 않는, 일종의 짝사랑의 고통을 스스로 선택한 비밀. 호감이 깊어질수록 그에게 정체를 들키지 않고 내면에서 키우는 그리움은 나름대로 감미로웠다. 제2단계, 결혼을 도피성 삼아 슬픔도 그리움도 억압해가며, 남편의 섹스 상대가 되어 주고, 아이를 낳고, 성장해가는 아이들 옆에서 중년이 되어가는 자신을 속여가며 자신에게 안도하던 억압의 제2단계— 그렇게 인생이 흘러가도록 따라가다 보면, 무의식도 억압도 스러지는 무조건 항복이 올 줄 알았던 제 단계. 그런데 신의 각본일까, 아니면 절대로, 값없이 그냥 보내는 일없는, 복병 같은 운명이었을까. 제3단계는 새로운 국면으로 다가왔다.

*

삶의 양면성, 그리고 한 여자의 내면에 뜨겁게 눈뜨고 있는 또 하나의 자신을 외면하지 못하는 은경은 죄책을 등에 지고 살았다. 그리움의 얼굴을 죄책이라는 슬픔 뒤에 감추고—

은경의 딸이 대학을 졸업할 무렵, 친정어머니는, 작은딸 은주를 데리고, 장애인에게 큰 도움이 되는 미국으로 이민, LA에 자리를 잡았다. 어느 날, 한동안 자리 잡기에 여념이 없던 어머니가 보낸 한묶음의 소포가 도착했다. 젊어 한때, 열렬한 문학소녀였던 어머니는 평생

책하고 사는 과부. 기나긴 편지는 이민사회의 실상, 안정된 삶의 터를 잡기까지 겪은 갈등과 불안, 이민생활에 적응만 되고나면, 미국이라는 나라는 세상 어디에도 없는 낙원일 수도 있을 것 같다는 희망, 그리고, 어머니가 집을 얻은 동네는 서울의 영등포 같은 곳이어서, 영어를 쓰지 않고도 살 수 있을 것 같다는 등등. 뉴욕에서 발행하고 있는, 한국 소식을 가장 빨리, 가장 충실하게 편집 전달하고 있다는 미주판 H신문을 구독하고 있다는 자상한 편지와 함께 보낸 스크랩 한 뭉치였다. '어머니도 이제는 노인이 되어가네…… 이민생활에서 무슨 신문 스크랩까지…… 하릴없는 분이네……' 그저 무심하게 스크랩 뭉치를 펼치던 그의 가슴이 철렁! 내려앉고 손끝이 싸늘해졌다. 연재물 제목, 〈덧없어도 인생은 아름다워!〉 필자의 사진보다 필자의 이름이 뜨거운 화살이 되어 은경의 가슴으로 날아들었다. 연재물의 필자는 윤영하였다. 순간, '버리자! 꾸물거리지 말고 버리자!' 스크랩 뭉치를 펼쳤다가 무서운 것을 외면하듯 겹쳐 덮었다. 그러나 버려야 한다는 조바심 저 밑바닥에서 뜨거운 눈물이 치밀었다. 잊은 듯이! 잊혀졌다고 믿어가며 죄책을 등에 지고 살아온 세월이 이렇게 아득한데, 그 세월을 건너, 더는 참을 수 없다는 듯 날아온 소식이라니. 정처 없이 부유하던 영혼이 흐르르 떨렸다. '하늘도 더는 기다릴 수 없었음인가. 어머니를 동원한, 아무것도 모르는 어머니를 동원할 수밖에 없을 만큼 세월을 아꼈음인가…… 아, 이 만남은 필연이다, 필연이야! 어떻게 내게로 온 선물인데 함부로 버릴 수가……' 하지만 남편과 자식이 있는 집안에서 그 글을 읽을 수는 없었다. 사단장이 된 남편이 근무하는 부대에 설치한 도서실 한구석, 서가 책 뒤에, 어머니가 보낸 신문 스크랩 뭉치를 감추었다.

*

　그가 어떤 주제, 어떤 상념, 어떤 목적으로 쓴 글이건, 윤영하의 글은 은경에게는 그리움의 편지였다. 식구들이 아침 식탁을 떠나 각각 제 갈 길로 흩어지고 나면, 그는 그 길로 도서실을 향했다. 누가 보거나 말거나 조급하게 달려갔다. 그때, '정신일도(精神一到)'를 써준, 그때, 그의 뜻이 이것이었다는 느낌으로 한 줄 아니 한 글자 한 글자를 가슴에 새기듯이 읽고 또 읽었다. 읽고 또 읽어도, 몇십 번을 읽어도 새로웠다. '글이라는 것이 이렇게 신비스러울 줄이야……' 세상살기, 신앙, 종교, 이민의 삶, 가정, 자녀, 부부, 사별, 불륜, 직업, 망향 등, 결기의 냄새가 조금도 없는 담담한 담론이었지만, 은경은 그 글의 행간에서 눈물도 보았고 그리움도 읽었다. '나는 이 사람의 기억 속 어디를 얼마만큼 차지하고 있을까…… 지워질 수도 있었겠다. 내 그리움의 세월은 저무는 일이 없었건만…… 그의 기억 속의 나는 살아있기나 한 것인지……'

*

　그 가을을 넘기지 못하고, 은경은 어머니와 동생의 이민살이를 돌보아야 한다는 명목으로 미국행을 결정했다. 이민의 신산(辛酸)이 가시지 않았지만 어머니의 이민은 일응 성공이었다. 영주권이 나왔고, 시민권을 받으면 죽을 때까지 연금을 받을 수 있는 희한한 나라였으니─ 그리고 미국은 동생의 장애문제에 친절했다. 도착하면서 살핀 것은, 뉴욕에서 발행한다는 H신문을 어머니가 아직도 구독하고 있는지의 여부였다. "어머! 엄마 아직도 이 신문을 보고 계시네…… 보내주신 스크랩은 정말 읽을 만한 글이었어. 역시 엄마는 아직도 문학소녀야, 늙어가는 딸에게 그런 로맨틱한 신문기사를 오려 보내는 열정이 감동이었어요. 역시 내 엄마야!" "뉴욕 발행으로, 여기에 지국이 있는 신문인데, 다른 현지 신문보다 구독료가 비싸지만 그 필자 글 때문에 끊을 수가 없더라." "그 사람 글이 그렇게 감동이었수?" "어쩐지 처연했어, 남자의 글에 왜 그렇게 절절한 슬픔이 담겨 있는지……" "무슨…… 그냥, 세상살이 이일 저일 담담하게 쓴 글이드만, 엄마는?" "너는 그렇게 느끼지 않았다고? 너 참 이상하다. 시집가서 애 낳고 살더니 처녀 적 감성, 정감이 아주 지워 진거니? 그렇게 드라이해졌어? 네가 온다기에 스크랩은 안했지만 신문 모아두었으니 찾아 읽으렴." "글쎄…… 뭐……." 그렇게 얼버무려 두고, 그는 어머니가 모아둔 신문에서 그의 글을 모았다. 어머니가 한국으로 보낸 스크랩 후에도 계속된 글은 이미 일백 회가 넘었다. 게재된 글에는 그의 이름 외에 직책 같은 것이 기재되어 있지 않아, 신문사가 섭외한 외부필자인지, 아니면 사내(社內) 직책이 있는 상급자인지 알 수 없었다. 은경은 모두 잠든 깊은 밤에 글을 읽었다. 아련했다. 귓가에서 그가 속삭이듯 따스했다. 기나긴…… 기다림도 아닌…… 그저 언제일는지, 언제인가를 아득해 하던 애련한 그리움이 이런 만남을 이룰 수 있다니…… 꿈만 같았다. 죄책감도 문제가 아니었다. 윤영하 그에게서 흘러나온, 그의 생각, 그의 느낌, 어딘가를 향해 눈길을 주었을 그의 시선, 그 모든 것이 실재하는 현실로 자신에게 다가왔다는 것이 신기했다. 그의 글을 읽고 있으면 순간, 유체 이동으로 다가온 듯, 그의 목소리, 그의 체취, 그의 손길이 느껴졌다. 일찍 아내를 잃은 그는 재혼했을까? 이제 장성했을 그 출중한 아들은 어디서 무엇을 하고 있을까?

　은경은 일반 독자가 되어 독후감이라는 것을 쓰기 시작했다. "……

한 자리에서 자라던 나무도 이식하면 몇 년을 두고 몸살을 앓지요. 사람이 저 태어난 땅을 떠나 물설고 말설고 낯선 곳으로 새 삶을 찾아 떠난 이민의 신산은, 목숨이 흔들리는 몸살 이상입니다. 아메리칸드림을 찾아 미국 전역에 흩어져 뿌리를 내리기 시작한 한국인 이민 수십만…… 그들의 애환을 향해, 이렇게 따뜻한 글로 위로와 용기와 인내와 희망을 불어 넣어주시는 필자에게 경의를 표합니다……" 독후감은 길지 않았지만 어머니와 동생에게 들키지 않고 마무리를 하는데 며칠이 걸렸다.

*

어머니도 동생도 바쁜 볼일로 외출한 날, 시차 계산 끝에 뉴욕 주재 H신문사로 전화를 걸었다. 연재 집필자에게 전할 것이 있으니 전화번호와 주소를 알려 달라했지만, 조심스럽게 거절하면서, 전화 거는 사람의 전화번호와 주소를 밝혀, 신문사로 보내주면 필자에게 틀림없이 전해주겠다고 했다. '설마 내 육필 필적을 알아볼까…… 그이가 남긴 정신일도……로 그의 필적은 지금도 알아볼 수 있을 것 같지만, 내 필적을 알아볼 리가 없지!' H신문사의 주소를 쓰고 그의 이름을 쓰면서 손도 떨리고 가슴도 떨렸다. 생애 처음으로 연애편지를 띄우는 것처럼— 그러나 귀국 날짜가 되도록 그에게서는 아무런 연락도 오지 않았다.

*

사람들은 세월이 흘러간다고 말한다. 그렇게 세월은 모두에게 무심한 것일까. 무심한 흐름에 얹혀 흘러가며 스스로에게 주어진 삶에서 색채를 지워가는 것일까. 스스로가 자신의 과거를 흑백 무성영화 화면을 만들고, 미래에서 기다리고 있을 빛마저도, 자기의 것이 아니라고 외면하며 살아가는가. 은경의 아들이 군에 입대하고 딸아이는 대학을 졸업한 뒤, 미국 유학을 겸해 외할머니에게로 갔다. 외손녀를 맞이하는 어머니가 방 하나가 더 있는 아파트로 이사를 하면서 은경을 불러들였다. 친정어머니에게 딸을 맡긴 은경은 어머니의 이사를 도울 겸 출국했다. 도착 후 이사 갈 집을 둘러보고 이삿짐을 싸다가, 책상 옆에 끼어 있는 우편물 소포 뭉치를 발견했다. 발신자는 H신문사, 윤영하 그의 이름이 적혀 있는 소포였다. 은경은 다리까지 후들후들 떨리는 것을 가까스로 진정시켜가며 소포를 들고 있는데, 다른 짐을 정리하던 어머니가 반색을 했다. "아! 그거, 누군지 수신자 이름이 낯설어서 뉴욕 H신문사로 돌려보낸다고 벼르다가 그만 깜빡했어. 이사한 뒤에 반송하자. 그 신문사에서 어떻게 우리집 주소를 알았을까…… 수신자의 이름이 알 수 없는 이름인데 이상하다……." "엄마, 이거 나에게 온 소포예요. 내가 그 필자에게 독후감을 써 보낸 거에 대한 답장 같아요. 내가 익명으로 보냈거든요……." "에구? 그랬어? 하마터면 반송할 뻔했네! 내가 게으르게 꾸물거리고 있었기에 네 손에 떨어졌지! 거 참 신기하네! 그런데 왜 독후감을 네 본명으로 하지 않았어?" "이렇게 충실하게 답이 오리라고 기대하지 않았거든." "그 사람 글도 처연하지만, 참 속이 따뜻하고 정 깊은 사람 같네…… 어서 뜯어보렴. 궁금할 텐데." "뭐…… 그리 서둘 것 없어요. 이사 간 뒤에 뜯지 뭐." 속내를 들킬세라 자신의 여행 가방 속에 던져 넣었지만, 이사 내내, 새집의 정리가 다 될 때까지 기다릴 수가 없었다. 짐 정리가 되지 않은 딸의 방에서 딸이 잠든 뒤, 식탁 등을 켜고 두둑한 소포를 풀었다. 손도 가슴도 덜덜 떨렸다. 게재된 신문 외에 봉투에서 나온 그의 답장은 정중했다. "……글을 쓸 때, 반드시 독자를 의식하는 것은 아니지만, 뜻밖의 독자로부터 독후감을 받는 일은 눅눅하던 영혼에 불이 반짝 당겨지는 듯한 기쁨입니다…… 글이라는 것을 쓰는 자에게 주어지는 가장 행복한 순간이지요……. 머지않은 날 이 글이 한 편의 책으로 엮이게 되면 책으로 보내드리겠습니다. 주소가 바뀌지 않기를 바라며……." 편지는 글씨가 아니라, 그의 목소리가 되어 가슴으로 스며들었다. 세상에! 철든 이후 내내 이런 떨림이 멈추지 않는 이 인연은 어떤 뜻을 품은 인연이기에— 도대체 거의 평생을 끌려가는 이 동계(動悸)는 종국에 어디에 닿을 것이며 언제 끝날 것인가. 이름 모르는 독자의 독후감에 이렇듯 정중한 답장과 함께 게재지를 챙겨 보내는 그의 정성이 새삼스러웠고, 그를 새롭게 익힐 수 있는 계기 또한 신비로 다가왔다.

*

막연한 기대로 보낸 독후감이, 이렇게 깊은 울림의 반향이 되어 찾아온 설렘을 어떻게 할 줄 모르고 며칠이 지나던 동안, 귀국할 날짜는 다가오고…… 받기만 하고 떠날 수는 없다는 생각에, 깊은 밤, 편지지를 앞에 놓았지만 첫줄을 쓰기가 그렇게 힘들었다. 불면의 날이 새고, 다시 깊은 밤을 뜬눈으로 보낸 어느 날, 떠나온 집에 남은 짐을 가지러 갔던 동생이 두툼한 소포를 들고 돌아왔다. "언니, H신문사에서 보낸 소포야. 집 주소는 맞는데 수신인 이름은 모르는 사람이야. 누가 우리집 주소로 무얼 보냈는지? 이거 어떻게 하지?" 은경은 동생의 손에서 빼앗듯이 소포를 받아들었다. 두 뭉치의 소포를 받게 되다니! 발

코니로 가서 뜯었다. 출간된 책과 편지였다. 포장지의 주소며 이름은 기계 활자였지만, 저서 서명과 편지는 육필, 지금까지 은경의 마음을 벗어나 본 일 없는 정신일도(精神一到)의 힘 있는 달필을 고스란히 복사한 듯한 편지였다. 서명한 책갈피에 들어 있는 명함을 은경은 눈물 어룽거리는 눈으로 바라보았다. "……그동안 연재했던 글을 묶었기에 보내드립니다. 평생 손에서 책을 놓지 않고 독서를 이어오신 분인 듯싶어, 경애하는 마음을 얹어─ 필자에게 글을 계속해서 쓸 수 있는 힘을 실어주신 분께 감사를 드리며…… 혹시 주소가 바뀌었을까……, 기우(杞憂)이기를 바라며─ 뉴욕을 다녀가신 일이 있으시겠지만, 다시 뉴욕에 들리실 일이 있으면 연락이 가능하시겠는지요." 필자는 H신문사의 주필. 개인 주소도 신문사 근처의 맨해턴이었다. 친척을 만날 일이 있어 뉴욕을 몇 번 찾았던 일이 있었지만, 그의 명함 한 장으로 뉴욕이 이렇게 갑자기 환하게 열리다니! 아! 뉴욕! 뉴욕! 갑자기 뉴욕이 다감한 도시가 되어 은경의 손 안으로 들어왔다. 윤영하가 숨 쉬고 있는 도시, 그이가 글을 쓰고, 그가 사람들을 만나고, 그이가 신문사에서 일을 하고, 더러는 그이가 느린 걸음으로 거리를 걷다가 카페로 들어가 커피를 마시는 맨해턴 거리…… 뉴욕의 하늘, 거리, 시민, 소란할 만큼 활기차고 뜨겁게 출렁거리는 거리, 모두가 사랑 겨운 따뜻함으로 그의 가슴을 파고들었다. 답장 없이 떠날 수 없었다. 그날 밤, 은경은 몇 줄 편지를 쓰는데 거의 밤을 새웠다. "……보내주신 저서 황감했습니다. 선생님의 저서가 상재되면 그 즉시 서점으로 가서 구입할 예정이었는데, 이렇게 손수 서명까지 하신 저서를 보내주시다니요. 바쁘신 분일 텐데, 이렇게 평범한 주부에게 자상한 배려를 하시다니 저로서는 송구스럽기 이를 바 없습니다. 얼마 전 주소가 바뀌었지만 보내주신 소포가 반송되지 않고 제가 받을 수 있었던 일이 예사롭지 않았습니다. 독자를 소중하게 여기시는 선생님의 정성이 감동이었습니다…… 이 한 권의 저서를 제 남은 생애에, 등대 삼아 간직하겠습니다…… 깊이 감사드립니다……." 밝는 날, 은경은 동생 은희가 운전하는 차를 타고 우체국으로 가서 속달등기로 편지를 부쳤다.

*

출국 사흘을 앞두고 귀국준비를 하던 오전 열한 시경, 외출준비를 하고 있는데, 뉴욕에서 전화가 걸려왔다. 전화를 받은 어머니가 미소를 띠고 낮은 음성으로 딸을 불렀다. "애, 뉴욕 H신문사란다. 찾는 사람 이름을 대는데…… 네가 익명으로 보낸 독후감 쓴 사람을 찾는 모양이다. 내가 받았기에 망정이지, 은희가 받았더라면 그런 사람 없다고 끊어버렸겠다. 자 받아, 독후감을 보내는데 왜 제 이름을 숨기고 그러니? 이상하게! 너답잖게! 얼른 받아……" 사흘 후면 떠나는데…… 내일모래, 그 다음날이면 떠나야 하는데…… 전신이 덜덜 떨리는 것을 어떻게 감출 수 있을는지 은경은 너무 황당하여 송수화기를 얼른 받을 수가 없었다. 어떻게 하면 담담함을 유지할 수 있을까. 어떻게 하면 예사롭게 전화통화를 할 수 있을까. 가슴 깊은 곳에서 또 새로운 지각변동이 폭발할 지경이었다. "……아, 통화가 이루어졌네요. 연결이 어려울 것 같아서 조금 망설였습니다만…… 내일, 엘에이에서 회의가 있어 오후에 도착합니다. 허락해 주신다면 도착한 다음 날, 다시 전화를 드려도 되겠는지요." 석조전 복도에서 스쳐 지나던 사람이었던가, 국고부장실로 드나들 때 눈길 한번 건네지 않고 바람으로 지나가던 윤영하. 다만, 은경에게 밀어(密語)가 되는 바람의 날개, 바람의 넋으로 너울거리던 그이일까……. 하지만 들키고 싶지 않았다. 만나지 말아야 할 것 같았다. 전화를 건네준 어머니가 옆에서 눈을 크게 뜨고 흘기듯 낮은 목소리로 윽박질렀다. "너 왜 그래? 갑자기 왜 못난이처럼 굴어? 대답해! 어서!" 은경이 엄마의 표정에 떠밀려 어눌한 입을 열었다. "아, 네! 너무 뜻밖이어서…… 시간이 허락되신다면 그렇게 하시지요…… 네……." 은경 자신의 목소리가 아니었다. 음질(音質)이 갑자기 생경한, 이상한 목소리가 여운으로 남았다. 목소리를 알아들었을까? 하기는…… 대화를 한 일이 별로 없었으니. 송수화기를 놓은 뒤에도 그는 자신이 무슨 말을 했는지 정신이 아득했다. 뉴욕 시간 오후 두 시. 점심을 끝낸 그는 어디서 어떤 모습으로 전화를 걸었을까. 아아, 뉴욕! 뉴욕! 그가 살아 숨 쉬고, 그가 일하며, 그가 차를 마시고, 그가 산책하고, 그가 쇼핑하고…… 그가 사람을 만나는 뉴욕!

*

밤을 새웠다. 모든 사람을 속여온, 아니 자신에게도 숨기고 싶었던 감성불륜. '이제 이 나이에 그의 앞에 나타나는 나는 얼마나 뻔뻔한 여자인가. 언제인가는 이렇게 만나게 되리라는 것을 예감했으면서도, 도무지 미련 없는 이 조우를 어떻게 받아들여야 하나? 절절한 그리움으로 들끓는 내면을 그가 알아보면 어떻게 하나?' 그러면서 그를 만나게 될 때, 어떤 얼굴, 어떤 표정, 그리고 옷을 어떻게 입어야 하나…… 아침 식탁에서 만난 어머니가 놀란 얼굴로 물었다. "너 얼굴이 왜 그렇게 퉁퉁 부었어? 간밤에 울었니?" "울긴? 엄마! 내가 무슨 울 일이 있을까봐?" 잡아뗐지만 퉁퉁 부었다는 얼굴 때문에 낙심했다. 하지만 그이가 전화를 하겠다는 날은 내일이다. 오늘 오후 도착 후에 회의, 그리고 여유롭게 내일 전화를 하겠다고 했다…….' 그때까지, 그때까지 아직 시간이 있어. '은경은 어머니 몰래 냉장고에서 얼음을 꺼내 욕실로 들어가, 얼음을 싼 타월로 얼음찜질을 계속했다. 눈을 크게 뜨고, 얼음 팩으로 얼굴이 얼얼할 만큼 볼과 목선을 계속 문질렀다. 그리고 내일까지 밥도 먹지 않고 물도 마시지 않으리라 작정했다. 여행용 가방을 열고 옷을 골랐다. 서울 집에서 떠날 때, 짐이 귀찮다고 옷을 대충 챙겼던 것이 후회스러웠다. 하루가 너무 길었다.

그가 도착해서 있을 로스앤젤레스의 공기가 갑자기 향기롭고 부드러웠다.

*

하룻밤이 너무 길었다. 하룻밤 사이에 무슨 변고가 생기면? 혹시 그이가 갑자기 떠나야 할 일이 발생하면? 응급실에 실려 갈 일이라도 생기면? 아니, 갑자기 은경 자신이 숨이 끊어져버린다면? 뒤채이다가 새벽녘에 깜빡 잠이 들었는데 옛날에 꾸었던 꿈이 다시 찾아왔다. 은경은 순백의 웨딩드레스를 입고 화관을 쓰고 백합과 카라와 안개꽃의 신부 꽃을 들고 있었다. 신랑을 기다리는데 당초에 신랑은 존재하지 않았다고 했다. 황망해서 서 있는데, 드레스가 푸실푸실 삭아서 흘러내렸고, 들고 있는 꽃이 말라서 흩어졌다. 알몸이 드러날 상황에서 몸을 웅크리다가 땀에 젖어 깨었다.

딸은 등교, 어머니는 당신의 방에서 소리도 없어, 빈 집에 홀로 남겨진 듯 은경은 전화기 옆에서 숨을 죽였다. 시간…… 시간이라는 것이 존재하는가. 어쩌면 시간은 존재하지 않는지도 모르겠다. 윤영하를 처음 본 순간은 더 이상 시간 속에 들어있지 않았다. 오전 열 시경, 전화기의 신호음이 천둥벼락처럼 울렸다. 은경은 숨을 고르면서 송수화기를 얼른 들지 못했다. 그이가 아닐는지도…… 그이라 할지라도 허겁지겁 받는 듯한 느낌이 들게 하고 싶지 않았다. 재촉하듯 계속 울리던 송수화기를 은경은 가만히 집어 들었다.

"전화를 받는 분이…… 맞습니까? 아 그렇군요. 기다려 주셔서 고맙습니다. 어제 오후 회의는 끝났지만, 오늘 만나 뵙고 가려고 친구에게 차를 빌렸습니다. 편지에 쓰인 주소로 찾아가면 되겠습니까?"

얼른 입이 열리지 않았다.

"아, 바쁘실 텐데…… 그렇게…… 시간을……."

활랑, 활랑 뒤집어질 듯한 가슴이 말문을 막았고 어지럼증이 일었다. 침실에서 나오던 어머니가 놀란 얼굴로 다가왔다.

"너 왜 그러니? 신문사의 그 사람이냐? 너답지 않게 왜 그렇게 미적거려? 너 혹시 그 사람 전부터 아는 사람이었니?"

은경은 어머니를 향해 고개를 설레설레 저어가며 숨차게 입을 열었다.

"네, 네, 그 주소로 오시면…… 몇 시쯤 도착하실는지……."

*

약속시간 오전 열한 시. 현관문을 여는 손이 걷잡을 수 없이 떨렸다. 무너지지 말자, 무너지지 말자, 의연하자, 문이 열렸다. 길 건너에 주차한 승용차에 슬쩍 기댄 그가 앞을 바라보고 있었다. 순간. 시간이 멎었다. 하늘로부터 내려온 수직선(垂直線)과 인간세상의 횡선(橫線)이 만나는 중심에 그가 서 있었다. 정지된 시간 속에 그가 서 있었다. 존재, 존재였다. 시간을 물린 영원, 물리적 시간을 건너 그가 거기 서 있었다. 얼어붙은 은경을 향하여 그가 빙긋이 웃는다. "역시……." 그러면서 그는 천천히 걸어 은경에게 다가왔다. "어쩐지……." 그는 늘 그랬던 사람처럼 은경을 자연스럽게 가슴에 품었다. 오래전부터 그렇게 해 왔던 것처럼. 그의 품에서 은경의 눈이 감겼다. 은경의 한 평생이 흔적 없이 용해되는 순간. 그 순간은 시작이었고 마감이었다. 더는 나아갈 길이 없는— '역시……' '어쩐지……' 반백의 신사는 중후했고 신중하며 자연스러웠다. 역시…… 어쩐지…….

차 앞으로 간 그는 은경에게 문을 열어주고, 은경이 차에 오르자 은경의 가슴께로 상체를 기울였다. 순간 은경이 숨을 들이켰을 때, 그는 허리를 굽혀 은경의 앞가슴에 상체를 실리고 벨트를 더듬어 매어 주었다. 은경의 앞가슴으로 잠깐 실린 남자의 상체가 여자의 전신에 불을 붙였다. 울컥 울음이 치미는 것을 은경은 가까스로 참았다. 운전석으로 돌아가 시동을 걸며 앞만 바라보는 남자의 얼굴에서 첫 순간의 미소가 스러졌다. 두 사람 다 입을 열지 않았다. 차는 유칼리나무가 충충한 길로 들어섰다. 소나무숲 저쪽으로, 빨간 지붕에 하얀 벽이 어울리는 스페인풍의 집들이 화려한, 팔로스 버디스 쪽으로 차는 계속 흘러갔다. 다시는 돌아올 일없는 나라로 가자는 듯이— 그네에게 하늘과 땅이 새롭게 열렸다. 아름답고 아름다운…… 하늘과 땅 사이의 모든 것이 향기롭고 신비했다. 한동안 미끄럽게 흘러가던 차는 로스앤젤레스의 지중해라고 알려진 루나다 베이 해안가에 이르렀다. 주차장에 차를 세운 그가 입을 열었다.

"해안이 아름답소. 우선 내리지."

바닷가 모래밭에서 공차기를 하는 아이들의 웃음소리가 맑고 푸른 하늘을 흔들고 있었다. 두 사람은 해안가를 걸었다. 말없이 걸었다.

두 사람은 그저 자연의 일부였다. 바다가 된 듯, 해안가 모래사장이 된 듯. 공차기 아이들의 비누방울 같은 웃음소리에 실려 공중으로 날아가듯― 더는 나아갈 길 없는 절정은 행복이 아니었다. 영혼이 무너지는 슬픔이었다. 남자로부터도 그렇게 슬픔이 흘러나오고 있었다. 허망 위에 세워진 실체.

전면 유리가 바다를 향한 레스토랑에 마주앉아서도 말이 떠오르지 않았다. 그래도 불편하지 않았다. 점심시간에 몰려든 손님들과 음식 향기 섞인 소음이 그들의 대화를 대신했다. 지상에서 처음 앉아보는 식탁 같았다. 처음 보는 음식 같았다. 어떻게 먹어야 하는지, 어떻게 삼켜야 하는지. 레스토랑 창밖의 하늘과 바다…… 푸른 너울 저 먼 바다에서 돌아오는 배 한 척. 눈물로 무너져 흔적 없이 사라지고 싶은 자리였다.

레스토랑을 나온 뒤. 두 사람은 해안가 백사장에 허리를 걸치고 앉았다. 바다는 높은 파도 없이 푸르고 잔잔했다. 잠깐씩 잊은 듯하던 물결이 기슭을 가만가만 흔들다가, 바다는 두 사람을 위해 숨을 죽인 듯 고요했다. 해가 저물 때까지. 어느 편에서도 말을 만들지 않았다. 무엇을 물으랴. 무슨 대답을 기다리랴. 궁금할 것이 없었다. 나란히 앉아 있는 그 자리가 그대로 존재현실이었다. 서로에게 가득찬 실체였다. 무엇을 더 바라랴. 어차피…… 어차피…… 멀고 먼 그대였다. 하나가 되어서는 안될, 머나먼 그대였다. 내가 너에게 들어가고, 네가 나에게 들어와 하나 되는 일이 불가능한― 그렇게 이루어졌더라면 이 자리로까지 이르지 못했을…… 수평선에 이내가 어리기 시작했을 때, 은경이 입을 열었다.

"저…… 내일 떠나요."

한참만에 남자가 대답했다.

"아! 그래야겠지⋯⋯."

아! 그래야겠지⋯⋯ 종일, 아니 평생을 함께 했던 사람처럼 자연스러운 인사. 그는 은경이 이민자가 아니라는 것을 알고 있었다는 말인가. 그리고 떠나야 한다는 것도― 남자는 묵묵하게 일어나 모래를 털며 주차장으로 걸어갔다. 은경을 차에 태우고 다시 벨트를 매어주기까지 한 뒤에, 운전석에 올라 잠잠하게 바다 저쪽으로 넘어가는 해를 한동안 바라보았다. 그리고 은경의 집까지 이르는 동안 여전히 아무 말도 하지 않았다.

가로등이 훌쩍훌쩍 흘러가는 도로를 질주하다가 은경의 집 앞에 이르자, 남자는, 오직 그 한가지 일만을 생각하고 있었던 듯 옆자리에 앉은 은경에게서 벨트를 풀어주고 은경이 차에서 내리는 것을 도와주었다. 그리고 차에서 내린 은경을 가만히 품으며 속삭였다.

"아내는 꿈이었고, 너는 현실이었어⋯⋯."

그리고 돌아서서 차를 몰고 떠났다. 뒤도 돌아보는 일없이― 은경은 가로등 아래 길게 누어 있는 자신의 그림자를 딛고 서서 숨을 삼켰다. 집안으로 들어와 다시 귀국 짐을 점검하고 침실로 들어가 쓰러지듯 자리에 누었다.

*

식구들이 모두 잠든 늦은 밤, 식당 식탁 앞에 우두커니 앉아있는데, 고요한 정적을 쥐어지를 듯 전화기가 요란하게 울렸다. 기다리고 있었건만 벼락 맞은 듯 놀랐다. 떨리는 예감이 적중. 송수화기를 든 은경에게 다가온 그의 목소리―

"전화 받는 것 은경 맞지?"

"네……."

"그날…… 우산을 던져두고 달아나지 말았어야지……." 은경의 전신이 불붙은 듯 떨렸다. 막혔던 숨이 가까스로 터질 때, 은경의 뜨거운 숨소리를 확인하듯, 한동안 잠잠하던 그가 말을 이었다. "너를 처음 본 순간, 너를 그대로 안고 싶었어. 내내, 지금도!" 아, 뜨겁고 뜨거운 바람의 넋이 날개를 접고 있다. 평생을 기다리던 나비의 넋이 날개를 접고 있다. 첫사랑 영원의 문이 열렸다. 은경이 떨면서 입을 열었다. 무슨 뜻인지 자신도 모를 소리로 "아, 네…… 나도……." 목이 막혀 자신에게도 잘 들리지 않을 어음(語音)을 흘리다가, 떨리는 손으로 송수화기를 가만히 내려놓았다. 영원으로 안고 갈 떨림으로. 지금까지 기다려왔던 그 한마디— 가없던 첫사랑이 그 한마디를 기다려왔다는 것을 몸이 비로소 알았다.

무덤에 내리는 꿈

여객기가 활주로로 들어섰다. 하늘로 치솟을 힘을 궁굴려 속도를 내기 시작했을 때, 열 살 어린 용주가 드디어 울기 시작했다. 여객기 창을 모두 닫으라는 기장의 방송을 듣고 여객기 창을 내리면서, 아직 공항청사에서 용주가 탄 비행기를 바라보고 있을 엄마를 생각하자 울음이 더 크게 쏟아졌다. 활주로를 박차고 항공기가 하늘로 솟구쳤을 때, 용주는 더 크게 소리 내어 울었다. 그렇게 울면서 용주는 고개를 돌려 옆자리의 이모를 바라보았지만 이모는 펼쳐 읽던 책에다 눈을 주고 있을 뿐, 용주가 울거나 말거나 도무지 개의치 않을 모양이었다. 아무리 울어도 끄떡하지 않을 이모라는 것이 확실해지자 용주는 울음을 삼켰다. 그리고 울음 끝을 흔들어 털며 볼멘소리를 질렀다.

"이모! 왜 나를 달래주지 않아? 왜?" 못 들은 건지, 듣고도 모른 체하는 건지, 책에서 눈을 떼지 않는 이모에게 용주는 내쳐 소리 질렀다. "이모! 왜 나를 달래주지 않느냐고? 왜?"

이모는 책에서 눈을 떼지도 않고 거의 들리지 않는 목소리로 혼잣말처럼 중얼거렸다.

"내가 달랬으면 네가 더 질기도록 울었겠지."

"그래도 달래 주었어야지, 엄마가 이모를 믿고 나를 맡긴 건데 너무 하잖아?"

이모는 그제야 책에서 눈을 떼고 용주를 돌아보았다.

"네가 너 자신을 달래면서 살아야 하는 거야, 누가 너를 달래 주니? 남이 너를 달래주기 바라지 마라. 세상에는 너를 달래 줄 사람이 없다고."

"그래도 이모는 이모 아냐? 왜 그렇게 쌀쌀해?"

"이제 곧 너도 열한 살이 되잖아. 옛날 시골에서 열 살이면 살림도 했어…… 무어, 훌쩍거리면서 달래주지 않는다고 앙탈이니?"

"지금이 옛날이야?"

"덤비지 마라. 너 이렇게 이모에게 달려들 정도니? 그러면 평생 살아가면서 때마다 너를 달래 줄 사람이 있어야 할 텐데, 세상에 그런 사람은 없어……."

이모는 아무 일도 없었다는 듯이 눈을 다시 책으로 돌렸다. 하기는……, 무슨 귀양을 가는 것도 아닌데. 용주는, 태산이 무너져도 눈썹 한 올 까딱하는 일없을 이모가 얄밉기 그지없었지만, 더 울어 보았자 건질 것이 없다는 것을 계산하고 흐느낌을 가라앉혔다. 달래 줄 사람을 바라지 말라고. 평생 스스로를 달래면서 살아야 한다고. 어쩐지 이모의 말이 스산하기 그지없었지만, 앙금이 남는 말 같아서 용주는 고개를 돌려 여객기 창문 밖으로 펼쳐진 구름바다를 내다보았다.

뉴욕행 여객기에는 빈자리가 없도록 승객으로 가득찼다. 다행스럽게도 용주와 이모는 이코노미 맨 앞의 두 자리가 배정되어 남의 눈치를 볼 일은 없었다. 용주는 이모를 흘깃거렸지만 이모는 아예 모른 체하기로 작정한 듯 눈길도 주지 않았다. 피이, 잘났다 잘났어! 용주는 속으로 입을 비쭉거려 보았지만 성에 차지 않았다.

　당초에 용주를 뉴욕 외삼촌에게 보내겠다는 제의를 한 것도 이모였다. "어영부영 하다가 곧 중학교에 가게 되고, 과외다 무어다 감당 못하게 될 텐데. 아 좀 좋아? 뉴욕에서 소아과 의사로 유명한 외숙모에다 사업하는 외삼촌에게 사내아이 형제뿐이어서, 용주 데리고 있으라하니 기다렸다는 듯 반가워하던데, 아예 일찌감치 미국으로 보내 대학 걱정 접는 거 좀 좋아? 보통 행운이니?" 하기는…… 용주가 유치원에 다닐 무렵 이혼한 뒤에 혼자서 콩콩 뛰어다니며 생계를 잇는 엄마를 생각하면, 용주를 외삼촌에게 보내기로 의견을 내어놓은 이모의 궁리가 모두에게 그럴듯하기는 했다. 용주도 처음에는 뉴욕 외삼촌에게 가도록 결정 되었을 때 적잖이 흥분하여 며칠씩 잠을 이루지 못했건만— 왜 눈물이 나는 걸까.

*

　지금쯤, 엄마는 다시 남대문 도매시장 옷가게로 달려갔겠지. 남대문 도매시장 옷가게는 가게마다 한 평이나 될까싶은 좌판이어서 다리를 뻗고 쉴 수 있는 자리도 내기 어려운 촘촘 가게들이다. 옷 도매시장은 새벽 네 시에 장사가 시작된다. 새벽 두 시면 눈에 불을 켜고 달려 나가, 오후 서너 시까지 동동거리다가 돌아오는 장사여서 용주 남매가 엄마를 볼 수 있는 시간은 밤에 잠자리에 들기 전 한두 시간이 고작이었다. 새벽 네 시에 가게를 열면, 전국 각지에서 밤새워 올라온 장꾼들은 이 가게 저 가게를 기웃거려가며 보따리 보따리를 챙겨들고 터미널로 달려가는 것이 대개 점심때쯤이다. 그 이후로는 서울 토박이 옷장수나 외출복을 장만하려고 들린 여자들이 몰려다니고, 오후 서너 시가 지나면 파장, 슬슬 가게문을 닫는 곳이 남대문 옷 도매시장 이다. 가게라고 문이 따로 있는 것이 아니라, 터진 가게에 쌓여 있는 물건을 천막 천으로 덮개를 덮어, 네것 내것 표시하는 것뿐, 시장 관리인들이 있어, 물건이 축나는 일은 절대로 없는 곳이다.

전투와도 같은 엄마의 도매시장 장사가 언제부터 시작되었는지 알 수 없었지만, 용주는 외할아버지를 따라 처음으로 엄마의 점포를 찾아갔을 때, 어린 눈에도 가게라는 자리가 너무 하찮아 보여 엄마를 바로 쳐다보지 않고 외로 꼬고 서 있다가, 할아버지 바지를 잡아당기며 재촉한 뒤로 다시는 남대문 가게를 찾아간 일이 없었다. 새벽 두 시부터 서둘러 전투하듯 달려 나가는 엄마의 가게가 불티나듯 잘되는 것은, 프랑스에 살고 있던 이모가 보내주는, 철따라 쏟아지는 프랑스 패션잡지가 효자였다. 여자들의 눈부신 옷들로 뒤발을 한 잡지 덕이었다. 엄마는 이모가 보내주는 잡지에서 한국 여자들에게 맞을 만한 옷을 골라 본을 만들었다. 엄마는 복장학원 졸업생을 데리고 마름질을 하고, 외할아버지는 처녀들을 데리고 밤이고 낮이고 재봉틀을 돌려 옷을 만들었다. 외할아버지가 봉제실 처녀들과 함께 밤이고 낮이고 재봉틀을 돌려 바느질하는 일로, 집안은 늘 실밥과 옷감 먼지가 매캐하게 떠돌았고, 재봉틀 소리가 시끄러워 용주는 집에 붙어있기를 싫어했다. 두 살 터울의 동생 용호는 나름대로 성정을 순하게 타고나, 이웃집으로나 밖으로 나돌며 제 시간 제 자리를 찾아 그럭저럭 커갔지만, 용주는 늘 먼지 가득한 집안 때문에 엄마를 들볶았다.

용주의 성화 덕이었는지, 아니면 외할아버지가 열심인 교회의 하나님 덕이었는지, 용주가 학교에 입학한 뒤 이 학년이 될 무렵, 엄마는 재봉틀 소리 요란한 공장을 따로 두고 살림집을 새로 장만한 뒤 이사

를 했다. 그뿐 아니라, 그 손바닥만 한 가게에서 무슨 화수분이 쏟아
지는지, 엄마는 독일제 아우디 승용차까지 장만하여 시장이 문을 닫
는 날이면 남매와 할아버지를 모시고 싱싱 달려 소풍을 다닐 만큼, 남
대문 시장 옷 도매가게에서 실력 있는 여자로 소문이 났다. 손바닥만
한 가게가 요술이었던가. 제철 맞추어 원피스 정장이며 블라우스를
만들어 내는 엄마의 가게는 특히 이름이 났고 할아버지는 주일 아침
에 예배를 드리기 위해 집을 나서는 일 외에는 재봉틀에서 떠나는 일
이 없어, 그런 열심이 가져다준 열매였는지—

*

이상한 것은 엄마하고 이모가 같은 어머니에게서 태어난 자매라고
믿어지지 않을 만큼, 생김새며 성격이 영판 판이하게 다른 점이었다.
용주가 태어나기도 전에 외할머니가 세상을 떠났기에, 엄마와 이모가
누구를 더 많이 닮았는지 알아볼 길이 없었지만, 엄마는 중동 여자 비
슷하게 큰 눈에 약간 가무잡잡한 피부에다 이마가 톡 튀어나와 조선
종자 같지 않다고 어른들이 우스갯소리 하는 말을 종종 들었고, 프랑
스에서 십 년 넘게 살다온 이모는 순 조선 여자에다 촌스러움까지 드
레드레해 보일 만큼 몸매며 옷매무새를 가꾸지 않는 이상한 노처녀였
다. 용주가 태어났을 때, 이모는 이미 프랑스에서 살고 있은 지 오랜
때여서 이모에 대해 아는 것이 없었다. 엄마가 이모에게 이따금 국제
전화를 거는 일이며, 이모에게서 온 프랑스 패션잡지와 편지를 들고
때로는 즐거운 얼굴로, 어느 때는 처연해져서 "정희가…… 정희
가……" 동생을 그리워하는 얼굴을 익혔을 뿐이다. 이모의 이름이
정희라는 것을 알고 있을 뿐, 이모의 얼굴을 본 일이 없었다. "엄마,

이모는 어떻게 생겼어? 엄마 동생인데 엄마하고 닮았어? 사진도 없어?" "이모 어렸을 때 사진 있잖아?" 엄마하고 이모가 학교에 다닐 때 찍은 사진 몇 장에는, 교복 입은 엄마는 활짝 웃었고, 이모는 옆머리로 얼굴을 반쯤 가리고 약간 찡그린 어두운 얼굴뿐이어서 이모에 대한 인상은 명료하지 않았다. 용주가 유치원에 다닐 무렵에는 이모가 어린 조카에게 직접 쓴 편지를 보내와, 엄마가 그 편지를 딸에게 자상하게 읽어주고는 했지만, 엄마가 읽어주는 편지로 이모를 알기에는 용주가 너무 어렸다. 다만 용주네 집에서 프랑스는 꿈의 나라였다. 외할아버지도 프랑스에서 살고 있는 작은딸 이야기만 나오면 꿈꾸는 사람처럼 아득한 표정이 되는 것을, 어린 용주는 기이해하면서 바라보고는 했다. 프랑스 이야기가 계속되는 동안, 정희 이모가 프랑스로 그림 공부를 하러 갔다는 정도만 알아냈을 뿐, 용주에게 이모는 외국인처럼 낯설고 먼 사람이었다. "엄마, 이모한테 사진 좀 크게 찍어서 보내라고 해, 이모가 살고 있는 프랑스도 궁금하고…… 이모가 그림을 그린다는데 그림 그리고 있는 사진도 찍어 보내면 좋잖아? 이모가 그린 그림도 사진으로 보낼 수 있을 텐데 왜 그렇게 안 하지?" "이모는 사진 찍고, 어쩌고 하는 걸 아주 싫어해." "왜 싫어해?" "그냥 싫어해!" "그냥?" 그냥 싫어하다니…… 손으로 쓰는 편지는 보내면서 왜 사진 찍어 보내는 것을 싫어해? 알 수 없는 이모였다.

*

그렇게 외계인 같던 이모가 영구 귀국한 것은 작년이었다. 용주는 엄마를 따라 공항으로 이모 마중을 나가면서 가슴이 내내 벌렁거렸다. 프랑스에서 오래 살던 이모. 화가가 되어 돌아오는 정희 이모. 엄마에게 늘 프랑스 패션잡지를 골라서 보내주던 이모는 얼마나 멋있을까…… 프랑스 패션잡지의 모델까지는 아니더라도, 아마 서울 멋쟁이들은 따라 갈 수 없도록 멋있을 거야. 용주는 학교에서 친구들에게 이모 자랑을 많이 했다. 그 이모가 돌아온단다. 프랑스에서 오는 여객기 도착시간을 알리는 계기판을 계속 올려다보는 엄마 옆에서 용주는 계속 콩닥거리는 새가슴으로 크게 심호흡을 하며 동동거렸다. 엄마가 외할아버지께 환한 얼굴로 말했다. "아버지 도착했네요. 짐 찾고 어쩌고 입국수속하려면 조금 더 기다려야 할 것 같네요." 마중나간 식구들이 서성거리던 동안은 너무너무 지루했다. "아! 저기, 저기, 나오네요!" 엄마가 마중나온 사람들 틈에서 발돋움을 하고 외할아버지에게 그렇게 말하며 입국자들이 나오는 문이 열리는 곳을 향하여 손을 흔들며 소리쳤다. "정희야! 여기! 여기야!" 어른들 틈에서 어른들 허리께를 비집고 머리를 들이밀어 바라보던 용주는 '어디? 어디 이모가 온다고?' 그런데 이모가 보이지 않았다. 남자 입국자가 두엇 나오는 뒤를 따라 밀차에다 실은 짐을 밀고 들어오는 여자는 이모가 아니었다. 웬 촌스럽기 짝이 없는 시골 아주머니였다. 그런데 그 여자가 엄마를 발견하고 하얀 이를 드러내어 웃으며 "언니, 언니!" 손을 흔드는 것이 아닌가. 화장기가 조금도 없는 얼굴은 조금 칙칙한데다 붉은 기가 돌았고, 뒤로 질끈 묶은 새 꽁지머리는 들쑥날쑥이었다. 광목천 같은 무명 내리 다지 윗도리에다 발목까지 내려온 검정치마는 두리뭉실, 발에 뗀 신발은 구두가 아니라 낡은 운동화였다. 그 촌 여자가 마중객을 헤치고 나오자, 엄마와 그 여자는 얼싸안고 한덩어리가 되어 둥게둥게 뛰다가 외할아버지를 향해 달려들어 다시 셋이서 한덩어리가 되어 얼싸안았다. 한참을 그렇게 얼싸안고 돌아가던 엄마와 이모가 한숨 돌리자. 이모는 용주와 용호를 새삼스럽게 내려다보며 두 팔을 벌렸다. "아이고, 용주 용호가 많이 컸네! 어디보자!" 이모는 용주 남매를 한아름으로 품에 안고 이뺨저뺨에다 수없이 입을 맞추었다. 이상한 일은, 그렇게 촌스럽게 보여 용주를 실망시킨 이모의 입맞춤은 의외로 따뜻했다. 다른 사람들이 할 줄 모르고 하지도 않는 입맞춤에 용주의 마음이 조금 풀어졌다. 그리고 이모의 품에서는 마른풀꽃 같은 향기가 은은했다.

그 순간 이모가 보내주었던 편지가 아련하게 떠올랐다. 〈사랑스럽고 또 너무너무 사랑스러운 조카 용주야, 이제쯤은 한글을 읽을 줄 알겠지. 너희 집 뜰에도 민들레가 꽃을 피웠니? ……〉 무슨 그렇게 흔한 민들레 안부를 묻는지. 봄이 되면 집 뜰에 대문 밖에, 그리고 들에도 천지가 민들렌데……. 〈용주야 그중에 민들레꽃 한 송이를 만나보아라. 그리고 그 꽃하고만 이야기를 하는 거야. 그러면 그 민들레꽃하고 너하고 만의 이야기가 생기는 거야…… 그런 민들레꽃 하나를 만나게 되면 그 민들레꽃을 그림으로 그려서 이모에게 보내주기 바란다.〉 눈만 뜨고 나가면 민들레 천진데 그중에 무슨 꽃 하나를 만나 보라는 건지……. 민들레 이야기 외에도 동네에 떠돌아다니는 도둑고양이 아니면 유기견이라는 주인 없는 강아지에 관한 편지였다. 〈용주야 너희 집 근처에도 들고양이가 있니? 더러 너네 집으로 먹이를 달라고 들리지 않니? 그들 중 한 마리가 유난하게 너만 바라보는 그런 고양이 눈을 볼 수 있니? 먹이를 달라고 하는 눈이 아니라, 너를 바라보는 특별한 눈을 가진 고양이 말이야— 그런 고양이를 만나면 그 고양이 그림을 그려서 이모에게 보내주지 않겠니?〉 이모는 웬 도둑고양이 이야기를 저렇게 편지에까지 쓰는지— 도둑고양이를 들고양이라고 하면서…… 〈용주야 너희 집에는 어떤 새들이 날아오니? 그 새들 중에 네가 예뻐하는, 네가 좋아하는 새는 무슨 새니? 그 새는 어떤 소리로 노래를 부르니? 너는 그 새의 노랫소리를 들을 줄 아니? 그리고 따라서 그 새들의 노래를 함께 부를 줄 아니?〉 이모가 엄마 편지하고는 별도로 용주 남매에게 쓰는 편지는 대개, 조카들이 얼마나 보고 싶다던가, 얼마나 사랑스러운지 궁금하다던가 하는 내용이 아니라, 그런 도둑고양이 등 별로의 편지여서 엄마가 읽어주고 나면 금방 잊어버리게 마련인 그런 내용이었다. 엄마는 용주에게 민들레꽃 그림을 그리라고, 고양이 그림도 그려서 이모에게 보내라고 성화를 댔지만, 용주는 그림을 그릴 줄 모른다는 핑계로 이모에게 한 번도 그런 그림을 보내준 적이 없었다. 용주 남매에게 보내는 이모의 편지는 네 잎 클로버, 다람쥐, 수목원에서 만난 나무가 어떤 나무였는지 등 여전히 아이들에게는 별로인 그런 내용이어서 용주는 이모의 편지를 대견하게 여긴 일이 없었다. 엄마는 옷 만드는 바느질 공장을 떠나 단독주택으로 이사를 한 뒤에, 용주에게 보내는 이모의 편지를 몇 번 더 받은 뒤에는 혼잣말로 궁리가 깊었다. "아무래도, 정희가 영구 귀국하면 함께 살 집을 더 들어가는 시골에다 장만해야 할까보다……." 용주는 엄마의 혼잣말에, 아니 여기서 더 시골로 이사를 가겠다고? 용주는 같은 반 친구들 거의가 아파트에 살면서 언제나 저희들끼리 통하는 대화를 이어가는 뒷전에서, 그러지 않아도 따돌림을 당하는 느낌에서 벗어나지 못하는데 여기서 더 구석진 시골로 들어가겠다고? 도대체 엄마는 왜 이모한테 절절 매는 건지…… 왜 이모라면 치를 벌벌 떠는지 알 수가 없었다. 어느 날, 용주는 눈을 똑바로 뜨고 엄마에게 대들 듯이 물었다. "엄마 이모가 오면 여기서 더 들어가는 시골로 이사를 한다고? 왜 그래야 하는데? 왜 엄마는 이모만 위해서 사는 사람처럼 그러지? 우리 반에서 단독주택에 살고 있는 아이는 나 하나뿐이라고…… 그러잖아도 이따금 창피해서 못 견디겠는데 더 시골로 들어간다고? 그럼 나 학교에 안 다닐 거야……." "네가 이모를 몰라서 그래, 이모는 우리하고 달라, 이모를 만나면 너도 좋아하게 될 거야. 이모는 너희들 태어나기 전부터 너희들을 아파트에서 키우지 말라고 신신당부했어." "그래도 나는 아파트에서 살고 싶어! 소원이야! 엄마는 딸보다 이모가 더 소중한 거야?"

*

이모가 영구 귀국한 뒤로 독립주택인 용주네에게 달라진 것은, 이모 방 하나를 따로 만들고 이모가 그림을 그릴 수 있는 화실을 만들어 준 것 외에는 별로 달라진 것이 없었다. 지금보다 더 멀리 들어간 시골로 이사를 간다던 엄마의 계획은 한동안 잠잠했다. 이모가 살던 프랑스 집에 누가 있는지, 이모는 이따금 프랑스로 전화를 걸었고, 소리 없이 그림을 그리거나, 아침에는 크루와상이라는 빵을 구워 서양식으로 식탁을 차려 주는 일 정도가 이모의 역할이었다. 이모는 함께 살고 있는 사람 같지 않게 조용했다. 화실에서 그림을 그릴 때는 그렇다 치고, 늦은 밤, 더러 화실을 들여다보아도 이모가 보이지 않아, 그래도 궁금해서 여기저기 찾아다니다 보면, 이모는 원단이 치쌓인 지하실 옷감 창고의 원단에 기대어 책을 읽거나 눈을 감고 가만히 앉아있었다. 왜 하필 지하실 옷감 창고야? 이상했지만 이모에게 그런 것을 묻는 것이 어쩐지 금기 같아서 용주는 슬며시 돌아서서 위층 제방으로 올라가는 수밖에 없었다.

다만 노처녀 이모가 프랑스에서 살던 집에서 전화가 걸려오면, 약간 상기한 얼굴이 되는 것을 용주는 몰래 훔쳐보았다. 더러 프랑스 말로 이야기를 하기 때문에 내용을 알아들을 수는 없었지만, 상대방이 남자라는 것과 이모가 그를 상당히 좋아하고 있다는 것쯤은 알만 했다.

*

용주를 뉴욕 외삼촌에게 맡기러 가는 길에 이모가 동행하는 조건에는, 뉴욕에 도착한 뒤, 용주의 학교가 결정되기까지 시간이 걸릴 것이고, 그동안 이모는 용주를 데리고 프랑스 집에 들르기로 일정이 정해졌고, 그것을 알게 된 용주는 뉴욕보다 프랑스에 더 마음이 끌려, 앞뒤 망설이지 않고 이모를 따라 나선 것이다.

외삼촌과 외숙모는 용주네 집에 몇 번 다녀간 일이 있어, 외사촌 오빠들인 피터, 토마스 등이 낯설지 않았고, 딸이 없는 집에서는 용주가 나타난 것을 어느 나라 공주를 모시게 된 것처럼 모두 흥분으로 들뜬 눈치였다. 외삼촌은 엄마와 이모보다 손 아래여서 엄마에게도 극진했지만 이모에게도 지극했다. 외삼촌은 뉴욕이 처음인 이모에게 뉴욕 곳곳을 구경시키려는 일정을 꼼꼼하게 짰다는데, 이모는 별로 내켜하지 않는 눈치였다. 뉴저지의 외삼촌 집은 수영장까지 있는 대저택이었고, 소아과의원으로 유명한 외숙모는 근처에 사는 한국인들에게 우상 같은 존재로 존경을 받고 있었지만, 이모는 외삼촌의 어떤 일에도 감동하거나 부러워하는 눈치가 조금도 없었다. 이모의 짐은 별로 크지 않은 중간 크기 가방 하나였고, 그 가방에는 광목 빛깔의 내리달이 윗도리와 검정 터틀 그리고 회색과 검정 통치마에, 보르도 천으로 된 샌들과 운동화가 전부였다. 외삼촌은 이모의 그런 옷차림에 신경이 쓰이는지 첫날부터 으리으리한 백화점으로 가서 여성 옷가게에 들렀지만, 이모는 단 한 벌도 고르지 않았고, 삼촌이 용주 옷만 고르게 했다. 이모의 분위기가 얼마나 엄격했는지 삼촌은 이모에게 옷 이야기를 다시는 하지 못했다.

　외삼촌이 이모에게 뉴욕을 구경시켜 준다고 미술관과 박물관 등을 순례한 뒤에, 맨해튼 5번가, 백화점, 유명한 레스토랑으로 안내하기를 이틀째 했을 때, 이모는 아주 나직하게 말했다. "이제 우리를 그만 데리고 다녀도 돼. 소호 그리니치빌리지에 데려다주고 자네 볼일 보러 갔다가 저녁에 데리러 오라고. 약속 장소만 확실하게 해두고, 알았지?" "그러면 용주도 두고 가요?" "그러라고, 용주도 알아두어야 할 곳들이니까." 삼촌은 이모가 하라는 대로 수긋하게 따랐다. 용주는 이모가 가겠다는 그리니치빌리지에는 무엇 특별한 것이 있을까……. 궁금했다. 하지만 외삼촌이 이모와 용주를 내려놓고 떠난 뒷자리의 동네가 용주에게는 갑자기 처량해 보였다. 나중에 알게 된 내력이지만, 뉴욕 맨해튼 워싱턴 광장 서쪽의 한 지역이 그리니치빌리지였고, 소호(South of Houston)는 이름대로 휴스톤 스트리트 남쪽에서 캐널스트리트 사이 브로드웨이 서쪽 일대를 가리키는, 원래는 하역(荷役)창고 거리였다. 제대로 된 번듯한 건물이 없었고, 창고를 개조한 주거지가 싸기 때문에, 가난한 화가들이 몰려들기 시작하여 예술가의 동네를 이룬 지역이었다. 소호를 거쳐 그리니치빌리지라는 곳으로 가기까지 용주는 도무지 재미가 없었다. 으리으리한 백화점도 없었고, 길도 지저분한 편인데다 돌아다니는 사람들도 구질구질해 보였다. 찻집이며 옷가게, 식당, 병술 가게, 꽃집, 식료품 가게 등이 오밀조밀, 후지면서도 다정해 보이는 거리이기는 했지만, 이모가 들리는 아주 작은 전시장이며 화실이며 화방, 샌드위치 가게가 용주에게는 별로였다. 다리만 아프고 외삼촌이 안내하던 식당의 음식하고 너무 달라서 화가 날 지경이었다. 그런데 이모는 그 거리에서 오래 살아왔던 사람처럼 잘 어울렸다. 점심을 먹으러 들어간 샌드위치 가게는 천장이 낮고 좁은 가게였지만 창문에는 제라늄 꽃 화분이 앙증맞았고, 낡은 창문에 레이스 커튼이 아기자기했다. 앞치마를 두른 뚱뚱한 아저씨는 카운터 안쪽에서 커피를 끓이고, 손바닥만 한 앞치마를 두른 여학생 같은 웨이트리스는 갑분, 갑분 날렵하게 주문을 받았다. 이모는 제집에 들어앉은 것처럼 편안해 보였다. 그 거리의 가게들은 처마가 얕거나 문이 작아도 안으로 들어가면 아련한 향기가 가득했다. 사람들이 모두 오래 사귄 사람들처럼 서로 편안해 보였다. 이모가 하도 자연스러워서 이모의 차림새가 조금 창피하다고 느꼈던 느낌도 사라지게 만든 거리가 그리니치빌리지였다.

점심을 먹고 다시 거리로 나섰을 때, 어느 길모퉁이 길바닥에 물건을 주르르 널어놓은 장사치가 보이자 이모는 그 자리에서 걸음을 멈추고 까치다리로 쭈그려 앉았다. 물건 주인은 대학생처럼 보이는 여성이었는데, 깔판에 앉아 책을 읽고 있는 그대로, 앞에 사람이 머물러도 고개를 들지 않았다. 길바닥에 늘어놓은 물건들은 용주의 눈에는 모두가 허접스러워 살만한 것이 하나도 없어 보였다. 낡은 책들, 속옷처럼 후줄근해 보이는 옷가지, 칠 벗겨진 프레임 없는 유화 몇 점, 그리고 머그잔이며 그림이 있는 접시들이었다. 그것들 앞에 쭈그리고 앉았던 이모는 머그잔 하나를 만지작거리고 손바닥 둘을 합친 것만한 유화를 골라 들었다. 그러자 물건 주인이 얼굴을 들고 싱긋 웃으며 값을 말했고, 이모는 돈을 치른 뒤에, 낡은 봉투에 머그잔하고 그림을 싸주는 대로 들고 일어났다. 이만치 걸어오다가 용주가 퉁명을 떨었다.

"이모, 왜 그런 쓰레기를 돈 주고 사는 거야? 이모는 참 이상해!"

"나는 새 물건보다 이런 물건에서 이야기를 들어. 낡고 싫증나서 버림받은 물건들이 나 같은 사람을 만나면 다시 살아나는 거야. 버림받은 슬픔에서 벗어나 새로운 삶이 시작되거든, 그래서 그 이야기에 귀를 기울이는 비밀한 즐거움을 누릴 수 있단 말이다."

"피이…… 도대체 나는 이모가 하는 짓하고 이모가 하는 말이 무슨 말인지 도무지 모르겠고, 별로 알고 싶지도 않네!"

"그래도 그냥 들어두어, 언제인가는 이 말들이 너에게서 살아날 날이 있을는지도 모르니까……."

"아마, 살아나는 일 없을 거야! 살아나도 나는 이모를 별로 좋아하지 않을걸?"

"그래…… 그럴는지도 모르지…… 하지만, 지금 이 자리가 아무리 마음에 들지 않아도, 이 시간이 우리에게는 새로운 시간이고, 그러면서 또 우리는 이별 연습을 하고 있는 거야. 이별을 배워야 해, 이별은 이별 뒤에 모든 것을 생생하게 살아나게 만들거든……." 그렇게 말하는 이모를 흘깃 바라보던 용주는 문득 그 누구에게서도 느낄 수 없었던, 조금은 춥고 조금은 쓸쓸한 아스라한 슬픔 같은 것을 느꼈다. 이모는 저런 쓰레기를 사면서 왜 슬퍼지는 걸까. 이별 뒤에 모든 것이 생생하게 살아난다니…….

여기저기 들리던 이모는 어느 작은 그림전시장으로 들어가더니 아예 한구석에 자리를 잡고 앉아서 어떤 그림 하나를 오래오래 숨도 쉬지 않는 사람처럼 바라보았다. 용주는 너무 지루해서 전시장 좁은 실내를 이리저리 돌아다니다가 이모 곁으로 가서 작은 목소리지만 협박조로 말했다.

"이모 일어나지 않으면 나 혼자 나가서 마음대로 돌아다닐 테야." 그러자 이모는 깜짝 놀란 얼굴로 용주를 끌어서 옆에 앉혔다.

"용주야, 맨해튼 거리에는 맨 흉내쟁이들의 서로 흉내를 낸 번들번들한 물건들뿐이지만, 여기는 누구도 흉내 낼 수 없는…… 그래, 누구도 흉내 낼 수 없는 영혼들이 조용하게 숨 쉬는 그림들이 있지 않니? 자, 가만히 앉아서 네가 보고 싶은 그림을 보라고, 그러면 그림을 그린 사람이 너에게 들려주는 말이 있을 거야. 누구도 흉내 낼 수 없는 말, 목소리, 색깔로⋯⋯."

그래도 용주는 이모의 말이 말 같지 않아서 심통을 부렸다.

"삼촌 만나기로 한데가 어디야. 나 혼자 그리로 갈 거야. 그리고 내일부터는 이모 따라다니지 않을 거야, 다시는 함께 다니지 않을 거야!"

그렇게 초행의 뉴욕행은 이모 때문에 망쳤다. 차라리 외사촌 오빠들하고 집에서 수영을 하거나 놀이터를 찾아간 날이며, 친척들이 모여 가든파티를 하던 날들이 훨씬 재미있었다.

*

이모는 어디를 가나, 어디에 있으나 그림자처럼 조용했다. 누구에게 무엇을 요구하는 일도 없었고, 눈에 띄는 무엇을 갖고 싶어 하는 일도 없었다. 사람들 사이에 섞여 지내면서도 거의 말참례를 하지 않아 이모의 목소리는 따로 떠오르는 일이 없었다. 그림자처럼 조용한 이모. 누구하고 있어도 편한 그림자였다. 하지만 누구도 그 그림자를 함부로 건드리지 못하는, 그림자 속의 그림자, 어딘지 엄격하고 힘이 들어간 그림자였다.

뉴욕에서 프랑스로 떠날 때, 이모는 용주에게 다시 한 번 다짐했다.

"이번에 프랑스로 가면, 이모는 거기에 남고 너는 혼자 뉴욕으로 돌아와야 한다는 거 알지? 네가 혼자서 뉴욕으로 돌아갈 수 있다는 약속을 하기 전에는 프랑스에 데리고 갈 수 없어, 알았어?"

이모는 서울을 떠날 때, 울고불고하던 용주가 못내 안심이 안 되는지 몇 번을 다짐했다. 서울서 뉴욕까지 가는 비행 시간에 비해 훨씬 짧았고, 어려서부터 식구마다 프랑스 이야기로 만리성을 쌓던 프랑스 행에 대해서는 불안이나 슬픔보다 호기심이 컸다. 샤르르 드골 공항에 도착한 것은 늦은 오후였다. 이모는 짐을 찾고 입국수속을 하더니 용주에게도 짐을 하나 들려 공항버스터미널로 나갔다. 누구인가 마중을 나와 있으려니, 걷거나 버스 같은 것을 타지 않아도 되려니 했던 용주는 입이 쑤욱 나왔다.

"이모, 왜 아무도 마중을 나오지 않는 거야?"

"내가 언제, 누가 마중 나올 사람 있다고 그랬어?"

"이모 서울에 있을 때, 그리고 뉴욕에서도 늘 전화를 걸던 아저씨 있었잖아?"

"아저씨라는 걸 어떻게 알았어? 그리고 그 아저씨가 왜 마중을 나와야 하는데?"

"그 아저씨가 이모 집에 살고 있다는 거 다 알아."

"버스가 있는데 왜 그 아저씨가 마중 나오기를 바라? 우리가 세상 살아가는데, 마중 나와주고 배웅해주고 하는 사람 일일이 찾지마, 그냥 혼자 다녀야 하는 거야. 살다보면 그래야 하는 일 뿐이다."

"그래도 이모 서울 올 때는 우리집 식구가 모두 마중 나갔고, 뉴욕에 도착했을 때는 외삼촌이 마중 나왔었잖아?" "그랬지…… 그랬지만 늘 그렇게 마중 나와주는 사람이 있는 건 아냐. 그냥 그렇게 한두 번 그렇게 받는 거 뿐, 그런 일에 길들여지는 건 나중이 힘들어지고 불행한 거야……."

"무슨 마중 한 번 받고 배웅 한 번 받고 하는 걸 가지고 불행하다고 까지 해? 이모는 왜 그렇게 어려워? 이모는?"

"달콤하고 쉽고 즐거운 일에 길들여지는 건 불행한 거야. 어른이 되면 그렇게 달콤하고 쉬운 게 없거든. 어려서 잘못 길들여지면 나이가 들어도 철이 안 들고, 자신을 들들 볶아가며 살게 되니까 불행하지."

용주는 이모의 말에 심통이 나서 창밖으로 어두워지는 거리를 내어다보며 입을 다물었다. 한동안이 지나자 이모는 조금 안 되었던지, 살며시 말문을 열었다.

"용주야 내가 살고 있던 집은 말이야, 그 유명한 밀레라는 프랑스 화가가 살던 동네야. 파리에서 조금 떨어진 바르비종이라는 시골인데, 특별나게 아름답거나 하지는 않아도 우리나라 시골처럼 다정한데야. 마을 사람들도 모두 친절하고, 아주 조용한 곳이야."

그래도 용주는 별난 이모가 마음에 들지 않아 입을 쑤욱 내민 채 아무 말도 하지 않았다. 버스에서 내린 뒤에 이모는 또 용주에게 짐을 들려 걷기 시작했다. 또 걸어? 자기는 어른이니까 다리가 아프지 않겠지만 나는 어린아이잖아? 어스름 어두워지는 마을길에는 그저 고만고만한 집들이 드문드문 이어지다가 밭이 나타나기도 하고 허옇게 펼쳐진 비닐하우스가 이어지기도 했다.

"자, 다 왔어!"

열려 있는 문으로 들어서며 이모가 다소 안 되었다는 투로 위로하듯 말하자, 마당 한옆에서 장작을 패던 남자가 달려나왔다.

"어? 도착했어? 전화라도 걸지…… 그래, 아이가 있었구만……."

그러면서 두 사람은 부둥켜 안고 한덩어리가 되어 이쪽저쪽 입맞춤이 길었다. 얼굴 여기저기, 굶주렸었다는 듯 용주가 서 있거나 말거나 오래오래 그렇게 입맞춤을 이어갔다.

"네가 용주냐? 이모가 그렇게 예뻐하던 용주로구나!"

짐을 들고 거실로 들어서면서 쾌활하게 아이를 굽어보는 아저씨는!

우와아! 너무너무 잘생긴 아저씨였다. 듬직한 체구에 반곱슬머리 아래로 큰 눈이 서글서글하고 구렛나루 면도 자국이 파르란, 그리고 입매가 두툼한, 웃는 모습이 배우 같은 미남자였다. 어머머, 그래서 프랑스에서 국제 전화만 걸려오면 이모의 얼굴이 복숭아꽃처럼 빨개졌었구나…… 춤추듯 활달하게 부엌으로 들어가는 아저씨의 뒷모습은 경쾌했다. 용주는 그런 아저씨가 입맞춤을 오래오래한 이모가 새로워 보였다. 이상하기도 하지……. 아저씨가 궁금해서 용주는 가만히 아저씨가 들어간 부엌 쪽을 들여다 보았다. 어머머 저건 무어야? 부엌에는 싱크대랑, 찬장도 있었지만 가운데 자리에 하얀 범랑스토브가 있었고, 그 위에 얹힌 냄비에서 아주 고소한 음식 향기를 풀풀 풍기며 음식이 끓고 있었다.

"저녁 다 준비했어. 정희 좋아하는 게살 광어 그라탕하고 단호박 스프가 준비 되었어. 어서 앉아. 서울서 뉴욕으로 뉴욕에서 파리로, 힘들었을 거야, 용주도, 그렇지? 여기 있는 동안 아저씨가 맛있는 것 많이 만들어 줄게, 자 어서 앉아."

우와아! 아저씨는 잘생겼을 뿐 아니라 음식 솜씨도 대단했다. 용주는 아저씨의 식탁이 기분 좋아 이모 때문에 뻗혔던 심통이 금방 가라앉았다. 하지만 맛있는 저녁을 먹는 동안 용주는 잘생긴 아저씨를 바라보면서 이상하다는 생각에 빠졌다. 도무지 가꿀 줄 모르는, 그래서 촌스러워 보이는 이모에게 어떻게 저렇게 멋있는 아저씨가 시종무관처럼 이모를 섬기게 되었을까. 아저씨는 식탁 시중을 들다 말고 "아, 정희 좋아하는 음악이 있었지. 나 없는 서울서 즐기지 못했을……." 그리고 벽난로 옆 테이블 위에 있는 오디오에 스위치를 넣었다. 사실은 서울로 돌아온 이모가 서둘러 설치한 오디오에서 듣던 첼로 곡이었다. 그랬어도 이모는 아무 말 없이 아저씨가 틀어준 음악을 잠잠하게 들어가며 음식을 들었다.

"서울은 어때? 언니 사업은? 이사했다며? 그리고 뉴욕 동생 내외도 다 좋고? 동생네 아들 형제도?" 아저씨의 자상한 안부를 이모는 그저 들릴 듯 말 듯 한 목소리로 "으응" 하고 받았다. "나는 말이야 정희가 집을 비운 동안 파리 근교 레스토랑에서 웨이터 일을 했어. 한 주일에 나흘…… 그리고 쉬는 날엔 몽파르나스로 나가서 관광객들에게 초상화를 그려주면서 돈을 벌었어. 프랑스, 벨기에, 네덜란드, 독일에서 흘러 들어온 화가들도 많았지만, 내 고객은 주로 서양 여자들이었어. 서양 여자들이 나에게 호기심을 느껴서였는지 많이들 나를 택했고, 또 서양 여자들 그리기가 훨씬 수월했던 거 알아? 얼굴이 입체적이어서 동양 사람들 그리는 것보다 흥미로웠거든……."

아저씨는 활발하게 이야기를 계속하는데, 이모는 별로라는 듯 대꾸도 시원찮은 것이 이상했다. 그저 아저씨가 이야기를 계속했고 이모는 그저 미미했다. 그런 이모를 바라보면서 아저씨는 무언가를 더 받아내어야 하는 사람처럼 이야기에 살을 붙여가며 이모의 마음에 불을 붙이려는 사람처럼 서둘렀다. 저렇게 잘생긴 아저씨가 이모한테 잘 보이려고 어루선치는 모습이 용주에게는 이상하기만 했다. 아저씨는 용주에게 더없이 살가웠다.

"용주야, 이모가 너를 데리고 온다고 해서 내가 방 하나를 잘 치워 놓았거든. 너 여기서 며칠 지내다가 프랑스가 마음에 들면 뉴욕보다 프랑스에서 공부해도 돼, 아저씨가 돌보아 줄 테니까…… 욕실에 물 받아놓았으니까, 이모보다 먼저 목욕도 하시고…… 상상했던 것보다, 참 예쁜 아가씨네 용주는? ……샤워한 뒤에 좋은 꿈꾸세요."

이모보다 먼저 욕실을 내어준 아저씨가 신기한데다, 욕실 입구 화장대에는 팬더곰 무늬의 분홍빛 소녀 잠옷이 개켜져 있었다. 아, 이

덩치 큰 아저씨는 얼마나 용의주도한 남자인가. 어떻게 한 번도 만난 일 없는 아이의 마음을 이렇게 자상하게 알고 있는 것일까. 어렸을 때 엄마하고 헤어진 아버지라는 작대기(엄마는 이따금 아이들 아버지 이야기를 하게 될 때면 늘 그렇게 말했다)는 아이들이 무얼 먹는지, 무얼 입는지, 어떻게 크는지 관심도 없는 작대기였고, 엄마나 외할아버지가 아이들을 못 만나게 하는 것도 아닌데, 용주 남매를 보자고 하는 일도 없었기에 아버지라는 사람의 기억은 희미하고 막연했다. 그래서 아버지 또래의 남자에 대한 용주의 느낌에는 적의(敵意)가 숨겨져 있었다.

아저씨가 안내한 용주의 침실은 깜짝 놀랄 만큼 예쁘게 꾸며져 있었다. 침대에는 꽃무늬 커버가 눈부셨고, 머리맡에는 토끼 인형 버니 한 쌍이 눈을 동그랗게 뜨고 있었다. 작은 탁자에 머리맡 등과 한국어로 번역된 동화책이 몇 권 놓여 있었다.

*

용주가 외삼촌과 약속한 날짜에 뉴욕으로 돌아가게 되었을 때, 용주는 사실 프랑스에 남아 있고 싶다는 말을 하고 싶었다. 하지만 어쩐지, 보름가량 머문 동안 아저씨에게 홀딱 반한 눈치를 보여서는 안 될 것 같은 생각이 들어 말을 할 수가 없었다. 어쩐지 이모도 용주가 뉴욕으로 돌아가는 일에 대해 다른 일보다 훨씬 엄격해 보이기도 했다. 뉴욕으로 돌아간 용주는 외삼촌 집에서 충분히 공주 대접을 받았지만 미국이 마음에 들지 않았다. 우선 영어를 익히는 일이 힘들었고, 그렇게 힘든 공부를 앞으로 얼마를 더 해야 하는지, 꼭 그렇게 해야 할 앞일이 무서웠다. 말이 통하지 않는 학교의 하루하루가 끔찍했다. 그래서 용주는 매일 울었고, 매일 서울에 전화를 걸었고, 매일 떼를 썼다.

용주의 두통이 시작된 것은 이모가 프랑스에 머물고, 용주 혼자 뉴욕으로 돌아갈 때부터였다. 용주가 엄마와 이모의 근심덩어리가 되어 귀국할 수밖에 없었던 것은, 미국 학교에 들어간 뒤, 참기 어려운 심한 두통이 계속되었기 때문이다. 소아과 의사 외숙모가 계속 돌보며 친분 있는 미국 의사들에게 열심히 데리고 다녔지만 두통은 점점 더 심해지기만 했고, 의사들은 대개 심인성(心因性) 두통이라는 한결같은 결론을 내렸다. 용주의 앞날을 위해 미국에서 공부를 시키려던 엄마와 이모의 계획은 어그러지고 말았다. 한동안 엄마가 이모를 설득해서 용주는 한국행 비행기를 탈 수 있었고, 그렇게 집으로 돌아가는 여객기 안에서 용주는 울지 않았다. 조기 미국 유학 소동으로 용주는 귀국 후에 한 학년 아랫반으로 내려앉을 수밖에 없는 손해를 보았다. 용주가 집으로 돌아올 무렵, 이모는 용주보다 앞서 한국으로 돌아와 엄마하고 함께 지내고 있었다. 용주가 미국에 있던 동안, 엄마는 시내 외곽 독립 주택에서 훨씬 떨어진 아차산 아랫동네에 통나무집을 짓기 시작했다.

*

공항으로 마중 나온 엄마는 운전하면서 딸에게 양해를 구하듯 조심스럽게 새집 이야기를 했다. "서울에서 좀 떨어진 동네지만 새로 이사 갈 집은 아주 멋져! 가보면 너도 좋아할 거야" "어떤 집인데?" "네가 읽던 동화 속에서 보고 멋있다고 한 그런 집!" 그렇게 저녁 어스름에 도착한 동네 입구에서 가장 먼저 보인 통나무집 앞에 차를 세우자 새집 마무리를 돌보려고 가 있던 이모와 용호가 달려 나왔다. 우선 누구도 용주의 귀국에 대해서 이러쿵저러쿵 말이 없는 것에 마음이 놓였다. 이모가 미국 남부에서 구했다는 설계대로 지은 로그하우스는 현관에서부터 이국적이어서 집으로 돌아온 것이 아니라, 다른 나라에 살고 있는 친척집에 들른 것 같은 착각에 빠질 정도였다. "엄마 여기 우리집 맞아?" 용주는 신발 벗는 것도 잊어버리고 한동안 멍해져서 그렇게 물었다. "맞아, 이층에 네 방으로 먼저 가보렴, 더 팔짝 뛸 정도로 놀랄 테니! 네가 돌아오면 얼마나 좋아할까 생각하며 집을 완공하느라고 얼마나 서둘렀는지 아니?"

그러나 통나무집 마무리를 하는 동안, 이사 준비가 소란한 가운데 용주는 엄마에게 장탄식 겸 항의했다. "아니, 엄마는 왜 자꾸만 더 멀리 집을 옮기는 거야? 엄마는 자가용을 타고 다니지만 나는 어떻게 다니라고 그래? 내가 미국 유학 접고 뉴욕에서 돌아왔다고 얄미워서 그러는 거야?" "미워하긴…… 네가 돌아와서 엄마도 한시름 놓았어." "정말? 나 대학 갈 일 걱정되어서 나를 미국 보낸 거잖아? 그런데 못 있고 돌아왔는데 엄마가 한시름 놓았다니 무슨 말이야?" "나도 너를 보내 놓고 쓸쓸해서 후회스러웠거든." "그런데 왜 이렇게 자꾸만 촌구석으로 들어가?" "사실은, 이모가, 앞으로 사람이 살아가려면 흙이 있고 산이 있고, 공기 맑고 나무가 많은 산 근처에서 살아야 한다고 그러는데 그 말이 맞는 거 같았어."

엄마와 이모가 지은 통나무집, 로그하우스는 산밑 동네에서 단연 이채로웠다. 아차산 아래, 산밑 동리로 들어가는 초입이어서 통나무집은 대뜸 눈에 띄었다. 무엇이든 눈에 띄면 접수해야만 직성이 풀리는 엄마는 집을 꾸미는 데는 남다른 감각이 있었다. 현관 입구에서부터 마른 꽃 한아름 꽂아놓은 용주 키만큼 큰 도자기 화병과 레이스 커튼. 거실 장식장에는 크리스탈 포도주잔에서부터 체코산 맥주잔, 일본 겐조의 아름다운 무늬로 유명한 접시들……. 미국 골동품 가게에서 골랐다는, 다소 투박해 보이는 원목 식탁에, 천장에 창을 낸 응접실에는 인도네시아에서 들여온 등나무 가구들과 안락의자들이 깔끔하게 정돈되어 있었다. 그리고 눈에 번쩍 띄는 '야드로' 도자기 인형들이 있었다. 옷감을 구입한다는 핑계로 유럽으로 갈 때면, 옷감도 옷감이지만 장식품이 더 많을 만큼 엄마는 꽃무늬 커튼 감, 도자기 인형, 색다른 찻잔에서 헤어나지 못했다. 이모는 엄마의 그런 취미에 심드렁했지만 엄마는 운전을 하다가도 색다른 가게가 눈에 띄면 절대로 놓치지 않고 들어가 마음에 드는 몇 가지, 인형이라도 사들고 나와야 했다. 용주의 방은 이층 지붕 밑 방이었지만, 이층 거실의자에 앉으면 한강 쪽으로 트인 창문으로 강이 건너다보여 아득하면서도 시원했다. 이모의 방도 이층 용주의 방 옆에 있었지만 이모는 밤늦게까지 방으로 돌아오지 않는 때가 많았다.

*

엄마는 여전히 새벽 2시에 동동 튀듯 일어나 아우디를 몰고 시장 가게로 나가는데, 이모는 그저 집안에서 그림자처럼 지냈다. 엄마가 떠난 아침이면 용주와 용호 아침을 챙겨 등교하도록 돕는 일 외에 이모가 특별히 하는 일은 별로 없었다. 외할아버지가 일하는 공장으로 가서 할아버지를 돕는 일도 없었다. 용주가 귀국한 얼마 후, 어느 일요일 늦은 아침, 용주는 부엌 뒷문을 열다 말고 소스라쳐 놀라서 뒷걸음질 치며 소리를 질렀다.

"이모! 이모! 우리집 부엌 뒷문 밖에서 웬 고양이들이 데모를 하고 있어! 빨리 와봐! 빨리! 난리 났다고! 고양이 난리!" 용주의 호들갑에 놀라는 기색도 없이 이모는 양동이에 그들먹한 사료를 들고 나타났다. "뭐야? 이모? 그 사료는 어디서 났어? 누구한테 주려는 거야 이모?"

대답 없는 이모가 부엌 뒷문을 열자 열댓 마리도 넘는 고양이들이 우르르 문 앞으로 달려들었고, 이모는 여러 개의 고양이 밥그릇에다 양동이 사료를 듬뿍듬뿍 덜어 주었다. 아침에 찾아오는 고양이 소동은 오래전부터 시작된 듯 고양이들은 이모가 나누어 주는 사료를 당당하고 당연하게 받아먹었다. 아니? 저렇게 많은 도둑고양이들한테 매일 사료를 챙겨준다고? 용주는 어린 마음에도 문득 화가 치밀었다. 엄마는 해뜨기 전 새벽부터 동동 가게로 달려 나가고, 할아버지는 잠자는 시간까지 아껴가며 재봉틀에 매달려 살아가는데, 프랑스에서 실컷 호강하다가 돌아온 이모가 하는 일이 겨우 도둑고양이들 사료 챙겨주는 일이야? 저렇게 많은 고양이들에게…… 이러다가 온 세상 도둑고양이들이 모두 우리집으로 몰려들겠다! 용주는 한껏 소리 높여 이모에게 대들었다.

"이모! 이모가 매일 이렇게 하면, 우리 동네 고양이뿐 아니라, 우리나라 도둑고양이가 다 몰려오겠다! 고양이 사료값을 어떻게 할 건데? 이모는 돈도 벌지 않으면서!"

이모는 고양이들이 먹이 그릇에다 서로 얼굴을 비벼가며 사료 먹는 것을 들여다보다가, 거의 들리지 않을 정도로 나직하게 입을 열었다.

"얘네들한테 돈타령하면서 먹이를 주면 아마 다시는 오지 않을는지도 몰라…… 얘네들 듣는데서 그런 소리 마라라."

"아이고! 이모! 정말 이모 전생이 고양이였나 보다! 도둑고양이 역성 그만 들라고! 그동안 매일 그렇게 많은 사료를 챙겨 주었단 말이야?"

"이모 돈 따로 있어. 그리고 이모가 집에서 살림하잖아? 이를테면,

너네 집 붙박이 '안잠자기'라고! 거저 일하는 식모라고! 알아?"

이모의 대답은 좀 화가 난 목소리였다.

"이모! 이모는 화가라면서 왜 그림도 안 그리고 고양이들 사료만 챙기는 건데? 어떻던 나는 싫다고! 도둑고양이들이 우리집에 몰려오는 것 정말 싫다고!"

이모는 사료를 먹고 있는 고양이들을 물끄러미 바라보며 혼잣말처럼 나직하게 중얼거렸다.

"애들은 죽음에 대한 두려움 없이 살고 있어. 인간처럼 주검을 무서워하지 않고, 죽음 없는 삶을 꿈꾸지도 않고 그냥 살아가. 세월이 흐르는 일에 부담 같은 게 없거든…… 시간이라는 것에 저항할 일 없이 살다가 죽을 때가 되면, 죽음을 맞이할 조용한 장소로 홀로 찾아가지. 사람 눈에 띄지 않을 장소로…… 나는 그래서 애네들이 존경스럽고 부러워……."

도대체 이모는 고양이의 무엇이 부럽다는 것인지 당장은 알아들을 수가 없었지만, 더는 이모에게 대들어서는 안될 것 같은 느낌이 들어서 용주는 슬그머니 물러섰다. 그리고 등교가 없는 휴일이면, 고양이들에게 사료를 챙겨주는 이모 등뒤에서 틈틈이 고양이들을 관찰하기 시작했다. 고양이의 눈은 대개 유리알처럼 차가웠고 고양이들의 움직임은 어딘지 거만하고 음흉했다. 그리고 용주가 저들 고양이를 싫어하는 것을 알고 있는 것처럼 용주가 나타나면 고양이들은 일제히 꼬리를 치켜들고 경계했다. 용주는 고양이에게 매일 사료를 주는 이모가 얄미워서 엄마를 졸라, 수컷 요크셔테리어를 사들였다. 그리고 이모에게 보란 듯이 개에게 정을 들였다. 이모는 별 저항 없이 용주의 개도 돌보고 사랑했지만, 이따금 개를 안고 혼잣소리를 중얼거렸다. "개는 사람에게 너무 많은 것을 한꺼번에 주고 또 받으려고 하지만…… 그래서 이따금 저가 사람인줄 알고 생떼를 써서 질리게 하지만…… 고양이는 그렇지 않아. 고양이는 일정한 거리를 두고 공평한 사랑을 나누려 하지. 여유를 아는 존재라고…….”

*

그해 가을, 프랑스 바르비종 아저씨가 귀국하면서 용주네 집으로 들어왔다. 용주는 조금 기분이 들떴으면서도 이상하게 무언지 모르게 불안했다. 그리고 얼마 후, 아저씨가 부쳤다는 짐이 꾸역꾸역 용주네 집으로 들어왔다. 용주는 그 아저씨를 바르비종이라고 부르기가 불편해서 곧장 '비종아저씨'라고 불렀다. 용주 엄마는 비종아저씨의 합솔을 대환영하는 눈치였다. 집안에 남자가 없다가 건장한 아저씨가 들어오는 것을 좋아했을까? 아니면, 노처녀 이모에게 남편 되는 남자가 생긴 것을 다행스럽게 여긴 것일까. 어떻던 아저씨는 쾌활했고, 무슨 일이든 힘들이지 않고 척척 해결하는 것으로 용주 엄마의 환심을 사기에 충분했다. 아저씨가 들여온 짐 속에는 용주가 프랑스에 갔을 때 보았던 하얀 범랑스토브가 둘이나 딸려 왔다. 삼층을 이룬 범랑스토브는 맨 아래 칸에 장작을 넣게 되어 있고, 중간에는 생선이며 지짐을 할 수 있는 철판이 있어 빵을 굽거나, 피자 고구마 감자를 마음껏 구어 먹을 수 있었고, 맨 위에서는 냄비에 음식을 끓였다. 범랑스토브는 실내를 훈훈하게 만들어 보일러 기름값을 보탰고, 삼시 세 때 밤에도 더운 물을 쓸 수 있었고, 식구마다 저 좋아하는 차를 언제든지 마실 수 있었다.

아저씨는 오래전부터 함께 살았던 식구처럼 조금도 어색하지 않게 외할아버지께도 아들처럼 굴었고, 용주와 용호의 숙제를 돕기도 했고, 성적이 시원찮은 학과 공부를 아이들이 싫어하지 않을 정도로 부담 없이 가르치기도 했다. 아저씨가 귀국한 뒤로 이모에게 변화가 생긴 것은 그림을 그리기 시작한 일이다. 아저씨가 화구(畵具)를 잔뜩 가져온 덕이기도 했지만, 화가인 아저씨가 화실을 따로 짓고 그림을 그리기 시작했고 이모를 채근한 덕이었다. 아저씨는 아침 시간에 부지런하게 서양식 식사를 준비하기도 했고, 피자며 그라탕, 돼지갈비, 양고기찜을 잘 만들었다. 그림을 그리지 않을 때, 이모와 아저씨는 뒷산으로 나무를 하러갔다. 주로 쓰러져 말라비틀어진 고사목 나무를 골라 한짐씩 져다가 범랑스토브 땔감으로 삼았다. 용주 엄마가 "고생하지 말고 나무 장사에게 부탁해요. 참나무 한 트럭이면 겨울 내내 때고도 남을 텐데……." "뭐 하러 돈을 드려요? 운동 삼아 정희하고 나무하는 재미가 얼마나 좋은데요. 우리들, 프랑스에서도 나무해다가 땠던 걸요. 우리나라 산에다 꾸역꾸역 나무를 심기만 하고 간벌(間伐)을 하지 않아 저절로 쓰러지는 나무가 적잖던데요." 아저씨가 나무를 엮어 등짐을 지고 들어오는 것을 보면 우스꽝스러웠지만, 그렇게 나무를 부리고 난 아저씨에게서는 푸른 나무향기가 감돌았다. 아저씨는 톱이며 낫을 챙기고, 이모는 자루에다 콩하고 쌀, 더러는 채친 감자며 고구마를 챙겼다. "그거 도시락이야?" 생쌀, 날고구마가 이상해서 물었을 때, 이모는 진지한 얼굴로 대답했다. "산토끼 청솔모 다람쥐들밥이야." "왜 이모가 그것들 밥을 챙겨야 해?" "걔네들 사는 데서 나무를 집어 오고, 우리 때문에 더러 놀라기도 하니까 미안하잖아." "피이! 이모는 사람한테보다 짐승들한테 더 친절하더라." "사람들보다 걔네들이 훨씬 착하거든. 어느 때는 사람보다 완전하게 느껴지는 존재야. 동물이라고, 짐승이라고 하찮게 여기지만 개네들이야말로 저희들이 타고난 시간과 공간을 사람보다 알뜰하게 챙기는 당당한 존재라고." "하여튼 이모는 전생이 고양이였던가 다람쥐였을걸?" 생쌀이며 날고구마 정도는 상관할 일 아니라 용주는 그 정도로 이모를 닦달하지 않았지만, 이모하고 아저씨가 나무를 하러 가는 날은 산짐승들이 배불리는 날이었다. 산에서 내려온 두 사람은 산정기가 물든 얼굴로 점심도 함께 해 먹고 저녁에는 원단 창고로 들어가 둘이서 술을 마셨다. 어느 때는 포도주 빈병이 몇 개, 어느 날은 소주병이 몇 개씩 나오는 것을 용주는 눈여겨보았다. 그들은 원단뭉치에 안락의자 기대듯 나란히 기대고 앉아 무슨 이야기인지 하염없이 밤늦도록 술잔을 기울이며 이야기를 했다.

하루는 아저씨가 듣지 않는 자리에서, 용주가 이모에게 좀 뾰족하게 물었다. "아니 이모하고 아저씨는 멀쩡한 방을 두고 왜 밤마다 원단 창고에서 술을 마시는 거야? 이상하잖아?" "이상할 것 없어, 내가 좋아서 그러자고 그랬어. 원당뭉치에 기대고 있으면, 엄마가 만들게 되는 옷을 입게 될 예쁜 여자들이 떠올라…… 색깔, 꽃 그림…… 등 마시는 술이 그림을 그려준다고……." "퍼이! 술타령하는 핑계지! 아저씨도 이모도 이상해! 이상하다고! 맨날 집에서 뒹굴면서 돈벌이도 안하고……." "너무 그러지 마라…… 그 일도 언제인가는 끝이나…… 어떤 일이든 영원한 건 없다……. 언제 끝날는지 모른다……." "끝이 나면? 아저씨가 어디로 가?" "글쎄…… 모르지……." 이모의 얼굴에 잠깐 그늘이 스쳤다. 아침에 수십 마리의 고양이에게 사료를 나누어 주는 일에는 아저씨도 열심이었다. 아저씨가 들어온 뒤로 부엌 뒷문으로 몰려드는 고양이는 훨씬 많아졌다.

이모하고 아저씨가 외출한 어느 날, 눈치가 말간 용주가 엄마에게 따지듯이 물었다. "엄마 왜 이모하고 아저씨는 저렇게 집구석에서 빈둥거리기만 하는 거야? 엄마 혼자 가게에서 고생하는데 저 사람들은 밤낮 술만 퍼마시고……." 그러는 딸을 바라보며 대견하다는 듯 웃기만 하는 엄마에게 용주는 더 뾰족한 질문을 했다. "이모는 아저씨하고 결혼한 거야? 이모부 맞아?" 그러자 엄마가 눈을 내리깔고 혼잣말처럼 중얼거렸다. "꼭 결혼식을 해야만 부부는 아니야. 그러니까, 그런 줄 알고 너도 이모하고 아저씨 하는 일에 참견하지 마. 이모하고 아저씨는 아무도 없는 데서 그림을 그리고 있는 거야" "매일 밤 술 마시는 게 그림 그리는 거야?" "아니, 엄마가 저 창고를 개조해 주었어, 거기 가봐 그림이 잔뜩 있을 테니. 그런데, 누가 그림 보는 걸 이모가 아주 싫어해. 그러니까, 나중에 엄마가 몰래 창고 문을 열어 줄게. 그때 보라고." 그렇게 창고 화실을 보게 된 것은 이모와 아저씨가 인사동으로 나들이를 나간 초가을 어느 날이었다. 아, 창고는 숨을 죽이고 있는 비밀공간이었다. 이모와 아저씨는 화실을 반으로 나누어 쓰며 각자 완성된 그림을 벽면에다 세워 놓은 것이 적잖았다. 아저씨의 그림은 선이 굵고 청색과 노랑, 빨강색이 많이 쓰인 추상화였고, 이모의 그림은 하얗게 익은 가을 억새처럼 어디론가 날아갈 것처럼 하늘하늘한 그림들이었다. 그림의 뜻이 무엇인지 몰랐지만 용주는 문득, 이모의 영혼이 어디론가 소리 없이 날아가고 있다는 느낌이 들어 숨을 막았다.

초저녁에 지하실 원단 창고에서 시작된 술로 자정이 넘으면, 두 사람은 그때 창고 화실로 갔던 모양이다. 새벽에 용주 엄마가 집을 떠나고, 용주 남매가 학교로 가면, 빈집에서 두 사람은 늘어지게 잠을 자고…… 그리고 산에 가서 나무해 오고…… 끼니때 되면 둘이 손 맞추어 요리하고…… 끼니마다 맛있는 음식, 아저씨가 굽는 빵, 무언가 세상 사람들하고는 다른 아저씨와 이모의 태평한 일상이 계속되는 동안 언제부터인가 용주에 알 수 없는 불안이 문득문득 스쳐갔다.

용주네 로그하우스에서는 늘 고소한 버터 냄새와 빵 굽는 구수한 향기가 감돌고, 엄마는 자기가 만드는 옷 중에 예쁜 꽃무늬 '로라 애슐리'를 닮은 옷감을 만나면 그중 한 벌을 정성들여 만들어 용주의 방에 걸어 주었다. 유럽에서 들여온 고가구 가게에 들러 고풍스러운 의자를 사들이고, 아기자기한 콘솔을 몇 개씩 구입했다. 이모는 더러 웃으면서 "언니 이러다가 우리가 가구를 이고 살게 되겠다. 이제 그만 좀 해! 제발 그만 하라고! 언니가 계속 사들이는 가구들이며 장식품들…… 우리가 살아가는데 꼭 필요한 것들은 아니잖아? 없더라도 상관없는, 이를테면 생존하고는 상관없는 가외 것들이잖아…… 이제 그만 했음 좋겠어." 엄마는 좀 무안해 하는 표정이었지만 금방 밝은 얼굴로 이모를 달랬다. "걱정 말아. 잡동사니는 아니니까. 눈에 띄어 기분 좋게 사고…… 너에게는 쓸데없는 욕구라고 느껴지겠지만, 내가 살면서 나를 달래는 한가지 방편이기도 해. 어떻던 내가 즐겨 쓰다가 이것들도 나중에 가게로 나갈 거야. 쓰다가 너무 익숙해지면 나중에 가게에 내다 팔 거야. 걱정 말아." "그래도 운신할 공간은 남겨두어야지……하지만 언니가 즐거움을 누린다면 말릴 수도 없는 일이지……." 이모가 못마땅해 했지만 엄마의 한은 쉽게 풀리지 않는 눈치였다. 그렇게 무엇이든지 보는 대로 접수하는 엄마를 보면서도 용주는 불안을 느끼기 시작했다. 빈들거리는 사람들과 아귀처럼 끌어들이는 엄마, 양쪽이 이따금 모두 짜증스러웠다.

하지만 비종아저씨가 함께 사는 겨울은 따뜻하고 고소하고 달콤했다. 늘 빵 굽는 향기, 고구마 익는 향기, 버터, 치즈의 음식 익는 향기가 감도는 집안은 하얀 법랑스토브로부터 온갖 이야기가 익었다. 이모와 아저씨가 지하실 원단 창고에 기대어 술을 마셔도, 자정이 넘어 둘이서 그림을 그리러 들어가는 뒤꼍 창고에서 흘러나오는 불빛을 보면서 용주는 알 수 없는 불안을 달랬다. 그렇게 겨울은 모든 것이 숨을 죽이고 자주 내리는 눈 속에 조용하게 묻혔다.

*

개나리가 지천으로 피고 진달래가 흐드러지고, 벚꽃 잎이 분분 날려 내려올 무렵부터, 아저씨는 외출이 잦아졌고 이모도 자주 집을 비웠다. 용주가 학교에서 일찍 돌아오는 날이면 낮잠에서 깨어 늘 맞아주던 이모가 자주 보이지 않았다. 아저씨하고 함께 외출하는 일도 드물어졌다. 학교 수업이 단축된 날, 어딜 갔는지 역시 이모는 보이지 않았다. 지하 원단 창고며 화실이며 이곳저곳 뒤지면서 이모를 소리쳐 불러도 집안은 그저 적막했다. 글쎄…… 용주는 하릴없이 이모가 늘 산책하던 뒷산으로 올라갔다. 그 언덕 한옆으로 어느 종중의 무덤이 여러 기 있어, 용주가 가기 싫어하던 길이었지만, 아무래도 이모가 궁금해서 무릅쓰고 올라가던 용주가 걸음을 멈추고 숨을 들이켰다. 양지바른 무덤에 상반신을 기대고 누워 있는 이모가 눈에 띄었다. 읽던 책으로 얼굴을 덮은 이모였다. 설마 이모가 저렇게 하고 잠이 들었을까. 용주는 파랗게 올라오기 시작한 잔디를 성큼성큼 밟고 이모에게 다가갔지만, 이모는 그저 미동도 하지 않았다. 문득 소름이 끼쳤다. 이모가 영영 깨어나지 않는 것인가 싶었다. "이모! 이모!" 불러도 대답이 없었다. 얼어붙었던 용주가 한참만에 침을 삼키고 돌진하듯 이모에게 다가가서 주저앉으며 이모를 흔들었다. 그제서야 얼굴에 없혔던 책이 미끄러지며 이모의 얼굴이 드러났고, 눈이 부신 듯 찡그린 얼굴로 간신히 실눈을 뜬 이모가 꿈결처럼 용주를 바라보았다.

"이모 여기서 뭐 하는 거야? 이런 데서 잠을 자?"

"으응 볕이 따뜻했어."

"집을 두고 왜 이런 데서 잠을 자?"

하늘을 올려다보던 이모가 가만히 말했다.

"하늘이 부드럽고 구름이 포근하고…… 햇빛은 또 어떻고,…… 바람이 자장가였어. 무덤으로 꿈이 내려오고 있었어. 여기 무덤에 누워 있는 사람이…… 살아 있을 때 온갖 풍상으로 시달리다가 그것 끝내고 시간 저쪽에서 나를 찾아왔어. 그리고 무덤으로 내려오는 꿈들을 나보고 챙기랬어……."

"이모는 무섭지도 않아? 무덤에서 귀신이 나오면 어떻게 하려고?"

"귀신은 산사람한테 훼방놓지 않아, 또 사람에게 방해를 받지도 않아. 그저 제 세상을 마음대로 살고 있어서 누구를 해코지하지 않는다고." 이모는 귀신하고 한동안 살다가 온 사람처럼 조금은 얼빠진 얼굴로 그런 말을 했다. 용주는 이모의 그런 얼굴이 섬뜩해서 말머리를 돌렸다.

"집에서 언제 나온 거야? 집을 비우고?"

"너 현관 열쇠 가지고 다니잖아?"

"그래도 나 혼자 집에 들어가는 거 싫단 말이야! 배도 고프고!"

"알았어, 내려가자, 간식해 놓은 거 있어. 가서 먹으면 돼."

집으로 돌아와 크루와상에 오렌지 잼을 듬뿍 발라먹으며 용주는 조금 주눅든 목소리로 물었다.

"도대체 이모는 왜 무덤 같은 데로 가서 책을 읽고 그래?"

"책은 그냥 들고 갔어. 거기 기대 있으면 저절로 잠이 오는 거야. 그렇게 잠든 사이에 무덤으로 꿈이 내려온다고"

"에이! 참! 아까부터 자꾸 누구의 꿈이 무덤으로 내려온단 말이야?"

"살아 있는 사람들의 꿈……."

"산사람의 꿈이 왜 무덤으로 내려가?"

"살아 있는 사람들이 너무 바빠서 자기한테 무슨 꿈이 있는지도 모르거든. 그래서 꿈들이 외로워서 무덤으로 찾아 가는 거야…… 무덤에는 살아 있을 때 다 못한 이야기, 속삭임이 있거든…… 세상 삶을 끝낸, 아프고 힘든 삶을 죽음으로 끝낸, 침묵에서 울어나는 영혼의 속삭임이……."

"피이! 이모는 도깨비 같애. 이상한 말만 만들어서 하고……."

"인간은 죽음을 끼고 태어났으면서 죽지 않을 존재들처럼 설쳐대…… 그래서 그들의 꿈이 따로 외롭게 떠돌다가 무덤으로 찾아가는 거야……."

"몰라! 몰라! 아저씨 오기 전에 저녁 준비나 하시지."

"아저씨? 아저씨?"

이모는 아저씨라는 말을, 처음 듣는 말처럼 넋 나간 표정으로 그렇게 되물었다. 한동안 초점 잃은 눈을 허공에 던진 이모가 섬뜩하고 낯설었다. 그날, 아저씨는 돌아오지 않았고, 이모는 지하 원단 창고에서 혼자 소주를 마셨다. 용주는 자정이 되어 창고 화실로 들어가는 이모를 몰래 지켜보았다.

다음날 아침 등굣길에서 용주가 발견한 아저씨는, 다시는 용주네로 돌아오지 않을 타인이었다. 등굣길 건널목에서 신호가 풀리기를 기다리던 용주는, 뒷자리에 꽃을 가득 실은 승용차 운전석에 앉아 옆자리의 여자를 바라보며 화들짝 웃는 아저씨를 보았다. 여전히 잘생긴 아저씨는 자신만만하게 여자를 바라보며 웃었고, 루주 색이 화려한 여자는 고개를 거의 아저씨의 어깨에 기대듯 하고 마주 웃고 있었다. 어디에 쓸 꽃이기에 이렇게 이른 아침에 저렇게 많은 꽃을 가득 싣고 저리 행복해 할까……. 그들은 새벽 꽃시장을 보고 돌아오는 길인 듯했다. 신호가 풀려, 기다리던 사람들이 우르르 길을 건널 때에도 용주는 그 자리에서 한동안 움직이지 못했다. 열두 살 용주가 세상 이면에서 처음 만난 어둠이었다. 하지만, 용주가 프랑스에서 비종아저씨를 처음 보았던 그날, 아주 잘생기고 멋있던, 누구보다 친절하고 무엇이든 힘들이지 않고 해내던 아저씨에게, 호감과 함께 막연하게 느꼈던 불안의 정체를 비로소 확인한 순간이기도 했다. 이 노릇을 어쩐다? 이모는? 엄마는? 외할아버지는? 그것은 충격이 아니라 용주가 처음으로 겪는 어둡고 눅눅한 슬픔이었다. 그날 밤, 용주는 지하실 원단 창고에서 아저씨 대신 엄마가 이모와 함께 술을 마시는 것을 엿보았다. 엄마의 얼굴은 분노로 이글거렸고, 이모는 미묘한 미소를 띠고 엄마를 달래는 눈치였다. "알고 있었어. 지가 얘기 하데? 새로 개업한 카페 여주인이라고…… 우연히 차를 마시러 들어갔다가……." 이모는 남의 이야기를 들려주듯 그렇게 담담하게 말했고 엄마는 치를 떨었다. "인간이, 인간이 어떻게, 어떻게 그럴 수가……인두겁을 쓰고…… 너에게 어떻게……." "그냥…… 모든 것이 제때가 되면 그냥 흘러가는 거지 뭐……. 누구도 그 흐름을 막을 수 없는 거 아냐? 며칠 뒤에 그림이랑 자기 짐 가지러 온댔어. 아무 말 말고 보내줘 언니." 이모의 말을 들으며 눈물을 흘리기 시작한 것은 엄마였다.

아차산을 옆에 끼고 번화해지기 시작한 K시 종점에 생긴 카페 여주인은 돈 많고 화려한 이혼녀라고 했다. 용주는 지하실 원단 창고 문

뒤에서 이모와 엄마의 이야기를 엿듣는 동안 자기가 갑자기 어른이 된 것 같았다. 그런데 왜 이모는 화를 내지 않는 걸까? 정말 화가 나지 않는 걸까? 비종아저씨는 어떤 얼굴로 자기 짐을 챙기러 올까? 용주 남매에게 들키고 싶지 않았던지, 아저씨는 화실의 그림이랑 자기 짐을 아이들이 학교에서 돌아오기 전, 감쪽같이 흔적을 남기지 않고 걸어갔다.

아저씨가 없어졌어도 용주네 집에서는 고소한 버터 향기가 없어지지 않았다. 집안 분위기는 침울했지만 하얀 범랑스토브에는 여전히 뜨거운 호박스프에 넣는 치즈의 향도 있었고, 양고기며 돼지갈비찜도 식탁에 올랐다. 이모는 아무 일도 없었던 사람처럼 음식을 만들고, 남매가 등교한 뒤에, 콩이며 빵부스러기를 들고 산으로 갔다. 이모는 아저씨 대신 등짐을 졌지만 이모의 등에서 부려지는 나무는 시원찮았다. 그래도 이모는 쉬지 않고 나무를 했고, 더러는 무덤에 기대어 여전히 책을 읽었다. 밤이면 여전히 지하실 원단 창고로 내려가 원단뭉치에 기대고 책을 읽어가며 찔끔찔끔 술을 마셨고, 더러 엄마하고 나란히 기대어 밤늦도록 소곤대기도 했지만, 대체로 엄마의 목소리뿐 이모의 목소리는 들리지 않았다.

어느 날, 화실의 문이 잠기지 않아, 용주 혼자 슬며시 화실로 들어가 보았다. 아저씨가 쓰던 화실의 반이 하얗게 비어있었다. 이제는 이모가 독차지하고 마음놓고 넓게 쓸 수 있겠건만 화실의 반쪽은 누구를 기다리는 것처럼 비어있었다. 아이고, 이모는 바보인가 봐! 용주는 이모 때문에 화가 났다. 아저씨를 기다리나? 용주는 이모가 없을 때, 엄마에게 대들 듯이 물었다. "엄마! 이모는 아저씨를 기다려?" "아니! 왜?" "그러면 화실을 이모 혼자 넓게 쓰지, 아저씨 쓰던 자리를 왜 저렇게 비워 두는 거야?" 엄마는 한동안 눈을 내리깔고 가만히 있다가

야트막하게 한숨을 흘리며 입을 열었다. "아저씨는 돌아오지 않아. 이모는 그걸 알아. 하지만, 아저씨가 떠나갔어도, 그림 그리던 그 자리에 아저씨의 슬픈 마음이 머물러 있다는 걸 이모는 믿고 있거든." "아저씨가 무얼 슬퍼해? 아저씨가? 슬퍼해?" 용주는 어이가 없다는 듯 소리쳤다. "나쁜 짓을 한 사람에게는 슬픔이 감추어져 있다는 거야. 이모는 아저씨를 위해서 그걸 몰래 마음 아파하고 있어. 그런 슬픔은 비밀이래. 그 사람 혼자만 아는……." "아이고! 이모도 엄마도 참 바보네! 정말이지! 못 말리는 바보들이네!" 용주는 이따금 하굣길에, 학원 공부를 빼먹고 K시 종점에 있는 카페 근처에서 서성거렸다. 아저씨와 마주칠까보아 겁이 나기도 했고, 한편 아저씨하고 마주쳐보고 싶기도 한 야릇한 마음으로 서성거렸다. 흥! 웃기네! 카페 이름이 '퐁텐불로'라고? 웃기네! 퐁텐불로는 용주가 프랑스에 머물 때, 아저씨가 용주를 데리고 자주 가던 아름다운 숲의 이름이었다. 어느 날, 용주는 해가 진 뒤, 카페 모퉁이 창문에서 몰래 카페 안을 들여다보았다. 카운터 쪽으로 터진 부엌에서 음식을 만드는 비종아저씨가 보였다. 인동 무늬가 싱그러운 앞치마를 두르고 활활 치직! 치직! 여러 개의 프라이팬을 공깃돌 놀리듯 자유자재로 쥐락펴락해가며 요리를 만드는 아저씨는 여전히 멋있고 경쾌해보였다. 통나무로 짠 출입문 옆에는 통나무를 켜서 만든 음식 차림표가 걸려있었다. 파스타. 라자니아. 그라당…… 등, 아저씨가 만들어, 용주가 맛있어하던 음식 이름들이 여봐란듯 걸려있었다. 나쁜 아저씨! 뭐? 이모하고 그림 그리던 화실의 비어 있는 공간에 아저씨의 슬픔이 머물러 있을 것이라고? 아저씨는 이모나 엄마가 바보라는 것을 알고 멋대로 우리를 버렸을 거야! 저 아저씨한테는 절대로 슬픔 같은 것은 없어! 절대로! 용주는 빨리 어른이 되고 싶었다. 어떻게 하면 이모를 버린 아저씨에게 고통을 안

겨줄 수 있을른지. 이모 대신 아저씨를 혼내주고 싶은 생각에 학교 공부를 할 수 없을 정도였다.

*

여름은 우울했다. 용주는 등굣길 건널목 신호를 기다리는 동안, 뒷좌석에 생화를 가득 싣고 희희낙락 즐거운 얼굴로 이야기를 나누는 아저씨와 카페 여주인을 이따금 볼 수 있었다. 지루한 장마에도 그 두 사람은 조금도 눅눅해 보이지 않았다.

여름을 털어내듯 가을비가 내리던 날, 이모는 신문에서 아저씨의 전시회 기사를 발견하고 슬며시 엄마에게 신문을 내어 밀었다. 엄마가 화를 냈다. "그걸 뭐 하러 보라고? 신문 버려라!" "그러지 마, 언니, 나는 오프닝에는 아니지만 화랑으로 그림 보러 갈까 해." "미쳤니? 너는 속도 없니? 여봐란듯이 내가 네 전시회 열어줄게!" "그럴 것 없어, 나는 그냥 그리고 싶어서 그리는 거야. 전시회 같은 것 생각해본 일 없어" "그래도 그놈 전시회에 갈 생각 말어! 너 내 말 어기고 그 전시회에 간다면 다시는 집에 못 들어오게 할 거야!" "좀 더 생각해 볼게……." "생각이고 뭐고 없어! 안 돼! 절대로 안 돼! 세상에! 도대체 너는 왜 그림을 시작한 거니? 전시회할 생각도 안 해보았다면 그림은 왜 그리는 거야?" "그냥…… 그리는 동안이 좋아서라고 했잖아." "아버지도 나도 네가 화가로 성공하기를 바라고 무슨 일이든 너를 위해서 해왔어. 너에게 기대를 거는 우리를 위해서라도 생각을 바꿔라!" "왜 꼭 성공을 바라는데? 성공이 무언데? 결국 인기하고 돈을 챙기려는 거 아냐? 그냥 내가 행복하면 안 되는 거야? 인기? 그림이 많이 팔리고 유명해진다고 행복한 건 아냐. 돈이 쏟아져 들어온다고 반드시 행복한 것도 아니잖아? 나는 그냥 하루하루가 행복해……
행복이라기보다 평화야. 평화로워. 언니하고, 용주 용호 바라보면서
살아가는 것으로 다른 아무것도 더 바랄게 없다고……" "그건 너의
가치관이고, 너를 사랑하고 너에게 기대를 걸고 있는 우리가 바라는
것은 그런 것만도 아니잖아, 그걸 이해 못하겠니?" "언니……" 이모
는 한참을 가만히 있다가 말을 이었다. "나는 그냥…… 내 영혼에 어
떤 빛이 가득차서 흘러나올 때 그 흘러나오는 빛을 물감에 묻혀 그림
을 그릴 뿐이야. 그냥 그런게 좋아서…… 남이 알아주면 어떻고, 남들
이 몰라보면 어때? 남들이 나를 어떻게 속속들이 알겠어? 세상에서
유명해진 사람들, 그렇게 떠들썩한 사람들…… 세상이 그 당사자를
공정하고 정직하게 인정해준 것만은 아니야. 그냥 서로가 떠들썩한
것을 좋아하는 거야. 누군가를 유명하게 만들어 주는 화랑 주인이나
평론가도 실은 그 과장(誇張)이 먹혀 들어가는 것을 즐기는 거야." 이
모는 아득한 눈길을 허공에 두고 가만히 스스로에게 들려주듯 그렇게
말했지만, 슬픔이 깃들어 있었고, 엄마는 이모의 그런 슬픔을 눈치채
지 못하고 계속 화를 냈다. "그놈을 유명하게 만들어 줄 그림 평론가
도 있겠구나? 어떻던 너 그 전시장에 가려면 다시는 내 앞에 나타나
지 마라!" 엄마를 거슬릴 수 없었는지, 이모는 끝내 아저씨의 전시회
에 가지 못한 것 같았다. 그랬다고 애탄 개탄하는 이모도 아니었고,
아침이면 여전히 부엌 뒷문으로 고양이 사료를 퍼나르고, 산으로 나
무를 하러가고, 산소에 기대어 책을 읽다가 낮잠을 잤다. 살아 있는
사람들의 꿈이 찾아오는 산소에서. 이모는 아저씨의 꿈도 무덤에서
그렇게 만날까.

일요일 아닌 어느 공휴일, 이모는 고양이들에게 사료를 챙겨 주다
가 한걱정을 했다. "용호야, 저 고양이가 새끼를 밴 거 아닐까? 배가

너무 부르지? 새끼 낳을 때가 된 거 아닐까?" 이모는 방석 하나를 들고 그것을 어디에 어떻게 깔아 주어야 고양이가 새끼를 제대로 출산할까 싶어 쩔쩔맸다. "어디다 이걸 깔아주면 좋을까? 아무래도 금방 새끼를 낳을 거 같은데." 누런 줄무늬 고양이의 배는 정말 아래로 축 처질 만큼 늘어졌다. 새끼가 들었어도 여러 마리일 것 같은 형국이었다. 용호는 방석을 들고 자리를 찾는 이모를 따라다니다가 무엇이 미심쩍었는지 사료를 먹고 있는 고양이를 번쩍 들어 올렸다. "아이고! 이모, 이놈은 수놈이야! 이놈은 식탐하며 다른 고양이들 먹이까지 걸터듬질하던 놈이었어! 먹이를 너무 많이 먹어서 배가 늘어진 수놈이라고! 아이고 이모도 차암! 걱정도 팔자네!" 용주와 용호 그리고 엄마가 모두 박장대소 웃는데, 이모는 난감한 얼굴로 중얼거렸다. "하기는…… 고양이들은 사랑을 할 때도 보이지 않는 데서 사랑하고, 죽을 때도 사람 눈에 띄지 않는 곳으로 간다고 했어. 그러니 새끼를 낳을 때도 눈에 띄지 않는 데서 낳겠지……." 이모 앞에 허공이 열린 듯 눈에 초점이 없었다.

숲의 나무들이 여름옷을 벗기 시작했어도 이모는 여전히 산으로 갔다. 학원으로 가야 할 시간이 다소 여유로운 오후, 용주는 이모를 찾아 언덕으로 올라갔다. 그러면 그렇지, 이모는 여전히 무덤에 기대어 책으로 얼굴을 덮고 잠들어 있었다. "이모! 이모! 이러다 감기 들어! 그만 일어나!" 용주가 흔들자 이모의 얼굴에서 책이 흘러내리고, 이모가 눈부신 듯 눈을 가늘게 뜨고 상체를 일으켰다. 그리고 용주를 처음 보는 사람처럼 오래오래 깊은 시선으로 바라보다가 미소를 띠었다. "용주야, 이리와, 이모가 안아줄게." "왜 그래? 갑자기. 내가 어린 애야 안아주게?" "지금 너를 안고 싶어…… 이리 와." 용주에게는 갑자기 닥친 겸연쩍은 상황이었지만 어쩐지 이모를 거슬려서는 안될 것 같다는 느낌이 들어, 어물쩍 이모에게 안겼다. 거북했지만 이모의 품은 의외로 포근하고 따뜻했다. 이모는 조카를 또 그렇게 깊은 시선으로 오래오래 내려다보았다. "이모 왜 그래?" 숨을 죽이고 용주가 아주 조심스럽게 물었다. "그냥…… 지금 너를 내가 태어나서 처음 만난, 사랑스러운 아이 같아서…… 그렇게 만나는 것 같아서…… 아니, 마지막 보게 되는…… 그런 너무너무 아쉬운 그런 느낌이 들어서……." "이모 그만 해! 나 학원 가야 해!" "용주야. 이따금, 이 하늘도 태어나서 처음 보는 것처럼 보이지 않니? 이 산도, 나무들도…… 그리고 너의 엄마도…… 할아버지도…… 그리고 때로, 그렇게 만나는 일이 마지막일는지도 모른다는 느낌이 들지 않니?" 허공을 향한 이모의 얼굴이, 문득 어디선가 보았던 성모(聖母)의 얼굴처럼 보였다. 이모의 품을 벗어난 용주는 두근거리는 가슴을 안고 언덕 아래로 달음질쳤다.

*

첫서리가 내렸던 날, 이모는 늘 기대앉았던 무덤가에서 숨쉬기를 그쳤다. 이모가 세상을 떠난 순간, 그가 죽음의 문으로 들어갔다는 것이 사실이 된 순간, 용주에게서 갑자기 이모의 삶이 빛으로 살아났다. 이모의 모든 것이 살아났다. 속삭임이, 미소가, 움직임이, 음식의 향기가, 감추어 두었던 슬픔이, 따뜻한 가슴이 용주의 영혼에서 불꽃처럼 일어났다. 이모……정희 이모…… 사랑해…….

치앙마이

비가 안개를 일으키며 가만가만 내린다. 표고 2천 미터를 웃도는 높은 지대에 내리는 비여서 무겁지 않은 것일까. 때로 내리는 소나기 빗살도 주렴(珠簾)처럼 아름답다. 무언(無言)수련하듯, 그 나라 말 모르고 살던 그네의 가슴에도 안개비가 내린다. 그리움이 빗살무늬를 일으키며 가슴으로 내려앉는다. 대상도 없는 그리움, 그저 그리움이 그리운— 이럴 것이 아닌데, 이럴 것이 아니라고. 무연히 창밖을 내다보던 그네는 웃옷을 걸쳐 입고 우산을 들었다. 딱히 할 일이 있었거나 목적이 있던 것도 아니지만, 우산으로 떨어지는 빗소리를 듣고 싶었다. 그 지역 사람들은 끼니를 거를 때는 있어도 꽃과 향을 사서 부처 앞에 올리는 일을 거르는 법은 없었다. 하릴없이 나섰지만 주머니를 뒤져보니 꽃과 향을 살만한 잔돈이 있었다. 이따금 들리는 향초집이 언덕 아래에 있어 오늘은 조금 가까운 가게로 갔다. 그런데 오십대 중반은 되었을 성싶은 가게 사내가 희죽이 웃더니 그네에게 더 내려가라고 손짓을 한다. 어차피 그 고장 말을 할 줄 모르는 그네가 왜? 냐는 얼굴로 물으니 가게 주인은 다시 희죽이 웃어가며 손짓으로 정성스레 설명이다. '당신은 늘 저 아래 가게에서 꽃하고 향을 샀잖아요? 그러니 오늘도 그리로 가시라고요.' 착하디착한 얼굴로 아래 가게를 가리키는 사내의 얼굴은 보살이었다. 그네가 오르내리면서 아래 가겟집에서 꽃과 향을 사가지고 지나다니는 것을 유심이 보았던가. 그네가 아래 가게를 택한 것은 딱히 그럴만한 이유가 있었던 것도 아니었다. 그저 산책 삼아 거닐다가 트게 된 가게였을 뿐, 단골이라고 할 만한 특별한 이유도 없었다. 다만, 그 가게 주인은 사십대 중반의 여자였을 뿐이다. 그네는 오늘 들린 가게 주인에게 저절로 울어나는 웃음을 건네며, 오늘은 이 가게에서 꽃을 사고 싶다는 몸짓을 했다. 그랬더니 잠시 난처해하는 얼굴빛을 짓더니 얼마 후 선선하게 향과 꽃을 그네에게 내어주고, 돈을 받으면서 허리 굽혀 합장했다. 꽃 자줏빛의 양란 세 줄기와 향초 한 자루에다 그 지역 사람들이 좋아하는 향을 한 묶음 받아들었다. 그리고 그네가 돌아서서 이만치 온 뒤에 돌아다보니, 그 사내는 그네에게 받은 돈을 들고 우산도 없이 절레절레 아랫집 가게로 내려가고 있었다. 그네에게 받은 돈을 그네가 다니던 가게 주인에게 주고 그만큼 물건으로 가져올 양이었다. 그네는 걸음을 멈추고 가만히 서 있었다. 이런 세상도 있었네. 정말, 이런 세상도 있었어. 그네는 천천히 아주 천천히 걸었다. 걷다 말고 한참씩 서 있다가 다시 걸었다. 문득 60여 년 한평생이 빗살처럼 가볍게 느껴졌다. 사람의 한평생, 어느 순간 손살처럼 한 줌에서 더할 것이 없는데, 왜 그 한 줌이 더러 한순간의 감미에 깜빡 속아 겹겹 지옥을 만들기도 하고, 열두 고팽이 엎어지고 잦혀지는 고통에 휘말리는지. 그네는 근처 공원 젖은 벤치에 그대로 허리를 걸쳤다. 안개비가 우산 안으로 밀려들어 옷이 젖기 시작했다. 젖은 가슴으로 꽃을 안아 받쳐들었다.

결혼 초, 퇴근하는 남편의 저녁 식탁을 위해 프리지아 한 묶음을 사서 유리병에 정성스레 꽂으며 행복해했던 잠깐이 지난 뒤, 식탁에 앉은 남편은 밥 한 숟가락을 잔뜩 입에 물고 볼멘소리를 했다. "이건 무슨 낭비야? 내일이면 시들고 말 것을!" 결혼이라는 무시무시한 오해의 수렁에 빠져든 순간이었다. 결혼의 순을 질러버린 남편의 한마디는 아내를 천길 낭떠러지로 처박기에 충분했다. 그네 친정아버지의 삶은 사철이 꽃이었다. 정원은 봄부터 가을까지 목련을 비롯하여, 왕벚꽃과 모란과 작약을 거쳐 글라디올러스와 해바라기와 가을 석류에다 겨울이면 방안으로 들어오는 난이 그들의 한세상이었다. 그런데, 남편은 내일이면 시들고 말 꽃이라며 낭비라 했다. 꽃에 대한 남편의 오해는 부부에게 두꺼운 벽을 쳤다. 아내도 친정아버지로 인해 꽃에 대해 넘치는 오해를 쌓았던 것일까, 아니면, 남편의 처절했거나 치밀한 현실이 꽃에 대한 오해의 벽이 되었을까.

이 마을 사람들은 끊임없이 부처님께 꽃을 드리고 오체투지 불법(佛法) 귀의를 고백하고, 한생의 고단함을 발원과 소망에 의지하여 한없는 위로를 받는다. 공양물 중에 가장 정성을 드리는 공양물이 꽃이다. 내세 소망의 원형을 꽃에다 두었을까. 그네는 꽃에 대해 남편의 타박을 받은 뒤에 집에다 꽃을 둔 일이 없었다.

*

차오르프라야 강(江) 연안에 있는 도시 치앙마이에는 고층건물이 없었다. 하늘을 찌르는 예각의 높은 건물이 없어서였을까, 그 지역 어디에도 칼날 같은 서두름은 보이지 않았다. 그리고 밤이 되면 그것이 밤이었다. 그저 그곳의 밤은 순한 어둠이었다. 어둠의 품은 깊었지만 한

없이 부드러웠다. 그곳 사람들은 어두워지면 잠을 잔다. 눈이 아프도록 불을 밝힌 야경이라는 것이 없었다. 찢어지도록 밝게 밝힌 불이 없었다. 달빛은 달빛이었고 별은 별빛으로 반짝였다. 한 뼘이라도 더 차지하겠다는, 그래서 하늘로 치솟은 건물이 없었다. 거리에는 서두는 사람이 보이지 않았다. 휴대폰을 귀에 대고 걷는 사람도 없었다. 성형외과 광고판도 없었다. 서울 지하철역마다 도배하듯 처덕처덕 붙여진 성형외과 광고는 보이지 않았다. 그네는 서울에서 그런 광고가 눈에 뜨일 때마다 궁금했다. 저렇게 딴판으로 얼굴을 뜯어 고치면 나중에 저승에 가서, (더러는 천국이라고들 하지만) 부모도 형제도 못 알아보면 어떻게 하나? 아니면 지옥으로 가도 좋으니까, 현세에서 턱뼈 깎고 광대뼈 갈아내고 딴판이 되어 눈 동그랗게 뜨고 살고 싶은가? 치앙마이 거리에는 으리으리, 느끼한 풍요도 보이지 않았다. 체제도 통제도 상관없어 보였다. 정체성? 그런 게 있어? 스타도 탤런트도 없는 거리. 그런 것에 관심조차 둘 일이 없는 거리. 국가의 통치개념이 필요 없어 보이는 거리. 자유민주주의?, 그런 것이 밀고 들어온 자유시장 경제 체제?, 다스리는 사람이 따로 없이 그저 사람이고 그저 하루가 평화로운 거리였다. 그 지역에는 필사적으로 달리고 달리는 속도가 없었다. 초고속을 지나 광속이라는 개념을 꿈에서도 알아볼 수 없는 거리였다. 성공이 무엇인지 알려고 하는 사람도 없는 듯했다.

그네는 그 지역에서 하루 종일 말을 섞을 일이 없었다. 더러 물건을 사러 거리로 나가면 몸매며 얼굴 색깔이 비슷하여 현지인들은 그네가 자기네 족속인줄 알고 심상하게 말을 걸었지만, 그곳에 안착한 지 두어 달이 지나도록 그 나라 그 지방 사람들의 말을 아예 익힐 생각을 하지 않았다. 엄마 품에서 젖 떨어지면서 배우기 시작하여 잠꼬대까지 합쳐 육십 평생 쏟아놓은 말을 쌓아놓는다면 그야말로 수미산보다 더 했겠다는 생각에, 남의 나라 말을 새로 배운다는 것에 넌더리가 쳐졌다. 인간은 얼굴을 마주치면 입을 열어 말을 하지만, 그 말이 다 소통을 뜻하지는 않는다. 사랑한다면서, 죽도록 사랑한다면서도, 더러는 상처가 되고, 더러는 화를 돋우고 증오에 불을 붙이게 되는 것이 말이다. 말을 섞는 일. 주고받는 말 말, 소통이며 공감이며 이해고 설득이며 협력을 시도하는 힘이라고도 하지만, 언어가 독을 품는 날이면 저주에서 살인에까지 이른다. 오해와 반목, 증오와 질투, 인간관계를 지옥으로 몰고 가는 채찍이 되기도 하는 것이 말이다. 오해가 억울해서 이해를 시키겠다며 핏대를 올리다가 더 큰 싸움이 되고, 설명을 하겠다고 덤벼들다가 멱살 잡히는 일이 모두 말에서 비롯되었다. 말로 빚어지는 사건에 끊임없이 말려들어 헐떡거리는 중생. 말씀으로 창조를 이루신 신께서 바벨탑을 흩치신 까닭이야말로 인간이 말로 망하게 될 것을 저어하셨음이리라. 말을 간직한 자가 누구인지, 그 말을 입 밖에 내는 사람이 누구인가에 따라, 말이 창조가 되기도 하고 사랑이 되기도 하겠지만, 말을 품고 그 말이 발효가 되기를 기다리는 사람이 얼마나 될 것인가.

결혼하여 아내로 어미로 며느리로 살던 40여 년 동안, 모든 오해와 박해와 재앙은 거의가 말에서 비롯된 것이었다. 결혼이라는 어마어마한 오해는, 인습과 막연한 동경과 스스로를 깜빡 속이는 감미에서 비롯되지만, 그 꿈은 관계가 빚는 언어에서 무자비하게 깨어지기 시작했다. 결혼으로 맺어진 새로운 관계는 시댁 식구들이나 남편뿐 아니라 제 뱃속에서 나온 아이들까지도 때로는 주고받는 말로 아득한 오해의 거리감을 만들었다. 옛날 시집가는 딸에게 친정어미가 일러주는 계율에는 벙어리 3년 귀머거리 3년 맹인 3년을 살라는 말이 있었지만, 관계에서 벙어리 노릇을 한다는 것은, 상대방을 깔아뭉갠다는 오해를 불러일으키기 합당한 이유가 되어 벙어리도 천만 안될 일이었고, '말 없음'은 그것만으로 박해의 이유가 되기 안성맞춤이었다. 40여 년 동안 그네가 막연하게 꿈꾸어 온 것은, 말을 섞을 일 없는 어느 낯선 나라로 숨는 일이었다. 여행을 떠나면서 외국어를 단 한 가지도 모르는 일에 대하여 불안해하지 않을 수 있었던 것은, 말을 섞을 일이 없는 길을 떠나기로 한 결심의 덕이었다. 단 한마디 말을 섞지 않고도 꽃과 향초의 가게 주인하고는 극락을 이루지 않았는가. '인간은 일 분(分)에 3백에서 1천 단어를 내면에서 혼잣말을 하고 있다'고 어느 학자의 논문에 있지만, 그네는 내면의 말조차 지워가며 살고 싶었다. 생각에서조차 떠날 수 있다면…….

*

막내딸의 결혼식을 치룬 몇 주 후, 그네는 친정에서 마련해준 여비를 챙긴 뒤에 그동안 남편에게 귀띔해 왔던 여행을 결행, 남편에게 편지 한 장을 남겨놓고 집을 떠났다. 결혼 8년에 딸만 셋을 낳았다. 외아들 하나 얻고 청상이 된 시어머니는, 며느리가 아들을 낳지 못한다고 간단없이 쥐어짜는 바람에, 혹시…… 하며 낳고 낳다 보니 딸만 셋. 막내로 다시 딸을 낳던 해, 시아버지의 기제사 준비를 하는데, 시어머님이 제사상을 사납게 밀어붙이고 서슬이 시퍼렇게 아들 내외를 불러 앉혔다. "너 이러다가 남의 집 대 끊을 일 있더냐? 손녀딸만으로 무슨 제사야? 내가 씨받이를 마련했다. 5백만 원에 아이를 낳아주기로 했으니 그리 알아라." 선언이었다. 씨받이. 씨받이를 마련했다! 제주도인가 어디서 이미 데려다 놓았다는 것이다. 남편이 펄쩍 뛰었지만 시어머니의 서슬을 못 이기는 척 다음에는 말이 없었다. 그럴 수도 있겠다……. 하지만 며느리는 다음날 차분하게 시어머니 앞에 앉았다. "씨받이를 얻는 것이 소원이시면 얻으셔야지요. 그렇게 하세요. 하지만, 그 씨받이가 꼭 아들을 낳는다는 보장은 없지 않겠어요? 만일 그 여자도 딸을 낳으면, 그때는 이 집안에 아범 외에 여자만 여섯이 됩니다. 그렇게 되면 제가 딸 셋 데리고 나가겠습니다. 어머니께서 씨받이 여자도 거느리시고 새로 태어난 손녀를 키우셔야지요. 그렇게 되어도 괜찮으시다면 씨받이를 얻으세요, 저는 상관 않겠습니다." 그때부터 며느리에 대한 시어머니의 박해는 더 심해졌다. 돌아가시는 그날까지 며느리에 대한 원한을 풀지 못하고 돌아갔다.

*

  동남아 몇 곳을 거쳐 타일랜드에 기착. 이튿날, 그네는 강물 위로 떠다니는 '플로팅 마켓' 시장 구경을 나섰다. 강안(江岸)강물 위에 배처럼 떠 있는, 세세연연 강물에 푹 불은, 누더기 같은 촘촘한 수상가옥들, 나무판자들로 칸막이를 이룬 컴컴한 가옥 뒤편으로는 금장색의 왕궁과 사원(寺院)이 눈부셨다. 물에 퉁퉁 불은 집에서 아침을 짓는지, 그 강물에 야채를 씻기도 하고 숫제 물에 몸을 담그고 세수도 하고 더러는 훤하게 보이는 궁둥이를 까고 무심하게 볼일을 보고 있는 광경도 예사로웠다. 그저 그 강물이 생명수였다. 흐르는 흙탕 강물을 떠서 먹고 씻고 싸고 할 짓 다하는 인생의 온갖 것을 흘려보내는 강물이 생명을 하나로 모아들이고 있었다. 강물에 떠 있는 가게는 작은 쪽배들이었다. 바나나, 망고, 오렌지, 리치 등 색색의 과일과 야채를 실은 배들이 올망졸망, 관광객을 잔뜩 실은 관광선 사이를 떠다녔다. 한 번도 맑은 강으로 흘러 본 일이 없는 흙탕물의 강과, 강물에 떠 있는 촘촘

한 집들과, 그 너머에서 번쩍이는 왕궁과 사원들의 대조가 섬뜩한데, 한순간 강안을 바라보고 있던 그네의 가슴이 철렁 내려앉았다. 아니 숨이 막혔다. 물에 잠겨 퉁퉁 불은 말뚝 위, 좁은 갑판 위에 아이를 안고 서 있는 여인 하나. 강상으로 흘러가는 온갖 소란을 향해 무심한 얼굴로 서 있는 여인. 보이지도 들리지도 않는 무심한 얼굴. 무연(憮然)한. 하늘과 땅 사이, 강물과 살아 있는 사람들의 소란 사이를 홀연히 벗어난 얼굴. 아이를 안고 있는 가슴에 동계(動悸)도 없는 듯했다. 슬퍼해 본 일도 기뻐해 본 일도, 무엇을 두려워해 본 일도, 소망이라는 것을 가져본 일도 없는 무심한 얼굴. 받아들일 것도 내칠 것도 없이 그저 그렇게 거기 있는 얼굴. 살아있으나 살아 있는 것 같지 않은, 살아 있는 것 같지 않으나 영원한 얼굴. 세상에서 가장 가난한, 그러나 세상에 둘도 없는 평화의 부처였다.

그네는 그날 오후 인도로 떠날 예정으로 공항으로 갔다가 가장 가까운 시간에 떠나는 타일랜드 국내 항공편에 치앙마이가 있는 것을 보고 항공권을 바꿔 타일랜드 국내선에 올랐다. 여행 관련 책에서만 스쳐 갔던 지역. 무엇에 이끌렸는지 알 수 없었다. 다만 오전 중에 수상가옥 갑판 위에 아이를 안고 서 있던, 부처와 같던 여인의 얼굴을 가슴에 품고, 그는 어슬녘에 치앙마이에 도착했다.

타일랜드 북부. 치앙마이 현의 주도(主都). 방콕에서 국내선 항공기로 한 시간 남짓, 그 공항은 한국의 어느 지방 도시 시외버스 대합실 같았다. 택시로 중심가에 내리니 그대로가 시장판. 우리나라 옛날 시골장터였지만 어쩐지 낯설지가 않았다. 야시(夜市)가 서는지 알전구로 밝힌 불만은 휘황했다. 여기저기서 음식 만드는 특유의 향료며 짭짤한 국물 향이 진동을 하는데, 갑자기 출출해져, 천막 천을 내달아 엉덩이만 붙이고 앉을 의자를 놓은 곳, 찌그러져 보이는 탁자에 앉으니 삼십대의 주부가 희벌죽 웃으며 다가왔다. 그네가 외국인이라고 호들 갑을 떨지도 않았고, 그네가 태국 돈을 펼쳐 보이자 20바트로는 국수 가 한 그릇이라고 손짓 설명을 하면서, 생선튀김이나 고기튀김은 50 바트라고 돈을 갈라 주며 골라서 들라는 시늉을 했다. 20바트라면 우 리나라 돈 5백 원. 요리를 곁들이면 우리 돈으로 1천2백50원. 단 한 마디 말을 빌리지 않고 그네는 국수에다 고기튀김 요리를 맛있게 먹 었다. 국수는 동남아 어느 지역의 어느 곳도 흉내 내지 못할 맛깔이었 다. 2천 원도 안 되는 돈으로 집을 떠난 지 3주 만에 잔치음식을 대접 받듯 맛있는 저녁을 들었다. 국수 맛이 이런 것이었던가 신기할 만큼 맛이 있었다. 음식이 입에 붙는 것을 보니 비관(悲觀)은 무엇이며 적막 은 무엇이든가 다 쓸데없는 호사였지 싶었다. 알전구를 달아맨, 불이 찢어지도록 밝혀진 야시였으나 누구도 흥분하는 사람이 없었고, 가게 마다 그저 팔리던 팔리지 않던 태평무심이었다. 저렇게 많은 음식을 준비했다가 팔리지 않으면 어쩌나 걱정이 되는 것은 객(客)이었고, 시 장판 사람들은 그저 그러려니 근심하는 사람이 없었다. 공산품이라는 것도 조악해 보였고 대개는 값싼 물건을 외지에서 들여다 좌판에 늘 어놓은 것 같았지만 조악한 촌스러움이 차라리 다정해 보였다. 급할 것도 없었고 조바심칠 일도 없는 장터였다. '무한경쟁'이 없는, 자본 주의가 쳐 안겨주는 편리도 없는, 가난하지만 불편 없는, 그지없이 평 화로운 세상이었다. 노천(露天)에는 수십 개의 안마의자가 줄을 이어 늘어서 있었고 발 마사지 의자가 여럿 줄을 대고 있었지만 손님은 하 나 둘 정도였다. 비가 올 때는 어떻게 하려는지 나그네의 걱정이 있을 뿐, 당사자들은 태평이었다. 그렇게, 중국 속담에 '배부르니 고향 생 각나지 않는다.'는 속담이 있다더니, 그야말로 저녁을 맛있게 먹고 나니 근심도 불안도 없었다. 그저 손짓과 얼굴 표정으로 물어물어 찾아든 여관의 방값이 너무 헐해서 미안해하며 방을 정했고, 오래간만에, 죽어서 다시는 깨어나지 않을 사람처럼 깊은 잠을 잤다. 아침에 눈을 뜨는 순간, 자신의 전생 고향이 그곳이었다는 생각이 들었다. 돌아가지 않으리라. 그네의 주위에는 그가 돌아가지 않아도 달려 와서 잡아 갈 만큼 성의 있는 사람도 없었다. 성의 없어서가 아니라, 남편이나 결혼한 딸들의 현실이 그러했다.

*

호텔도 아니고 여관도 아닌, 무슨 간이 학교처럼 방을 주르르 만들어 세를 놓는 건물이 있어, 그네는 그중 방 하나를 장기 계약했다. 도피행각도 아니고, 굳이 있는 곳을 숨길 일도 아니어서 그네는 남편에게 자신의 거처를 전화로 알려주었다. 그리고 매일 자고 싶을 때 자고 눈뜨고 싶을 때 뜨고, 거리로 나가고 싶으면 어슬렁 거리로 나가서 하릴없이 거닐었다. 차오프라야 강의 제일 큰 지류인 핑강 연안이면서 표고 2천이 넘는 산으로 둘러싸여 있는 분지는 옛날 라오족 번왕국(藩王國) 수도였다가 타일랜드 중앙정부의 관할 아래로 들어간 것은 19세기부터였다는 정도만 알 수 있었다. 그 지역에서는 2모작에 과수재배 등, 타일랜드 어느 지역보다 농산물이 풍부했고 산지에서 거두는 목재가 유명했다. 사철 높낮이 심하지 않는 기온으로 겨울이 없어 갈아입을 옷을 챙기지 않아도 얼마든지 견딜만했다. 고층건물 없는 그곳의 하늘은 늘 열려 있었고 사람들은 태평. 그 거리에서 그 누구도 서두는 사람이 없었다. 외국인이어서 체감하지 못하기 때문인지, 규제라는 것도 없었고, 정부를 비방하는 사람도 보이지 않았다. 패권주의 비슷한 것도 보이지 않았고 역사의식이라든가 이념, 종교분쟁 같은 것도 그들의 관심 밖이었다. 지배가 무엇인지 세력이 무엇인지 상관없는 사람들의 세계였다. 몇 권 챙겨 가지고 간 책을 다 읽은 뒤에 책을 읽을 일도 없어졌지만 조금도 지루하지 않았다.

두 달 만에 남편과 딸들의 편지를 받았다. '그곳에서 아주 살 생각이냐? 아주 가족을 떠나 살 생각이냐? 그렇다 하더라도 일단 귀국해서 가족끼리라도 매듭을 지어야 할 것 아니냐. 말리지 않을 테니 일단 귀국하기 바란다. 그리고……, 임(任)교수님이 몇 번 당신 찾는 전화 하셨다.'는 내용이었다. 하기는, 그저 여행을 다녀 오마하고 떠난 길이었으니 어찌되었건 집에서 궁금해 할만도 했겠다는 생각이 들었다. 그도 그럴 일이라는 생각에 그네는 아무 일도 없었던 사람처럼 짐을 꾸렸다.

엊그제 잠깐 떠났던 사람처럼 귀국길 비행기에 좌석을 잡고 벨트를 매던 길로 그네는 잠에 빠졌다. 팔순을 넘긴 임 교수가 꿈에 오셨다. 아, 왜 그동안 그분을 잊고 있었을까. 6·25 직전 중학교 2학년의 공민과 수학을 담당하셨던 선생님, 그리고 담임이셨다. 다른 반에 비해 늘 종례시간이 길어, 철없던 아이들이 툴툴거리게 만들었던 선생님. 하지만 그네는 종례시간이 기다려졌다. 부모에게서도, 어느 다른 선생님으로부터도 들을 수 없는 이야기를 하시는 분. 아이들이 아무리 비비꼬며 지루해하며 눈치를 주어도 개의치 않고 정성껏 열심히 말씀을 이어가시던 분. 그 진지한 모습을 그네는 어렸지만 알아보았다. 사십여 명 어린 여학생 중에 단 하나라도 들을 귀가 있으리라 믿는 그 진지함을 그네는 알아보았다. '오늘이라는 시간은 다시 오지 않는다. 너희들 또래에게는 하루가 지루하고 공부가 지겹고 부모님의 말씀이 거슬려 짜증이 나고, 더러는 학과 선생님이 마음에 들지 않는 그런 순간순간이 이어지고 있겠지만, 자신의 삶을 엉성하게 보내는 사람은 심은 대로 엉성한 젊음을 만들게 될 것이고, 다시 지지부진한 어른으로 지루한 생을 살게 될 것이다.' 너희 자신을 소중하게 여겨라. 너희는 선택되어 이 땅에 태어난 아주아주 귀중하고 귀중한 존재라는 것을 믿어라. 더러 자기 자신이 마땅치 않고 더러는 열등감에 묶여 자신을 학대하는 사람도 있겠지만, 너희 하나하나는 특별한 배역을 맡아 가지고 태어난 위대한 인생 배우라는 것을 깨닫기 바란다. 지금은 내 말을 귓등으로 흘려버리는 사람도 있겠지만, 그리고 자신이 태어난 환경을 확 바꾸어보고 싶은 사람도 있을 것이다. 왜 나는 이런 부모 이런 형제들 사이에 태어났을까? 왜 나는 부잣집 딸로 태어나지 않았을까, 왜 좀 더 예쁘게 태어나지 못했을까, 불만으로 가득 차 있는 사람도 있겠지만, 현재의 배역에 대해 불평하지 말라. 부여받은 배역을 바꿀 생각을 말고 그 배역을 어떻게 잘 감당할까를 생각하라! 그러면 인생의 판도가 바뀔 수도 있다.' 겉옷도 깨끗해야 하지만 늘 속옷을 깨끗하게 챙겨라. 더구나 여성은 매일 자신을 속부터 가꾸어라. 혹시 길에서 사고를 당하는 경우라도 생기면 그때, 속옷부터 보게 되지 않겠는가. 청결하라, 여성의 덕목 첫째는 청결이다.' 선생님의 종례시간은 그분이 학생들을 섬기는 예배였다. 더러 선생님의 말씀을 알아듣던 학생 중에 숙성한 아이가, 갓 신혼의 선생님께 분홍빛 편지를 띄우거나 자작시를 보내는 경우를 눈치로 알면서도 그네는 늘 선생님 눈에 띄지 않는 구석에 숨듯이 있었다. 수줍기도 했지만 언간생심 선생님의 그 깊은 진심 안으로 들어갈 자신이 없어서였다. 그리고 전쟁 후 선생님이 대학으로 가신 뒤에 선생님을 바라보며 그 대학으로 진학을 했으면서도 졸업 때까지 선생님 근처에 얼씬거린 일이 없었다.

선생님을 다시 만난 것은 칠 년 전, 선생님의 회고록을 읽고 편지를 띄운 것이 계기였다. 여학교 교사에서 대학교수로, 다시 정계(政界)로 마지못해 끌려갔던 선생님이, 정당 대표의 브레인이 되어 활약하다가 그 대표가 세상을 떠나자 자유를 얻었고, 그렇게 홀가분해지자 강화도 바닷가로 떠났다. 그리고 가난한 마을 사람들에게 어업이며 농사법을 새롭게 일깨워 배고픔을 면하게 해 주기도 하고, 바닷가 땅을 수만 평 개간하여 마을 사람들이 허리를 펴고 살도록 도왔다. 국회의원 선거 때마다 각 정당에서 후보로 끌어내려 했지만 끝내 고사하고 칠십이 넘어 회고록을 썼고, 제자였던 그네가 책을 사서 읽은 뒤에 편지를 보내드렸더니 당신이 자리잡은 강화 바닷가로 한 번 다녀가라는 정성스러운 답장을 보내셨다.

한여름이 기웃할 무렵인 점심께 강화에 도착하니 선생님은 바닷가 논에서 피사리를 하다가 활짝 웃으며 옛날 제자를 맞이했다. 얼굴도 개흙으로 뒤발, 농투성이가 된 몸으로 논에서 나온 분이 청청한 음성으로 반겼다. "자네가 정말 찾아왔네? 반가 우이! 찾는데 고생하지 않았던가? 안으로 들어가세." 어제 만났던 사람 맞이하듯, 수십 년 전 제자를 조금도 낯설어 하지 않았다. "선생님 저를 알아보시겠어요?" "편지를 받고 한참을 눈을 감고 생각해보았네. 자네는 아주 수줍은 학생이었지. 그리고 늘 뒷전에서 말없이 경청하는 소녀였어. 기억하고 말고……, 자 어서 들어가세." 바다를 전경으로 껴안고 있는 집은 볕받이였지만 포도 넝쿨이 깊어 그늘이 시원했다. "잠깐 차를 마시고 있게. 내 금방 씻고 나올 테니." 물소리도 시원하게 샤워를 마친 선생님은 청청한 모습으로 욕실 밖으로 나오면서 서둘렀다. "벌써 점심때가 기울었네. 내가 매운탕을 아주 잘 끓인다네. 금방 끓일 테니 점심이나 들고 이야기를 풀도록 하지." 그네가 민망하여 부엌 가까이로 가자 선

생님은 선선하게 말렸다. "들여다 볼 것도 없네. 홀아비 살림이지만
깨끗하니까. 그저 바다 바라보며 조그만 기다리게." 사모님이 떠나신
지 5년. 내내 홀아비 살림이라는 것을 알고 있었기에 그네는 가슴이
잠간 아렸다. 밥상은 단출했지만 매운탕 맛은 뛰어났다. "작은며느리
음식 솜씨가 그런대로 괜찮아. 더러 김치며 장아찌를 담가다 주어서
그런대로 밥반찬이 나쁘지 않아. 자 내 솜씨니 많이 들고 가야 후회가
없지. 어서!" 엊그제 만난 사이처럼 스스럼없는 선생님은 청년 같았
다. 이런저런 이야기가 끝이 없었다. "자네는 아주 괜찮은 사람하고
결혼했다는 소식 들었는데, 그래 내외가 잘 지내는가? 남편 사업도
잘 되고? 젊어서는 서로를 잘 모르지. 또 알아낼 여유도 없는 것이 젊
음의 성정인가 싶네. 나 또한 아내에게 많은 잘못을 저질렀어. 떠나고
나니 매 순간 새록새록 떠오르는 것은 잘못했던 쓰린 기억과 회한뿐
이야. 남아 있는 사람이 나쁜 사람인가 보이. 혼자 남겨져 그런 쓰라
림을 안고 살다가 떠나야 하니 말이야." 가슴이 뭉클했지만 얼른 대답
을 할 수가 없었다. 선생님은 어디서 그런 소문을 들으셨을까. 신랑감
을 몇 번 만난 그네의 친정아버지는 신랑 후보를 두고 '요즘 보기 드
물게 다이아몬드 원석 같은 사람이다. 네가 아내가 되어 보필을 잘하
면 이 시대에 귀하게 쓰일 재목이요, 남편이요 애비가 되겠더구나. 결
심을 하거라.' 남편이 일군 을지로의 조명기기회사의 직원들, 친구들,
그리고 성당 교우들이 입을 모아 칭찬하는 그런 사내의 아내가 되는
배역은 그렇게 시작되었다. 다이아몬드 원석 같은 사람. 원석 같은 사
람이 틀림없었다. 운전도 할 생각이 없고, 컴퓨터도 배울 생각 없는
남편은 모든 것을 직원에게 맡기고도 태평이었고, 주일에 성당에 못
가면 큰일 나는 줄 아는 숫된 사람이었다.
　그런 남편과, 남편보다 더 오래전, 아득한 옛날 홀로 가슴에 품었던

선생님— 전혀 다르면서 무엇인지 어떤 보이지 않는 끈으로 이어진 것 같은 두 사람. 그네는 항공기 좌석에 틀어박혀 갑갑한 줄도 모르고 쿡쿡 터지는 웃음을 가까스로 삼켰다.

강화로 선생님을 방문한 이래 선생님은 간간 전화를 하셨고, 그네는 그때마다 얼마 전 세상을 떠나신 친정아버지를 대하듯 선생님을 모셨다. 강화 만남 이래 서너 해째 되던 해, 선생님은 심근경색 수술을 받고 급격하게 노쇠해갔다. 더러 새로 들어온 영화를 선생님 모시고 함께 보았고, 꽃이 난만한 봄에는 그네가 운전하여 여의도 왕벚꽃, 워커힐 꽃그늘 아래서, 집에서 장만해 간 점심을 함께 들기도 했다. 열다섯 살에 몰래 품었던 분홍빛 그리움이 그대로 남아 있는 그네에게 선생님은 어느 때 예고 없이 스러질는지도 모를 열다섯 살의 우상이었다.

지난해 늦가을, 문득 '선생님은 찜질방 같은 곳을 구경하신 일이 있을까?' 그네는 다이아몬드 원석 같은 남편에게 부탁했다. "선생님을 찜질방으로 모시고 가서 등도 밀어드리고 그랬으면…… 아마 지금껏 찜질방 구경을 하신 일이 없으셨을 거야." 남편은 그런 일에는 토를 다는 일이 없는 사람. 그러마하여 그네는 선생님과 남편을 승용차로 모시고 찜질방 앞에 내려 드렸다. 집에 돌아와 다시 모시러 오라는 전화를 기다리고 있는데, 얼마 만에 남편에게서 화급한 전화가 걸려왔다. "여보 큰일 났어! 이분이 그 선생님이 아니더라고, 글쎄 내가 엉뚱한 분을 여태 모시고 등 밀어드리고 그랬어." "아니라니? 무슨 소리? 아니 왜요? 큰일이라니? 왜? 선생님이 어떻게…… 왜? 선생님이 어떻게?" "아니 선생님이 잘못된 게 아니고, 지금까지 모시고 등 밀어드리고 했던 분이 글쎄 선생님이 아냐! 임 선생님이 아니라고!" "아니, 그게 무슨 소리예요? 찜질방 앞에 내려 드렸을 때 당신이 모시고 들어갔잖아요?" "그런데 글쎄 돈을 내고 탈의실로 들어갈 때, 그러시더라고, 먼저 들어가 있게 내가 옷을 갈아입고 따라 들어갈 테니. 그래서 먼저 들어갔는데, 선생님 같은 노인이 찜질방 옷을 입고 내 뒤를 따라 들어오시는 거야. 그래서 모시고 우선 목욕부터 시키면서 등도 밀어드리고 찜질방에도 모시고 들어가고 했는데, 한참만에 자세히 들여다보니 아무래도 선생님 같지가 않은 거야. 그래서 선생님 임 선생님 아니세요? 하고 물었더니. 그 노인이 아닌데…… 그러시더라고, 그러면서 이렇게 친절한 댁은 뉘시우? 그래서 아무개 남편입니다. 그랬더니 나 그런 사람 모르는데. 그러면서 그저 고맙다고, 고맙다면서 자기가 임가가 아니라서 미안하다고 그러는 거야. 어떻게 된 노릇이지? 찜질방을 샅샅이 뒤져보아도 선생님은 안 보이고, 어떻게 하지?" 무슨 일이 생긴 걸까. 철렁 내려앉는 가슴을 움켜쥐고 그네는 선생님의 작은아드님 댁으로 전화를 걸었다. 선생님이 전화를 받으셨다. "미안하네. 내가 영, 그런 델 다녀 본 일이 없어서 민망하고 거북했어. 더구나 자네 부군에게는 부끄럽기도 했고. 그래서 돌쳐서서 택시로 집으로 왔거든. 마침 전화를 걸려던 참이었는데 놀랐겠구먼. 정말 미안하게 되었네. 용서해주게나." 찜질방 소동은 그네가 저지른 관심 과잉의 결과였다.

*

"당신 철저하게 무심한 거야? 아니면 독한 거야? 어떻게 그렇게 오랫동안 한 곳에 있으면서 연락 한 번 제대로 안하고 지내?"
"그냥 거기가 내 전생 고향 같았어요. 아무하고 연결되지 않고도 그저 편한……얼마든지 혼자 있어도 걸리적거리는 것 없이 지낼만한 평화로운 곳이었어요."

"그렇게 오래 있으면서 거기서 사귄 사람도 없었다고? 한국 관광객
도 적잖았다던데 아는 사람 만난 일도 없었어? 당신, 그런대로 사교
성이 아주 없는 사람 아니잖아? 한마디 말도 통하지 않는 남의 나라
에서 어떻게 몇 개월씩 혼자 지냈다는 거야?"

무엇이 저리 궁금한 게 많을까? 남편은 아직도 아내의 행보에 궁금
한 것이 저리 많은가. 그네는 결혼 몇 년 차, 외박하고 전화도 없이 이
틀 만에 들어 온 남편에게 한마디도 묻지 않고 저녁상을 보았다. 저녁
을 먹다말고 남편이 물었다. "당신 왜 아무것도 묻지 않는 거야?" 말
없는 아내의 속내를 알 수 없어 불안했는지 불편했는지, 남편은 오히
려 화가 난 얼굴로 물었다. 그네는 한참만에 대답했다. "당신이 거짓
말을 하게 될 경우도 있을 것 같아서 거짓말하는 사람 만들고 싶지 않
았어요." "내가 그렇게 고약한 상놈으로 보였어?" 오히려 공격이었
다. 전화 한 통 없던 외박이라면, 꼬치꼬치 묻는 아내에게 미상불 어
떤 거짓말이든 꾸며대는 말이든 바른대로 말하기 거북한 일이 있을
법했다. 그네는 더 이상 말을 섞지 않았다. 남편의 외박이든, 만취의
밤늦은 귀가든, 한 십분 기분이 언짢거나 하면 끝날 것을, 캐고 물어
보아 거짓말하게 만들고, 시비 걸고 할 일이 무엇이겠나. 따지고 다그
쳐 남편을 거짓말하는 남자로 만들어 놓고 계속 의심할 생각이 없었
다. "그래! 그래! 당신은 성인군자 못지않은 여자 도사(道士)야! 암 도
사고말고! 내가 도사를 모시고 살고 있는, 세상에서 그중 난 놈이네!"
남편은 아내의 불문(不問)이 불편했다. 아내는 남편이 불편하거나 말
거나, 꼬치꼬치 물어서 트집 만들고 스스로를 불편 골짜기로 몰고 갈
일이 없었다.

그네는 여행에서 돌아온 사람 같지 않게 일상으로 돌아갔다. 아내

없이 몇 개월을 지낸 남편의 불편이 이만저만이 아니었던 듯, 남편은
전보다는 비교적 살가워져 있었다. 어느 주말, 일찍 귀가한 남편에게
말을 텄다.

"치앙마이 참 좋은 곳이데요. 물가 싸고 인심 좋고, 자연 풍광도 아
름답고, 참 평화스러운 곳이데요. 겨울이 없어요. 사철 꽃이 있고 사
철 푸르고. 학벌 내세울 일도 없고 명예나 인기를 관리할 일도 없어
보였어요. 이력도 경력도 묻는 일 없는……, 악착같이 돈을 벌려고 눈
을 벌겋게 뒤집고 달려드는 사람도 없었어요. 앞으로 얼마를 더 지나
그곳에도 어떤 변화가 올는지 모르지만, 적어도 지금까지 그곳에는
'황금 열병' 비슷한 것은 보이지 않았어요. 탕진할 일도 손상당할 일
도 없는……. 악을 쓰며 혼자 이문을 남기러 드는 사람도 없고, 무슨
정의라든가 종주먹을 대는 사람도 안 보였어요. 그저 생긴 대로 살아
갈 수 있는 곳이었어요. 세월도 없고 시간이 흘러간다고 안타까워하
는 사람도 없고, 소심한 출세주의 같은 것은 눈을 씻고 찾아보아도 보
이지 않던데요. 애써 힘쓸 일도 없고 누구를 지배하러 드는 사람도 없
었어요, 자유시장 경제체제도 민주주의도 그들 내면의 평화를 넘보려
들지 못하는 지역, 어떻던 지식사회가 아닌 곳 같았어요. 그래서 다른
여행 목적지를 접고 거기만 있다가 온 거예요. 당신이 어머니 떠나신
후, 그리고 딸들 다 치운 뒤에 아내가 장기여행 타령을 했을 때, 별로
역정 내지 않아서 정말 고마웠어요. 그래서 나대로 적당한 시기라고
여겨지던 때에 편지 써 놓고 떠나 내 전생 고향 같은 곳을 만났지요."
아내는 남편의 눈치를 보아가며 조심스럽게 말을 이었다. "그곳에서
많은 생각을 해 보았어요. 당신도 이제 칠십을 바라보는데, 자영업에
정년이 없다고는 하지만, 언제까지 이 사업을 계속할 수는 없는 일 아
닐까……. 그래서 우리, 서울 살림 거두고 그리 가 살면 어떨까 생각

해 보았는데……."

남편은 아내를 힐긋 일별한 뒤, 한참을 잠잠하게 있다가 입을 열었다.

"그렇게 마음에 드는 곳이면 임 교수님 먼저 모시고 가서 지내보면 어때? 당신하고 임 선생님하고는 남달리 코드가 맞는 사람들 아냐? 당신 일구월심 그 선생님께 무얼 해드리지 못해 성환데, 그러잖아도 선생님이 심장수술 한 뒤에 노쇠 속도가 빠른데 한 번 모시고 가서 구경도 시켜드리고 함께 지내보는 것도 좋을 걸? 그분 아들들하고 의논해서 그렇게 하지 그래. 당신이 다시 한 번 가서 지내보고 그런 뒤에도 거기서 노후를 보내고 싶은 결심이 선다면 나도 생각해 본 뒤에 한 번 가보고 결정하겠어."

남편은 선뜻 결심이 선 것 같지 않았으나 뜻밖의 제의를 했다. 임 선생님과의 찜질방 사건도 있었고 그 후에도 더러 아내와 함께 임 선생님과 점심 자리를 함께 하면서 퍽 유연하게 굴기는 했지만, 어딘지 무슨 가시가 박혔다고 느껴지는 제의를 했다. 다이아몬드 원석 같은 남편에게 어딘지 모를 구석에 가시가 박혀 있었던가. 아니면 당장 아내가 의도한 속도를 따라가기가 벅차서 간격을 얻고 싶었던 것일까. 어떻던 남편의 느닷없는 제의는 그네의 내면에서 반짝 불빛이 터지게 만들었다.

*

치앙마이로 다시 가서 장기체류를 위한 집을 결정한 얼마 후, 선생님의 아들 내외가 관광도 겸해서 선생님을 모시고 도착했다. 며느리는 우선 병든 시아버님을 한 두어 달 모시지 않아도 된다는 안도감으로 얼굴이 반짝반짝 빛났다. 아, 늙어서 자식과 함께 지낸다는 것은, 그 부모가 어떤 재력을 가졌건 얹혀사는 것이로구나. '푼돈만 내 돈이고 목돈은 내 돈이 아니다. 돈 안 주면 맞아 죽고, 반만주면 졸려 죽고, 남김없이 다 주고 나면 굶어 죽는다.'는 현세(現世)의 아비들……. 무슨 세상이 이런 지경에 이르렀는지. 선생님도 이런 눈치 속에 사시는 것은 아닌지. 작은아들 내외는, 그동안 아버지의 도움을 받고도 몇 번째 사업 실패로 완전 무일푼이 되어, 선생님이 마련한 강남 요지의 빌라로 들어가면서 아버님을 모시겠다고 했지만, 아, 노인이 되어 자식과 함께 지낸다는 것은 짐 중에 짐이로구나, 옆에서 보기에 그랬다. 아버지의 집에 아들네가 들어와 사는데, 당신의 집인데도 늙은 아버지는 아들에게 얹혀사는 듯 당당하지 못했고, 아들네는 젊음만 가지고도 너무 당당했다. 아들 내외는 사나흘 치앙마이 관광을 한 뒤에 홀가분하게, 너무도 홀가분한 여운을 남기고 서울로 돌아갔다.

*

가운데 공동 주방이 있는 방 오른편에 선생님의 방을 정하면서 그네는 신접살림을 장만하는 신부처럼 잠깐 들떴다. 침구, 휠체어, 욕실에 비치할 물건들, 그리고 산책할 때 신을 운동화, 음악을 들을 수 있는 아담한 콤팩트 오디오. 아들과 함께 지내시던 동안 지치셨는지, 아들 내외가 떠날 무렵 선생님은 배웅을 접고 쉬고 싶어 하셨다. 아들 내외를 배웅하고 돌아온 뒤, 그네는 선생님의 방을 살며시 열어 보았다. 가벼운 홑이불을 덮고 잠들어 계셨다. 숨소리도 없이. 숨이 끊어진 듯이. 문득, 정신이 아찔했다. 저렇게 돌아가시는 것은 아닐까. 이곳에 계시다가 저렇게 돌아가실는지도……. 갑자기 불안한 느낌에 숨을 죽이고 계속 들여다보려니까 선생님의 가슴이 아주 미미하게 오르고 내리는 것이 보여 가슴을 쓸어내렸다. 문을 살며시 닫고 돌아서서 자기 방으로 돌아와 앉은 그네는, 자신도 모르게 흐르르 한숨이 나오는 것을 막지 못했다. 웬 한숨. 열다섯 살 분홍빛 나이에 가슴에 심겨졌던 한 인성(人性)을 이제 오십 년을 훨씬 넘긴 시간에 홀로 모시게 되었구나. 그렇게 선생님과의 치앙마이 생활은 시작되었다. 그네는, 약 드실 시간표, 산책시간, 목욕시간, 안마 도우미 출근 요일. 취침시간 등 시간표를 자신의 머리맡에 걸어 놓았다. 아침이면 선생님 일어나실 시간에 빵 굽고 커피 끓이고 과일과 우유를 준비했다. 열다섯 연분홍빛으로 간직했던 분을 모시는 일은 그렇게 시작되었다.

선생님은 아침이 차려진 식탁 앞에 앉아 감탄하신다. "우리가 전생에 무슨 인연이었을까. 참 자네는 하늘이 나에게 준 영원한 친구일세."

말끔하게 면도한 선생님이 활짝 웃으며 그런 말을 시작하면 두 사람의 일상이 시작 되었다. 그곳이 낙원임을 마음껏 즐기시기를! 점심 후에는 마실 물병, 물티슈, 얇은 모포를 준비하고, 걷기 힘들어 하시는 분을 휠체어에 모시고 나와 거리며 시장구경을 시켜드린다. 그저 발길 닿는 대로 걸으면서 옛날 학교 이야기도 하고 선생님 젊은 시절 이야기를 하지만, 하는 쪽이나 듣는 쪽이나 하는지 듣는지 확인할 일도 없이 그저 이야기를 하는 사람은 자기 이야기를 하고, 듣는 사람은 들어도 그만 듣지 않아도 그만인 그런 산책이었다. 얼마쯤 다니다 힘들어 하시는 눈치면 시장 한 곳, 차를 파는 노점상 앞에서 멈춘다. 선생님의 휠체어가 멈추면 근처 가게 주인이 아무 말 없이 자신들이 쏘이던 선풍기를 선생님 앞으로 슬며시 돌려놓는다. 물건을 사거나 하지 않아도 근처에 누가 머물렀는지를 알고 사람의 도리를 말없이 하는 사람들의 거리. 몇 번 그렇게 하는 가게 주인들을 보시던 선생님이 감탄하셨다.

"아하, 자네가 왜 이곳에서 살고 싶어 하는지, 왜 나를 데려다가 이런 대접을 해주는지 알겠네. 참 태평한 사람들의 태평한 곳이로구먼, 서두를 일도 챙길 일도 없이 그저 그날그날 살아가는 사람들의 평화가 영혼의 길잡이가 되어 주는 곳일세. 안달하며 사는 사람이 없는 곳이로구먼."

저녁 무렵 숙소로 돌아오면 각자의 방에서 서로를 찾을 일이 있을 때까지 마음놓고 쉰다. 그렇게 며칠이 지난 어느 저녁 무렵. 그날은 숙소에서 저녁을 차리고 싶지 않아. 시장으로 저녁 들러 가시자 하려고 선생님의 방문을 노크했다. 들어오라는 음성이 어쩐지 젖어 있었다. 침대에 누워있는 선생님 양쪽 귀밑으로 눈물이 홍건하게 흘러내리고 있었다. 그네는 묻지 않고 침상 머리맡 흔들의자에 가만히 앉았다. 한참을 말없이 눈물만 흘리던 선생님이 흐느낌을 추스르며 입을 열었다.

"자식이 슬픔이야. 아니 누구의 삶이든 삶의 끝자락은 슬픔이지. 내가 말일세, 아들 셋을 내리 낳은 뒤에 딸을 얻었을 때, 나는 새로운 삶이 시작된다는 느낌이었다네. 딸이 아장아장 걷기 시작했을 때, 첫사랑을 만난 느낌이었다면 자네가 웃을라는가. 나에게 딸은 새로운 삶이었네. 내 딸 채윤이 말이야. 여섯 살 때 피아노를 시작했지. 고등학교에 입학했을 때, 집안에 들여놓을 만한 중간 크기의 그랜드 피아노를 장만해 주었네. 딸의 피아노 때문에 우리는 아파트 살림은 꿈도 꾸지 못했다네. 그렇게 대학에 다니다가 미국으로 유학을 떠났고, 거기서 신랑을 만나 결혼해서 아이 낳고 그냥저냥 살고 있네. 막내이기도 한 그 딸이 늘 그리웠어. 편지에 전화에 늘 애비가 먼저 했고……. 나는 그 피아노를 딸처럼 바라보고 쓰다듬어가며 그리움을 달랬네. 그 피아노를 얼마 전까지 이사할 때마다 끌고 다녔어. 외출할 때, 딸의 손이 닿았던 피아노를 한번 팅 튕겨보고, 외출에서 들어올 때 다시 딸에게 인사하듯 팅 튕기고, 그렇게 수십 년 딸과 함께 지내듯 피아노를 끌고 다녔다네. 그런데 작년에 채윤이 아들이 고등학교에 입학했다며 애비한테 다니러 왔어. 그리고 며칠 묵던 동안 어느 날 외출에서 들어오다 보니까 피아노가 가뭇없이 사라졌네. 깜짝 놀라서 물었더니 채윤이 하는 말, '아빠 그것 아빠가 저 사주신 것 아녜요? 제 것 아녜요? 이제 더 묵힐 필요 없어서 처분했어요. 돈도 좀 더 필요했고요. 좁은 집에 자리만 차지하는 물건이 뭐……' 아무렇지도 않게, 아주 심상하게 당연하다는 듯, 그렇게 말하고는 그만 일세. 이것이 자식이야."

선생님의 눈물은 다시 이어졌다. 회한이, 아픔이, 지나간 날의 그리움이 눈물로 녹아 흐르고 있었다. 선생님은 그 일로 오늘 처음 우시는 걸까. 선생님의 아픔이 그네의 가슴으로 흘러들었다.

*

하루 만에 시들고 말 꽃을 낭비라고 하던 남편은 사사건건 아내를 면박했다. 아침에 아내보다 늦게 일어나는 남편을 기다리며 아침상을 차린 뒤에, 다시 기다리던 동안 조간신문을 펼쳐 읽었더니, 다음날부터 남편은 아내가 먼저 본 흔적이 있는 신문을 들춰보지 않고 그냥 나갔다. 휴일에 커피를 내려 커피 향을 즐기다가 남편에게 커피잔을 들고 다가가면 '먹기 싫어! 놔둬!' 돌아다보는 일도 없었다. 커피 향을 즐기는 아내의 모습을 아니꼬워하는 눈치였다. 어쩌다가 오디오에 클래식을 걸어 놓으면 '꺼! 여자가……' 도대체 남편의 비위는 어디에 붙어 있는 걸까. 다이아몬드 원석 같은 남편의 언어에는 대개 주어가 빠지거나 서술어가 생략되기 예사였다.

'태초에 말씀이 계시니라. 이 말씀이 하나님과 함께 계셨으니 이 말씀은 곧 하나님이시니라' 말씀이 창조의 근거였다. 말씀이 곧 신(神) 그분이셨다. 하이데거도 그랬던가. '언어는 존재의 집'이라고. 말이 영혼에다 뿌리를 내리는 것이라면 '말에는 거울처럼 인간 자신이 잘 비쳐진다.'던 홈 볼트 자신은 평소에 어떤 말을 썼을까. '태초에 아무 것도 없는 어두컴컴한 세상에 처음으로 말이 생겨났다. 이전에는 없던 말이었으므로 그 힘은 아주 커서 말하면 그대로 되었다.' 말의 신능(神能)을 믿는 에스키모의 신화는 말이 영혼으로 이어진다는 믿음에서 비롯된 신앙이었다.

결혼 전, 친정아버지는 과묵한 신랑감을 든든해 하셨다. 하지만 그네는 결혼하면서 말이 줄었다. 시간을 내어 책방에 들러 신간 몇 권을 샀던 첫날, 거실 한옆 탁자에 엎혀있던 책을 보자 신랑은 낯을 붉혔다. "책 읽을 시간이 어딨어?" 이후로 그네의 독서는 아슬아슬한 밀회였다. 외마디와 단답밖에 없는 다이아몬드 원석의 영혼은 어떤 황량함일까. 그네는 쓸쓸해지거나 남편을 이해할 수 없어 괴로울 때 몰래 몰래 책을 읽었다.

어느 여름날 휴일, 딸기를 갈아서 큰 유리컵에 담아 냉장고에 넣어 놓았다. 얼마 만에 남편이 빈 유리컵을 흔들며 "아니 왜 이 빈 유리컵이 냉장고에 들어 있는 거야?" 눈을 부라리던 남편은 벌겋게 닳아 오른 얼굴로 말을 이었다. "뭐야? 살림이 이래도 되는 거야?" 버럭 화를 냈다. 그네는 아연한 표정으로 대답했다. "거기 딸기 갈아서 당신 드리려고 넣어 두었는데 누가 먹었을까?" 그러자 남편은 너무도 아무렇지 않게 말했다. "그건 내가 마셨어." 아무렇지도 않게, 조금도 아무렇지 않게. 시어머님은 "아범이 세수 끝낼 때까지 수건 들고 대기해

라. 그래야 남자가 밖에 나가 대접받는다." 남편은 어머니를 본떠, 더러 자신의 머리를 빗기라고도 하고 양말을 신기라고도 했다. 노인은 먹물 든 며느리를 싫어했고, 남편은 아내의 취향을 고급이라 여기고 사사건건 엇나갔다.

*

선생님의 생각이 어느 곬으로 깊이 빠져드는지, 눈 귀로 눈물만 흐를 뿐, 아무 말씀이 없었다. 그네가 앉아 있는 흔들의자는 선생님과 그네의 사이를 조금씩 떼어놓듯 간간이 흔들렸다. 선생님은 당신의 지나간 날에 빠져있었고, 그네는 그네대로 지나간 날의 절절한 아픔을 떠올리고 있었다.

"자네도 겪었겠지만 첫 아이가 태어났을 때, 얼마나 황홀한 경이였나? 세상을 혼자 몽땅 얻은 듯 부풀대로 부풀었지. 그리고 아이가 엄마라고 아빠라고 말하기 시작했을 때 그 신비를 무엇에다 비했겠나? 그렇게 자라면서 부모하고 생각이 달라지고, 말 안 듣고, 멋대로 엇나가고, 그러다가 결혼해서 한살림 나면은 그때부터 애비는 숫제 경쟁자요, 약탈자 취급이지……. 알다시피 내 장남은 한다하는 집안의 딸하고 열렬한 연애 끝에 결혼하더니 이제 육십 줄에 들어서 이혼, 둘째는 하는 일마다 들어먹고 끊임없이 손을 내밀고……, 모두들 애비가 언제 없어지려나 하는 눈치야……. 인생이, 연애로 몸 닳고 들떠서 결혼하고, 자식 낳아 세상 혼자 얻은 듯 뿌듯해하고, 부양가족 챙기려고 허둥지둥 몸이 부서져라 뛰어다니던 그때는 보이지 않던 것들이, 늙어 병들고 힘없어 저승 문만 바라보게 되는 즈음에 이르러 인생이 슬픔이라는 걸 알게 되니……, 구도자들이 궁극에 무엇을 만나려

했는지 어렴풋하네." 나직나직 누구 들으라고 하는 소리가 아니었다. 그저 당신이 당신에게 하는 소리였다. 듣는지 마는지 흔들의자가 잠 깐씩 흔들렸다. 잠깐 한숨 끝에 선생님은 다시 조용조용 이야기를 이 어가셨다. "짐승들 중에는 죽는 꼴 보이지 않기 위해 죽을 자리를 몰 래 찾아가는 것들이 있다지. 왜 사람만 그게 안 되는 것인지. 인간에 게는 짐승에게 없는 도리라는 것이 있다는 뜻인가…… 도리(道理) 라…… 도리…… 짝짓고 새끼 낳아 키우고 그렇게 끝냈으면 툭툭 털 고 보이지 않는 곳으로 가서 눈에 띄지 않게 스러지는 것이 옳을 것 같기도 하구먼……."

*

그네의 맏딸 일곱 살, 둘째 다섯 살. 막내가 세 살이 되었을 무렵. 틈틈이 남편은 한 달 생활비를 많이 쓴다고 시비를 걸었고, 시어머니 는 살림 제대로 못한다고 나날이 들볶아 쳤다. 그네는 남편에게 손을 벌리지 않았다. 시장에 갈 일을 줄였다. 식탁이 가난해서 욕을 먹어도 대거리하지 않았다. 삶이, 삶이라는 것이 점점 시들해지기 시작했다. 아까워할 일이 없어졌다. 두려운 것도 없어졌다. 모든 것이 심드렁했 다. 밤이면 옆에서 잠드는 남편의 코고는 소리, 쩝쩝쩝 입맛 다시는 소리, 허벅지 북북 긁는 소리, 아무렇지도 않게 방구 뀌는 소리. 그리 고 이를 가는 소리에 머리가 주뼛거렸다. 누가 그랬다던가. '그래 이 를 북북 갈면서 다 잡아먹어라, 다 잡아먹고 혼자 살아라!' 그랬다던 가. 어느 날, 남편이 출근한 뒤, 아침상도 치우지 않고 거실 한옆 의자 에 쭈그리고 앉은 그대로 저녁이 되었다. 점심도 저녁도 못 먹은 아이 들은 울고 울고 울다가 온통 걸레가 다 된 옷에다 앙괭이를 그리고, 집안은 난장판이었다. 퇴근한 남편은 드디어 아내의 머리채를 휘여 잡았다. "미쳤니? 너 미쳤어?" 그리고 당장 달려가 장인을 끌어왔다. 난장판이 된 집안을 둘러보다가, 친정아버지는 아무 말 없이 딸 앞에 주저앉았다. 멍청하게 앉아 있는 딸을 일으켜 세우고, 여행 가방을 찾아 딸이며 외손녀들의 옷을 챙겼다. 그리고 눈물을 머금고 사위를 향해 입을 열었다. "여보게, 자네, 내 딸이 얼마나 참을성이 많은 아이인지 모르겠나? 나는 내 딸을 꽃병으로 가꾸고 키웠는데, 그렇게 애지중지 키워 자네에게 주었는데, 자네는 내 딸을 재떨이로 삼아 재 떨고 가래 뱉었는가?" 그래도 사위는 그 말을 알아듣지 못했다. 남편이 얼마 만에 친정으로 그네를 데리러 온 것은 이혼이고 무어고 당장 불편해서였다.

*

말없이 눈을 감은 선생님의 귓가로 계속 눈물이 흘러내렸다.

"선생님, 선생님께서 저희 반 종례 때 해주신 말씀이 제 삶을 오직 한길로만 이끌고 왔다면……."

"어떤 이야기를 아직도 간직하고 있는가?"

……너희 자신을 소중하게 여겨라. 너희는 선택되어 이 땅에 태어난 아주아주 귀중하고 귀중한 존재라는 것을 잊지 말기 바란다……. 너희 하나하나는 특별한 배역을 맡아가지고 태어난 위대한 인생배우란 것을 깨닫기 바란다. ……현재의 배역에 대해 불평하지 말라. 부여받은 배역을 바꿀 생각 말고 그 배역을 어떻게 잘 감당할 가를 생각하라. 그러면 인생의 판도가 바뀔 수도 있다……. "선생님 배당받은 배역을 잘 감당했어도 인생 판도는 바뀌는 것이 아니던데요. 인생 판도

가 바뀌지 않는 것을 깨달을 때까지 견딘 것이 저의 배역 감당이었습니다. 나머지 시간에 무엇을 어떻게 해야 할까 생각 중입니다."

"글쎄에…… 그때 내가 무얼 알고 지껄였을까. 나도 나를 다 살아내지 못했으면서…… 미안하이. 나 젊어 싱싱했을 때, 유혹을 이기지 못해 저지른 일도 있었네. 젊음에는 유혹자를 이길 힘이 없어. 피가 뜨거워서 내 뻗는 힘뿐, 그렇게 내 뻗어 즐기고 싶은 욕망뿐, ……아내에게 분노와 슬픔을 많이 안겨 주었어. 이제 생각하니 그때 죽지 않고 이렇게 아직 살아 있는 것이 어쩐지 다행이라는 느낌이 드는 것은, 그렇게 죄짓다가 죽었더라면 곧장 지옥행이었을 텐데 이렇게 늙어, 욕망이고 무어고 스러져 영혼이 주글주글해져 엎드려 있다가 데려가신다면 죄의 얼굴 뻣뻣하게 들고 염라대왕을 만나지는 않을 테니…… 회한이 영혼을 헹구어 주네 그려…… 그렇게 생각 않는가?" 선생님은 눈을 감은 채 한숨을 쉬고 다시 가만가만 말씀을 이었다. "자네가 이곳을 왜 좋아하는지 알만하네. 한국에서는 맛볼 수 없는 한유(閑裕)가 있더구먼. 한유와 한가(閑暇)함이 있어……. 나는 기독교 신자는 아니지만 어거스틴의 책을 여러 번 읽은 일이 있네. 어거스틴에게 한가함은 영혼의 진정한 자유를 뜻했더군. 그는 세례 후에 '한가하라'는 신의 계시를 받고 아프리카 오지로 가서 작은 공동체를 세우고, 사람이 지켜야 할 일상생활을 〈한가함으로써 하나님께 가까이〉라는 신조를 세우고 한동안 살았더군. 수도사는 누구와도 얽히지 않은 단독자가 되어 신을 위해서만 자기를 한가하게 만드는 사람이라고도 했네. 그런데 내 평생은 너무 시끄러웠어. 너무 많은 것을 탐했고, 너무 복잡하게 얽혀 살았지. 도무지 한가할 틈을 만들지 못하고 허둥지둥 달려왔네. 그런데 자네가 이렇게 한가한 곳으로 나를 인도한 것을 보면 내가 아주 몹쓸 인간은 아니었던가보이. 늙마에 무슨 복인지……."

그 말씀 끝에 까무룩 갑자기 조용해졌다. 귓가의 눈물이 말라가고 선생님은 깜빡 잠에 빠졌다. 저렇게 세상과 하직할 수도 있겠구나. 그네가 앉아 있는 흔들의자가 잠깐 흔들렸다.

*

다이아몬드 원석 같은 남편에게는 아내의 의견에 귀를 기울이거나 동의하는 일이 없었다. 반면 남편의 의견에 토를 다는 일은 용납되지 않았다. 인천에 사는 남편의 친구 집에 볼 일이 있어 찾아 가던 날, 점심때를 놓쳤다. 남편도 시장했던지 늦게나마 점심을 들고 가자며 횟집을 둘러 볼 때, 그네가 동창들과의 모임을 가졌던 횟집이 근처에 있기에 "저쪽에 값도 괜찮고 매운탕도 잘 끓이는 횟집이 있던데……." 했을 때, 남편은 갑자기 눈을 흡뜨고 악을 썼다. "왜 껍죽거려? 뭘 안다고? 껍죽거려?" 어이가 없어서 웃었지만, 도대체 이 사람이 누구야? 어디서 왔어? 너무도 낯설었다. 다이아몬드 원석 같은 남편은 성당행사에 열심히면서, 더러 어려운 이웃을 돕는다는 명분으로 돈을 내기도 하고 주일에 성당 앞길에 와 있는 걸인에게 잊지 않고 돈을 건네주기도 하면서, 나이 오십이 넘자, 느닷없이 승용차를 대형으로 바꾸었다. 원래 아내에게 오사바사 의논하는 사람도 아니었지만 누구보다 동정심 많고 누구보다 이웃을 잘 돕는다는 사람이, 승용차에 고급 양주에, 외국여행 때마다 기내에서 고급 꼬냑 사는 것을 거르지 않았다. "당신 타고 다니던 승용차 바꾼 지 얼마 안 되는데 왜 또 바꿔요?" 그네는 남편이 벼락치리라는 것을 각오하고 물었다. "응, 몰라서 물어? 차가 좀 작은 편이라 골프채 넣을 때마다 불편해. 그래서 기사도 있어야 하고……" 휴일에 기사를 불러 골프장으로 끌고 가는 남편이 못마땅했지만, 더는 토를 달지 않았다. 웬만한 약속이면 남편은 일요일에 미사를 거르는 일이 없는 사람이지만 어느 때는 토요일에 서둘러 고해성사를 드린 뒤에 미사를 때우고 다음날 골프장으로 내닫는 남편을 그네는 그저 말없이 건너다보았다. 남편은 성당으로 갈 때마다 아내에게 잔돈 타령을 했다. 성당 길가에 앉아 있는 걸인에게 줄 돈 마련이었다. 남편은 아내가 잔돈을 준비했다가 남편에게 건네주기는 하면서, 아내가 걸인에게 동냥하는 것을 못 보았다. 남편은 아내를 향해 이상하다는 표정으로 물었다. "당신, 왜 성당에도 열심히 나가지 않고 어려운 사람 동정할 줄을 모르나?" 아내는 대답을 그만 두려다가 조심스럽게 입을 열었다. "당신에게 타낸 연봇돈을 당신 잔돈으로 드리고 나면, 내가 성당에 드릴 연봇돈이 없는 걸요. 당신한테 손 벌려 연봇돈 달라고 하기 싫고…… 앞으로 죽을 때까지 성당에 안 다녀도 난 이 이상 더 나빠질 것도 없네요. 그리고…… 나 천당 욕심내지 않을래요. 실컷 할 짓 다하고…… 이미 실격을 알고 있는데 무얼……." 남편은 무엇에 얻어맞은 듯 멍한 얼굴로 한동안 아내를 바라보다가 바람을 일으키며 돌아섰다.

*

깜빡 졸던 선생님이 큼큼! 기침 끝에 눈을 떴다. 그리고 무슨 일이 있었는지, 조금 전까지 조근조근 말씀하셨던 내용이 하얗게 지워진 막막한 눈으로 그네를 바라보았다.

"잠깐 꿈길로 갔었네. 자네, 혹시 학교 때 소문 못 들었나? 내가 학교를 그만둘 무렵, 지방에서 전근 온 국어선생이 있었지. 학생들이 열광할 정도로 잘 가르치고 활동적이던 여선생 기억나는가? 둘째 녀석이 태어난 지 얼마 안 되어서였어. 미모이기도 했지만 감성이 남다른 데가 있었고, 정구선수여서 나하고 함께 테니스부 학생들을 맡게 되었어. 테니스부 학생들을 가르치기도 하면서 우리는 자연스럽게 둘이서 공을 치는 일이 자주 생겼네. 신선하고 유쾌했지. 걷잡을 수 없는 것이…… 갑자기 들고 일어나는 정념(情念)이더군. 그 여선생은 물론 처녀였고…… 나는 그 국어선생만 울린 것이 아니고 아내도 눈물을 많이 흘리게 만들었어. 두 여인의 강물 같은 눈물에 떠서 향방 모르고 흘러간 한때였지. 석가모니께서도 그러셨어. 세상에 가장 힘든 것이 남녀 간의 갈애(渴愛)라고. 지나가면 그 흔적은 더러 아련하고 더러는 씁쓸한데 그 불을 끌 힘이 왜 없었던지. 자신과의 싸움에서 이긴 사람은 부처와 예수뿐이었어. 그러니 그분들은 우리하고는 다른…… 그래, 사람이 아니었으리라는 생각이 드네. 얼마 안 있어, 나도 떠나게 되겠지…… 떠나고 나면 무엇이 남겨질까……."

그네는 흔들의자에서 일어났다. 그리고 침상에서 다시 눈물 흘리는 선생님을 내려다보았다. 열다섯 분홍빛 그리움의 만남은 각자의 쓰라림을 반추하는 자리였던가. 각자의 삶. 회한, 회오, 아련함, 안타까움, 닿을 길 없는 각자의 삶. 떠나가는 길이라면 어디에 위로가 있겠는가. 그래…… 어차피 각자가 안고 가는 삶은 누구에게도 손을 내밀 수 없다. 떠날 때의 배역은 모노드라마. 독백을 스스로에게 들려주는 모노드라마의 배우. 치앙마이의 쓸쓸한 방은 관객 없는 무대, 그리고 우리 각자는 모노드라마의 배우였다.

*

"선생님, 저녁은 식당에서 드시지요. 맛있는 집을 알아두었거든요.

이제 일어나세요."

일어나 앉는 노인이 갑자기 낯설었다. '이분의 가슴에 담긴 한세월의 빛깔은 어떤 색깔일까' 지금까지 선생님을 바라본 것은 그분의 외양뿐, 그분의 내면을 상상해 본 일이 없었다는 것이 갑자기 이상했다. 그리고 40년 넘게 함께 살면서 딸 셋을 낳아 시집보낸 뒤에 마주보게 된 다이아몬드 원석 같은 남편의 가슴에 담겨 있는 세월의 빛깔은 어떤 것일까. 잠깐 어지러웠다. 치앙마이에서 선생님과 함께 지내기로 한 결정에 미묘한 무거움이 가슴에 얹혔다. 휠체어가 갑자기 무거웠다. 스승도 제자도 피차 늙어 만난 자리에서 기억의 정점을 찾는다는 것이 모두 아픔뿐이라니. 열다섯 살의 분홍빛 그리움이 꽃으로 남겨지게 둘 것을……. 그네는 선생님의 외출을 도우면서 스스로를 달랬다. 그래도 선생님은 기억의 골짜기 골짜기를 아직 생생하게 찾아다니신다. 모노드라마 배우의 기억력에 그네는 잠깐 안도했다.

전 세계 치매 환자, 추산 4천5백만 명이라는데, 한국의 치매 환자는 현재 1백50만이 넘는단다. 그 많은 사람들의 삶의 흔적은 주인을 잃고 어디서 어떻게 떠돌고 있을까. 4천5백만 명이 살았던 삶의 기억이 지구 위 이곳저곳을 중음신(中陰身)이 되어 서럽고 서럽게 헤매고 있겠지. 장소와 시간 개념 없이, 현재 과거 미래가 뒤죽박죽이 된 서러운 방황이. 과거의 어느 지점에서 삶이 정지되어, 대사(臺詞)가 뒤죽박죽이 된 치매 환자들의 서러운 망령(亡靈)이 중음신이 되어 떠돌고 있겠지. 옛날 망령든 노인은 그렇게 흔치 않았다. 이렇게 편리하고, 이렇게 부유하고, 이렇게 마음대로 살아가는 현대인들이 왜 무엇이 모자라서 치매에 걸리는지. 아, 선생님이 과거와 현재를 가름하실 수 있는 동안 치앙마이를 선물로 드리자. 아낌없이 드리자.

＊

　허름한 집, 무슨 요리가 제대로 나올 것 같지도 않은 처마가 얕은 집인데, 얼마 만에 식탁에 진설한 요리는 먹음직스러웠고 실제로 놀라울 만큼 맛있었다.

　"자네는 이렇게 낯선 곳에서 이런 집을 잘도 찾아내는구면. 정말 내, 이렇게 맛있는 요리를 먹어 보는 게 처음 같어. 아직 입맛이 살아 있는 걸 보니 떠날 때는 아닌가보이."

　그네는 선생님 식사 시중을 들면서, 내일은 매일 출근할 붙박이 도우미를 찾아야겠다고 생각했다. 선생님 목욕시켜드리고, 산책하고 점심도 안내해드리고 저녁도 챙겨드린 뒤에 안마까지 마치고 돌아가는 도우미를 생각했다. 현지 도우미들은 빨래를 한 뒤 세탁소 다림질처럼 다려 개켜 넣어 꺼내입기 아깝게 느껴질 만큼 정성을 드린다. 그렇게 한 달 현지인 150불, 미얀마 등지에서 떠돌이로 들어온 여성은 그나마 100불이면 감지덕지다. 두 주일도 채 안되어 선생님을 남에게 떠맡기는 이런 변덕이 왜 생겼을까, 이게 무슨 변덕일까, 그네 자신도 알 수 없었다. 같은 공간에 선생님과 마주앉아, 각자 지나간 날의 회오에 빠지는, 그렇게 함께 늙어가는 두 사람의 현장. 그것이 싫었을까. 일체를 현지 도우미에게 맡기는 것을 아시게 될 선생님이 물으시면 무어라 대답해야 할까……. 그것도 내일 일이다.

　식당에서 나와 선생님을 발 마사지 의자에 앉혀놓고 그네는 책을 펼쳤다. 발 마사지 주인 청년은 열심히 노인의 발을 만진다. 선생님은 식곤증까지 겹쳤는지 잠이 드셨다. 책을 펼쳤지만 글을 읽지 않았다. 문득 전생 어디쯤에 머문 듯 모든 것이 아득해졌다. 적멸(寂滅). 오직 그 적멸을 향해, 한생이 그렇도록 단내나도록 고달파야 했던가.

*

　어슬녘에 강가로 갔다. 택시를 탈 때 휠체어를 접어 넣는 번거로움이 있었지만 선생님은 어디로 가느냐고 묻지 않았다. 강가에 내릴 때도 여기가 어디냐고 묻지 않았다. 고려장이 이런 것일 수도 있었겠다. 너울너울 흘러가는 강물 위로 노을이 물들었다. 물너울을 꿈꾸며 가만가만 흘러가는 강물은 누군가의 눈물 같았다. 기슭의 나무들이 흔들리며 강물 위로 그림자를 내렸다. 바람이 나뭇잎을 흔들다가 강물 위로 내려앉았다. 한낮의 빛이 이슬 같은 어둠을 안고 잔잔하게 내려앉기 시작했다. 한낮 눈부신 햇빛과 넘놀던 나뭇잎이 잠잠하게 입다물고, 숲의 향기 고즈넉 내려앉는 길로 누구인가 오시는 듯. 조각구름이 떠나고 하늬바람이 풀베개하고 눕는데 새 한 마리 그림자도 없이 둥지를 향해 날아가는 일모(日暮). 사위(四圍)는 암청색으로 갈아 앉아가며 사물이 능보(稜堡)를 이루고 어둠으로 스며들기 시작했다. 한 생의 슬픔이 그리움 되어 외로운 넋이 눈물을 삼키게 만드는 해질 녘에, 우두커니 섰던 그네는 기슭에다 휠체어를 고정시키고 풀밭에 허리를 걸치고 앉았다. 흘러가는 강물 위로 누구인가의 삶이 따라가고 있다. 저 물무늬는 누구의 흔적일까. 누가 서럽게 살다가 떠나는 흔적일까. 사람마다 기억의 비등점이 있다면 저 흘러가는 물 위에서 어떤 무늬로 살아날까. 선생님은 오십여 년 전, 그때 이미 분홍빛 무늬로 흘러가셨을까. 그 무늬를 찾아보겠다고 오늘 우리는 이곳을 함께 찾아온 것일까…….

　"자네는 이곳에 아주 머물 생각인가?"

　그네는 대답 대신 선생님을 가만히 바라보다가, 사위(四圍)가 조심스럽게 옷깃을 여미며 저무는 해를 향해 얼굴을 돌렸다. 문득, 다이아몬드 원석 같은 남편을 데리고 올 생각을 굳혔다. 지구라는 별 한 귀퉁이에서 가난을 가난인 줄 모르고, 초 한 자루와 향과 꽃을 공양하며 살아가는 사람들이 있는 이곳에서 떠날 준비를 하도록, 저 혼자 선량하고 저 혼자 당당하고, 저 혼자 잘못 없는 사람이라 믿고 살아온 남편이, 혹시 아내인 내가 먼저 죽으면 그런 인간으로 남겨지는 것이 너무 두려웠다. 40여 년을 함께 살았으면서 끝내 그런 인간으로 남겨진다면 나의 배역은 무엇이었다는 말인가. 그가 이곳에서 살면서, 가난하지만 불편이 무엇인지 모르는, 부처님께 꽃 공양을 하면서, 꽃이 낭비가 아니라는 것을 배우고, 하늘과 땅과 강물과 살아남은 사람들 사이로 조용한 무늬로 흘러가는 그런 마감을 준비할 기회를 만들어 주고 싶었다. 그리고 떠날 때, 스스로에게 들려줄 독백을 준비할 수 있도록 돕고 싶었다. 이제는 자식들 눈앞에 얼쩡거리지 말고 훌쩍 떠나, 그가 떠나갈 때 '내가 아무개를 아내로 만나 다행이었다.'는 말을 스스로에게 들려줄 수 있도록 만들어주고 싶었다. 이제부터 다이아몬드 원석을 다듬어, 주어(主語)와 서술어를 제대로 쓸 수 있는 사람이 되게 만들고 싶었다. 그렇게 변화된 남편이 세상을 떠나면서 노을 위로 흘러가는 강물에 독백의 무늬를 흘려보낼 수 있는 사람이 되기를 바랐다. 아니, 아니, 그것조차도 욕심이라면 지금 흘러가는 저 강물 위로 모두의 삶이 너울너울 소리 없이 흘러가도록 버려두고 싶었다.

하품

　방앗간이 제분소라는 간판으로 바뀌고 복덕방이 공인중개사라는 이름을 내어 걸었어도, 면사무소가 있는 그 거리는 여전히 개발하고 상관없이 심드렁했다. 차도와 인도의 구별 없이 아스팔트는 여기저기 뭉개져 왕래하는 자동차들이 더러 곤두박질치듯 덜컹거리게 만들거나, 호떡이며 과일을 파는 손수레 장수들을 아슬아슬 비켜가도록 곡예를 일삼게 만드는 거리였다. 달라진 것이 있다면 공인중개사라는 간판을 내어 걸은 복덕방이 가게 앞에다 시퍼런 플라스틱 의자를 주르러니 늘어놓아, 시나브로 들고 나는, 그래서 시간 맞추기 힘든 시골 버스를 기다리는 사람들이 허리를 걸치도록 만들어 준 것 한가지였다. 한 시간 혹은 두 시간 만에 오는지 마는지 하는 노선버스를 기다리는 사람들은 승용차라는 것과는 상관없는 노인들이거나 등하교하는 학생들뿐. 더러 장을 본 보따리를 무겁게 든 할머니들이 시퍼런 의자 덕을 보기도 하지만, 그중 하나를 늘 차지하고 있는 사람은 건너편 방앗간 주인 하(河) 노인이다.

의자에 무연히 앉아 더러 담배를 피울 때도 그에게는 표정이랄 것이 없었지만, 하 노(老)에게서 두드러지는 것은 그의 하품이었다. 그저 우두커니 넋 나간 듯 앉아있다가, 갑자기 하품을 하는 그의 행색이라니— 이마에서 목덜미 아래로 깊게 잡힌 주름은 갈색 종이를 구겨놓은 것 같았고, 하품할 때마다 큰 입을 한껏 벌려 목젖까지 드러나게 하면, 쪼개진 금니며 썩은 이에 백태 긴 혀까지가 한눈에 들어났다. 거기에다 '아아 함!' 소리까지 겹치면, 처음 보는 사람은 팔십 노인 같지 않은 목청에 깜짝 놀라지만, 이제 그 거리에서 하 노(老)의 하품은 예사로워진 지 오래다. 곳곳이 갈라지고 패인 아스팔트 길 위를 달리는 차들이 하루 종일 풍겨대는 먼지가 하품하는 그의 입속으로 빨려 들어갈 만큼 기나긴 하품을 하지만 이제는 아무도 그의 하품을 기이해하는 이웃은 없었다.

얼마 전까지는 하릴없이 싱겁게 늘 하던 농을 걸던 이웃도 있었다. "하씨, 거 무슨 하품을 그렇게 요란하게 해요? 방앗간 영감이 방아는 찧지 않고?" "방아? 방아? 이제 육방아 찧을 힘이 꺼졌으니 세상을 가루 만드는 일을 기계에다 시켰지— 인저 무슨 방아? 젠장 헐!" "할배, 할배, 할배 방망이가 부러졌어?" "차라리 부러졌으면 그나마 힘이 남았게? 파김치여! 파김치!" 하 노가 만든 '육(肉)방아'라는 말에 사람들은 한동안 가가대소했지만 이제는 하 노가 만들었을 그 말에서도 바람이 빠져, 하 노 자신도 이웃도 그 말을 쓰지 않은 지 오래다. "으이구 그래도 아직 사내라구! 육방아라는 말을 만들었네!" 그저 그가 종일이면 종일 길가 플라스틱 의자에 앉아 하품을 몇 차례 하던, 길에 세워진 낡은 간판처럼 그를 눈여겨보는 이웃도 없어졌다.

우체국 건물이 있는 뒷길은 큰길보다 조금 내려 앉아 장마 때만 되면 물바다를 이루는 동네건만 사람들은 그저 그러려니 예사롭게들 살고 있어, 민원 같은 것이 무엇인지 모르는 동네였고, 뜨내기 주정꾼 아니면 시비가 일어날 일도 없는, 그날이 그날 같은 마을이었다. 대로변 뒤로 시장통을 이룬 거리는 늘 술에 절어있었다. 족발집, 해장국 가게가 있는 뒷골목에는 연탄재며 음식쓰레기통이 세월의 더께를 뒤집어썼어도, 행인들은 별로 거슬려하는 일 없이 지나다녔다. 금은보석 전문점에다 시계포를 겸한 조금 번듯해 보이는 건물도 없지는 않았지만, 개천 가깝게 꺼져 있는 땅에는 컨테이너를 이어붙인 장의사와 다방이 낮에도 번쩍이는 네온사인을 켜놓는, 마음껏 촌스러운 동네였다. 면사무소에서 돌아앉은 마을에는 피붙이나 이웃이 세상 떠나면 컨테이너 장의사에 일을 맡길 만큼 가난한 사람들이 살고 있는지, 컨테이너 장의사는 그런대로 문을 닫는 일은 없었다. 여름이면 칠이 여기저기 벗겨져 벌겋게 녹 쓴 컨테이너 지붕으로 수세미 넝쿨이 올라가는데, 한동안 비가 없으면 그 줄기가 마르고 잎이 시들어 컨테이너가 죽어 넘어진 것처럼 보였다. 그 옆에 시커멓게 변색한 낡은 슬레이트 지붕을 이고 있는 이불집 담벼락에는 시뻘건 페인트로 전화번호가 올라 앉아 있었지만 그 전화를 걸 사람이 있을 것 같지 않았다. 오래간만에 신축한 한의원 건물 이층에 신바람 노래방의 네온이 어지럽고, 종묘사와 세탁소, 발 마사지 간판에도 불빛이 요란했지만 어디에도 생기가 보이지 않기는 마찬가지인 동네였다. 다만 간이 휴게소에서 버스표를 팔고 있어, 서울행 버스를 기다리는 낯선 얼굴들이 서성거릴 때와, 그 시골 구석으로 일자리를 찾아온 제3국 새까만 젊은이나 동남아에서 왔음직한 여자들이 오래간만에 서울 나들이를 떠날 때 서로 어울려 시시덕거리는 풍경이 조금 한적함을 덜어주는 마을이었다.

＊

　　누가 보아도 먹물이 들었음 즉 해 보이는 권생(權生)이, 좀 더 안으로 들어간 마을에 집을 장만한 것은 두어 해 전. 아내를 떠나보내고 자식들이 살고 있는 서울에서 멀리 떠나겠다는 일념으로 이곳저곳을 찾아다니다가 좀체 개발 바람이 닿지 않을 것 같은 이 시골에서 퇴락한 집을 만났다. 그런 집에다 홀아비 살림을 풀게 된 것은 돈이 달려서가 아니고, 혼자서 집을 손보아가며 세월을 보내려던 내심이 따로 있었기 때문이다. 헌 것을 만져 쓸만한 것으로 만드는 일에 도(道)가 튼 그에게 퇴락을 고쳐가는 일은 도락의 한가지였다. 퇴직은 각오가 되어 있었고, 연금이 있어 자식들에게 손 벌릴 일 없이 지낼 수 있는 형편이 더 없이 고마운 그에게, 홀로 지낼 일은 각오가 따로 필요 없는 한세상이었다. 요즘 세상에 효자를 바래? 권생은 오래전에 그런 기대를 접었다. 손자 손녀? 그 아이들도 아장아장 걸을 때 이야기지, 학교라는, 수선스럽기만 한 세상으로 들어가면 당연히 남남이 된다는 것을 미리 알고 있었기에 그들에게 바랄 일은 아무것도 없었다.

　　그렇게 시작된 시골 생활에서 그에게 기이한 충격을 안겨 준 것은 제분소 노인의 하품이었다. 집 장만을 한 뒤에 손수 수리를 시작하면서 을지로에 있는 자재상(資材商)을 자주 찾게 되어, 한동안 서울을 자주 오르내리던 그는 어느 날, 서울행 버스표를 사다가, 주변을 소스라치게 만드는 하품 소리를 들었다. '아아 함!' 내어지르는 소리에 고개를 돌리니, 공인중개사 가게 앞 의자에 앉아, 표정 없이 찢어지게 하품을 하고 있는 노인이 눈에 띄었다. 그렇게 요란한 하품을 하고 난 뒤에, 그이는 언제 그랬더냐 싶게 다시 표정 없는 얼굴에 동공(瞳孔)이 풀어진 회색 눈을 허공에 던진 채 시치미를 떼고 있었다.

그 하품이 이상하게 권생의 가슴이 철렁 내려앉게 만들었다. 이상한 일! 갑자기 한방 얻어맞은 느낌이기도 했다. 세상이 뒤집혀 옥황상제가 하강을 한대도, 몹쓸 세상 때문에 벼락이 친다 해도 그 하품은 끄떡없을 마력을 지니고 있었다. 어떤 절체절명도 무력하게 만드는 마력이랄까. 무엇일까. 저 하품이 무엇에서 시작되었기에— 지루하고 지루한 세상을 쥐어지르는 마력이었을까……, 덧없고 부질없는 세상을 향해 내어지른……, 지루해서만도 아닐 것 같았다. 하지만 권생이 지금까지 한평생 허덕거려 오면서 그것이 무엇인지 도무지 실마리가 잡히지 않던 것과 갑자기 마주치게 만든……. 당황스러움에다 수치심까지 일게 만든 하품이었다. 이래로 그는 서울행 버스를 타게 될 때마다 하품의 주인공을 일삼아 찾았다. 그 간이 휴게소에 들릴 때마다 그 하품을 찾아 두리번거렸다.

*

그렇게 한동안이 지난 어느 날, 하루 늦게 우편배달로 들어오는 신문을 펼쳤을 때, 사람의 동정을 알리는 인물난(人物欄)기사에서 깜짝 놀랄 인물 하나를 발견했다. 조교(助敎)? 조교……. 몇십 년 만에 눈에 띈 최(崔)조교. 그가 정부기관 최고 권력자의 비서실장으로 임명된 기사였다. 이십 몇 년의 시간이 갑자기 증발된 순간, 성공 가도(街道)를 달리게 된 최 조교에 겹쳐 떠오르는 얼굴 하나, 최 조교가 섬기던 안(安)교수의 얼굴이었다. 그때가 안 교수의 나이 40대 중반이었으니 아직 살아있다면 70을 훌쩍 넘겼을 사람이다. 그가……, 아직 살아있을까. 권생은 최의 근황을 좀 더 자세하게 알아보기 위해 인터넷을 열었다. 대학 때부터 말 잘하고 글 잘 쓰기로 유명했고, 신언서판(身言書判)

이 남달랐던 최는 안 교수가 학교를 떠난 뒤에도 굴곡 없이 자기 길을 착실하게 달리다가 드디어 정치에 입문했음이 밝혀졌다. 권생은 지금까지 안 교수를 까맣게 잊고 살았던 자신의 냉혹함에 갑자기 소름이 돋았다. 이럴 수가……. 어디에 누구를 찾으면 안 교수의 근황을 알아낼 수 있을까. 그는 도리 없이 최의 연락처를 찾아냈다. 하지만 선뜻 전화를 걸 수가 없었다. 수십 년 만에 갑자기 안 교수의 얼굴이 떠오르다니— 무엇인지 뚜렷하지 않았지만 몹시 불편하고 불안했다. 서울로 가려던 계획을 접고 종일 뒤숭숭하게 지내다가 오후 느지막한 시간에, 다소 뒤틀리는 심경을 달래가며 최에게 전화를 걸었다. 취임한지 얼마 되지 않은 덕인지 비서실 직원들은 나긋나긋하게 전화를 금방 연결했다. 귀에 익은 목소리가 전화를 받았다. 권생은 잠깐 숨을 고르고 입을 열었다.

"혹시 아직 기억하고 있을는지 모르겠소만……, 나, 권 아무개요."

저쪽에서도 잠깐 흠칫 숨을 고르는 눈치였다가 한순간이 지난 뒤, 소리가 터져 나왔다.

"아! 네! 기억하고말고요! 참으로 세월이 많이 흘렀습니다. 그런데 선생님 어쩐 일이십니까?"

"좋은 자리에 오르게 된 신문기사를 보고 반가웠소. 진심으로 축하하오. 혹시……, 안 교수의 근황을…… 알 사람이 따로 없어서…….."

전화가 먹통이 된 듯 한동안 아무 소리가 없었다. 어쩌면 권생 자기에 대한 역심이 살아난 것일까 등골이 서늘해지는 순간이 이어졌다. 공연한 짓을 했나? 무어 이렇게까지 죄책감에 묶여있을 일도 아닌 것을— 송수화기를 들고 있는 양쪽의 침묵은 암벽이었다. 전화를 끊어버릴까 싶었다. 그런데 얼마 만에 착 가라앉은 음성이 드디어 대답을 했다.

"그러니까……, 그러니까…… 수감되신 뒤 한참만에 교도소 안에서 돌아가셨습니다." 돌아가셨다고? 아니 세상을 떠났다고? 숨을 들이킬 사이도 없이 격정을 억누른 듯한 최의 말이 이어졌다. "교도소에서 생을 마치셨습니다. 병환으로— 너무 오래된……, 오래전 일입니다."

교도소에서 생을 마쳤다고……. 더 이을 말이 없었다. 권생은 그날 밤새도록 이불을 뒤집어쓰고 엎드려 있었다. 잠이 오지 않았지만, 심한 불면증일 때 더러 먹던 수면제도 먹을 생각이 없었다. 아, 오늘이 나에 대한 선고일(宣告日)이었구나. 이제 시작이로구나.

이십 몇 년 전의 그날 밤이 어제 일처럼 생생하게 떠올랐다. 안 교수는 유명대학 교수에 지리학 박사. 한동안 일본에서 논문을 쓰고 연구 실적을 쌓느라고 분주했던 사람이었다. 정보기관의 조사관들이 적잖은 시간을 들여 안 교수의 행적을 뒤쫓다가 더는 기다릴 수 없다는 결론을 내리고, 권에게 그를 연행해 오라는 명령이 떨어진 것이 그날 저녁이었다. '목구멍이 포도청이다!' 그러면서 후배 하나와 운전기사를 데리고 안 교수를 연행하기 위해 사무실을 떠날 때, 자신의 직업에 대해 다시 한 번 회의에 빠졌었다. 대학 졸업 후 그의 첫 직업은 출판사 편집담당이었다. 고등학교 때부터 더러 글을 발표하고 소설가에 대한 꿈이 남아있어, 출판사를 동경하던 시절이었다. 하지만 들어가 놓고 보니, 밤낮없이 교정(校正)과 교정(校訂)에 매달려야 하는 일이 창작하고는 관련 없는 의미 없는 도로(徒勞)였다. 날고장창 인쇄활자하고 씨름하는 일이 지겨워질 무렵, 출판사가 부도를 냈고, 차라리 차제에 잘 되었다 싶었지만, 이미 삼 남매를 둔 아내는 시퍼렇게 질려 남편의 취직을 서둘렀다. 남편보다 더 절박해하는 아내는 어느 날, 신문광고를 남편에게 들이밀었다. 어느 기관의 공모요강이었다. "날 보고 이런 델 들어가라는 거야?" "그러면 어떻게 해요? 아이들은 무럭무럭 자라고? 당신 그 출판사에서 퇴직금도 못 받고 밀려났으면서 이렇게 미적미적, 어쩔려구 그래요? 어떻던 당신 마음에 들지 않더라도 그곳이 일단 공무원이잖아요? 잘 버티다 보면 연금도 나올 테고— 한번 시도해 볼만하잖아요! 어서요!" 그런 자리로 들어가라고 떠미는 아내가 낯설었지만, 미상불 그로서는 달고 쓴 것을 가릴 처지가 아니었다. 그렇게 시험을 치른 것이 합격! 그렇게 기관원이 되어 갖가지 사건을 조사하는 과정에서 그의 치밀하고 꼼꼼한 보고서가 상부에 인정을 받기에 이르렀다. 새로운 사건을 담당하게 될 때 처음에는 떨리고 밤잠을 이룰 수 없을 만큼 긴장되고 회의(懷疑)에 빠지고, 직업에 자신이 없어지기도 했지만 날이 갈수록 조금씩 익숙해지면서 그 직업에서 애국의 의미를 찾게 되고, 나름의 가치관을 세우게도 되었다. '먹고사는 일뿐 아니라 의미가 아주 없는 것도 아니다. 충실해 보자. 어떤 삶은 삶이 아니랴. '

*

5월 말, 오후 일곱 시경. 아카시아 향기가 가득 찬 골목 어귀에서 그는 안 교수 집으로 공중전화를 걸었다. 약간 가슴이 흔들렸지만 목소리를 가다듬었다. "뉘시오?" 안 교수의 음성은 부드러웠다. "선생님 제가 상의할 것이 있어서 찾아뵈려고 댁 앞에 와 있습니다." "어? 그래요? 그러면 들어와요. 들어와." 강의를 듣는 학생인 줄 믿는, 경계 없는 친근함이었다. 무엇도 의심할 줄 모르는 선량한 목소리에 권의 가슴이 또 흔들렸다. "사모님이 계시겠지요?" "왜? 무어 심각한 문제인가?" 학교 학생쯤으로 짐작한 안 교수는 선선하게 물었다. "네,

조금……." 심각한 뜻의 말문을 달았다. "그러면 내가 나갈까?" "그러시지요. 사모님께는 요 앞 커피숍에 가신다고 하시고 나오세요. 제자하고 차 마시러 간다고 하시지요." "그러지 뭐— 지금 나가네." 그렇게 대문 밖으로 나온 안 교수는 헐렁한 면 셔츠에다 무릎이 불룩 나온 코르덴 바지, 그리고 맨발에 고무 슬리퍼를 신은 채였다. 그 모습을 보자 권의 눈앞에 갑자기 안개가 몰려들고 가슴이 다시 먹먹해졌다. 학자의 근엄함보다는 천진한 어린아이 같은 모습에 가슴이 얼얼했다. 그동안 미행을 할 때, 멀리서 지켜보거나 사진을 놓고 회의를 할 때 느꼈던 인상과 너무 달라, 한편 당황스럽기까지 했다. 한 치의 의심도 두려움도 없이, 안 교수는 권의 행색을 살피지도 않고, 그저 전화에서 들은 그대로 학교 학생쯤으로 믿고 덜렁덜렁 따라나섰다. '아, 내가 지금 무슨 짓을 하고 있는가' 권은 바윗덩어리가 갑자기 가슴을 짓누르는 듯한 통증과 압박감을 이에 물고 억지웃음을 띠고 입을 열었다. "선생님, 저어……, 죄송합니다. 사실은 기관에서 출동했습니다." 그제야 안색이 변한 안 교수는 얼떨떨한 얼굴로 사태파악을 어느 방향으로 잡아야 할는지 황망한 자세로 엉거주춤 서 있었다. "타시지요." 권과 함께 출동한 동료가 안 교수를 승용차 안으로 밀어넣듯 등을 떠밀었다. 아내가 차려주는 저녁식사를 하고, 평온한 가운데 차를 마시겠다고 나섰던 안 교수의 생애에서 평화가 영원히 무너지는 순간이었다. 가족이라는 울타리에서 쫓겨나, 언제 다시 가족과 함께 식탁에 마주 앉게 되는지 알 수 없는 무참한 순간이었다. 권은 자신의 배역에 칼을 맞은 듯 한순간이 아찔했다. 관례대로 안 교수를 가운데 앉히자 승용차는 집 앞을 떠났다. 무슨 말이라도 꺼내어야 한다고 느꼈지만 권은 할 말을 찾을 수가 없었다. 안 교수는 서서히 사태의 심각성을 깨달은 듯, 불안해하면서 더듬더듬 입을 열었다. "사실은 그게……,

일본에서…… 그 사람들이…… 내가 진작 우리 정부에다 보고를 했어야 할 일을…… 차일피일……." 말이 토막토막 끊기는 것을 듣다가 민망해진 권의 동료가 조금 짜증스럽게 말을 막았다. "여기서 이러실게 아니라 가서서 조사과정에서 할 말을 하시지요." 안 교수의 몸이 조금씩 떨리기 시작했다.

안 교수를 체포하기까지 기관에서는 한동안 설왕설래 결정을 내리는데 시간을 끌었다. '안 교수의 동태를 더 지켜보는 게 좋을 걸? 그가 일본으로 다시 가서 조총련하고 어울려 혹시 조총련이 가지고 있는 해변가 휴양지에라도 함께 갔다가 북한과 접선하는 현장을 덮치는 게 확실하고 유리하잖겠어? 공작(工作)의 직책은, 간첩이 더 확실한 활동을 하기까지 지켜보다가 그가 공작금을 받거나 하는 결정적 순간 체포하는 것에 수훈의 무게를 더 얹어주게 되어있었다. '이렇게 우리가 미적거리는 동안 그는 우리 측 정보를 조총련에 계속 전할 것 아닌가?' '그것 말고라도 이렇게 우물거리는 동안 이북 측에서 그를 아예 납치해가면 우리는 닭 쫓던 개 지붕 쳐다보기라고! 그런 사태가 벌어지기 전에 우리가 먼저 손을 써 잡아들입시다.'

*

신문은 비교적 조용하게 진행되었다. 신문을 맡게 된 권은 다소 긴장이 되기도 했지만 한편 무엇인지 아량의 지평이 열릴 수도 있겠다는 기대를 가질 수 있었기에 안 교수를 편하게 대했다.
"우선 안 교수님의 지성을 믿고 묻겠습니다. 교환교수로 가실 때부터 이북에 생존하고 있는 형님과의 연락을 염두에 두셨던가요?"

"아, 아닙니다, 아닙니다. 교환교수라니, 그저 나한테 온 기회로 감지덕지 알고 갔었지요. 이북에 있다는 형에 대해서는 그저 운명이려니 체념을 한 지 오래 됐었지요. 그런 일이 있으리라고는……."

안 교수는 무엇을 믿고 있었는지 일단 기관 사무실에서 하룻밤을 지낸 뒤에는 다소 평온해져 있었다. 권은 집으로 돌아가지 못하는 안 교수를 위해 혹여 추위를 탈 수도 있겠다 싶어 자신의 스웨터를 주기도 하고 틈틈이 마실 것을 건네며 안심을 시켰다. 하룻밤에 만리성을 쌓았던가, 오전 신문을 위해 권의 사무실로 들어서면서 안 교수는 오래된 지기를 만난 듯 환한 웃음을 띠기까지 했다.

"교환교수 기간이 끝나고도 방학 때마다 자주 도일(渡日)하셨잖습니까?"

"논문 쓸 일이 남았었지요. 일본 대학에서 나에게 일본 도서관 열람권까지 주어서 논문을 쓰는 일에 도움이 컸어요. 나로서는 그저……, 연구에 몰두한다는 것이……."

"연구에 몰두라.……연구에—"

도일 즉시 안 교수가 오판을 했던 일은 자취하게 될 방을 얻으면서부터였다. 안 교수가 교환교수로 도일한 것은 1980년대 초. 교환교수 조건은 교수에게는 대학에서 다음 단계를 약속받는 유리한 기회였다. 그렇게 일본에 머물게 되었으나 경제적인 여유는 그렇게 넉넉잖은 형편. 더구나 일본 사람들은 한국인에게 방을 빌려 주는 일에 무척 까다로웠다. 한동안 자취보다 돈이 훨씬 더 드는 하숙을 하면서, 집에다 생활비도 보내주어야 하는 형편에서 아무래도 자취방을 얻어야 할 처지에 이르렀다. 헌데 뜻밖에, 그에게 때늦은 청춘이 눈을 뜨게 될 일이 발생했다. 도서관에 갈 때마다 사회학과 교환교수로 와있던 삼십대 후반의 여교수와 마주치면서 차도 마시고 저녁을 함께할 정도로 가까워졌다. 두 사람은 '방값도 아끼고 생활비도 줄일 겸 자취방을 함께 구하자!'는 데 뜻을 모았다. 그리고 일본 가정에서 방을 빌려줄 때, 남자나 여자 혼자라는 것보다는 부부가 함께 라는 조건에 마음을 놓는 눈치였기에 두 사람의 뜻은 쉽게 합일을 보았다.

그렇게 객수(客愁)도 달래고 때늦은 낭만을 누리다가 여교수의 교환 시기가 끝나 그가 귀국 한 뒤, 안 교수는 그 집에 눌러 자취를 하면서 일본의 어느 대학 강의를 계속했다. 그렇게 강의가 계속되던 무렵, 숨이 흑 들이켜질 만큼 눈에 띄는 여학생 하나가 강의실에 나타났다. 다시 시작된 충격으로 안 교수의 가슴이 뻐근해졌다. 더구나 그 여학생은 한국인. 우선 말이 자유롭게 통하니 마음이 놓였고 무언가 쉽게 이루어질 수 있다는 가능성이 새로운 설렘을 몰고 왔다. 외국 생활이 가져다 준 여수(旅愁)에다, 국내가 아니라는 다소 방만한 분위기는 안 교수를 얼마든지 헐렁하게 만들었다. 여학생은 불시에 방실 웃는 얼굴로 교수실로 찾아오고는 했다. 그 여학생이 들어서면 방안이 갑자기 환해졌고 어디선가 향기가 스며들었다. 황홀했다. "교수님 강의가 너무 좋아서 다른 강의 하나를 다음 학기로 미룰 정도였어요. 어쩌면 교수님은 그렇게 알아듣기 쉽고도 분명하게 강의를 잘 하셔요? 정말 반했어요. 그리고 지리학이라는 것이 이렇게 재미있고 유익한 것인 줄 몰랐어요." 그렇게 몇 번 드나들던 끝에 그들은 자연스럽게 저녁때 술잔 곁들인 저녁을 함께 들고 영화구경도 다녔고, 멀지 않은 곳으로 기차 여행도 다닐 만큼 익숙해졌다. 어느 날 저녁에 술잔을 거푸 들던 여학생이 눈물 글썽한 눈으로 고백했다. "교수님, 그 영화 보셨어요? 물론 서양영화예요. 철학전공의 늙은 교수, 좀 무뚝뚝하기는 하지만……, 강의를 듣던 여학생이 그 교수에게 정열적으로 태클, 진실로 사랑하게 된 내용……, 진정한 사랑에 빠진 여학생은 결혼까지 결심하는데,

노교수가 자신 없어, 여학생의 부모를 만나야 하는 자리의 약속을 어기고 숨어버렸어요. 여학생은 깊은 상처를 입었지요. 몇 해 뒤 여학생은 유방암 말기에 다시 늙은 애인을 찾아가는 이야기예요. 그 늙은 교수에 비하면 안 교수님은 청춘이지요. 정말 매력적인 청춘이지요! 그렇고말고요!" 다시 눈을 뜬 홍분 속에서 두려움으로 망설이던 안 교수가 그 여학생의 하숙방으로까지 진출한 것은 그 후 두 주일쯤 뒤였다. '내가 미쳤지! 아무리 그 아이가 나를 사랑한다고 고백을 했기로서니! 내가 미쳤지!' 하지만 삶의 모든 것을 잃게 된다 하더라도 그 기회를 비켜 갈 수 없다는 맹목에다 목을 매고 그는 여학생의 하숙방으로 들어갔다. '아아, 파우스트가 메피스토펠레스에게 영혼을 팔 수밖에 없었던 경우가 이런 경우였겠다!' 현실이 깡그리 지워진 자리였다. 목숨 같은 것도 초개였다. 이 순간을 놓지지 않을 수만 있다면 자신의 무엇을 던진다 해도 아깝지 않았다. 여학생은 이미 나신이 된 뒤였고, 떨리고 떨리는 손으로 옷을 다 벗고, 다시 만난 봄, 다시 향기를 뿜어내는 육체 위에다 그가 전신을 던졌을 때였다. 벼락치듯 방문이 열리면서, 눈을 멀게 만든 플래시가 터졌다. 여학생은 조총련의 프락치였다.

*

"북한에서 보낸 형님의 편지를 받은 것은 언제였습니까?"

"그들이 나를 가만 두었겠어요? 조총련에 가입하지 않으면 어린 여학생을 덮치던 그 사진을 대학과 한국의 티브이 방송국에 넘기겠다고 으름장을 놓던데…… 어쩌겠어요? 도수장에 끌려간 소도…… 그렇게 비참하진 않았을 겁니다. 서명날인하고 가입하고 나니까, 즉시 형님 편지를 손에 쥐어 주데요."

"편지 내용은?"

"형은 6·25때 서울서 의용군으로 붙잡혀간 뒤 지금까지 북한에서 살고 있어요. 편지라야 '나는 네가 생각하는 것보다 편안하게 잘 살고 있다. 수령님의 은혜는 하해와 같아서— 너도 대학교수로 최고의 지성인이라니 이 동무들과 자주 만나 잘 의논해서 조국을 위해 일해라, 조국의 통일을 위해 몸 바쳐라. 뭐 그런 내용이었소."

그 후 편지 왕래가 여러 차례였다는 것은, 일본에 침투해 있던 이편의 조직원들에게도 웬만큼 알려진 사실. 안 교수의 진술은 망설임이나 꾸밈이 없었다. 그저 지나간 어느 날의 이야기를 친구에게 들려주듯 걸리는 것 없이 자연스러웠다. 권이 5년 가깝게 그 직책을 수행하는 동안 수없이 다루었던 여러 피의자들에 비하여 안 교수는 어이없을 만큼 순진했다. 안 교수에게는 교환교수의 기회가 원수였다. 얼른 보아 남달리 여자를 밝힐 것 같지도 않아 보였는데…… 그에게도 수컷의 속성은 항상 기회를 엿보며 번득이고 있었던가 상황이 운명을 부르는가? 상황도 선택이고 보면 운명의 갈림길은 인생도처에 널려 있었다는 말이다. 사회학과 여교수와의 동거에서 아슬아슬한 재미를 보았으니, 여학생과의 밀회도 무사하리라고 믿었을까. 사회학과 여교수도 유부녀였으니, 그들 두 사람은 남자 편으로 아내가 오거나, 여자 편에서 남편이 아내를 만나러 올 때면 서로 편리하게 자리를 비켜 주고, 집안을 독신 자취방으로 말끔하게 정돈, 그런 눈속임으로 위기를 넘기고는 했다.

"일본 어느 도서관이나 드나들 수 있는 열람권을 만들어 준 것도 내용적으로는 조총련이었습니까?"

"아니, 그건, 교환교수로 갔던 대학에서 만들어 준 거였다고 말했잖아요?"

"안 교수가 일본에 갈 때마다 그들 북한 공작원들에게 보고서를 작성해 주었을 텐데 어떤 내용이었나요? 그리고 한국에서 주로 만난 사람들은 어떤 사람들이었습니까?"

안 교수는 잠깐 허공을 올려다보다가 한숨을 쉬었다.

"내가 무슨 거물이라고……, 우리나라에서 무슨 정치하는 사람을 만날 기회나 있었겠소? 저네들이 다그치고 요구하니까, 서울에 있을 때 그저 신문기사를 꼼꼼하게 살펴가며 대충 보고서를 얽어 놓을 수밖에 없었지. 내가……, 그놈의 보고서 때문에, 그놈의 보고서 때문에, ……학을 떼었소. 학을…… 참 사람 살아가는 일이라니……."

그러면서 그는 머리를 설레설레 흔들었다. 신문(訊問)하던 권은 맥이 빠졌다. 이런 사람이 대학에서 어떻게 강의를 했을까. 그들에게 겨우 신문(新聞)기사 나부랭이를 간추려서 보고 했다고? 그런 알량한 내용을 보고서라고 제출한 안 교수를 계속 써먹겠다고 하던 저들도 한심한 것들이기는— 조사관인 권 앞에 앉아 있는 안 교수, 그를 도대체 어떤 방향에서 건드려야 할는지 조사관을 당황하게 만들었다. 피의자마다 직책이며 직업, 살아온 환경에 따라 신문받는 태도는 천차만별. 정치인은 감추어 둔 수(手)가 몇 겹이고, 먹물깨나 들어간 자들은 더러는 비겁하고 더러는 그들이 떠들어대는 '구라'가 몇 단이었다. 장사꾼은 매끄럽고 '군발이'는 대개가 단순했다.

순진한 것인지 수를 쓰는 것인지, 사회성이라고는 없는 대학교수의 황망한 방응에 조금 부아가 치민 권은 약간 조롱기를 섞어 비하조의 말을 던져 보았다.

"아니, 참……, 그런 머리로 어떻게 강의를 했습니까? 나 같으면 보고서를 꾸미느라고 절절매지 않고 간단히 지도(地圖)를 보냈겠네요."

그러자 안 교수가 무슨 큰 도움이라도 받은 듯 반색을 했다.

"아, 그거요, 물론 벌써! 벌써 그렇게 했지. 그렇게 했어요. 간단하게 그렇게 했다니까요. 조교를 시켜서 지도를 여러 장 구입했고, 그걸 일본 갔을 때 그들한테 건네주었지요. 버얼써 그렇게 했다니까ㅡ"

무슨 수훈을 자랑하듯 안 교수의 선선한 대답은 차라리 신명이었다. 어이가 없었다. 세상에 무슨 이런 멍청한…… 조롱조의 한마디를 던져 본 말에 저런 반응이 나오다니. 권은 자신이 무얼 하고 있는지 잠깐 정신이 아득해졌었다. 오히려 한 대 된통 얻어맞았다. 세상에 이런 간첩도 있었던가. 이걸 신문에 대한 답변이라고ㅡ 어이가 없었다. 5만분의 1 지도라면, 그 나라의 3급 비밀이다. 그 지도에는 산맥, 강, 교량 등이 상세하게 나 있어 전쟁 발발 시에 가장 중요한 것이 지도라는 것을 안 교수도 알고 있었을까. 이런 사람을 사상범이라고 수사를 하고 있다니ㅡ

최(崔) 조교가 불려온 것은 그 지도 건이 불거진 후였다. 최는 당돌함을 묘하게 희석시킬 줄 아는, 지성을 타고난 인물이었다. 어투와 태도에서 자연스럽게 겸손이 우러나오게 만드는 분위기를, 조금도 불편하지 않게 연출할 줄 아는 지성인이었다.

"안 교수에게 지도를 사다 준 사람이 최 조교 당신이 맞습니까?"

"예, 지리학 전공 교수의 하명을 받고 지도를 몇 번 구입해 다 드렸습니다."

"그 지도를 구입한 책방이 어딘지 기억하고 있습니까?"

"네 영수증도 아직 가지고 있습니다."

그랬겠지. 트집을 잡을 꼬투리는 없었다. 조교는 스승의 불행한 사태를 얼마나 고통스러워하고 있는지 젊은이의 얼굴이 가련하게 느껴질 만큼 수척해 있었다. 안 교수가 무엇이든 서둘러 시인하고 있어 수사를 오래 끌 일이 없었다. 안 교수는 마치 고해성사를 하는 것처럼 일본 체류 중에 관계했던 사회학과 여교수와의 일이며 조총련계 여학생과의 일도 드문드문 앞질러 이야기를 꺼내려고 했다.

"그것은……, 말 안하셔도 됩니다. 전혀 개인적인 일이었잖습니까. 더구나 그 여교수는 유부녀라면서요. 보호해 주셔야지요."

이런…… 천둥벌거숭이가 있나― 권은 안 교수가 불쌍해지기 시작했다.

"그렇지요? 그렇겠지요? 그 여학생도 나를 이렇게 만든 것이 전혀 저 혼자의 뜻은 아니었겠지……요. 내가 이렇게 된 걸 안다면, 아마 지금쯤 저도 몰래 마음 아파하고 있을 겁……니다. 눈물까지 보였던 아이가 그렇게까지 혹독한 일을 혼자 했을라구……요."

일본 주재 우리 조직원들이, 일본의 안 교수 방에서 찾아낸 것 중에는, 여교수 자필의 편지며 여교수의 선물, 고급 양주 등이 적지 않았고 여학생이 그렸다는 그림과 편지도 몇 점 있었지만, 그것을 수사 방향에서 제외한 것은 권 자신이었다. 안 교수가 묻지도 않는 그들과의 관계를 스스로 들추어내는 것은 내심 그렇게라도 당시를 회상하고 싶은 심리적인 자위(自慰)가 필요했을는지도 모른다는 생각이 들어 측은하기까지 했다. 그리고 최 조교를 부른 것은, 안 교수의 지시에 따라 지도를 구입했고 그것을 교수에게 전했다는 사실 확인을 거쳐야 할 일이기는 했지만, 수사를 위한 것이라기보다, 조교를 통해 안 교수가 어떤 인격의 사람인지 다른 각도로 알아볼 수 있을 것도 같았고, 혹시 어떤 방식으로든지 도울 길이 있을까 싶은 일루의 희망 같은 것도 숨겨져 있었다.

"최 선생은 안 교수의 그런 행적에 대해 그동안 혹시 낌새라도 채지 않았던가요?"

"아니요, 전혀! 전혀! 눈치챌 일이 없었습니다. 워낙 성품이 온화한 편이고 무엇을 감추거나 눈치를 주는 일 같은 것을 하실 분이 아니셨거든요. 저에게는 그런 분이었습니다. 그렇던 분이……, 어쩌다가……, 정말 이해를 할 수가 없습니다. 아무리 돌이켜 보아도 어떻게 그런 일에 말려들게 되셨는지…… 정말, 이 일을 어떻게 해야 할는지……." 그러면서 조교는 끝내 눈물을 보였다. "사모님도 안 선생님하고 똑같은 분입니다. 사실은 내외분이 모두 답답할 만큼 사회성이 없는 분들이에요. 전쟁 후에 그래도 사업을 하시던 숙부가 학비를 대주시며 공부를 시켰기에 교수직에까지 오르셨지만, 그렇지 않았다면 아마 입에 풀칠하기도 어려운 지경을 겪었을, 그렇게 대책 없는 분들이지요. 장차 이 일을 어떻게 감당하실는지 그저 앞이 캄캄할 뿐입니다."

마지막 말을 다 마치지 못하고 그는 눈물과 함께 고개를 꺾었다. 조교의 눈물은 스승에 대한 존경심에서보다 순진하기 짝이 없는 스승에 대한 연민이 더 깊어 보였다. 조교의 이야기는 권을 더 심란하게 만들었을 뿐, 안 교수의 사건은 속수무책이었다.

가택수색 영장을 들고 안 교수댁을 찾아 간 것은 한여름이었다. 안 교수를 연행할 때, 부인을 본 일이 없으니 부인은 권에게 초면이었는데, 집을 뒤지러 들어간 사람에게 부인은 한근심에 쌓여 권에게 매달리다시피 했다. "선생님, 우리 교수님이 어떻게 되겠습니까? 그 양반을 위해 할 일이 어떤 것인지 알려 주세요. 우리는 정말 전쟁의 희생자들 아닙니까. 시아주버니 되는 분도 당신 발로 북한으로 간 것 아니고, 억울하게 6·25전쟁 때 의용군으로 끌려가서 돌아오지 못한 분인데, 이제 와서 우리가 때늦게 다시 희생자가 되다니요. 선생님……, 정말 우리 내외는 우리나라를 사랑하고 이만큼 살게 된 우리나라를 누구보다 자랑스러워하고 있어요. 우리나라를 사랑하는 안 교수의 진심을 어떻게 하면 증명할 수 있을까요? 네?" 부인의 사무치는 안타까움 앞에서 권은 차라리 부인을 붙잡고 함께 울고만 싶었다. "선생님, 부디 우리 안 교수를 살려 주세요. 우리 안 교수 순진한 사람이라는 것 아시잖아요. 너무 순진해서 불쌍한 분이라는 것 아시잖아요?" 최 조교의 말대로 부인도 순진하기가 산골 구석 아녀자보다 나을 것이 없었다. '아아, 이들을 어떻게 해야 하나─' 이런 사람들의 조사관이 된 자신의 운명이랄까 배역이 원망스러웠다. 피할 수만 있다면 피해 가고 싶었다. 그 부인은 권이 자기 남편을 수사한 조사관이라는 것을 알고나 있는지. 모른다하여도 기관원이라면 남편을 옭아 넣은 당국이라는 것쯤 알고 원수보듯 하련만─

안 교수 사건은 당사자가 모든 것을 시인했고, 수집한 증거와 그의 행적이 모두 일치한 사건이어서 비교적 빨리 재판에 회부되었다. 조사과정에서 안 교수는 뻗대는 일도 없었고, 둘러대거나 거짓말을 하는 일도 없었고, 꾸미거나 보태는 일도 없었다. 그저 순순히 자신이 한 일을 교과서 읽듯이 줄줄이 시인하기만 했다.

*

사상범. 안 교수라는 인물에 비해 죄목이 어울리지 않게 거창했다. 재판에 넘겨진 조사서는 안 교수가 진술한 것에 비하여 부피가 너무 두꺼웠다. 권을 중심으로 네 명의 조사관이 시시콜콜 캐고 또 캐던 내용이라야 사상과 직결된 것이 별로 없는, 그저 고달픈 전쟁 세대의 가족사와 학교, 교우관계, 교수 생활이었지만, 조사를 끝내고 났을 때, 조사관 하나가 산처럼 쌓인 조사서 더미를 향해 소리를 내질렀다. "아이고, 사상인지 무언지, 조상까지 샅샅이 들추고 보니 피의자 자신도 생각지 못했던 지난날이 시퍼렇게 들고 일어나서 자서전 한 권을 엮고도 남겠다!"

안 교수의 재판 기일에는 조사관이 입회하게 되어 있어 권은 때마다 법원으로 출두했다. 그러면 하얗게 사원 얼굴로 먼저 와서 기다리고 있던 부인이 반색을 하고 달려와 인사부터 했다. "아아, 선생님 안녕하셨어요? 그런데 우리 남편은 어떻게 되는 걸까요? 무어 어떻게 도와주실 일이 없을까요? 권 선생 같으면 무슨 방법을 아실 것 같은데, 도와주세요. 우리 안 교수 정말 불쌍한 사람이잖아요." 애절하고 애절한 표정 앞에서 권은 때마다 할 말을 잃었다. 참으로 무엇으로라도 도와주고 싶은 심정이 불 일듯 일어나게 만드는 부인이었다. 전쟁의 흔적이 희미해져 가는 세상은, 먹고살 일에만 목숨을 걸어, 그럭저럭 살만한 세상이 되어가며, 집도 늘어나고 자동차도 늘어나며, 누가, 누가 더 잘 사나? 신명나는 경쟁 속인데, 어쩌다가 이 사람들은 이런 수렁에 빠져 헤어나지 못하는 것일까. 왜 유독 이 사람들만 이런 함정에 빠지지 않으면 안 되었던 것일까. 어디에 음험하게 숨어있던 전쟁 귀신이 이 순진한 사람들에게 덤벼든 것일까. 이산가족 천만 명. 전쟁 후유증으로 참혹하게 죽어간 사람도 적지 않기는 했다. 하지만 혹독한 환경을 이겨내고 교수직에까지 올라가 착실하게 살아가던 사람에게 왜 이런 올가미가 씌워졌나? 피해갈 길은 정말 없었던 것일까. 물론 부인은 일본에서 있었던 안 교수의 여자 관계를 까맣게 모른다. 알았더라도 저렇게 남편을 애절해 했을까. 그랬을 아내 같았다. 사회학 여교수와의 일만으로 종지부를 찍었더라면, 여기까지 이르지는 않았을 것을. 안 교수 삶의 어느 지점에서부터 그 삶의 고속 촬영을 뒤로 돌려……, 그래서 조총련의 꽃뱀을 피하기만 했다면……, 이 기막힌 현장을 비켜갈 수 있지 않았을까. 무지했어……, 욕심이 과했던가. 하늘이 내린 벌일까. 이십대 어린 여학생을 탐했던 죄가 이렇게까지 컸을까. 조사를 받던 동안 안 교수는 조총련계 여학생의 일을 두고두고 자책했다. "내가 죽일 놈이었지, 내가 죽어 마땅한 놈이었어요. 세상에! 이십대 딸 같은 아이에게 음욕을 품었다니 이런 벌이 내린 거지. 뭐 억울해 할 것 없어요. 어떤 판결이 내려지던 하늘이 내린 벌로 알고 감수할 테니까." 세상에는 그보다 더 끔찍한 범죄도 얼마든지 있었다. 교묘하게, 잔인하게, 짐승만도 못한 죄를 저지른 자들도 태평 무사하게 지내는 경우가 허다한 것만―. 이념이 분명한 인간이란 어떤 인간인가. 기술자들, 이를테면 의사라든가 전기 기술자들, 기계를 만지는 사람들, 대학교수들도 마찬가지로 자기만의 기술을 가지고 살아가는 사람들에게는 이념이라는 것을 뚜렷하게 따로 세워둘 자리가 없는 사람들이었다. 북으로 끌려가 생이별이 되고 죽지 못해 살아갈 형(兄)에 대한 애절함도, 역사의 수레바퀴에 깔려 집단무의식이라는 억지 명제 앞에서 어지간히 체념되어 갈 무렵, 운명은 장난치듯 안 교수를 사상범으로 몰아갔다.

인간의 삶에 선택권은 당초부터 허락되어 있지 않았을까. 모태의 자궁에서도 떠밀려 나오고 그렇게 떠밀려나온 뒤부터 끊임없이 떠밀려가는 것이 인생이었던가. 떠밀리고 떠밀려 살다가 종내에는 죽음으로 떠밀려 들어갈 수밖에 없는 것이 인간의 운명이던가. 그 어이없고 허망한 죽음 앞에서 인간은 그저 망연자실일 뿐, 할 수 있는 것이 아무것도 없다는 말인가.

권은 수사를 하던 동안에도, 재판이 진행되던 동안에도, 안 교수 때문에 끊임없이 뒤숭숭하게 지냈다. 누가 그랬던가, '삶은 뜻밖에 깜짝 놀랄 선물을 안겨 주는 수도 있다!'고. 안 교수에게 그런 행운이 주어지기를 간절한 마음으로 빌었다.

반공(反共)을 국시(國是)의 제1호로 고집하고 있던 시대이기는 했지만, 재판부도 사상범이라는 안 교수에게 중형을 내리지는 않았다. 판결이 내려지던 날, 계속 안쓰러워하는 권을 지켜보던 동료가 퉁명스럽게 일갈했다. "그만하면 됐어! 당신 수사관 맞아? 왜 안 교수 때문에 그렇게 마음을 약하게 먹어? 그만해두지!" 감성의 색깔이 전혀 다른 동료에게 어떤 말이면 납득이 되었을까. 때로는 짓궂고 때로는 희극 같은 운명. 안 교수에게 깜짝 놀랄 반전(反轉)을 안겨주는 그런 운명은 끝내 바랄 수 없는 것일까. 안 교수에게 일본 교환교수는 깊은 수렁이었다. 거대한 역사의 수레바퀴에 소리도 없이 깔린 모래알이었다.

*

인생살이에, 뜻밖에 깜짝 놀랄 선물이 주어지는 경우가 없는 것은 아니었다.

안 교수에 대한 중점적인 수사가 진행되던 어느 날. 그야말로 깜짝 놀랄 편지 한 통이 기관 사무실 과장 앞으로 날아들었다. 수신자는 제3국 주재 북한대사관. 발신자는 중동에서 흔한 이름의 알리라는 이름으로 작성된 편지였다. 한글을 왼손으로 썼음직한 엉성한 편지였다. 내용은 그곳 한국 태권도 팀장인 관장을 제거할 수 있는 방법을 기록한 편지였다. 현지 북한대사관으로 보낸 편지가 엉뚱하게 서울 기관으로 송달되다니. 더구나 대한민국에서 파견한 태권도 팀장을 제거할 수 있는 방법을 상세하게 기록한 내용이 곧바로 한국으로 배달되다니. "이게 뭐야? 아니 도대체 이게 어떻게 된 일이야?" 직원 모두를 기색하게 만든 편지 한 통. 더구나 알리라는 이름은 그저 흔한 이름을 빌린 것뿐, 왼손으로 편지를 써서 부친 자를 수색해 보니, 세상에, 우리 측 대사관 인물이었다. 이럴 수가…… 전도유망한 실력자로 인정받던 대한민국 현역 대령이었다. 기관 직원들 도두가 잘 알고 있는 현역이었다. 그가 자신이 주재하고 있던, 제3국 주재 북한대사관으로 태권도 팀장 제거방법을 알리는 편지를 띄웠다니 — 이럴 수가— "이게 미쳤지! 미쳤어! 미치지 않고 어떻게 이런 짓을……." 그 이상한 편지는 그곳 사무실에다 불을 질렀다.

대령은 사흘 만에 귀국, 공항에서 곧바로 연행되어 왔다. 기관에 연행된 대령은 직원들에게 오히려 항의조로 물었다. "왜들 이래요? 무엇 때문에 갑자기 이래요? 영문이나 알아야지!" 그는 자기가 왜 소환되어 왔는지 도무지 감을 잡지 못하는 눈치였다. 수사가 정식으로 시작된 상황에서도 그는 짜증 섞인 어투로 대들다시피 했다. "갑자기 잡혀 올 때에는 이유라도 알아야 하는 것 아닙니까? 이건……, 임무 수행자를 현지에서 갑자기 잡아 오다니, 이럴 수가……." 권은 그러는 대령이 측은했다. 멀리 둘러갈 것 없이 단도직입적으로, 그의 앞에다 그의 왼손 글씨 편지를 들이댔다. 편지와 수사관을 번갈아 바라보던 그는 갑자기 하얗게 질린 얼굴로 더듬거렸다. "아니, 이게 왜? 이게 왜? 여기 와 있습니까? 이게 왜?" 완연, 현실감을 잃고 무엇에 홀린 사람의 얼굴이었다. 그랬겠다. 북한대사관으로 보낸 편지가 남한 기관에 와 있다니! 너무도 뜻밖의 상황에 놀라, 당장 죽음으로 내 몰린, 벼랑 끝에 선 얼굴이었다. 그는 그저 넋 나간 얼굴로 계속 잠꼬대하듯 중얼거렸다. "이게 왜 여기에……, 이게 왜 여기에……." 그는 그 편지가 자신의 것임을 알아보고 자기를 잡아먹을 괴물과 맞닥뜨린 듯 편지를 노려보았다. "이 편지가 왜 우리 손에 있느냐고? 신기합니까? 북한대사관 앞으로 띄운 편지가 왜 남한 기관에 와 있느냐? 귀신이 곡할 노릇이겠지! 사실은 북한에도 우리 협조자가 많거든." 권은 다소 유들유들하게 말하다가, 막다른 골목에서 살길을 찾지 못하고 사색이 되어 있는 사람을 놀리고 있는 것 같아서 잠깐 미안한 느낌에 빠졌다. "아마 이 편지를 왼손으로 쓴 모양인데, 필적 감정하지 않아도 되겠소? 그나저나 당신 현역 대령 맞는 거요? 도대체 왜 이런 편지를 썼는지 이실직고하시오. 오래 끌 것 없이 그냥 깨끗하게 털어놓고 조사과정을 질질 끌지 맙시다. 길게 끌수록 피차 고생스럽기만 하지." 고개가 꺾인 대령은 죽은 사람 같았다. 잡혀 올 때, 이것이 빌미라는 것을 알았더라면 오는 도중 차라리 죽고 말 것을— 죽음의 바다에 풍덩 빠지려는 내면의 몸부림이 물씬 풍겼다.

*

동기(動機). 어이없고 기가 막혔다. 그 무렵, 당국에서는 수교가 미처 이루어지지 않은 중동 몇 나라에 태권도를 소개하며 도장을 개설했다. 석유로 세계의 돈을 긁어모아 부국이 된 중동에는 마침 건설 붐이 하늘을 찔렀고, 경쟁 입찰에서 건설비 절감, 공정기간 단축 등으로 수주를 따낸 뒤에 눈부시게 일을 해낸 코리아는 나름대로 중동의 별로 뜨던 시절이었다. 하지만 그 나라에는 이미 북한대사관이 버젓하게 들어가 있었고, 수교를 이루지 못한 우리나라는 소규모 공사를 따낸 시점에서, 이미 수로공사가 시작되고 있어 북한 측의 앙앙불락이 눈에 보일 정도로 조심스럽던 때였다.

수교는 이루어지지 않았으나 앞으로 그 나라의 토목공사를 맡게 될 희망을 걸고, 민간외교 차원의 태권도장을 부지런히 개설하던 시절이었으니, 당국은 그곳 태권도장을 맡게 될 책임자를 찾는 일과 인선(人選)에 신중에 신중을 기했다. 관장은 한국 기관에서 파견된 사람에게 맡겨져 당연직 팀장이었고, 태권도 교관은 민간인이었지만 내용은 현역 대령이었다. 도장 개설 이후 그 나라의 왕자들이 관심을 가졌고, 실권자들은 다투어 아들들에게 태권도를 가르쳐 중동지역에서 유명한 도장이 되었다. 그렇게 계획이 착착 맞아 떨어지던 지역에서 태권도 교관이 왼손으로 쓴 편지를 북한대사관으로 띄운 기이한 사건이 터진 것이다.

신문 사흘째, 대령은 차라리 체념한 듯 담담했다. "내가 미쳤지! 나에게 미친 귀신이 씌었어요. 그 사막의 나라가 너무 뜨거워서 그 열기에 미쳤던가 보아! 그저 내가 죽일 놈이지요! 죽일 놈입니다! 무슨 벌이라도 달게 받겠습니다."

"아, 미쳐도 유분수지, 어떻게 북한대사관으로 이런 편지를 띄워요? 함께 외국 근무를 하는 동료를 제거하라는……."

편지는 초등학생 투서보다 나을 것 없이 유치한 내용이었다. 팀장인 태권도 관장 제거방법이 상세하게 기록되어 있는 편지였다. 팀장의 출신 대학, 팀장의 아침 출근은 몇 시며, 어떤 코스로 차를 모는지, 퇴근 시간과 퇴근길을 상세하게 알려준 내용이었다. 글씨는 왼손으로 썼고, 발신인의 이름은 중동 사람 이름 중에 흔한 '알리'를 빌렸다. 그무렵은 남북한의 첩보전이 치열하던 때였다. 그렇게 띄운 편지가, 아마 중동 국가 체신부가 사우스와 노스를 구별하지 못했던 실수였는지 북한대사관으로 갔어야 할 편지가 남한 우체국으로 온 것이다. 우리 우체국에서는 덴겁하여 불덩어리를 던지듯 그 편지를 기관으로 내던졌다. 당국으로서는 하늘이 도운 가슴 쓸어낼 요행이었고, 당사자인 대령에게는 죽음을 안겨준 사신(邪神)의 장난이었다.

"도대체, 나랏일로 외국 근무를 나가서 함께 일을 하던 동료를 그렇게 팔아먹다니, 당신 북한으로부터 공작금 얼마나 받았어?"

몰아가면 꼼짝없이 몰릴 수밖에 없던, 변명이 소용없는 상황이었다. 그러나 내용적으로 당초 간첩이나 공작금 같은 것하고는 관련 없는 단순한 사건임을 기관에서도 이미 알고 있었다.

"내가 미쳤어요. 미쳤었어요! 정말 내가 미친놈입니다! 나 같은 놈은 죽어야 해요! 죽게 해 주세요!"

"당신 정말 미쳤어? 좀 조용히 못해? 아니 왜 되레 펄펄 뛰고 난리야? 무슨 수를 쓰는 거야? 거 참 되게 시끄럽게 구는구먼!"

피의자를 윽박질렀지만 조사관들도 기가 막혔다. 절절 끓는 태양이 몰고 간 미친 사건일 수도 있었다. '사람이 한 치 앞을 볼 수 있으면 천년은 살겠다!'는 말이 있다. 열사(熱沙)의 나라가 너무 뜨거워 한 치 앞이 보이지 않았던가. 팀장과 교관. 교관과 팀장. 그 둘 사이의 대단찮은 갈등이 빚은 유치하기 이를 바 없는 사건이었음에 기관에서도 맥이 빠졌다.

술집도 없고, 여자의 얼굴도 볼 수 없는, 끝없이 누렇기만 한 사막의 나라, 마음 부칠 것 한 가지도 없는 땅에서 날구장창 얼굴 맞대고 비벼대며 살아야 하는 두 사람의 관계는 첨예했다. 기관에서 파견된 관장은 보이지 않는 조직을 관리할 책임이 교관보다 무거웠다. 태권도만 가르치는 현직 대령 교관은 관장보다는 그 직무가 단순한 편이었다. 기관에서는 관장에게 일제 승용차 도요타를 안겨 주었고, 교관에게는 독일제 폭스바겐을 배당했다. 대사관이 없는 그곳에서는, 대한민국 대사관이 있는 이웃나라에서 한 주일에 한 번 열리는 회의에 의무적으로 참석해야 했다. 이웃나라라고 하지만 열사의 사막길은 1천 킬로미터가 넘는 장거리다. 우리나라 이수로 2천5백 리가 넘는 거리였다. 도요타와 폭스바겐이 함께 출발해도 차체가 작은 폭스바겐은 도중에 너덧 차례 이상 쉬어야만 기신기신 뒤따라 갈 수 있었고, 더러 도요타보다 먼저 출발해도 도착 시간은 늘 늦게 마련이었다. 관장과 교관 사이에 승용차 문제만 있었겠는가. 관장이라는 인물의 사람 됨됨이 어떤지 속속들이 알 수는 없었지만, 관계란 늘 어느 한쪽이 강세(强勢)를 유지하면 다른 한쪽이 피해의식에 짓눌리게 마련이다. 계속 열세에 몰린다고 느낀 교관 쪽에서, 두고두고 얼마나 증오가 들끓었으면, 드디어 피해의식에 증오가 불붙었을까. 더구나 보이는 것은 누런 사막뿐, 언어가 잘 통하지 않는 중동 사람들과 마음을 달랠 방법이 없는 판에 박힌 일상이었음에랴.

교관은 며칠 머리를 싸매고 앓았다. 중동 사람에게 흔한 '알리'라는 이름으로 왼손 글씨로 편지를 작성했다. 태권도 관장 제거방법을 상세하게 쓴 편지를 북한대사관으로 보냈다. 관장의 신상에 관한 것, 출근길 퇴근길의 자세한 코스를 명시했다. 그렇게 쓴 편지를 북한대사관으로 보냈는데, 그것이 우리나라 우체국으로 배달되고 우체국에서 기관으로 그 편지가 날아들다니―. 세상에! 이런 일이! 어이없는 사건이기는 했지만 기관에서는 손 안대고 코를 푼 격이었다.

당사자가 발뺌하지도 않았고, 어이없기는 했지만 단순한 사건이어서 수사를 오래 끌 일이 없었다. 당연히 군법재판 감이었고, 기관에서 일단락을 지은 날, 피의자가 조사기록을 다 읽고 날인을 한 뒤, 권(權)조사관은 마지막 한마디를 물었다.

"더 할 말 없어요? 나중에 후회하지 말고, 다 말하지 못한 것 있으면 지금 빼놓지 말고 마저 말하시오."

그러자, 대령은 잠깐 멈칫하다가 체념한 듯 입을 열었다.

"저어……, 한가지 빼놓은 것 있습니다. 사실은…… 홍콩에서 스위스 은행에 2만 불을 넣어 놓은 것을. ……늦게 얘기해서 미안합니다." 어차피 그렇게 실토를 하지 않아도, 기관이라는 곳은 끝내 밝혀내고야 말 것이니, 아예 낱낱이 불고 가자, 대령은 그렇게 생각했던 모양이다. 완연 사색이 된 대령은 더듬더듬 실토했다. 그러는 대령을 바라보던 권은 어이가 없었다. 세상에…… 이런 멍청이가 있나.

"화장실 안 가요? 갑시다!"

권은 피의자를 이끌고 화장실에 들어갔다. 아무도 없는 것을 확인하고, 비실거리는 피의자의 뺨을 올려붙였다. 아니, 조사를 하던 동안에도 때리지 않았던 뺨을 변소에서 때리다니? 하지만, 피의자는 늦게야 이실직고 한 일 때문에 맞은 줄 알고 벌겋게 닳은 얼굴을 숙였다.

"이봐! 당신, 참 형편없는 작자네! 정말!"

조사를 끝내고 오줌 누인다고 끌고 와서 뺨을 올려부치며 형편없다 하니ㅡ, 무슨 이런 조사관이 있어? 얼굴을 숙인 채 먹먹해하고 있는데 이번에는 느닷없이 정강이를 걸어차? 조인트를 깠어! 도대체 뭐가 형편없다는 건지, 하기야 나는 형편없기는 정말 형편없는 놈이지만!

"이봐! 당신 그것까지 까발리면 가족은 무얼 먹고 살라고 그것까지 까발려요?"

그러면서 권은 다시 피의자의 정강이를 걸어찼다. 그랬어도 워낙 얼이 빠진 피의자는 그 정황을 얼른 파악하지 못했다. 군재(軍裁)에서 무기징역을 면할 길이 없는 대령의 가족은 당장 무얼 먹고 살 것인가. 권은 그것을 걱정했다. 권은 군재가 시작되기 전, 법무관이 상세하게 검토할 틈을 주지 않고 피의자가 간직하고 있는 스위스 은행 관계서류를 자신이 압수하는 형식으로 빼돌려 대령 가족에게 전할 생각이었다. 권은 그렇게라도 그와 그의 가족의 생계를 돕기 위해 자신의 목을 걸기로 했다. '한심하긴……. 이게 무슨 도깨비장난이지. 무슨 귀신에게 홀렸기에 분을 참아내지 못하고 일을 저질렀을까. 어린아이도 그렇게까지 그런 일로 자신을 구렁텅이에 빠뜨리지는 않았겠다. 이제 저 가족은 어떻게 살아갈 것인가.'

*

  어떤 경우, 수사과정에서 원칙만을 따라 합리적인 수사를 고집하는 경우, 오래도록 께름함에서 벗어날 수 없을 때가 있다. 결과는 뻔했어도 사람 살아가는 세상 이치에서 비켜났다는 불편함이 남을 때다. 정책(政策)이 세워지는 경우도 마찬가지. 불문곡직 백이냐 흑이냐를 빨리 가려야지 그렇지 않으면 피차가 무너진다는 것을 아는 자들은 흑백논리대로 날렵한 칼질로 끝을 본다. 그리고 공직에서 살아남는 자는 눈치 빠르고 약아 빠져, 되도록 일을 맡지 않고 넘어가는 놈들이다. 공무원이 일을 많이 한다는 것은 우선 예산에서 돈을 많이 쓰는 존재가 된다. 그렇게 일을 하는 공무원은 우선 감사원에 제출할 보고서 작성만으로도 일이 넘쳐난다. 감사원에서는 늘 그 돈의 씀씀이를 이 잡듯 추적하고— 일하지 않은 놈은 그런 보고서를 쓸 일도 없이 빈둥거리다가 일한 사람을 두고 짜다 싱겁다 뒷공론이나 떠들어대고—

  권의 그런 조사과정이나 내심을 눈치채인 가까운 동료는 권의 감상(感傷)을 나무랐다. "혼자서 선량한 척하지 마쇼. 그렇게 열심히 해 보아야 돌아오는 건 더러 질책이고 눈칫밥인데— 약아빠진 우리 회사

작자들은 수사과정에서 대충 얼버무려 회삿돈 안 쓰니까 감사받을 일도 없고, 그래서 진급하는데 이것저것 따져 물을 일 없이 어물쩍 올라가고, 무사안일에 복지부동으로 말썽 없이 적당히 타협하며 살아가는데 당신은 무엇 때문에 사사건건 피의자 편을 드는 거야? 위험해! 위험하다고! 우리가 하는 일을 옆에서 지켜보는 것들은 옵서버처럼 뒷짐지고 있다가 '그거 그렇게 하면 안 되지, 안 되는 건데—' 지켜보다가 그 일이 성사되어 공적이 올라갈 즈음에는 '거 보라고, 그때 내가 그 일은 그렇게 처리하는 게 옳다고 말했잖아?' 그러면서 저 챙길 것 챙기는 놈들 아냐? 그런 놈들이야말로, 죽도록 일해 놓고 억울해하는 순진한 놈의 급소를 물고 늘어져 도태시키고, 끝내는 지도자가 되는 사회가 사회생리 아냐? 그러니 작작해 두라고! 제발!"

예상대로 대령은 군재에서 무기징역을 선고받았다. 남의 일 같지 않았다. 태권도 교관으로 외국 근무 발령을 받았을 때 싱글벙글 좋아하던 그의 얼굴이 떠올랐다. 인생 앞길에 무엇이 기다리고 있는지 모르고. 그가 태권도를 배우지만 않았던들— 그에게 외국 근무 기회가 주어지지 않았던들— 외국 근무 발령을 받았을 때, 그 자신과 가족들은 그 영화로움에 얼마나 들떴을까. 삶의 기운이 뻗혀 의기양양이었으리— 그런데 어쩌자고……, 어쩌자고……, 설사 현지에서 승용차 배당이 공정치 않았기로서니, 자기와는 다른 기관의 루트를 따라 관장이 된 사람이 설혹 거만하고 눈꼴사나웠기로서니— 그것을 못 견뎌 제 인생과 가족의 삶을 지옥의 낭떠러지로 밀어 넣었더라는 말인가.

공판이 열리는 날, 복도에서 마주친 대령은 맑고 순한 눈길을 권에게 건네며 허리를 깊이 숙였다. 그리고 재빨리 속삭였다. "오늘도 거짓말 좀 하겠습니다." 재판 도중, 권이 뻔하게 알고 있는 사실을 자신에게 유리한 말로 바꾸겠다는 뜻이었다. 그 눈길과 그 미소와 한마디

말은 권의 진심을 향한 경의(敬意)의 표현이었음을 권도 알아보았다.

*

삶이란 얼마나 엄숙한 것인지 — 얼마나 아슬아슬한 것인지 — 굴러
가는 삶에다 감정의 바퀴를 달아주는 것이 얼마나 위험한 것인지—
어떻든 삶은 굴러가게 마련이지만 삶의 운행(運行)에다 어떤 바퀴를
달아주는 것이 바로 가게 만드는 일인지를 아는 사람은 드물었다. 아
니 아예 당초부터 없었는지도 모를 일이다. 권은 그 기관에서 일하던
동안, 국법이라는 거미줄에 걸려드는 거의 모든 피의자들이 남다른
감성의 소유자들임에 거듭 놀랐다. 이념은 결코 이성이 아니었다. 이
념이야말로 감성의 다른 빛깔이었다. 분노와 저주, 보복심과 자기 합
리화, 희망과 나름의 성취를 향해 싸움을 걸어온, 진하고 진한 감성의
현장을 뛰고 있는 사람들이었다.

권이, 몇 년 만 더 봉직하면 퇴직금과 연금이 올라간다는 것을 알면
서도, 결단을 내려 그곳을 그만둔 것은 계속해서 걸려드는 그런 피의
자들과 마주치는 일을 더는 계속할 수가 없었기 때문이었다.

'한 치 앞을 볼 수만 있다면 인생 바퀴가 벼랑에 처박히는 일 없이
천년은 살겠다!'던 속담도 거의 지워질 무렵, 한국에는 군인들이 정권
을 노린 미묘한 쿠데타가 발생, 그들이 정권을 장악하는데 성공했다.
그 쿠데타 성공은, 북한대사관으로 편지를 띄워 동료를 제거하려던
죄로 무기징역을 선고받았던 그에게 행운의 문을 열어주었다. 그는
높은 자리에 올라간 동기생들이며 선배들의 배려로 감옥에서 벗어났
다. 세상에! 그런 기적도 있었다. 인생살이 뜻밖에 깜짝 놀랄 선물을

그가 받았다! 이승 살이 한 치 앞을 내다볼 줄 몰랐던 그가 일을 저질러 무기징역에 처박히더니, 다시 뜻밖의 반전(反轉)을 만났다! 뒤웅박 팔자라더니— 그런 일도 있었다. 뒤웅박이 되었건 뒤죽박죽이 되었건 그가 감옥을 벗어나 가족과 함께 이민을 떠났다는 소문은, 삶이라는 것이 그렇게 모질기만 한 것이 아니라는 증거였다. 어디 듯 깊은 자리에 뭉쳐있던 멍 덩어리가 풀린 듯, 진한 멍처럼 뭉쳐있던 기억을 안고 있던 권(權)도 짐을 벗은 느낌이었다.

그런데 때늦게 안 교수의 조교였던 그 사람이 어마어마한 자리에 영전되어 간 기사(記事)가 발견되고, 안 교수의 소식을 묻는다는 것이 차라리 영영 덮어두니만 못한 결과를 만났지 무언가. 안 교수가 출소 얼마를 남겨 놓고 교도소 안에서 세상을 떠났다고! 출소를 얼마 앞두고! 망치로 머리를 얻어맞은 듯했다. 막연하게 불안해하던 벌(罰)이 드디어 제때를 만나 내려친 망치였다.

권은 퇴직 후 기관에서 겪었던 일을 깨끗하게 지우며 살았다. 그 어떤 일도 돌이켜 보고 싶지 않았다. 한동안, 먹고 살 길을 찾아, 남편을 그 길로 떠밀어 넣었던 아내가 원망스러웠던 기간도 지나갔다. 안 교수가 어떻게 되었는지 궁금할 일도 없었다. 그렇게 감감 잊고 살았다. 그렇게 잊고 살아갈 수 있는 것이 인간이었다. 하지만 잊고 살았다 해서 불거졌던 사건이 지워진 것인가. 세월이 흘러갔다고 얽히고 설켰던 관계가 흔적 없이 지워졌을까. 사실(事實). 있었던 일. 인간이 태어나 삶을 이어가면서 행했던 일들은 하늘나라 영사실에 채곡채곡 보관되어 있을 것이다. 잊어버리는 것은 사람의 기억이지 사실은 지워지지 않는다. 사실이란, 생생하게 존재하는 영원한 현실이라는 것을 권은 뒤늦게 깨달았다.

인간사, 참 허망하면서도 맹랑하더라니— 직업이었고, 포도청 같은 목구멍을 몰라라 할 수 없어 그럭저럭 빌붙어 있던 직장의 일이었다. 안 교수는 자기가 저지른 일 따라 처벌을 받았고, 직장에 대한 권의 사명은 그것으로 일단락진 것이라고 여겼다. 그런데 안 교수의 일이 그렇게 시퍼렇게 살아 있다가, 이제 늙어가는 권의 덜미를 낚아챌 줄이야. 더구나 죽음으로 항변하다니!

몹쓸 짓을 한 것은 안 교수가 아니라 권 자신이었다. 안 교수가 저질렀다는 죄라야 그가 대한민국을 말아먹은 것도 아니고 민족을 구렁텅이에 밀어넣었던 것도 아니었다. 안 교수는 기관이 필요로 했던 당대(當代) 당시의 적당한 먹잇감이었을까. 북한이 손을 먼저 써 납치했을 수도 있는, 어느 쪽에서도 먹잇감으로 삼을 수 있었던 역사의 희생 제물이었다. 그 사건이라는 것이 안 교수에게는 운명이었고, 권에게는 밥벌이를 위한 한자락 솜씨였으니, 인간의 배역은 도대체 누가 결정하는 것인가.

하지만 권은 퇴직 후 기관에서 겪었던 일을 하얗게 지우고 살았다. 그 어떤 일도 돌이켜 보고 싶지 않았다. 한동안, 먹고 살 길을 찾아 남편을 그 길로 떠밀어 넣었던 아내가 원망스러웠던 기간도 지나갔다. 안 교수가 어떻게 되었는지 궁금할 일도 없었다. 그렇게 감감 잊고 살았다. 그렇게 잊고 살아갈 수 있었다.

권은 며칠 자리에서 일어나지 못했다. 안 교수가 무의식 속에서 나만 운명에 대한 분풀이처럼 떠났거나, 자기를 못 이겨 제 명을 다 못 살았거나 권과는 상관없는 일이었다. 그런데 가뭇없이 숨을 죽이고 있던 그 사건이 막상 안 교수가 세상을 떠난 뒷자리에서 동티를 낼 줄이야— 안 교수가 교도소 안에서 사망했다면 벌써 여러 해 전의 일이다. 그런데 그 소식을 듣던 순간부터 권의 의식의 한 단면이 문을 닫았다. 밥맛이 떨어지고 힘이 빠졌다. 신나게 수리하던 집수리도 흥미가 없어졌다. 하지만 그렇게 며칠 뒹굴던 동안 그대로 주저앉을 수는 없다는 생각에 자리를 털고 일어났다. 서울행 버스정거장으로 나간 것은 그 며칠 뒤였다.

점심때가 가까운 시간이었는데, 하 노는 여전히 공인중개사 가게 앞 플라스틱 의자에 앉아 하품을 하던 참이었다. 그의 하품 소리는 권의 가슴을 다시 쓰리게 만들며 지나갔다. 쓰라리면서 공허하기 짝이 없는 하품. 하 노의 의식 속에는 무엇이 들어 있을까. 하염없이 하 노를 바라보다가 버스를 놓칠 뻔했다.

무슨 일인지 그날따라 도로가 정체되어 서울 도착에 보통 때보다 시간이 곱절은 걸렸다.

터미널에도 사람이 들끓었고, 지하철역마다 인파였다. 지하철에 그득먹한 노약자. '노숙인 위기대응 콜' 지하철 광고판을 머리에 이고 늙은이들이 졸고 있다. 노숙자를 누가 어떻게 건져줄 것인가. 나이를 덜 먹은 것들은 길에서고 전철 안에서고 스마트폰에다 얼굴을 처박고—

환승역에서는 숫제 사람 등쌀에 저절로 둥둥 떠 흘러가듯 휩쓸렸다. 아아, 사람, 사람, 뒤따라가는 경우는 앞에 보이는 것이 대글대글한 뒤통수뿐이었고, 반대편에서 마주 오는 경우의 사람들은 눈만 퀭한 표정 없는 얼굴로 둥둥 떠서 밀려갔다. 유사 이래 인간이 태어났다가 떠난 숫자가 1천1백억이라던가. 그 숫자는 누가 어떻게 계수를 한 것인지. 권은 그렇게 휩쓸려가다가 멀미를 일으켜 주저앉을 뻔했다. 인(人)멀미. 인멀미는 어떤 구토보다 역겨웠다. 태어나서 지금까지 겪었던 모든 일들이 구토의 오물이 되어 터져 나올 것만 같았다. 환승역마다 넘치는 인간들에게 무슨 존엄성이? 생명의 존엄성? 아마 창조주도 그 장면에서는 머리를 절레절레 흔들겠다. 누가 누구인지 알 수 없어서 현기증을 일으키겠다. 지구라는 별을 파먹고 파먹는 가장 잔인한 존재에 대해 넌더리를 내겠다. 어느 몹쓸 인간이 그랬다. '신은 못된 아이들이 재미 삼아 파리 잡듯 인간을 그렇게 죽인다.'고. 설마…….
하지만 지진으로, 쓰나미로, 화산폭발로, 수십만 명의 목숨이 순식간에 쓰러지는 사건은 거의 매일 일어나고 있으니—

그렇기는 해도 그분은 대도회를 휩쓸어 넘치는 인간, 서로 물고 뜯고 죽이는 인간들의 잔인성을 어떤 심경으로 바라보실는지— 재앙과 죽음의 불안이 매연처럼 가득찬 대도회로 몰려든 인간을 어떤 눈으로 바라보실는지— '너무 많구나! 너무 복잡하고, 너무 오래, 너무 길게 이어졌구나! 한 놈도 빼어난 놈은 없고! 이제 와서 후회는 좀 그렇고……' 문득, 그분의 하품 소리가 들린 듯했다.

그는 울렁증 때문에 을지로 자재상으로 가지 못하고 터미널로 되돌아갔다. 매표소에 줄을 이룬 사람들 뒤에서 이리 밀리고 저리 밀려가며 한참을 기다려 승차권을 샀다. 시골 정거장에 내리니 해가 뉘였했다. 매표서 옆 스마트폰 가게에 켜놓은 티브이에서는 로또 복권에 한 생(生)을 걸고, 어느 복권 매표소 앞에 장사진을 이룬 사람들을 비춰주고 있었다.

그때, 공인중개사 앞에서, 귀청이 찢어질 만큼 요란한 하품이 날아왔다. 하 노의 하품이었다. 헛되고 헛된 인간을 바라보며 신(神)이 할 수 있는 것은 하품뿐이었다. 인간을 바라보는 신에게서 터져 나오는 하품이었다.

하늘 사다리

"이민 가시게요?" 가방 가게 주인이 그렇게 물었을 때, 현주는 선 뜻 대답을 할 수가 없었다. "아니면 누구 이민 떠나는 이웃한테 선물 하실 겁니까?" 오십대 후반쯤 되어 보이는 가방 가게 주인이 다시 물 었을 때, 현주는 자신에게서 간신히 대답을 끌어냈다.

"네, 저희가 가는 거예요."

"그래요? 거 잘됐네요. 아직 젊은 나이에 떠날 수 있으면 떠나는 거 지요. 사실은 이민가방 중에도 질이 좋은 것이 있고 좀 떨어지는 게 있어서……" 이웃에게 선물하는 것이라면 좀 떨어지는 것을 주어 도 된다는 말인가. 별…… 가게 주인은 눈앞의 손님에게 덤을 얹어준 다는 뜻으로 한 말이겠지만, 가방 가게에서까지 이면(裏面)을 겪게 되 는 현실에, 그네는 진저리를 쳤다. 가게 길 건너편에서는 시뻘건 두건 을 두른 데모꾼들이 핏빛 글씨로 뒤발을 한 현수막을 걸어 놓고 악을 써대고 있었다. '임금인상 쟁취하여 사람답게 살아보자' '어느 놈은 기름 낀 배를 안고 골프 치러 다니고 어느 놈은 배곯고 냉방에서 살아야 하나?' 거리 곳곳 건물 벽이며 건물 사이사이에 피를 토해 놓은 것 같은 뻘건 글씨의 현수막이 살벌하게 펄럭이고 있었다.

지난해 서울에서 '86 아시안 게임'을 그런대로 잘 치러 놓고, 정치가들이며 정부, 기업 측에서는 조금만 기다려 주면 지금보다는 잘 살 날이 올 것이라고 손을 비벼대지만, 노여운 노동자들은 그 말을 믿지 않았다. 할아비뻘 되는, 더러는 아비뻘 되는 사주(社主)에게, 아랫도리 홑겹만을 입혀, 벌거벗은 몸을 단상에 세워놓고, 그 기름진 배를 지렛대나 대나무 창으로 쿡쿡 쑤셔대며 능멸을 해대는 젊은이들, 더러는 드럼통에다 사장(社長)을 처박아놓고 쑤셔대는 젊은이를 그 누구도 말리지 못했다. 생존이 종주먹을 휘두른다고 해결이 되는 것인지― 그네는 자신이 구입한 이민가방도, 자기 눈으로 보고 있는 이 어지러운 현실도 어쩐지 아득하기만 했다. 현실이 아니라 비몽사몽을 헤매고 있는 것만 같았다. 도저히 이민을 실감할 수가 없었다. 산다는 게 무언지…….

'이민가방'이라고 이름 붙인 가방 둘을 사들고, 큰길에서 택시를 기다리며 그네는 가슴이 울컥했다. 그 가방에다 무엇무엇을 넣어야 하는 걸까. 무엇을 챙겨가고 무엇을 버려야 하는 걸까? 납작하게 접힌 가방을 들여다 보며 그 가방 속에 넣어져 함께 가게 될 물건들이 갑자기 가엾어졌다. 더구나 제 나라를 떠나 낯선 나라로 가야 할 남매를 생각하면 더 가슴이 미어졌다. 시댁 육촌형이 있어 수속을 해 주었다지만, 나무 한 그루도 이식을 하면 몇 년 동안 몸살을 하거나 말라죽게 마련인데, 하물며 사람이 저 태어난 땅을 떠나서 살아가는 일임에랴…….

결혼 3년차, 두 돌을 지낸 아들과 이제 갓 돌이 되어 오는 딸 남매, 핏덩어리나 같은 아이들을 데리고 이민이라니― 남편 도현의 고집을 꺾지 못하고 딸려가는 길이기는 하지만 현주는 답답한 꿈에서 깨어나지 못한 것처럼 무겁기만 했다.

사범대학을 졸업하자 시골이 아닌 서울로 발령이 나서 그런대로 꽤 괜찮다 싶은 국민학교에 자리를 잡고 결혼을 했으니, 겉으로 보기에 생활의 결격사유 같은 것이 있을 리 없는 살림이었다. 홀로된 시어머님이 꿍쳐두었던 돈에다 융자를 받아 마련한 열여섯 평짜리 아파트도 있었다.

*

지난해부터 남편은 직장에서 돌아온 뒤에도 말수가 줄었고, 잠을 설치기 예사였다. 그렇게 알뜰하게 귀여워하던 아이들을 데리고 놀아 주지도 않았다. "어디 아파요?" "학교에 무슨 일이 있어요?" "내가 모르는 무슨 일을 저질렀어요?" "괜찮으니 얘기 좀 해 보아요. 무슨 일이라도 내가 이해를 할 테니 제발 털어 놓아요." 그렇게 몇 달이 지난 어느 날 밤, 남편 도현은 어렵사리 입을 열었다.

"우리 이민 가자." 얼마나 오랫동안 벼르고 별렀는지 그 한마디는 무섭도록 결연했다.

"아니? 갑자기 이민이라니? 왜 그래요? 왜 그러는데? 갑자기 이민?"

"아무래도 여기서는 아이들을 키워 낼 수가 없겠어."

"아니 도대체 그게 무슨 소리에요? 아이들을 키워 낼 수가 없겠다니?"

현주는 숨이 막혀 다그쳤다. 그래도 남편은 한동안 입을 꾹 다물고만 있더니 한참 만에야 간신히 다시 입을 떼었다.

"벌써 오래전에 교원노동조합이 결성된 것 당신도 알고 있잖어? 운동권 뿌리에서 솟아난 조합인데, 사실은 한국진보연대라는 우산 아래 연맹체를 결성한 거야. 선배가 자꾸 권해서 나도 가입을 했었잖아……."

"교원노조요? 그게 어때서요?"

도현은 그렇게 되묻는 아내를 한동안 멀거니 바라보더니 절망적인 얼굴로 고개를 꺾었다. 그리고 그날 밤 다시는 말을 섞지 않았다. 무엇이 잘못되었는지 아내는 고민해가며 남편 눈치를 살피기를 며칠, 다시 한밤중에 말을 건넸다.

"여보 내가 그동안 집에서 아이 낳고 살림만 했으니 뭘 알겠어요? 그러니 당신 뜻이 무엇인지 자세하게 알려주어야지, 그렇게 대뜸 화를 내고 말을 닫으면 나는 어떻게 하라고?"

남편은 한동안 한숨을 들이쉬고 내쉬고 하다가 무겁게 입을 열었다.

"전교조가 결성되었을 때, 선생들이 우르르 몰려들며, 거기에 가입을 하지 않으면 불이익을 당할 것처럼 난리를 쳐서, 좀 꺼림했지만, 어느 선배가 강권을 하기에 승낙을 했지. 사실, 소위 스승이라는 자들이 노동조합을 만든다는 일에 이건 아니다 싶기는 했었어. 아무리 세상이 달라졌기로 아이들을 가르친다는 선생들이 노동자야? 그런 사고방식을 가진 인간들이 아이들에게 무엇을 남겨 줄 수 있겠어? 그렇게 내 마음이 점점 뒤틀려 가는데, 이건 말도 안 되는 짓을 시작하는 거야. 이 자들이 어린아이들한테 눈치껏 꾸준히 가르친다는 것이, 6·25전쟁은 북쪽에서 쳐내려온 것이 아니라 남쪽에서 쳐 올라갔다, 남침이 아니라 북침이고 북한은 민족해방 전쟁을 치른 것이다……고 가르치는 거야. 물론 교묘하게 그 짓들을 하고 있지만, 초롱초롱한 아이들이 대뜸 그것을 믿는 데야 무엇으로 말려? 어린아이들에게 사회적 역사적 분노를 끊임없이 세뇌시키고 있는 거야. 기막힌 사태가 아무렇지도 않게 벌어지고 있는 거지. 우리나라의 악덕기업주, 그런 악질 기업주가 있을 수도 있겠지만, 그래도 지금까지 제 밥그릇 채워주던 기업주를 드럼통에 쑤셔 박고 능멸하는 그런 산업현장은 세계 어디에도 없었어. 이 현상이 잠깐 일어났다가 스러질는지 모른다는 희망을 가져 보겠지만, 이 공격적인 세력은 그렇게 간단하게 수그러들지 않는다는 결론이 났어."

아내는 남편이 들려주는 내용의 심각성을 얼른 깨달을 수 없었다. 전교조가 생겼기로서니, 가입을 해놓고 보니 잘못되었다고 판단이 되면 탈퇴하면 그만이지, 그들이 아이들한테 남침을 북침이라고 가르친다 해서 자기 혼자 책임질 일도 아닐 텐데, 왜 우리가 피해서 달아나야 하나? 우리가 이만하면 아쉬운 것 없이 조심스럽게 차곡차곡 잘 살아가고 있는데— 아내는 갑자기 자신의 현실이 뒤집힐 것 같아 겁이 났다.

"여보 화내지 말고 내 말도 좀 들어봐요. 당신이 이 시대의 역사적인 의미를 똑바로 보고 똑바로 알고, 당신의 생각이나 판단이 정의롭고 옳다면 왜 우리가 피해야 하는데? 왜? 그리고, 남들이라고 다 견디는데 우리가 왜 피해가야 해? 당신이 너무 예민하고 심약한 것 아니에요? 갑자기 남의 땅에 가서 어떻게 살려고 그래요?"

심각한 이야기가 나오면 아내가 경어를 쓴다는 것을 알고 있는 남편은 눈에다 힘을 주었다. "당신 우리 집안 내력 몰라서 그래? 시골에서 그래도 볏섬이나 하면서 살던 집안이, 6·25 때 인민군과 내무서에 잡혀간 큰댁 큰아버지부터 사촌형들까지 몰살당하다시피 하면서 우리집까지 몰락한 것 몰라? 우리가 전쟁 후에 태어난 전후동(戰後童)이라고는 해도, 우리도 그 후유증으로 배곯고 헐벗고 살던 세대 아냐? 내가 S대학의 문리과대학 영문과를 들어가고도 남을 실력을 가지고도, 문학의 뜻을 꺾고 사범대학으로 간 것도 그 후유증이었어. 당신도 마찬가지 아냐? 그런데 뭐? 육이오 전쟁이 북침이라고? 주체사상만이 우리 민족이 통일하고 살아날 이념이라고? 그리고…… 당신, 당신도 사범대학에서 수학과를 나오기는 했지만 문학소녀였잖아? 요즘도 틈만 나면 소설책 들고 밤을 새우다시피 할 때가 있더구만, 요즘 우리나라의 소설, 철저하게 좌경(左傾)상업주의가 되어버린 것 몰라? 정말 몰라? 신문광고 잡지광고에 나오는 소설들, 빨치산을 미화하고 북한을 향해 손뼉 쳐주지 않으면 책이 한 권도 안 팔린데. 유명하다는 대학교수들까지 좌경이 되지 않으면 무식하다는 소리 들을까보아 그쪽으로 기웃거리고 엉금엉금 기어들어가고 있는 것 모르겠어? 이런 나라에서 어떻게 내 아이들을 길러? 그리고 왜 우리가 피해가야 하느냐고? 몰라서 물어? 저런 세력이 형성된 원인이 정경유착이나, 가진 놈들의 거드름에 원인을 둘 수도 있겠지만, 저 양상은 미구에 새로운 권력을 형성하게 될 것이라는 걸 당신도 알아야만 해! 진정한 정의는 설치는 일이 없거든, 계속 핍박받고, 옳은 사람이 쫓겨 가야 하는 것 모르느냐고? 두고 보아, 앞으로 이 땅에서 계속 설치고 주도권을 잡는 자들이 어떤 자들일는지 두고 보라고! 심각해! 정말 심각하다고!"

아내는 남편의 의식이야말로 편향된 것이 아닌가 의심했다. 잠이 든 남매를 지켜보며 그네는 눈시울을 적셨다. 어디서 누가 보내준 생명인가. 만지면 봄바람처럼 어딘가로 스러질 것만 같은 뽀얀 볼을 살며시 만져 보았다. 딸아이의 얼굴에다 자신의 얼굴을 대어 보았다. 자신의 생명이 그 숨결 속으로 녹아들 것 같은 감미로움에 눈물이 솟았다. 이 아이들을 낯선 땅으로 끌고 간다는 사실을 상상할 수가 없었다.

*

"여보, 이민을 가더라도 조금만 더 기다렸다가 가면 안 될까? 후년, 88년 가을에 우리 서울에서 올림픽이 열리잖아요? 그 올림픽이 끝나고 나면 무언가 달라질 지도 모르잖아? 그 올림픽만이라도 치른 뒤에 가면 안 될까?"

"당신하고 더는 이야기가 안 되겠어! 지금 전국을 휩쓸고 있는 저 파업과 난동파괴가 당신에게는 아무런 의미도 없다는 게야?"

"그거야 뭐…… 선진국이라고 자처하는 나라에서도 그 과정을 거쳐 오지 않았어요? 산업사회가 필연적으로 겪어야 하는 일 아닐까? 그러니까…… 이런 파업도 어떻게 보면 발전과정이라고 볼 수도 있지 않겠어요?"

남편은 입을 닫았다. 그리고 혼잣말처럼 힘없이, 그러나 옹이가 박힌 말을 중얼거렸다.

"우리나라 하늘, 상공에는 되어 먹지도 않은 이념의 미친 귀신 너울이 씌웠어! 그거 쉽게 벗겨지지 않아! 내 말 명심해 두어! 우리 가족만의 문제가 아니라고!"

"그래서 우리만 안전한 곳으로 달아나겠다는 거예요? 이 나라 사람들 모두가 견디며 기다리는데 우리만 달아나자고요?" "글쎄, 이 현상은 그렇게 쉽게 사그라들지 않아! 먼 훗날 이상한 기류를 만들어 낼 테니 두고 보라고, 당장은 그런대로 어울려 살아갈 것 같지, 그러나 이 이상기류는 머지않아 자국의 역사를 뒤틀고 기괴한 나라꼴을 만들고 말테니!"

"비겁하다는 생각 안 들어요? 정말 당신답지 않네요!"

현주도 눈을 꼿꼿하게 뜨고 대들었다. 아내와 다투고 싶지 않은 도현은 그 자리를 피할 수밖에 없었지만, 생체가 다른 남녀의 차이였을까, 아니면 부부간에도 좁혀지지 않는 가치관이나 이념의 문제였는지, 피차 한동안 황당한 느낌을 어느 쪽에서도 거두지 않았다.

그들이 이민 비자관계로 어려움을 겪고 있던 1987년, 6월. 민주항쟁이 성공을 거두었다. 현주는 계속되는 뉴스를 지켜보면서 남편 도현이 이민 포기하기를 종용했다.

"보라구요, 이제 이 나라에 진정한 민주화가 이루어져가고 있잖아요."

도현은 우울한 얼굴로 피시식 웃었다.

"민주화? 우리가 믿고 있는 자유민주주의 체제가 반드시 정당하고 틀림없다는 뜻은 아니지, 하지만 항쟁에 성공한 저들이 시도하고 있는 체제변혁의 의미가 이 나라에 어떤 변화를 가져올는지 암담해. 저들이 부추기고 있는 민중, 아니 문단, 그림쟁이들, 학계까지를 어떻게 장악할는지 내게는 보이거든, 물론 그런 세력들이 들고 일어나게 된 동기를 우리 역사가 제공했다고는 하지만, 역사를 뒤틀고 나아가는 민족은 어젠가는 끝장을 보게 되어 있어, 알겠어?"

이민 비자를 받기까지 쉽지는 않았지만, 남편인 도현의 뚝심이 비자 받는 일을 결국 해냈고, 그들은 얼마만큼 자리를 잡았다는 육촌형을 의지하고, 그 가을에 한국을 떠났다. 1987년이었다.

*

뉴욕 '퀸즈보로(BORO) 베이사이드' 주택가의 봄은 눈부셨다. 현주는 오래간만에 딸을 유모차에 태우고 네 살 된 아들의 손을 잡고 집을 나섰다. 봄볕이 그들을 끌어냈다. 한국인이 살고 있는 집의 반지하를 간신히 얻어 든 그 겨울은 내내 음산했다. 목적지도 없이 그저 집을 나선 어미는 아이들이 눈부셔하는 봄볕만으로도 가슴이 메었다. 지척에 공원이 있었고, 공원을 끼고 골목을 여럿 이룬 집들은 오밀조밀 카드속의 그림이었다. 그리고 더러는 넓은 마당에 잔디가, 더러는 울타리에 영산홍이 만발해 있었다. 줄장미 덩굴이 아치를 이루고, 글라디올러스며 에델바이스도 군락을 이루었다. 잔디밭 위에 하얀 철제 정원의자가 도란도란, 꽃밭에는 다람쥐와 토끼 형상의 장난감들이 빈집을 지키고 있었다. 거실 창문에는 레이스 커튼이 꿈결 같았고, 현관 계단에 내어놓은 제라늄이 분홍 보라 빨강색으로 피어있었다. 더러 큰길로 지나가는 승용차 외에는 사람이 보이지 않는 마을은, 따스한 정령(精靈)이 봄바람이 되어 스쳐가듯 조용했다. 보장된 안정과 평화였다. 침해받지 않는 자유였다.

남편이 바라보고 찾아온 것은 이런 것이었는가. 그런데 우리는 언제 어디쯤에서 이들이 누리고 있는 이 안정과 평화와 자유를 누릴 수 있을 것인가. 그리고 피부 빛이 다른 우리를 백인들은 정말 자연스러운 이웃으로 받아들여 줄 것인가. 봄나들이를 다녀온 현주는 오히려 한동안 몹시 우울했다.

*

어린 남매가 '킨더가든'에 갈 나이가 되기까지 아내는 집에 묶여 있을 수밖에 없었고, 남편 도현은 육촌형이 벌려 놓은 잡화가게에서 일을 돕는 것으로 뉴욕 생활이 시작되었다. 현주는 낯설고 물설은 땅에서 살아남는 길이 어디에 있는지, 남편이 출근한 뒤 집에 머무는 동안, 절대로 한국 방송을 듣지 않았다. 그리고 티브이도 미국 방송을

켰고 무슨 말인지 알아듣지 못해도 전신으로 신경을 곤두세워 열심히 귀를 기울였다. 단 한마디라도 영어를 익히기 위해서였다.

남편이 일하는 육촌형 가게에 한 번 들린 뒤로, 현주는 다시는 그곳에 고개도 돌리지 않았다. 모범교사로, 학생들뿐 아니라 학부모들에게도 호감을 샀던 남편이, 겨우 식품점에서 허드렛일을 하고 있는 현장을 다시는 떠올리고 싶지 않았다. 라면상자, 멸치상자, 김치, 가짓수를 헤아릴 수 없이 많은 물건들을 챙기고, 종일 한국 사람들하고만 상대를 해야 하는 남편의 몰골이 너무 참혹해 보였다. 현주는 속으로 이를 악물었다. 어떻게 해서든 아이들만 맡길 수 있다면 어디서 접시를 닦으면서라도 남편을 도와야겠다는 일념뿐이었다. 한국 할머니에게 아이들을 맡긴다 해도, 거의 생활비의 반이 들어가야 하는 현실이 쓰라렸다. 현주는 집에서 할 수 있는 일거리를 찾았다. 구슬 꿰는 일을 따냈다. 머리칼보다 가느다란 철사에 구슬 꿰는 작업은 거의 골병이었다. 목걸이며 팔찌 귀고리를 만드는 악세서리 회사의 일이었다. 종일 구슬을 꿰어보아야 몇 불 안 되는 일거리였지만, 아이들이 칭얼대는 것을 떠밀어가며 눈이 가물가물할 때까지 자디잔 구슬을 꿰고 나면 어지러워서 일어날 수가 없었다. 그는 억울하고 분한 마음을 바늘로 찌르듯, 이를 악물고 철사 실에다 구술을 꿰었다. '홈워크'로 구슬 일뿐 아니라, 머리핀이며 머리 장식 빗 같은 것에다 그림 그려 넣고 색칠하는 일도 따냈다. 회사에서 시키는 대로 장미꽃이며 체리 열매 같은 그림을 그려 넣고 색칠을 하는 일이었다. 머리 장식 핀이며 장식 빗이라야 손가락 두 마디 정도의 작은 것들이어서, 그림은 앙증맞아야 했고, 그림 붓은 너무 가늘어서 손가락에서 쥐가 날 정도였다. 그랬어도 정성을 다한 현주의 그림은 미술대학을 나왔느냐는 칭찬을 받을 만큼 빼어났다. 다만 몇 푼이라도 보탬이 되는 일이라면, 그네는 목숨을 건 듯이 달려들어 일을 해냈다.

*

　한동안 그렇게 지내던 끝에 육촌형이 남편에게 취직을 알선해 준 자리는, 한국 사람이 사주인 동서식품 그로서리의 세일즈맨 자리였다. 한국의 이민가정이 늘어나면서 물건이 없어서 못 팔 만큼 한국 식품은 불티가 났다. 하지만 아무리 식품회사에 날개가 돋혔어도 세일즈맨은 세일즈맨일 수밖에 없었다. 쌀에서부터, 라면, 당면, 미역, 김, 고춧가루에서 심지어 깨소금까지 다루는 식품 종류는 천여 종에 가까웠고, 한국 식품회사가 늘어나면서 홀 세일이 넘쳐 나 경쟁이 불 같았다. 세일즈맨은 소매 매장을 찾아다니면서 장부에다 꼼꼼하게 재고조사를 하여 본사에 보고를 하고, 물품을 채워주는 일을 서둘러야 했다. 그러나 다른 회사 세일즈맨보다 한발 늦으면 그 회사 물품이 쏟아져 들어간다. 그리고 그 눈치를 알게 된 사주는 노골적으로 면박을 주고 구박이 자심하다. 세일즈맨은 매장에서도 허리가 나긋나긋해야 했다. 매장의 매니저에게 인심을 얻어놓지 않으면 다른 세일즈맨에게 좌판을 빼앗기기 일쑤였다. 현주는 남편의 고생을 가슴 쓰려하다가도 어느 때는 '그것 보라지, 왜 이민을 우겨서 그 지경을 겪어? 다 자기 고집 때문인데 어쩌겠어?' 토라졌다가도 억울하고 분해서 곧 속이 뒤집혔다.

*

　그렇게 한국 티브이를 못 보게 하던 남편 도현도 서울 올림픽만은 자기가 서둘러 티브이 앞에 앉아 열중했다. 조국의 가을은 어쩌면 그리 깊고 아름다운지— 봉화를 들고 달리는 길에는 코스모스가 만발했고, 올림픽 개회식은 가슴이 터질 만큼 감격스러웠다. 우리 민족 어디에 저런 지혜가 숨겨져 있었던가. 어디에 저런 저력이 감추어져 있었던가. 세계에 유례가 없던 전쟁 6·25를 치른 뒤, 한국의 별명은 '고아의 나라', '과부의 나라', '소매치기 도둑의 나라'가 아니었던가. 그런 나라가 세계올림픽을 유치하고 저렇게 당당한 개회식을 올리다니— 현주는 꼿꼿한 눈으로 남편을 자주 훔쳐보았다. '내가 무어랬어요? 올림픽만이라도 치르고 떠나자 했을 때, 왜 그렇게 무섭게 다그쳤는지, 이제 후회스럽지? 떠나온 지 1년에 무엇을 얻었어?' 서울이 올림픽을 치르던 동안, 현주는 내내 견딜 수 없는 패배감에 시달렸다. 아아! 그리운 서울, 그리운 나라, 전 세계가 목을 빼고 발돋음하여 바라본 서울올림픽. 자랑스러운 내 나라. 이제 고국은 머지않아 당당하게 선진대열로 입성할 수 있겠구나— 현주는 남편에게 아무 말도 하지 않았지만, 며칠 후, 친구네 집에 저녁 초대를 받아갔을 때, 친구네 거실 탁자에 놓인 미국 신문 표제를 보고 가슴이 울컥했다. 〈서울올림픽은 신(神)의 작품이었다〉 서울올림픽에 홀딱 반한 서양 신문이 붙인 황홀한 표제였다. 그랬어! 그랬고말고! 현주는 그 신문을 훔쳐가지고 돌아와 남편의 책상 위에 펼쳐놓았다. 현주는 어쩐지 남편에게 속은 것만 같아서 오래도록 분했다.

　도현은 아내의 속셈을 알아차렸는지, 어느 날 늦은 저녁 식탁에서 무겁게 입을 열었다.

　"서울올림픽? 신의 작품? 그렇지, 그렇고말고! 그런데 막상 그 일을 해낸 민족이 허무주의에 빠지는 건 어떻고? 그렇게 목숨 걸어 치러내고, 전 세계가 열광하게 만들고도, 정작 당사자였던 그 인간들이 그것을 폄하하고 뒷전으로 밀어붙이고 스스로를 깎아내리는, 모든 것을 부정하는 '역사허물기'에 빠지는 것은 어떻게 할 건데? 지금 그런 무리들이 꿈틀대고 있는 것 몰라?"

도현은 그런 현상을 몰고 온 것이 마치 아내의 책임이나 된다는 듯 아내를 노려보았다.

*

남매가 유아원으로 가게 되었을 때, 엄마에게서 떨어지지 않으려고 매일 울고불고 악착을 떠는 아이들을 떼어 놓기가 무섭게 현주는 일자리를 찾아 나섰다. 몸부림치며 목놓고 울어대는 딸아이를 뒤로 하고, 아이들이 집으로 돌아오기 전 시간을 짜내어 도넛 가게에서도 파트타임 일을 했고, 음식점의 웨이트리스 일도 마다하지 않았다. 아이들이 학교로 가게 되었을 때는, 오후 잠깐 이웃집 할머니에게 아이들을 맡기고, 네일 가게에서 종일 하는 일을 따냈다. 네일 가게의 온갖 화공약품 때문에 손에 습진이 생기고 콧물 알레르기가 생겨 그 일을 그만 둔 뒤에, 현주가 만난 일자리는 한국 아이들을 모아들인 학원의 수학선생 자리였다. 공부시간에 한국말은 금물, 물론 영어로 수업을 해야만 했다.

현주의 억척은 끝이 없었다. 기왕에 고국을 떠나왔을 바에는 당당하게 딛고 일어서야 한다는 목표를 잊은 적이 없었다.

그렇게 억척을 떨며 일을 마쳐 돌아가던 어느 날, 현주는 깜짝 놀랐다. 엄마가 한국어로 묻는 말에 아이들은 당연하게 유창한 영어로 대답했다. 엄마가 해놓은 밥을 싫어했고 김치를 먹지 않았다. 햄버거, 핫도그, 피자, 초콜릿, 캔디, 코카콜라, 스프라잇, 아니면 중국음식 시켜 먹기였다. 현주는 일을 반으로 접었다. 그리고 아이들이 학교에서 돌아오기를 기다려 아이들과 함께 지냈다. "우리말로 대답해!" "엄마나 아빠께 말할 때는 꼭 우리말을 써라!" 현주는 아이들에게 언어 문제에서 엄격했다. 아이들이 반발했다. "엄마, 한국에서 온 다른 아이들은 집에서도 영어로만 말해. 엄마하고 아버지하고 이야기할 때도 그래. 그래야만 영어가 늘어서 학교에서 공부하는데 도움이 된다고 그랬어." 아이들이 눈 똑바로 뜨고 항의를 할 때, 현주는 아이들을 품에 품고 귓속말을 들려주었다.

"그런 아이들은 실력이 모자라서 그러는 거야. 너 '바일링궐'이라는 단어를 찾아보아. 그건 머리가 좋은 학생이 두 가지나 세 가지 언어를 자유롭게 쓴다는 말이거든? 너는 정말 머리가 좋은 우리 아들인데, 어때? 바일링궐 해보지 않을래? 동생한테도 그렇게 가르쳐주고 말이야. 그러니까 집으로 돌아오면 동생하고도 우리말로만 이야기하기야. 알았어? 너는 정말 머리가 좋고 지혜가 많은 아들이니까, 그렇게 할 수 있을 거야! 그렇게 영어하고 한국말을 자유롭게 하다보면 나중에 스페인 말이나 독일어며 프랑스어도 아주 쉽게 익힐 수 있게 될 꺼야. 그리고 집에서는 김치하고 된장찌개를 먹여야 해. 그래야만 좋은 머리가 더 개발이 된단다. 너희들은 한국 땅에서 태어났기 때문에 아버지의 아버지, 또 그 할아버지의 할아버지께서는 우리가 태어난 땅에서 나는 쌀과 야채로만 잡수셨거든. 그러니까, 너희들 몸의 디엔에이도 이곳 서양 사람들하고는 엄연히 다르단 말이지. 그러니까 너희들이 햄버거며 핫도그 피자만 자꾸 먹다보면 갑자기 뚱뚱해지고 병도 생기고 그렇게 된다고. 너 미국 사람들 중에 무섭게 뚱뚱한 사람들 많은 것 알고 있잖아?"

얼굴은 노란데, 놀랍도록 정확한 발음으로 영어를 쑤왈라대는 아이들이 엄마에게는 너무 낯설었고 아이들을 잃을 것만 같아 두려웠다.

*

동서식품에서 일을 익힌 남편은 얼마 만에 한약재를 수입하는 수입
상을 차렸고, 재미가 솔솔 붙어, 이민 십년 만에, 은행빚은 있었지만
방 셋짜리 집을 장만할 수 있었다. 부부가 코에서 단내가 나도록 달리
고 달리던 동안, 남편의 동창이며 현주의 동창 중에 교회에 다니는 친
구들 여럿이 꾸준하게 전도를 계속했다. "다른 종교에도 구원은 없어,
우리를 우리 죄에서 구해주는 종교가 어디 있겠니? 오직 예수, 오직
예수 그분만이 나를 위해서 내 죗값을 대신 치러주시기 위해서 십자
가에 달리셨다고! 그 피 흘림, 그것을 믿는 것이 구원이야. 제발, 교회
로 나와서 우리하고 함께 지내자." 기독교계의 중 고등학교를 다닌 현
주는 누구보다 성경을 많이 읽었었다. 기독교문학 시간 성적도 출중
했다. "알아, 너도 알다시피 내가 기독교계의 중 고등학교를 다녔잖
아? 잘 알고 있어. 언제인가 나도 그 길을 찾아갈 거야." "그런데 말이
야 아는 것과 믿는 것은 길이 틀려, 그리고 언제? 언제 그 길을 찾아
갈 건데? 지금 내가 너에게 이렇게 전도를 하는 이 기회가 바로 그분
이 너를 부르시는 신호라는 것 모르니?" 친구의 집요함에 오히려 진
저리가 난 현주는 되도록 그 친구와 마주칠 기회를 피해 다녔다. 남편
친구 내외의 전도 방식은 또 달랐다. "교회에 나가자, 우선 교민들하
고 어울리다 보면 도움을 받을 때가 많거든. 서로 어울리다 보면 덜
적적하고 말이야. 그리고 아이들이 우리말 익히는데도 도움이 되고,
나중에 결혼 문제도 골치를 덜 썩힐 테니까……." 현주 내외는 선뜻
전도를 받아들일 뜻이 없었다. 우선, 일요일에 쉬어야 할 사람들이 쉴

수 없게 만드는 제도가 싫었다. 오래간만에 아이들하고 어울리는 시간을 빼앗기는 것 같았고 헌금 문제도 마음에 걸렸다. 어떻게 얻는 돈인데, 십일조, 주일헌금, 감사헌금, 그 위에 건축헌금이라는 명목으로 내어야 하는 돈이 만만찮았다. "너희는 어쩌면 그렇게 미꾸라지 같니? 잘났다 잘났어! 사람이 바로 한 치 앞을 모르는 거야. 내일 일은 더 모르고— 그리고 사람이 한 번 태어났다가 죽는 것, 어쩔 수 없는 일 아니니? 죽은 뒤에 정말 천당이 있다면 어쩔 건데?" "알았어, 때가 오겠지, 알아들었으니까 그만해 두어." 현주는 야박한 거절은 하지 않았지만, 어쩐지 교회에서 웅성거리는 사람들 중에 위선자로 보이는 사람도 적지 않았고, 어떤 목회자의 뒷소문이 뒤숭숭한 것에 머리가 흔들렸다. 현주의 그 말에 친구가 질색을 했다. "얘, 예수 믿고 구원받으라는 거야. 목사를 믿으라는 거 아냐. 교회에 다니는 사람 중에 위선자가 없겠어? 사기꾼도 있을 수 있어. 신앙은 나하고 그분하고 일 대 일의 믿음으로 출발하는 거야. 공연히 핑계 대지 마라라, 제발! 이 미꾸라지야!" 현주는 순한 얼굴로 웃어주었지만 속으로 혀를 내어 밀었다. '내가 끌려 들어갈 줄 알고? 어림없다 어림없어. 우리는 그런대로 잘 살아가고 있구만, 무엇을 위해서? 이 처지에 교회를?' 현주는 지구상에 일어나는 재해와 전쟁, 극악한 독재자들과 어린이 질병에 대해서 절망해 왔다. "하나님이 사랑이시라면 어떻게 히틀러 같은 인간이 육백만 명씩 사람을 가스실에 처넣는 현장을 묵인하셔? 스탈린의 학살, 지진으로 순식간에 수만 명씩 목숨을 잃는 이런 것은 어떻게 해석해야 되는 거야?" 친구는 현주의 우울한 모습을 바라보며 한숨을 쉬었다. "너 그렇지 않던 애가 왜 이렇게 간죽간죽 후벼 파는 사람이 되었니? 인간이 언제 어디서 만나게 될는지 알 수 없는 고통과 악은 신비라고 했어. 우리는 모르지, 모를 수밖에. 그래서 그분께 의지할 수밖에 없는 거야." "인간이 그저 무력하고 비겁하다는 얘기지 뭐." 현주는 진심으로 인간의 한계에 대해서 절망적인 생각에 빠졌었지만 친구에게 설득당할 생각은 없었다.

*

그랬던가. 한 치 앞도 볼 수 없는 인생이라 했던가. 한 치 앞도 보이지 않는, 보장된 것이 아무것도 없는 인생. 아들아이의 교통사고 소식을 들었을 때, 현주는 자신이 숨을 쉬고 있는 것이 구차스러웠다. 아들은 피투성이가 되어 응급실에 누워있었다. 가지고 놀던 공이 철망 울타리 밖으로 나간 것을 가지러 갔다가 승합차에 받쳐 공중으로 치올랐다 떨어졌다고 했다. 머리를 다친 아들은 의식불명. 의사들이 이리 뛰고 저리 뛰며 응급조치를 취하고 있는 가운데, 현주는 맥없이 주저앉았다. 그 자리가 지옥이었다. 한순간에 지옥에 처박힌 현주는, 아들에게 뇌수술이 불가피하다는 의사의 말을 듣는 순간 혼절했다. 남편이 달려오고, 남편의 회사 사람들이 달려오고, 아들이 수술실로 실려 간 뒤에 친구들이 들이닥쳤다.

"여보 정신 차려! 당신이 이러면 어떻게 해? 우리 아들 괜찮아! 수술만하면 괜찮아! 괜찮댔어!" 남편이 아내를 안고 아내의 얼굴 위에 눈물을 뚝뚝 떨어뜨리며 아내를 달랬다. "일어나, 일어나서 수술이 끝나기를 기다려야 해, 이러면 안 되지, 이러면 안 돼! 당신 용감한 사람이잖아? 어서 정신 차려! 당신이 이러면 우리 아들이 정신 차리기 힘들어. 이러지 마."

남편 뒤에 친구들이 둘러서서 고개를 숙이고 기도하는 모습이 현주의 눈에 들어 왔다. 현주는 벌떡 일어나며 소리쳤다.

"하나님! 아들을 살려 주세요! 아들을 살려 주세요! 하나님만이 생명을 주신 분이니 하나님, 이 아들을 살려 주세요! 저를 대신 데려가시더라도 아들을 살려주세요, 하나님!"

현주에게 오랫동안 전도해온 친구가 현주의 손을 잡고 함께 눈물을 흘렸다.

"그래 현주야, 기도하자, 기도해. 오직 그분만이 네 아들을 살려주실 수 있을 거야. 그래, 그래, 네 기도를 들어주신다, 그분께서 네 눈물을 받으시고 네 기도를 들어주신다 현주야! 너무 걱정하지 말자."

현주는 흐느끼는 친구의 가슴에 얼굴을 묻었다. 함께 울어주는 친구는 천사였다. 아들아이가 수술을 받아도 식물인간이 되는지 모른다는 사실은 현주만 모르고 있었다.

*

교회는 현주 내외의 피난처였다. 남편도 현주를 따라 새벽기도에 나아가 무릎을 꿇었다. 눈물, 눈물의 기도가 이어졌다. 미국인이 쓰던 교회 건물은 장중했다. 예배의 자리에 나아갔을 때 현주의 영혼은 조건 없이 하나님 앞에 부복했다. 한낱 티끌 같은 인간, 아무것도 보장된 것 없는 인간의 운명. 죽으라면 죽을 수밖에 없는 존재. 현주는 아들의 생환을 우선 감사했다. 그리고 아들의 회복이 자신의 신실함과 겸허함에 달렸다고 믿었다. '세상이 무너져도 하나님은 살아계십니다. 예수 그분이 내 죄를 대신하여 십자가에서 못 박히셨습니다. 이 세상 누가 우리를 대신하여 목숨을 내어 준 사람이 있겠습니까.' '주님, 제가 죄인입니다. 저의 오만을 용서해 주소서. 제가 강팍했음을 용서해 주소서' 한없는 눈물만이 기도였다.

뉴욕에서 나름대로 이름이 알려진 교회는, 교인 수효 천여 명에 건물마저 확보된 상태에서 순조롭고 평화롭게 성장하는 교회로 이름이 나 있었다. 수십 개의 구역으로 나뉘어져 구역 식구끼리는 한솥밥을 먹는 가족처럼 친근하고 믿어온 사이로 발전했다. 더구나 현주네 처럼 새로 등록한 가족에게는, 구역 식구 모두가 미안할 만큼 마음을 써 주었다

아들이 의식을 회복하기까지 보름, 아들이 총기 없는 눈을 멀거니 뜨고 엄마 아빠를 바라보았을 때, 현주는 주님을 소리쳐 부르며 감사 의 눈물을 흘렸다. 그래도 남편이 회사를 열면서 들어 둔 의료보험이 하늘만큼 감사했다. 교회는 현주의 아들을 위한 특별 기도회를 계속 했고 적잖은 성금도 건네주었다. 정말 교회는 하늘나라였다.
아들은 이전의 똘똘함을 되찾는데 오래 걸렸다. 하지만 현주는 그 모든 것이 자신의 영적(靈的)교만이 불러온 결과로 믿고 전신을 주님 께 던졌다. '십일조가 왜 아까워? 감사헌금을 얼마든지 드려야지. 내 가 지닌 것 중에 하나님이 주시지 않은 것이 어디 있어? 솜털 끝 하나 도 그분의 것, 우리가 돈벌이를 할 수 있는 건강과 기회를 주신 분도 그분, 숨을 들이쉬고 내쉬는 것도 그분 안에서! 볼 수 있고 들을 수 있 고 말할 수 있는 것이 기적이지······' 현주의 교회생활은 철저했고, 친 구며 교회 교우들까지 감탄을 자아내게 했다. "나중 된 자가 먼저 되 고 먼저 된 자가 나중 된다더니 꼭, 이현주 집사를 두고 하신 말씀이 네······" 현주에게 칭찬은 뒷전이었다. 현존하시는 그분을 어떻게 여 실하게 모실 수 있으며 어떻게 더 그분께 기쁨을 드릴 수 있을는지, 목숨 드려 사랑을 고백하지 않을 수 없었다. 그런 가운데 아들은 점차 회복되어, 한 학년 늦추어 등교를 시작했다. 은혜, 오직 은혜였다. '오

오 내 아들이, 우리 부부를 하나님께 이끌고 가기 위해서 고난을 당했구나.' 엄마는 아들의 장래를 하나님께 드리며, 더 뜨겁게 그분의 사랑을 눈물로 감사드렸고, 이생에서 아까울 것이 아무것도 없이, 목숨까지도 그분의 것임을 믿을 수 있기에 불행 중에도 행복했다.

*

몇 년 후, 교회에서는 그들 부부에게 회계집사직을 맡겼다. 이제 중년을 훌쩍 넘긴 도현과 현주의 교회생활은 터가 잡혔고, 교우들 모두가 각별하게 믿는 집사 내외가 되었다.

2004년 봄, 서울은 대통령 탄핵 문제로 시끌시끌하다가, 17대 총선에서 의석을 크게 늘린 집권 여당의 젊은 당선자들의 기이한 행태가, 몇 곳 PC 사이트에 오른 것이 도현의 눈에 띄었다. 집권 여당의 젊은 당선자 33명을 청와대에 초치한 공식모임에서, 대통령은 와인잔으로 축배를 들면서 〈임을 위한 행진곡〉을 눈물로 함께 불렀다는 내용이었다. 20여 년 전, 페퍼포크가 눈물의 연기로 서울을 가득 채우던 시절, 공권력을 대표하는 전경과 시위대가 대치할 때, 민중시위대 측에서 부르던 노래였다.

〈사랑도 명예도 이름도 남김없이, 한 평생 나가자던 뜨거운 맹세, 동지는 간데없고 깃발만 나부껴, 새날이 올 때까지 흔들리지 말자…… 세월은 흘러가도 산천은 안다, 깨어나서 외치는 뜨거운 함성, 앞서서 나가니 산자여 따르라. 앞서서 나가니 산자여 따르라〉

광주민주화운동 당시 부르던 노래, 민중의례로 사랑받던 노래였다. 선거를 통해 권한을 위임받아, 한 나라의 국정을 맡은 대통령이, 길거리 구호와 노래로 축배를 들다니— 도현은 어이없어하며 분개했지만 아내에게는 그 사이트를 열어주지 않았다. '대한민국 심장부에서 역사가 새로 기록되고 있음을 선언한 2004년 5월 29일, 민주화운동세력, 개혁세력이 국가의 주류로 앞장섰음을 확인케 한 자리라!'고 그들 스스로가 호언한 것을 도현은 그저 넋 나가 바라보았다.

*

그 무렵, 주일 예배를 끝내고, 회계집사 현주가 헌금계수를 끝내고 돌아온 아내가, 창백한 얼굴로 숨넘어가듯 남편을 찾았다. 남매는 교회학교에서 아직 돌아오지 않은 상태여서 집에는 남편 혼자인 것을 현주는 다행으로 여겼지만 얼른 말문을 열지 못했다.

"당신 왜 그래? 어디 아파?" 현주는, 놀라서 묻는 남편의 말에 얼른 대답하지 못하고 공포에 질린 표정으로 미적거렸다. "왜 그래? 도대체 왜 그러는 거야? 말을 해 말을!"

"여보…… 나, 이 말을 정말 당신에게 해야 하는지…….'' 현주는 입속이 타는 듯 마른 침을 가까스로 삼켜가며 타 붙은 입술로 말문을 열었다. "여보…… 당신…… 정말 놀라지 말고 들어요. 내가 한번 보고 하는 말 아니니까."

"도대체 어디서 무얼 보았기에 이래? 거 참 예배 잘 드리고 와서 무슨 해괴한 일을 안고 온 거야?"

"이번 달 한 달 동안 내가 재정회계부에서 헌금계수를 맡았잖아요."

그렇게 운을 떼어 놓고도 현주의 얼굴은 더 어두워졌다.

"그런데? 왜?"

남편이 짜증스럽게 다그쳐 묻자 현주는 가까스로 다시 입을 열었다.

"글쎄……회계 집사들이 헌금을 계수하는 동안, 재정부 부장 장로님이……현금을……."

"현금? 현금을 어떻게 했다고? 당신 무슨 말을 하려고 그래?"

아내는 두려움에 질린 얼굴로 다시 머뭇거리다가 말을 이었다.

"재정부장 장로님이 말이지…… 수표는 집사들에게 따로 밀어주고, 20불 50불 백 불짜리 현금이 나오면 당신 주머니에 얼른얼른 쑤셔넣는 거야. 참 재빠르게 말이에요."

도현이 화들짝 놀라서 소리쳤다.

"당신 미쳤어? 당신 정말 미쳤어? 교회 안에서 무슨 일을 저지르려고 그 따위 소리를 해? 정말 당신 미쳤어?"

펄펄 뛰는 남편 앞에서 현주는 기가 질려 한동안 말을 잃었다. '그래 미쳐야지 미치고 마는 것이 차라리 낫지!' 현주는 고개를 떨구고 말을 잇지 못했다. 천여 명이 모이는 교회에는 교역자가 함께하는 당회와, 운영위원들이 있고, 예배부를 비롯하여 교육부, 관리부, 친교부, 봉사부 등 부서가 십여 개가 넘는다. 그중에서 재정을 맡는 부서장은, 당회장 목사가 특별하게 신뢰하는 장로를 앉히는 것이 교회의 관례였다. 재정부장 박 장로는 60대 장년. 여러 개의 세탁소며 잡화 가게를 운영하여, 이민으로는 자리잡힌, 꽤 재력 있는 장로였고, 당회장 목사가 누구보다 신임하는 장로로, 벌써 몇 해째 이어지는, 재정부장 자리의 터줏대감이었다.

현주는 기가 막혔다. 벌써 몇 년째 헌금위원으로 봉사를 해 왔는데, 어쩌다가 이번 달 첫 주에 무슨 귀신이 현주를 노렸기에, 하필 현주가 그 기막힌 장면을 목격하게 되었는지. 왜 하필, 왜 하필 현주의 눈에 띄었는지. 처음에 그네는 자신의 눈을 의심했다. 그러나 한번 눈에 띈 장로의 도둑질을, 현주는 가슴을 쥐어뜯어가며 계속 볼 수밖에 없었다. 한 달 내내. 박 장로의 주머니에 무슨 자석이 들어 있는지 현금을 널름널름 삼켜댔다.

한동안 눈을 감고 침통하게 침묵하던 남편 도현이 심각한 얼굴로 아내를 닦달했다.

"당신이 잘못 본 걸 거야. 잘 못 보았지, 잘 못 보았다고! 귀신이 당신을 홀렸어. 어디 가서 이 이야기를 입에 올리는 날엔 우리 둘 다 죽는 날이야 알았어?"

"여보…… 다음 달에 당신도 헌금위원이잖아? 나를 미친 여자 취급하지 말고 당신도 박 장로를 지켜보라고요 제발. 이 일을 나 혼자 알고 있기에는 정말 미치고 말 것처럼 무서워. 오늘 이 이야기를 할 수밖에 없었던 것도, 한 달 동안 내가 혼자서 얼마나 고통스러워했는지 당신이 상상이나 하겠어요? 더는 혼자 감당할 수가 없어서 당신에게 털어놓는 비밀인데, 아내를 그렇게 믿지 못하고 몰아쳐요? 그냥 눈감아 준다고 될 일 아니잖아? 이 일은 어제 오늘 생긴 일이 아닐 거여요. 왜 이렇게 무섭고 불행한 배역이 우리에게 주어졌는지 모르겠지만 하나님께서 무슨 뜻을 따로 두셨기에 우리에게 이 배역을 주신 것 아닐까? 여보 신중하게, 신중하게 기도하면서 당신도 지켜보고 제발 함께 대책을 세우자고. 나 너무 무서워……."

현주는 처음으로 그 장면을 목격했을 때, 자신이 무슨 악몽 속에서 착각을 일으켰다고 생각했다. 다음 주일, 그 장면이 눈에 띄지 않을만한 자리를 택해서 헌금계수를 했지만, 장로가 돈을 훔치는 장면은 찰거머리처럼 현주의 눈을 파고들었다. 그네는 한 달 내내 홀로 몸부림쳤다. 남편에게 알렸을 때, 남편이 받게 될 충격도 충격이지만, 이제 자리잡은 신앙에 혹여 흠집이라도 생길까, 아니면 지나친 충격으로, 남편의 사업에 지장이 생기지나 않을까 고민까지 겹쳐 거의 몸살을 앓다가 더는 감당할 수가 없어서 털어놓은 것이다.

　도현은 아내의 치밀한 성격과 정확성을 믿고 있었다. 재정장로의 도둑질은 사실일터. 그동안 혼자서 얼마나 고민하며 공포에 떨었을까를 생각하니 아내가 가엾었다. 이 일을 어떻게 한다? 앞으로 이 일을 어떻게 한다? 왜 하필 우리에게, 왜 하필 우리에게…… 다시 시작되는 새 달에는 도현이 헌금위원이고 당연하게 박 장로와 함께 헌금을 계수해야 할 일이 태산이었다. 어떻게 하면 그 끔찍한 장면을 목격하지 않고 넘어갈 수 있을까. 도현은 전전반측하다가 어둠 속에 일어나 앉아 기도했다. '주님, 저희들은 이 교회에 늦둥이로 들어 온 신출내기인 것을 아시지요. 주님, 저희 내외에게는 이 짐이 버겁습니다. 부디 다른 방법으로 개선할 수 있도록 도와주십시오, 부디…… 저희들의 연약함을 아시는 주님께서…… 부디 저희 내외를 불쌍히 여겨 주소서.'

＊

　잠까지 설친 도현이 예배에 참석하기 위하여 교회에 도착했을 때, 박 장로는 예배당 문전에서 환한 얼굴에 웃음을 가득 담고, 예배당으로 들어서는 교인들에게 일일이 악수해가며 교인들을 반갑게 맞이했다. 그리고…… 예배, 찬양대의 거룩한 찬양, 이웃을 네 몸과 같이 사랑하라는 설교…… 외국으로 파송된 선교사들을 위한 간절한 기도…… 헌금…… 거룩한 송영(送迎)…… 그렇게 예배는 끝났고 헌금위원들은 헌금바구니를 들고 별실로 들어갔다. 누구보다도 경건하게 예배를 마친 박 장로는 여전히 만면에 웃음을 띤 은혜로운 얼굴로, 헌금위원을 위한 기도를 드리고, 헌금위원들을 향해 인사를 했다.

도현은 박 장로를 외면했다. 될 수 있으면 그쪽으로 시선이 닿지 않
게 하려고 애를 썼다. 하지만 이미 저질러지고 있는 사실을 기정사실
화하기 위한 장면 연출은 이쪽의 일이 아니라 저쪽 당사자의 일이었
고, 그 관성(慣性)에는 조심성이 없어진 지 오래된 듯했다. 도현은 몸
을 떨었다. 당장 "야! 이 도둑놈아!" 소리쳐 그 주머니에서 현금을 홀
쳐내고만 싶었다. '아, 이, 사이코, 철면피, 이중인격자, 위선자……'
도현은 달러를 헤아리던 떨리는 손을 멈추고, 도대체 장로의 주머니
에 들어가는 돈의 액수가 얼마나 될까를 눈어림으로 계산해 보았다.
장로가 예민했다면 도현이 일손 멈춘 것을 알아차릴 만도 했으련만,
제 주머니 채우는 일에 열중하다 보니 다른 것을 살필 겨를이 있을 리
없었다.

헌금위원으로 봉사를 맡은 첫 주일 예배를 끝내고 집으로 돌아온
남편의 얼굴은, 먼젓번 아내의 얼굴보다 더 창백했다. 내외는 아무 말
없이 그저 마주보고 초죽음이 되었다. 현실이 두려웠다. 비몽사몽 인
생살이ㅡ헌금위원으로 한 주일, 두 주일, 지내면서 이제는 도현이 아
내보다 더 깊은 고민에 빠졌다. 이럴 수가……그렇다고 다른 교인에
게 섣불리 발설할 수도 없는 일. 부부는 한 넘게 체중이 줄만큼 고민
했다. 고민 끝에 아내가 결론을 내렸다.

"결론은 우리가 짐을 져야 한다는 거예요. 그동안 그 장로가 빼낸
돈이 얼마나 되는지, 아마 엄청날걸요? 알아보니 그 장로는 이민 오
기 전, 후미진 시골장터에서 생닭장사를 하던 사람이라는데, 교회에
서 장로 장립을 받은 뒤 얼마 후부터, 별로 대단치는 않지만 자식들에
게 빌딩을 사준다 가게를 내 준다 해서, 그 집 형제와 자식들은 모두
가 떵떵거리고 산다데요. 그게 다 그렇게 빼돌린 돈으로 한 짓 아니겠
어요? 우리가 이 사실을 알고도 함구를 한다면 벌을 면치 못할 것 같

아요. 목사님을 만나서 이야기를 합시다. 사실을 알려야지요. 할 수 없어요. 그 방법밖에는."

당회장 목사를 만나기까지 다시 몇 주일이 지나갔다. 당회장 목사는 미국의 유명한 신학대학에서 박사 학위를 받고, 다른 교회에서 목회를 하다가 초빙되어 온 지 십여 년이 넘는, 실력과 능력이 대단하다고 소문난 목사였다. 반질반질하도록 얼굴에 주름 한 줄 없는 목사는 육십을 바라보는 나이였지만 젊은이처럼 건장했고 활력이 넘쳤다.

도현 내외는 몇 날 며칠 밤을 새우다시피 기도한 뒤, 벼르고 별러서 당회장 목사와 시간을 맞추었다. 목사는 안경알을 번쩍거려가며 내외를 환하게 맞이했다.

"무슨? 무슨 좋은 일이 있습니까? 교회 내에서 신실한 두 분의 칭찬과 소문이 자자하던데요. 말씀하시지요."

부부에 대한 목사의 기대가 부담스러워, 도현은 목이 아프도록 마른침을 삼키다가 최후 진술을 하는 죄인처럼 말문을 열었다. 처음부터 차근차근, 내외가 그 장면을 보게 된 경위와 박 장로의 수법을 침착하게 술회했다. 새파랗게 질린 얼굴로 듣고 있던 목사가 갑자기 소리를 버럭 질렀다.

"다 끝났어요? 이 집사님. 내 참, 내외분이 그런 분들이 아닌 줄 알았는데, 참으로 황당한 분들이네요. 그게 다 무슨 말입니까? 박 장로요? 박 장로 절대로 그런 짓 할 사람 아닙니다! 아니고말고요! 무슨 그런 기상천외의 발상을 들고 나에게 올 수가 있던가요? 두 분 말입니다. 잘 들으세요. 공연히 조용한 교회에 평지풍파를 일으키지 마세요! 아시겠어요? 충실한 박 장로를 음해하고 무사할 것 같습니까? 내 참 별…… 어떻게 이럴 수가…… 그만 나가요! 나가라고요!"

목사의 노여움은 상상 이상이었다. 분개해서 펄펄 뛰는 목사의 모습은 나쁜 꿈속이었다. 살아 있다는 게 뭐가 이래? 비몽사몽—

*

벙어리 냉가슴은 그로부터 이어졌다. 교회를 그만둘 수도 없었다. 구역 식구들이며 교인들이 현주네 아들을 위해서 드려준 기도만으로도 그들 내외에게는 갚을 길 없는 빚이었다. 이제 교회를 떠난다는 것은 신앙도 신앙이지만, 사람 사이에서라면 현저한 배신이었다. 도현과 현주의 교회 출석은 목매어 끌려가는 슬픈 동행이었다. 예배 때, 언어의 연금술사처럼 설교가 빛나는 목사의 설교가 도통 귀에 들어오지 않았다. 도현 부부에 대한, 구역장이며 구역 식구들의 근심이 깊어갔다.

"이현주 집사님, 댁에 무슨 근심이 생겼어요?" "집사님 댁에 무슨 일이 있어요?" "왜 요새 내외가 다 그렇게 힘이 없어요?" "기도 제목을 내 놓으라고요, 모두가 합심해서 기도하자는데 왜 기도 제목을 안 내 놓아요? 왜 우리가 못 믿어서 그래요?" "집안에 다시 우환 생긴 거여요?" "아니 숫제 꿀 먹은 벙어리네…… 도대체 이유가 무언지 알려주어야 할 것 아닌가?"

그렇게 벙어리 냉가슴으로, 그들 부부가 발병할 만큼 고민하던 몇 개월, 교회에 청천벽력이 떨어졌다. 담임 목사가 갑자기 입원. 얼마 만에 목사의 병명은 췌장암이라 발표되었고, 교회가 술렁거리는 가운데 목사는 6개월도 채우지 못하고 세상을 떠났다. 박 장로는 그 직책을 여전히 수행하고 있었고, 도현네 내외가 헌금위원을 극구 사양한 이후, 그 누구도 장로의 도둑질을 눈치챈 사람은 없었다. 도현과 현주 부부는 아무도 모르게 벌벌 떨었다. 서로 얼굴도 마주 볼 수 없을 만큼 두려워했다. 그들 내외가 장로의 도둑질을 알리러 갔을 때, 눈 똑바로 치뜨고 내외를 나무라던 목사의 얼굴이 너무도 역력하게 떠올라 지워지지 않았다. 그런데 교회뿐 아니라 교민들 사이에서까지, 세상 떠난 목사를 아까워하는 소리가 한동안 끊이지 않았다. 현실은 갈수록 이상한 비몽사몽, 꿈속이었다. 살고 있다는 게 이런 거야?

*

"여보, 우리 부부에게 왜 이 사실을 알게 하셨을까? 이제 우리는 어떻게 해? 머지않아 새로운 당회장을 초빙할 텐데 어떻게 하지? 그 장로는 그동안에도 꾸준히 도둑질을 해 왔을 텐데…… 그래서 우리는 헌금도 못했잖아?" 현주는 정말 난감해서 울음을 터뜨렸다. "우리처럼 어린애 같은 신자에게 왜 이 일을 안겨 주셨는지, 우리가 아무래도 무얼 잘못한 것 아닐까? 그래서 하나님이 우리를 시험하시는 건 아닐까?"

도현은 아내를 감싸 안았다. "여보, 이제 새로운 목사가 취임해 오면 그때 가서 다시 생각해 봅시다. 우리가 하나님 앞에 부끄러운 짓을 저지르지 않았으면 그것으로 위로를 받아도 되는 거겠지. 너무 상심 말아, 아이들이 요즘 아빠 엄마를 이상하게 보고 있잖아. 아이들을 위해서라도 힘내자!"

새로 취임한 N목사는 더 젊고 패기만만한 목회자였다. 두어 달 뒤에 부부는 결심을 하고 당회장실을 찾아가서 그 어려운 사실을 알렸다. 교회에서 헌금이 계속 도둑질당하는 사실에 대해 더 이상 침묵할 수 없다고. 목사는 심각하게 귀를 기울여 듣더니 정색을 하고 딱 한마디로 잘라 말했다. 그것도 영어 외마디로!

"프르브!(Proof)"

입증하라! 입증…… 내외에게 입증을 맡겼다. 오만불손이었다. 기가 막혔지만, 목사의 뜻밖의 명령을 마다할 수도 없게 되었다. 부부는 박 장로가 헌금 계수할 때, 늘 서는 위치 천장에 CCTV카메라를 설치하기로 했다. 그러느라니, 카메라 설치기사를 찾아야 했고, 천장을 뜯고 올라가야 하는 갖가지 궂은일을 꼭 도둑질하듯 아무도 몰래 감당해야 했다. 현주는 남편을 도와 일을 진행하면서 오히려 도둑질하듯 계속 떨었다. '우리가 꼭 이 짓을 해야 하나? 이 일이 무엇을 불러올 것인지. 옳은 일을 하고는 있지만— 왜 이렇게 불안할까' 두렵고 외로웠다. 오직 하늘에 드린 헌금을 도둑질당하는 것을 막아보자는 뜻이었는데 무슨 수사관 같은 일을 하고 있는 현장이 끔찍하기만 했다.

*

사건은 교회에서보다, 교포신문 기자가 먼저 냄새 맡았다. 교포신문사의 사회부장을 형으로 둔 카메라 설치기사가 형에게 귀띔을 했고, 신문사에서는 교회에 몰래 숨어 들어가서 카메라를 복사해 그 사실을 대서특필 특종으로 다뤘다. 교포사회에 해일이 일어났다. 장로가 쫓겨나가자 교회의 헌금은 거의 곱절로 불었다.

그러나 도현 부부가 영웅이 되었던 것은 잠깐, 한두 주일이 지나자, 목사와 교인들의 시선이 싸늘해지기 시작했다. 새로 취임한 목사의 시선이 차갑기는 교인들보다 더했다. 교회 안에서 드디어 두 파가 나뉘어 반목하기 시작했다. 도현네를 옹호하는 측과, 교회를 망신시킨 장본인이라며 격분하는 파로 갈라졌다. "꼭 이렇게까지 해서 교회 망신을 시켜야 했어? 아무 일도 없던 교회에다 이게 무슨 망발이야?"
"우리 교회가 먹물 뒤집어썼네! 어쩐지 그 부부가 잘난 척하더라
니……공연히 불집 건드려 입방아에 오르게 했잖아?" 별의별 트집이
불길처럼 번졌다. 목사도 새로 취임한 교회가 하필 그런 불미스러운
일로 화젯거리가 된 일에 대하여, 도현 부부를, 교회 명예를 실추시킨
당사자들로 지목해, 적잖이 불편해하는 눈치였다. 세상인심으로는 언
제나 부당한 이론이 득세를 하게 마련이다. 도현네를 옹호하던 사람
들도 점차, 격분해서 떠드는 사람들의 침 튀기는 말에 말려들기 시작
했다. 이럴 수가…… 이럴 수가……. 현실은 다시 이상한 꿈속이었
다. 삶은 이렇게 오락가락하는 비몽사몽인가—

*

한밤중에 현주는 빈방에 들어가 이불에 얼굴을 틀어박고 통곡을 터
뜨렸다. '열심히, 열심히 달려왔습니다. 원망 없이, 누구도 미워하지
않고 달려왔습니다. 그런데 이곳이 우리 가정의 종착지였습니까? 하
나님, 이것이 우리에게 주신 사역이었습니까? 이제 저희들은 어디로
가야 합니까? 어디로 가야 합니까? 장로의 도둑질을 고발한 것이 죄
였습니까? 교회 명예를 실추시켰다고 모두들 분하다 합니다. 저희 내
외는 교회의 적이 되었습니다. 교인들이 저희 내외를 전염병 보균자
처럼 피해 다닙니다. 그들의 원망이 하늘을 찌릅니다. 이제 어떻게 어
디로 피해야 합니까? 죄 없는 내 아들과 딸을 끌고 어디로 가야 합니
까? 고스란히 이 교인들의 핍박을 견뎌야 합니까. 이 자리를 떠나지
않고 견딜 수 있는 힘을 주소서. 고국을 떠날 수밖에 없었던 남편, 아
들의 고통을 통해 불러주신 은혜…… 그런데 이제 교회 내에서 드디

어 핍박이 시작되었습니다. 다시 어디로 떠나야 합니까?'

현주의 통곡은 끝없이 이어졌다. 통곡이 극에 달했을 때, 문득 세미한 음성을 들렸다.

'세상이 너희를 돌려세웠더냐? 세상이 너희를 밉다 하느냐? 아니다. 너희가 틀리지 않았다. 십자가는 그렇게 외롭게 지고 가는 것이란다…… 이제는 피해서 달아나지 말거라…… 이제 그 자리가 새롭게 떠나는 자리란다.' 현주의 영혼이 흐느낌 속에서 그 음성을 들었다. 삶은, 현실은, 계속 덮쳐드는 해일이라는 것을— 아아 얼마를 더 어떻게 견디면, 삶의 구비마다 만나는 복병을 피해갈 수 있을까. 분노도 원망도 없는 평화의 나라로 들어갈 수 있을까. 이제 겨우 하늘 사다리를 몇 단계 올라섰다는 말인가. 현주는 목울대가 아프도록 울음을 삼키고 내일을 향해 일어설 준비를 했다.

불쌍히 여기소서

　수녀원 정문, 솟을대문 앞에 도착한 것은 밤 열 시경. 대도회의 밤이 아직 젊은 편이어서 큰길에서는 자동차들의 왕래가 시끄러운 편이었고, 환락가는 그때부터 정작 제구실을 할 시간이다. 날개를 살짝 치켜 올린 수녀원 정문의 솟을대문 건너편으로 이탈리안 식당과 중국 식당이 있어, 주말의 늦은 저녁을 즐기는 손님들이 아직 건성드뭇 남아있었다. 넓지 않은 골목을 밝히는 그 불빛 속에서 수녀원의 솟을대문은 조금 수줍었다.

　수녀원 대문 앞에 이르러서도 그네는 얼른 초인종을 누르지 못했다. 대문은 한옥 대문에 빗장이 나무 빗장이라도, 수녀원 식구들은 이미 취침시간에 들었을 시간이라는 것을 알고 있는 터수에 초인종을 누를 염치가 없었다. 문란희의 빈소로 찾아왔던 베로니카 수녀가 자신의 휴대폰 번호를 다시 적어서 건네주며 말했다. "유미 씨, 내 휴대폰 번호 가지고 있겠지만, 경황 중에 잃어버렸을 수도 있으니까 잘 챙겨요. 내일 장례 치른 뒤에 늦더라도 다른 데서 지내지 말고 수녀원으로 찾아와요, 내가 기다리고 있을게." 베로니카 수녀가 적어준 휴대폰 전화번호는 그네가 살고 있는 외국에서도 외우고 있던 터여서 새삼 적어준 쪽지를 볼 일은 없었다. 그네는 대문 앞에서 한동안 가만히 서 있었다. 자신의 짙은 그림자가 대문 옆으로 빗겨 있는 것을 무연하게 바라보면서—

사람의 한생이 덧없다 하지만 귀국 두 주일 동안에 겪은 일들은, 그저 덧없다고만은 할 수 없는 기이한 대본(臺本)이 처음부터 예고되었던 것이 아닌가 싶을 만큼 숨찬 일정이었다. 3년 만의 귀국. 문란희가 마련한 동창들과 친구들의 회식 자리 두세 번. 그리고 란희의 급작스러운 죽음은 꾸며진 무대(舞臺)같았다.

그네는 잠시 몸을 돌려 수녀원 주변을 둘러보았다. 모든 것이 미친 듯 치닫는 도심 한가운데서 숨은 듯이 있는 수녀원은 고층 건물 가운데서 고즈넉하기 이를 바 없이 조용했지만, 그렇게 아아(峨峨)하게 높은 빌딩 숲에서 엄숙할 만큼 의연했다. 밤하늘은 예각을 이룬 고층 건물 사이에서 기하학을 그려내며 잘려나가고, 별들은 이 대도회를 외면한 지 오래되었다. 자유당 말기에는 그 수녀원 입구에 국회의사당이 있어, 툭하면 데모꾼들로 해서 조용할 날이 거의 없었다. 지금은 광화문 일대서 이름난 호텔에다, 유명한 신문사 사옥과, 그 신문사가 운영하는 미술관이 에워싸고 있어, 수녀원은 빌딩에 갇혀 있는 형국이었지만, 함부로 드나들 수 없는 위엄 있는 도피성이었다.

*

6·25전쟁 중, 적군이 밀고 들어왔을 때도, 서울 전역이 초토화되던 전쟁의 포화 속에서도 이 교회의 건물은 무사했다. 폭격도 총탄도

비켜간 것처럼 초연하게 남겨졌다. 남산 위에서 그리고, 북악산 중턱에서 내려다본 폐허가 된 서울의 참상 속에서 유일하게 그리고 외롭게 우뚝 솟은 로마네스크 양식의 의연한 교회 건물은 경외심의 대상이었다.

전쟁을 거쳐 대학에 입학한 1950년대 중반, 박은지와 문란희와 김유미는 자주 이 성당을 약속 장소로 삼았다. 봄이고 여름, 가을이면 더욱 좋았고, 한겨울에도 그들이 만나는 곳은 당연히 이곳 성당이었다. 대도회 서울에서 가장 아름다운 건물이기도 했지만, 찻값도 여의치 않았던 시절, 찻집에서 웅크리고 있는 것보다는 이 성당 그늘에서 책을 읽거나, 하릴없이 산책을 해도 시간이 아깝게 느껴지지 않던 장소였기 때문이다. 성당 건물이 아름답기도 했지만 그 일대에 남겨져 있던 예스러운 정일(靜逸)이 늘 그들의 발길을 그곳으로 불렀다. 세조의 손자로 사랑을 한몸에 받으며 잠정적 왕위 계승권이 보장되어, 7세 때 월산군으로 책봉되었던 월산대군의 집터였던 자리. 왕이란 하늘이 내리는 배역이 따로 있었는지, 아우 성종이 왕이 된 뒤에 대군(大君)으로 진봉(進封)된 뒤, 평생 서사(書史)를 읽어가며 문장에 뛰어났던 월산대군의 집터였다. 광해군 당시 경운궁이 되었다가 고종께서 이 궁을 크게 중건, 순종 즉위년에 덕수궁으로 이름이 바뀌었고, 성당 터 한옆은 대군 자녀들의 교육기관인 경학당이 있던 유서 깊은 곳이었다. 덕수궁 담장 옆에는 어느 나라 대사관이 자리잡았고 연극공연을 위한 아담한 극장이 있다.

세 여자 중, 한 반 아랫반이었던 유미는 그 성당에 매료되어, 한동안 도서관을 찾아다니며 성공회 성당 건물에 대해 공부를 했다. 성공회의 종주국인 영국의 캔터베리대성당, 뉴욕에 있는 '세인트 존더디

바인' 성당과, 성공회 파리 대성당 건물을 찾아보았지만 서울 성당만
큼 아름답지 않았다. 당시로는 화려 광대했을 서울의 성전은 중세 유
럽의 건축 양식이었던 로마네스크 롬바르드 양식과 19세기 낭만적
중세의 노르만 양식을 겸하여 설계한 건축으로 다른 어느 나라의 광
대한 성전보다 아름다웠다. 그곳 교구의 신자도 아니었으면서 그들
세 처녀는 늘 그곳을 젊음이 누리는 약속 장소로 삼았다.

덕수궁 담장과 대사관 담장을 어깨걸이 삼은 성당 뜰은 늘 조용했
지만 사람들은 그곳을 일별하는 일도 없이 제각기 바빠! 바빠! 걷고
뛰고 자동차로 달리고 스쳐 갈 뿐, 그곳에 그런 성당이 있는 것을 눈
여겨보는 이도 별로 없었다. 약속 장소에 늘 늦는 것은, 박은지와 동
갑네에다 같은 반 친구였던 문란희였고, 한 학년 아랫반이었던 유미
는 늘 누구보다 먼저 그곳에 도착했다. 누가 늦게 오건 약속이 파기되
건 그날 그곳에서 지낸 시간만으로 그네에게는 위로가 되던 장소였
다.

*

그때로부터 50년도 훨씬 넘게 흘러가, 중학생이었던 유미를 동생
삼았던 문란희를 오늘 장사지내고, 유미는 선배 중 하나였던 박은지
베로니카를 찾아온 길이다. 만감이 한숨 속이었다. 그네는 골목을 밝
힌 불빛으로 베로니카의 휴대폰 번호를 눌렀다.

"응 왔어? 나갈게요." 서둘러 나온 베로니카가 숨죽이고 대문 빗장
을 열었다. "아직 춥지? 누가 여기까지 모셔다 드렸던가?"

베로니카가 창백해 보이는 것이 외등의 불빛 탓이었을까, 문란희를
땅에 묻고 오는 사람에게 묻고 싶은 말을 가슴에 묻어둔 무거움 때문

이었을까. 그네는 베로니카의 등뒤에서 하나마나한 소리를 했다.

"너무 늦었지요? 장례 뒷수습하는 것 보다가 그만……"

"괜찮아. 나는 늘 취침시간을 지키지 못하는걸 뭐. 어서 들어와요."

베로니카의 등뒤를 따라가던 그네는 외등 하나가 켜진 후원(後苑)을 일별했다. 궁궐 담장 아래, 아직 볏집에 묶여 있는 나무들이 겨울잠을 자고 있는 뜰은 이승이 아니었다. 경건한 침묵. 언어를 사양한 묵언의 기도였다. 객실이 있는 건물 이층으로 올라가면서도 두 사람은 말을 더 섞지 않았다. 객실에 묵는 사람이 있을 테니 대화가 조심스럽기는 했지만, 베로니카나 그네나 말을 새삼스레 만들 일이 없었다. 객실 현관문을 열고 들어서면서 구두를 벗던 그네는 잠깐 흠칠했다. 갈색 새 무가죽에다 안에 양털을 두둑하게 댄 여자의 기다란 겨울 장화 한 짝이 현관 벽에 기대 세워져 있었다. '웬 겨울 장화 한 짝?' 으스스한 괴기! 누구인가 외짝다리의 객이 어느 방에 누워있다는 말인가. 가만가만 객실 문을 열어 안내를 한 베로니카가 방으로 들어선 뒤에도 목소리를 낮췄다.

"잠옷하고 세면도구 다 챙겼고 욕실에서 샤워 정도 할 수 있는 따뜻한 물이 나오니까, 씻고 쉬어요. 밤이 늦어서 내가 이 방에 머물면 더 피곤해할 것 같아서……. 내일 아침 식사 시간은 여덟 시야. 그럼……."

베로니카는 그림자처럼 떠났다. 적요(寂寥)! 귀에서 이명이 솟았다. 무겁던 육신까지 연기처럼 스러지고 말려는가. 침상 머리맡 테이블에 잠옷, 치약, 칫솔, 티슈와 크림이 얌전하게 배열되어 있었다. 그것을 보는 눈, 숨 쉬는 일, 이명……, 모든 것이 생시 같지 않았다. 베로니카 수녀가 챙겨놓은 것들은 여행자인 그네가 늘 가방에 챙겨가지고 다니는 것들이었다. 어느 날 갑자기 투숙할 곳이 변경되어 어느 곳에 잠자리를 정하게 되는지 모르는 여행자 가방에 들어 있는 것들이었다. 그네는 옷을 천천히 벗고, 베로니카가 챙겨준 것들을 들고 샤워실로 들어갔다. 샤워 캡을 쓰면서 거울 속의 얼굴을 힐긋 보았을 때, 가슴으로 느닷없는 동통이 스쳐갔다. 칠십 나이의 늙은 얼굴이 슬며시 비웃음을 머금고 있었다. '란희 언니는 좋겠다! 정말 저답게 떠났네! 더 늙어 흉하게 쭈그러진 꼴 보이지 않고!' 어느 날 예고 없이 숨바꼭질처럼 갑자기 이승을 버린 문란희의 죽음이 참 그답다! 는 찬탄이 절로 솟았다. 그네는 란희의 빈소를 내내 지켰던 사흘과, 장례를 끝까지 치르던 동안, 란희의 체취가 오랜 인연의 매연처럼 스며들었던 몸을 씻어내듯 전신을 박박 문질러 씻어냈다.

머리맡의 리딩램프까지 소등하고 눈을 감았으나 잠이 오지 않았다. 가방 속에 수면제가 있었으나 수면제로 잠을 청할 생각은 없었다. 란희의 돌연사는 정말 이상했다. 절대로 죽을 일 없는 사람처럼 살던 문란희. 무엇이든 제 앞에 나타나는 것은 닿는 대로 접수해야만 직성이 풀리던 문란희. 아직 오십대로 보일 만큼 싱싱하던 란희의 풍만하고 미끈하던 육신이 불가마에 들어 갈 때, 유미는 저도 모르게 눈물이 흐르는 것을 막지 못했다. 슬픔이 아니었다. 란희가 불쌍해서도 아니었다. 삶이 갑자기 불가해(不可解)했다. 나고 죽고를 되풀이하면서 결말이 뻔한 삶에 대책 없이 휘둘리는 인생이 갑자기 이상하고 억울했다.

'이제쯤 베로니카는 잠이 들었을까.' 새벽 다섯 시면 기도실로 가야 하는 수녀원 규칙을 알고 있는 그네는 베로니카가 잠들었을지 궁금했다. '베로니카는 란희의 장례에 대해 궁금할 것이 아무것도 없었을까. 정녕 그렇게 초연할 수 있었을까. 신앙심이 베로니카를 저토록 초연하게 만들어 주었을까. 신앙도 훈련이라면 나는 그 훈련을 거절한 죄로 이렇게까지 심신이 지쳐 피로한 걸까. 아니, 아니다, 아마 베로니카는 아무도 없는 기도실에서 홀로 기도하며 철야를 시작했을는지

도 모른다. 란희의 영혼을 위하여— 란희의 영혼을 슬퍼하며—'

*

열세 살 유미가 중학교에 입학했을 무렵, 한 학급 혹은 두 학급 위의 선배들은 신입생 중에 마음에 드는 아이를 고르느라고 법석을 떨었다. 소위 에스동생 에스언니를 맺는 경쟁이 치열했다. 이성(異性)연애로 가는 통과의례 같은 현상이 어느 여학교에서고 성행했다. 유미에게 먼저 예쁜 편지와 그림이 있는 노트를 보낸 것은 영세명 받기 전 박은지였던 베로니카였다. 한 학년 윗반이었지만 내성적이고 수줍은 은지 어디에 그런 용기가 있었는지. 여학교에 갓 입학해서 어리둥절해하던 유미는 그저 상급반 언니에게 그런 것을 받은 것이 두렵기만 했다. 더구나 언니도 오빠도 없이 단 자매뿐이던 유미에게 상급반 언니는 거북하기만 한 존재였다. 그런데 유미가 박은지로부터 예쁜 편지를 받은 다음날 점심시간에, 유미의 반으로 느닷없이 달려든 것은 문란희였다. "너 김유미 맞지?" 그는 불문곡직 유미를 이끌고 운동장 끝에 있는 등나무 그늘로 갔다. "유미야, 너 입학식하던 날부터 나는 너를 내 동생으로 점찍었다! 너는 하늘이 정해준 내 동생이야. 나한테는 여동생이 없다고! 그래서 너 같은 아이를 내내 꿈꾸어 왔단 말이야. 유미야, 너 어제 박은지라는 선배 언니한테 받은 것 있지? 받았지?" 유미는 갑자기 무서워져서 눈물 글썽한 얼굴로 고개를 끄덕였다. "그랬지? 편지하고 노트였지?" 질문이었지만 그것은 이미 모든 것을 알고 다그치는 신문(訊問)이었다. 그렇게 서슬 푸르게 다그치던 란희는 유미의 손목을 이끌고 교실로 돌아갔다. "너 어제 박은지에게 받은 것 내 놔!" 유미가 머뭇거리자 문란희는 한풀 수그러진 태도로 유미를 달랬다. "그냥 보자는 거야. 박은지는 나하고 한반 친구거든. 편지를 아마 예쁘게 썼을 거야. 궁금해서 그러니까 잠깐 보여 달라고……." 유미의 눈에서는 이미 눈물이 흘러넘쳤다. 하지만 속절없이 덜덜 떨리는 손으로 가방에서 박은지로부터 받은 편지며 노트를 꺼냈다. "어디 보자. 이리내!" 그렇게 잡아채다시피 한 편지를 손에 넣자, 란희는 그것을 들고 두말없이 유미 앞을 선선하게 떠났다. 옆에서 지켜보던 유미의 짝이 한숨을 쉬었다. "유미야 어떻게 하니? 너 큰일났다. 저 언니가 보통 사람 같지 않은데……, 너 저 언니의 명찰 보았니? 이름이라도 정확하게 알고 있어야 한다. 저 언니 이름이 문란희야. 잘 외워 두어. 나중에 너에게 편지를 준 선배가 찾아오면 무슨 변명이라도 할 수 있어야 할 것 아니니? 하지만 저이는 왜 남의 편지를 막 뺏다시피 가져간다니? 너에게 편지를 준 그 언니가 너를 어떻게 생각하겠어? 정말……, 중학교가 뭐 이래? 무섭다 무서워! 그나저나 정말 너 큰일났다, 큰일났어!" 그날 점심도 거르고 집으로 돌아간 유미는 고열에 들떠 한밤 내 앓았다. 헛소리를 할 정도로 열에 들떴지만, 유미는 편지를 건네던 박은지를 떠올리며 난생 처음 하나님을 찾았다. 미소 짓던 얼굴에서 눈이 유난히 맑고 깊던 박은지를 향하여 용서를 빌며 기도했다. 유미의 어머니는 초하루 보름 절간을 찾아다니며, 새벽이면 천수경을 외우는 신실한 불교도였지만 유미는 처음으로 하나님을 찾았다. '하나님, 하나님, 제가 일부러 문란희 선배한테 박은지 선배의 편지를 내준 것이 아니라는 것을 아시지요? 저는 정말 박은지라는 그이에게 정말 못된 짓을 저질렀지만 일부러 그런 것 아니라는 것을 하나님은 아시지요? 아시지요?' 이틀이나 거퍼 결석을 하고 동네 의원에게서 받은 진단서까지 첨부하여 결석계를 작성해서 등교한 날 점심시간에, 그 무서운 문란희가 다시 달려들었다. "너 어디 아팠니? 겁나서 그랬어? 에이 바보 같으니! 괜찮아. 내가 다 잘 처리했어. 박은지에게 그것 돌려주면서 양해를 구했어. 내가 그만큼 너를 더 좋아한다고 그랬더니 박은지가 그냥 웃기만 하면서 너한테 주었던 편지하고 그림 노트를 받아갔다고— 겁낼 것 없어, 이 바보야, 네가 남다르게 예쁘게 생긴 것이 탈이다. 예쁘게 타고난 것은 하늘의 선물인 줄 알아라. 그런데 그렇게 여려서야 앞으로 세상을 어떻게 살아가겠니? 이제부터 나를 언니라 부르면 되는 거야. 내가 이 학교에서 너를 보호해 줄 거야. 누구도 너에게 손끝 하나 까딱 못하도록 지켜 줄 거야, 알았어?" 란희가 웃으면 그 얼굴이 유난히 화려했다. 살결이 희면서 탄력 있었고 움직임이 남달리 민활해서 문란희가 움직이는 것은 무희가 춤추는 것처럼 날렵했다. 유미는 속으로 고개를 흔들었다. '언니고 무어고 그냥 무서워! 다 싫어! 학교가 뭐 이래?' 마지못해 끌려가는 형국이었지만 싫다는 내색을 할 도리도 없었고, 어떻게 해야 이 강압을 벗어날 수 있을는지 숨이 막혔다. 그리고……, 학교를 다니는 동안 도리 없이 박은지와 부딪히는 일이 다반사일 텐데 그 일을 어떻게 할 것인지 막막했다. 차라리 학교를 그만 둘 방법은 없을까. 차라리 아주 심한 병에 걸려 퇴학할 길은 없을까. 병색을 벗지 못하고 시들시들 고생하던 유미는 밤이면 갖가지 생각으로 잠을 이루지 못했다. 문란희는 박은지의 편지를 어떻게 했을까. 혼자 보다가 찢어버렸을까. 아니면 박은지에게 정말 돌려주었을까. 돌려주었다 했는데 정말 돌려주면서 아무렇지 않았을까. 박은지가 모욕을 당하지는 않았을까. 궁금하고 근심되는 일 투성이였다. 문란희는 자주 유미를 불러냈다. "너 왜 그렇게 우울해 해? 입학식할 때는 누구보다 밝고 쾌활해 보였는데. 박은지 때문이니? 그럴 거 없어. 걔 말이야. 너를 동생 삼는다는 거 말도 안 돼! 너 걔 고아라는 거 모르지? 걔는 고아원에서 살고 있어. 그런 터수에 무슨 에스동생이니? 걔네 부모는 내외가 다 중학교 교사였는데 육이오 때, 서울로 쳐들어 온 인민군이 두 사람을 한꺼번에 총살했어. 끔찍한 팔자야. 그래서 걔는 고아원에서 살고 있어. 여동생하고 달랑 둘만 남아서 비참하게 전쟁을 겪고, 그래도 피난 중에 동생의 손목을 잡고 굶어 쓰러져 있던 어린것을 영국군이 발견하고 데려다가 키웠고, 어느 수도원 신부님께 맡겨져 오늘에 이르렀어. 에스동생이고 무어고 그에게는 모든 게 사치야. 그러니까 네가 미안해 할 거 없다고. 내가 은지한테 잘 말했어. 은지는 착해. 누구하고 싸울 줄 모르는 애야. 마음놓으라고, 제발 그렇게 우울해 하지 말고! 알았어?" 문란희의 입에서 나오는 한마디 한마디는 가시였고 칼이었다. 믿자니 황당하게 들렸고 은지가 착하다는 말을 믿지 않으려니 앞일이 걱정이었다.

*

그렇게 앓는 동안 눈에 띄게 수척해진 유미에게 박은지가 찾아온 것은 토요일 하학길에서였다. 가방이 무거워 어깨를 늘어뜨리고 간신히 걸음을 옮기던 유미 앞으로 박은지가 가만히 다가왔다. "많이 아팠다지? 지금도 힘이 없어 보이네? 나하고 잠깐 이야기해도 될까? 내가 문란희에게 허락받고 왔으니까 걱정하지 않아도 돼. 저기 빵집에서 좀 쉴까?" 박은지는 유미의 가방을 빼앗다시피 받아 자기 가방과 함께 들고 걸으며 잔잔하게 웃었다. 문란희에게 허락받고 왔다는 그의 말에 일단 안심이 되었다. 빵집에 자리를 잡고 앉자, 은지는 웃음 띤 얼굴로 유미에게 물었다. "카스테라하고 우유 좀 마시겠어? 그건 소화가 잘 되는데. 괜찮겠지?" 그렇게 주문해서 가져다 놓은 은지는, 유미가 우유 마시는 것을 대견해하며 바라보면서 다시 입을 열었다. "내가 공연히 욕심을 내서 유미 마음고생 너무 시켰어. 미안해. 어쩐지 입학식 날, 유미를 본 순간 내 머릿속에서 촛불 하나에 불이 켜진 것 같았어. 정말 동생이라기보다 마음이 이어진 친구를 발견한 것 같았거든. 그래서 나답지 않은 짓을 했던 거야. 란희가 그 편지하고 노트를 나에게 돌려주었는데 오히려 잘 됐다는 생각이 들었거든. 란희가 나보다 유미를 훨씬 더 아끼고 사랑할 거야. 나는 그걸 믿어. 그러니까 나 때문에 마음 쓰지 않아도 돼. 나에게는 친 여동생이 있어. 착하고 가엾은 동생이……." 그렇게 말을 하던 은지의 눈에 눈물이 어리는 것을 유미는 보았고 은지의 깊은 심지에 담긴 온유함이, 유미의 눈에서 끝내 눈물이 흐르게 만들었다. 은지는 손수건을 꺼내 유미의 눈물을 닦아주었다. "세상에……, 이렇게 여린 사람이 있다니. 앞으로 살아갈 일이……." 유미를 애련하게 바라보는 은지의 눈에서도 눈물이 흘러내렸다. 은지는 그렇게 유미를 안심시켰고, 쓸쓸하게 돌아가는 박은지에게서 유미는 그때까지 본 일이 없는 참을성과 조건 없는 양보를 알아보는 눈이 뜨였다. 그리고 도대체 란희가 던져준 모욕과 상처를 어떻게 감당하고 있는지, 그것을 조금도 괘념치 않는 듯한 은지의 속내가 조금 수상하게 느껴질 정도였다.

하지만 박은지는 그 후로도 란희와 유미에게 자연스럽고 지극했다. 란희가 자기에게는 여동생이 없다고 거짓말한 것이 탄로 났을 때, 오히려 박은지가 유미를 위로했다. "란희가 거짓말을 하면서까지도 유미를 동생 삼고 싶을 만큼 유미를 아꼈던 거야. 그러니까 섭섭하게 여기지 마. 란희의 마음이 뜨거워서 그래. 유미가 더 크면 란희를 이해할 수 있을 거야." 유미는 박은지의 그런 태도가 혹시 위선이 아닐까 의심했다. 박은지가 거쳐온 환경이 그에게 그런 자기 보호 본능을 키위준 것은 아닐까 싶기도 했다. 하지만 한편 기이한 것은, 아무렇게나 둘러대고 아무렇게나 그때그때 거짓말을 떡 먹듯이 해대는 란희를 미워할 수가 없는 일이었다. 용서가 되는 것이 아니라, 란희에게는 그저 그러려니 싶은 예사로움에 길들여지게 만드는 힘이 있었다. 기이했지만 어디서 어떻게 생긴 힘인지 끝내 알아낼 수 없었다.

문란희에게는 오래 가는 친구가 없었다. 화려하고 활달하고 무슨 일에든 앞장을 서도 당연한 그런 인물이었지만, 친구들은 한동안 얼쩡거리다가는 미련 없이 떠나갔다. 그리고 떠나간 그들에게서 뒷말의 꼬리가 길어지는 일이 다반사였다. 그렇게 고등학교를 마칠 때까지 문란희의 옆을 떠나지 않은 친구는 박은지뿐이었다. 대학으로 가면서 란희는 여자대학의 신문방송학과를, 은지는 가톨릭계 대학의 영문학과를 지망하여 등교하는 학교가 달라졌지만, 유미를 낀 세 사람의 회동을 주도하는 것은 늘 문란희였다.

*

뒤척이던 동안 수녀원의 밤이 깊어갔다. 좀체 잠을 이룰 수 없을 것 같아서 그네는 자리에서 일어났다. 계속 란희의 생각이 떠나지 않았다. 소꿉놀이 같던 삶의 한자락. 그에게만은 죽음이 달려들지 못할 것처럼 기승하던 생명력에다, 부나비 같던 란희가 돌연한 죽음에 물려가다니— 문란희는 죽을 복까지 타고 났던가. 불치의 죽을병이 들려 이웃에게 폐를 끼치는 일 없이, 오래 앓아 피폐한 늙은 모습을 보일 일도 없이, 이러니저러니 뒷말이 남거나 말거나 산뜻하게 떠나버린 문란희—. 참……, 정말 그답게 떠났구나 싶었다. 그렇게 무엇이든 접수하고 무엇이든 멋대로 해내고야 말던 그에게 어떻게 죽는 복까지……. 운명이라면, 그것은 결코 자기 힘으로 따내는 것도 택하는 것도 아니었을 텐데— 그네는 커튼을 가만히 열고 뒤뜰을 내려다보았다. 고즈넉한 한세상. 저승의 물속이 이런 것일까. 저승에 물이 있다면 이런 맑기와 깊이로 누구인가를 기다리고 있을 것 같았다. 태고 적부터 거기 그렇게 고즈넉하게 밤을 지키고 있는 세상이었다. 그네는 외투 위에 두꺼운 숄을 걸치고 아래층으로 내려가 현관문을 조심스럽게 열고 뒤뜰로 내려갔다. 저승의 물속으로 들어가듯 한 걸음 한 걸음 걸었다. 가슴 두근거림은 역시 틈입자였기 때문이었던가. 문란회의 영혼은 지금쯤 어디로 가고 있을까.

수녀원 뜰은 이승 같지 않았다. 대도회의 소음도 먼지도 타지 않는 고고한 세상. 대도회 한가운데 의연하게 경건함을 지키고 있는 정원. 지금쯤 잠들었을 그곳 식구들인 수녀들은 어떤 운명을 타고 났기에— 뒤뜰 왼편으로는 여러 개의 방으로 이어진 안존한 한옥 지붕이 물속에 가라앉은 것처럼 깊었다. 더러 외국 손님이 한옥 방의 유숙을 원하는 분이 있을 때나, 교회 부서 중에 그곳에서 피정(避靜)프로그램을 진행할 때 노인들이 원하는 경우 숙소로도 쓰이고 기도실이 이어진 건물인데, 투숙객이 없는지 장명등이 꺼져있었다. 숨을 고르며 뜰로 나아가던 그네가 숨을 들이켰다. 한옥 툇마루 어둠 속에 누구인가 앉아 있었다. 베로니카 수녀였다. 기도실이 아닌 한옥 툇마루에 앉아 밤을 지새우고 있다니— 그네는 뒷걸음질해서 건물 그늘로 들어가 몸을 숨겼다. 언제인가 문란회가 떠들던 목소리가 살아났다. "난 말이야 죽은 뒤에 베로니카의 기도로 하늘나라에 들어갈 거야. 그게 내 복이거든. 그래서 영등 같은 내 집을 두고도 이따금 베로니카의 수녀원 한옥 방 하나를 빌려 거기서 하룻밤을 잔다고. 미리 죽는 연습하는 거지." 지금 베로니카는 란희가 묵었던 방 앞에서 란희의 영혼을 위하여 기도

하고 있는가. 유미는 란희의 빈소에서 오래도록 홀로 위령(慰靈)연도를 묵상으로 드리는 베로니카를 지켜보았었다. 그런데, 지금 베로니카는 란희가 묵었다던 툇마루에 앉아있다. 아직 추위가 가시지 않은 삼월 중순. 저러다가 감기라도 들면— 그래도 그네는 베로니카에게 다가갈 수 없었다. 아니다, 깊이 모를 추위를 타는 것은 육신이 아니라 영혼일 것이다. 저 영혼은 얼마나 깊은 추위에 떨고 있을까. 기도가 아니라 목숨의 지평(地坪)에서 얻은 영혼의 추위와 아픔 속에 잠겨 있겠다. 평안에 잠들지 못하고 유랑하는 모든 영혼의 추위와 아픔을 안고, 질문도 없고 대답도 없는 슬픔을 되새기고 있을 것이다. 차마 기도실로 가는 것까지 송구스러워, 저렇게 침묵으로 무릎을 꿇고 있을 것이다. 〈주님 손에 그의 영혼을 부탁합니다. 별세한 그에게, "오라, 내 아버지의 축복을 받은 이여." 라고 말씀하시는 주님의 음성을 듣게 하소서. 그로 하여금 주님을 가까이 뵈오며 완전한 안식의 축복을 누리게 하소서. 천사들이, 별세한 그이를 에워싸고, 성인(聖人)들이 평화 속에서 그를 맞이하게, 주님의 손에 그의 영혼을 맡겨드리게 하소서.〉 어둠 속에 묻혀 있는 베로니카의 영상은 이승의 밤이 아닌, 머나먼 저승으로 가는 길목의 그림자였다.

*

문란희가 박은지의 연인을 가로챈 것은 그네들이 대학을 졸업할 무렵이었다.

박은지 선대(先代)의 고향인 청주에서, 할아버지는 일본 유학을 거쳐 법관직을 지내는 분이었고, 박은지네 고향에는 벼 몇백 석을 거두는 논과 산이 적잖았다. 서울에서 학교를 마친 박은지의 부모가 서울에 있는 중학교 교사로 봉직하고 은지를 낳았을 때도 은지네는 월급만으로 살지 않아도 될 만큼 넉넉했다. 6·25는 고향의 할아버지와 서울에서 삼 남매를 키우던 은지의 부모를 한꺼번에 쓸어갔다. 1·4 후퇴 때 여동생과 막내인 남동생을 양쪽 손에 부여잡고 무작정 집을 떠났던 은지의 나이 열두 살. 득득 얼어붙던 겨울 피난길에서 일곱 살 남동생이 추위와 기아로 숨을 거두었을 때, 은지는 하나님을 향해 두 손을 모았다. 동생이 더 고생을 하지 않고 떠난 것이 고마왔고, 남은 동생이 하나뿐이어서 짐을 덜었다는 홀가분함에 감사했다. 후에 고아원과 수도원을 거치면서 안정이 된 이래, 그는 남동생의 주검을 다행스럽게 여겼던 자신의 이기심을 원죄의 낙인처럼 안고 살았다. 은지는 살면서 겪는 무슨 일이든, 누가 어떤 모욕을 하건 어떤 가해를 하던, 동생의 주검을 다행스럽게 여겼던, 그렇게 숨겨진 죄보다 더 악하지는 않다고 여겨, 그 누구의 어떤 죄도 정죄할 자격이 없음을 운명처럼 알았다. 같은 대학 기독서클에서 만난 남학생은 군대를 다녀온 복학생이었고, 신실한 크리스천이었다. 눈이 시원하고 선량한 그이는 은지를 한눈에 알아본 영혼과 영혼의 교감이 가능했던 사람이었다. 건축학 전공이던 그는 은지를 따라 성공회 교회 건물을 자주 찾아왔고 란희와 유미도 자연스럽게 어울리는 사이가 되었다. 그 남자는 은지에게 지극했다. 은지에게 그 사람은 연인이기 전에 오라버니였고 아버지였고 삶의 의지처(依支處)였다. 문란희는 은지를 따라 몇 번 만난 그를 게눈 감추듯 했다. 어떻게 그런 일이 있을 수 있는지, 박은지는 물론 유미도 실감할 수 없었다. 문란희의 노획물이 되었던 그 남학생은 스스로 자취를 감추었다.

박은지는 사랑했던 그이를 단념했다. 그의 허물을 용서할 수 없어서가 아니라, 두고두고 회한에 빠질 그 사람을 더는 바라볼 수가 없어서였다. 그 남학생은 졸업 전에 미국 유학을 떠난 것으로, 은지 란희 그렇게 세 사람의 인연은 마무리가 되었다. 그 사건 후에도 란희는 은지에게 접근하는 남자만 나타나면, 그가 누구라도 갑작스럽게 눈을 반짝였고, 목소리에 윤기를 흘리며, 남자로부터 친구 은지를 보호한다는 명목으로 둘 사이를 가로막았다.

*

문란희는 대단한 가문에서 태어났다. 아버지는 당대에 떵떵거리던 정당의 당수였고, 국회에서도 높은 자리를 차지한 인물이었다. 그런 아버지가 딸 란희를 억지로 떠밀어 미국 유학을 보낸 것은 아들이 없던 집안에서, 활달하게 태어난 딸을 여성 정치가를 만들겠다는 속셈에서였다. 하지만 간신히 석사 학위를 받고 귀국한 딸에게서 정치를 해낼 싹수가 보이지 않자, 이번에는 군대를 장악하고 있던 장성(將星) 집안의 아들에게 시집을 보냈다. 양가의 혼인은 정치계며 사업가들에게 제각기 기회를 포착하기 위한 열기로 들뜨게 만든 혼인이었다. 공화당 시절의 문란희는 그렇게 어마어마한 시집을 갔다. 그리고 시아버지와 남편과 친정아버지를 위한 사교계의 꽃이 되어 활약상이 눈부셨다. 미모, 체격, 노래와 춤, 외국 손님들하고 어울리는 사교적인 영어실력, 흠잡을 데 없는 사교계 여왕이었다.

박은지가 성공회 수녀가 되었다는 소문에는, 끊임없이 가로거친 문란희로 인한 실연이 원인이었을 것이라고들 수군거리는 뒷말도 있었지만, 유미만은 박은지의 영혼이 안고 있는 근원적인 깊은 슬픔과 고통을 알고 있었다. 전쟁, 참살당한 부모, 몰락한 가문, 그리고 피란 한

겨울 길에서 겪은 지옥과, 남동생의 죽음을 두고 홀가분해 했던 자신의 이기심이 저지른 죄를 수도자의 길에서 보속(補贖) 받으려 했을 것이다.

대학 시절 어느 늦가을, 문란희가 멋대로 약속을 어기고 나타나지 않았던 날, 은지는 은행잎이 눈부시게 떨어진 성당 뒤뜰 벤치에 앉아, 마치 고해성사를 하듯, 유미에게 피란길의 참상을 들려주며 남동생의 주검에 대한 고백을 했다. 박은지는 실연의 아픔까지를 자신의 죄가 부른 결과로 믿고 있었다.

*

건물 그늘에 몸을 감추고 서 있으려니 두꺼운 코트와 숄 속으로 냉기가 스며들었다. 베로니카를 일으켜 둘이서 그저 마주앉아 밤을 밝히고 싶은 생각도 들었지만, 그네는 베로니카의 침묵을 깰 자신이 없었다. 유미는 건물 그늘을 벗어나 발소리를 죽이고 숙소 건물로 들어갔다. 인간의 영혼은 하나님의 불꽃이라 했는데, 문란희에게도 그 불꽃이 있었을까. 지상에서 만나는 인연은 누가 관장하는 것일까. 박은지 앞에 문란희는 무엇을 위해 누가 보낸 인연이었을까. 친구 사이에 있어서는 안될 일을 겪고서도 문란희와의 우정을 끊지 못하는 박은지를 두고, 주위에서는 박은지를 이상한 눈으로 바라보았다.

란희가 본격적으로 본색을 드러내기 시작한 것은 남편과의 사별 이후였다. 아들 형제를 둔 란희는 삼십대 후반에 홀로 되었다. 베로니카와 함께 문상을 갔던 유미는 란희의 농염한 자태에 가슴이 덜컥 내려앉았다. 슬픔이 없었다. 무슨 행사를 총지휘하듯 씩씩했다. 삶에서 당연히 치르게 되는 통과의례를 겪는 통솔자였다. 차마 화장까지는 하지 못했던 민얼굴에 윤기가 넘쳤고, 촉촉하게 젖은 눈은 뜨겁고 아름다웠다. 자유를 쟁취한 전사(戰士)같았다. 아들 형제를 낳는 동안 지루해서 못 견뎌하던 란희는, 과부가 된 뒤, 주변 사람들을 깜짝 놀라게 만들며 신학대학에 입학했고 거뜬하게 졸업한 뒤에 다시 신학대학원까지 마치고 얼마 후에는 목사 안수까지 받았다. 그가 목사 안수까지 받았다는 소문은 한동안 사람들을 뒤집어지게 만들었다. 하지만 사람들의 놀라움은 감동으로 바뀌었다. 아, 저렇게 풍요롭고 아름다운 중년의 과부가 세상 유혹을 이기기 위해 신학을 마치고 목사 안수까지 받았구나! 베로니카는 헌신적으로 란희의 신학과정을 도왔다. 하지만 란희가 목회를 할 리가 없었다. 아마 신학을 택한 것은 처음부터 자신까지 놀래켜가며 어떤 시간을 벌기 위한 방편이었는지 모른다. 친정과 시댁에서 물려준 돈이 지천인 그가, 만들어서 가난해질 이유는 없었지만, 그의 생활은 방만하고 어지러웠다. 아들 형제를 외국으로 유학을 보낸 그의 생활은 나날이 호화로운 행보였다. 백화점 쇼핑에, 장안에서 이름난 고급 음식점 찾아다니기, 친구들을 불러 모아 수다 떨어가며 돈 쓰기. 그렇게 란희의 식탁에서 수없이 밥을 먹은 친구들은 란희의 막힌데 없는 자유로움에 대한 시기에다, 란희의 문란함을 얼마든지 홍보하고 다녔다. "세상에! 란희가 제부(弟夫)까지 후렸단다!" 괴상한 소문이었지만, 그런 소문이 떠돈다는 말을 들으면서도 당사자는 별로 거슬려 하지 않는 눈치였다.

어느 늦봄, 중앙아프리카로 떠나는 선교사를 대접하느라고 마련한 자리에 합석했던 란희의 눈빛이 예사롭지 않았다. 유미가 란희를 화장실로 끌고가 간절하게 부탁했다. "언니, 저이 순수한 신앙인이야. 제발 조용하게 보내 줘. 언니가 오늘 이 자리에 오면 안 되는 거였는데…… 정말…… 그러지 말아주어." "얘는? 내가 무얼 어쩐다고? 미리 야단이니? 너야말로 참 숙맥이다. 걱정 마라라. 조용히 보낼 테니까." 그러나 며칠 후, 유미는, 근교 한적한 시골에서 살고 있는, 어머니의 친구인 어느 권사가 전해주는 말에 풀썩 주저앉았다. "아이고 세상에! 거 왜 중앙아프리카로 떠나는 길에 우리 교회에서 간증했던 선교사 말이야. 내가 은혜받았다고 엄마한테 칭찬했던 그 선교사……, 유미 너의 선배라던 그 잘생긴 여자 있잖아? 목사 안수까지 받았다는 그 여자……, 글쎄 그 여자 차가 우리집 근처 모텔 앞에 서더니 바로 그 선교사하고 나란히 모텔로 들어가더라. 세상에! 무슨 이런……." 그 권사는 더는 말을 잇지 못했다. 선교사가 떠난 뒤, 문란희는 예사롭게 유미를 점심 자리에 불러냈다. 점심을 가까스로 삼키고 유미가 정색하고 란희를 불렀다. "언니, 그 선교사 조용하게 보내 준다고 그랬잖아? 왜……." "내가 무얼? 조용하게 떠났잖아? 아무 탈없이 떠났구면." 그래도 시무룩하게 눈을 내리뜨고 있던 후배는 다시 어렵게 말을 꺼냈다. "언니, 언니가 무엇이 부족해? 차라리 재혼을 하지 그래." 란희는 깔깔 웃었다. "얘 재혼을 왜 하니? 이 자유를 왜 버려? 이렇게 좋은데? 아무나 과부가 되는 줄 아니? 과부도 복 중에 하나라고!" 란희의 진한 농담에 눈살을 찌푸린 후배를 두고 그는 말을 이었다. "그렇게 죄책감 가질 것 없다. 그 사람, 자식 없는 홀아비였고, 제 나라를 오래 떠나가 있다가 자기 나라 여자 체취를 아주 잊어버리면 어떻게 하니? 그래서 내가 육보시(肉普施)좀 했기로 무어 그리 큰일이라고…… 참 사람들 모두 쩨쩨하고 못났다." "언니 세상이 시끄럽잖아. 그리고 신앙이 그런 것 아니잖아. 언니가 뭐 모자라서—" "시끄럽게 살 줄 모르는, 아니 그러고 싶어도 무서워서 못하는 그것들이 속물이고 병신이지!" 의기양양 너무도 당당하게 내두르는 말에 후배는 고개를 꺾은 뒤에 말을 접었다. 시끄럽게 살지 못하는 것들이 병신이라고! 문득 그 말을 시인해주고 싶어지는 내심에 유미 그네는 화들짝 놀랐다.

*

"너는 말이야 평생 연애 한번 못해 보고 죽을 거야. 평생을 상상 속의 연애만 하다가 끝날게다. 너처럼 감성이 예민하고 낭만주의의 표상 같은 여자가 어떻게 연애 한번 못해 보고 결혼을 했을까? 너 어떻게 그 싱숭생숭을 평생 참고 살아가니?"

란희는 심심하면 유미를 놀리고 윽박질렀다. 연애. 연애는 그저 상상이다. 상상 속의 연애. 연애란 원래 상상 속에서만 이루어지는 것 아닐까. 처음으로 선을 본 사관학교 출신 육군 중위에게 허혼(許婚)을 한 것은, 자기의 삶에서 연애가 불가능하다는 것을 알고 있었기 때문이었다. 남편의 임지는 자주 바뀌어 그네는 아이를 데리고 숨차게 이사를 다녔다.

눈이 쌓인 정월 어느 날, 갓 돌이 지난 딸을 안고, 강원도 산골에서 치러지는 동기생네 결혼식에 참석했다가 기차를 타고 돌아오던 길. 기차 창가에 자리를 잡았고, 기차가 거의 떠날 무렵, 사십대의 중후한 신사가 옆자리에 앉았다. 눈 쌓인 깊은 산골은 아름답지만 슬펐다. '산천에 눈이 쌓인 어느 날 밤에 촛불을 밝혀두고 홀로 울리라. 아아, 너도 가고 나도 가야지' 그네는 잠든 딸을 추슬러 안고 계속 창밖을 바라보았다. 품안에 든 실팍한 딸의 무게도 슬펐다. 어쩌다가 이 아이는 태어났을까. 이 혹독한 삶을 어떻게 살아낼 것인가. 청량리가 종점인 산골 기차는 시간을 얼마든지 늘여가며 덜컹거렸다. 책을 읽고 있던 옆자리의 남자가 얼마 만에 입을 열었다. "처음부터 지금까지 그렇게 창밖만 바라보고 있으니 고개가 아프시겠네요. 이쪽도 좀 보시지요." 목소리가 깊고 부드러웠다. 그네는 일부러 그랬던 것도 아닌데, 마치 옆자리의 자기를 의식하고 그랬더냐고 묻는 것 같은 남자의 말이 거슬려 고개를 돌리며 웃음을 띠었다. "그저 산골 설경이 너무 아름다워서……." "우리 산천이 아름답지요. 전쟁 때문에 많이 피폐해졌지만 아마 얼마 후에는 회복이 될 겁니다." "참고 오래 살다보면 그렇게 좋은 끝도 있겠지요." "혹시 신앙이 있습니까?" 그네는 신앙이라는 어휘에 잠깐 허한 웃음을 웃었다. "신앙이요? 그런 것 없어요. 무엇도 보장된 것이 없는 삶에 무슨 신앙이……, 저는요 연애지상주의자에요. 그게 신앙이에요." 그네는 자기도 모르게 장난기가 발동한 것에 깜짝 놀랐다. 내가 갑자기 미쳤나? 무슨……, 무슨……, 미친 객기로! 그러자 남자는 옆자리의 사람들이 놀라서 바라볼 만큼 큰 소리로 웃었다. "아, 그것도 종교는 종교네요. 괜찮은 종교네요! 무릇 어떤 종교도 고통을 거치면서 싹이 트는 법인데, 부인께서는 아직 그 지상주의의 고통에서 헤어나오지 못한 것 같군요." 품안에 아이가 깰세라 그네는 아이를 당겨 안고 고개를 돌려 남자를 똑바로 바라보았다. 준수했고 품위 있는 중년이었다. 긴장감을 부르는 남자였다. "혹시, 기독교에 관심이 생기거든 한번 찾아와 주시지요. 우리 학교에서 자주 강연이 열립니다." 그가 건넨 명함에는 신학대학 교수직함이 찍혀 있었다. 청량리역까지 이르던 동안 교수는 불편하지 않을 만큼 대화를 이어갔다. 집으로 돌아간 날 밤, 그네는 자신의 내면을 오래도록 깊이 더듬어보았다. 얼마나 많은 이성이 바람처럼 스쳐갔던가. 단 한 번도 내색한 일 없던 설렘은 얼마나 여러 번이었던가. 간음(姦淫)은 몸으로만 하는 것이 아니었다. 여자들이 더러 플라토닉을 노래하지만, 마음으로 품는 음욕은 음욕이 아니며 간음이 아니라던가. 언제인가 미국으로 동생을 만나러 가던 여객기 안에서, 옆자리에 앉았던 젊은 이의 향취(香臭)는 지금까지 아련하게 남아있었다. 열대여섯 시간을 나란히 앉은 여객기의 좁은 공간에서 걸어온 대화는, 숨겨 놓았던 그네의 분홍빛 감성을 서서히 자극할 만했다. "당신의 눈 속에는 스토리가 들어있어요." 훨씬 연하였던 사내의 음성은 귀를 간지르는 미풍이었다. "그런데 그 스토리가 밖으로 나오지 못하게 꽁꽁 묶어 두고 계시네요. 이제 좀 풀어놓으시지요. 사랑이 시작되면 눈빛과 목소리에 스토리가 생기거든요. 그런데 당신은 그 스토리에다 눈가리개를 씌워 놓았네요." 뉴욕공항에서 헤어질 때, 젊은이는 유미의 이마에 오래도록 입을 맞추었다. 그리고 그 젊은이는 몇 년 동안 아름다운 꽃 그림의 카드를 계속해서 보냈다. 그네는 그 카드를 두고 오래도록 몰래 꿈만 꾸었다. 그렇게 그네에게는 평생 꺼지지 않고, 채워지지 않아서 안타까운 뜨거운 빈자리가 있었지만 한 번도 실현이 얼굴을 드러낸 일은 없었다. '나는 왜 그 스토리를 한 번도 열어 볼 수 없었을까.' 망설이다가 끝내 경험 못하고 남는 후회와, 저지른 뒤에 발생하는 후회에는 무슨 차이가 있을까. 그것이 늘 궁금했으면서도—

*

그렇게 강원도를 다녀온 뒤, 란희와 점심을 먹던 자리에서 무심하게 이런저런 이야기를 하던 중, 기차에서 만난 신학대학 교수 이야기가 나왔을 때, 란희는 "명함 아직 가지고 있니?" 물었다. 유미는 "내가 뭐 예수 믿을 일이 생기지는 않겠지만, 글쎄, 버리지는 않았을걸?" 그러면서 핸드백을 뒤적여 명함을 찾아내어 건넸다. "아? 이 사람? 나도 알고 있는 유명한 신학 교수야." 란희는 눈을 반짝이며 명함을 슬쩍 주머니에 넣었다.

그리고 며칠 후, 란희를 만났을 때, 란희는 단 한 번의 펀치로 유미를 쓰러뜨렸다. "얘, 얘, 먹물 든 것들은 아무래도 촌놈들 같지 않더라. 무식하고 단순한 촌놈들의 섹스가 얼마나 훌륭한지 아니? 끝내준다고! 정말! 너는 상상도 못할 거다. 그런데 말이야 먹물 든 것들의 섹스는 촌놈만큼 순수하지 못해! 뒷맛도 그렇고……" 유미는 기막혀 넋을 잃고 란희를 바라보았다. 도대체 어떤 방법으로 그 신학대학 교수를 후렸을까. 상상이 되지 않았다. "얘, 내 몸을 한 번 본 남자들은 환장하지 않는 놈이 없어. 나를 안아보고 싶어 하지 않는 놈은 사내가 아냐!" 그때 란희는 유부녀였다. 유미는 속으로 진저리를 쳤다. '이 이상 란희를 계속 만나서는 안 되겠다. 정말 더는 만나지 말아야 할 존재다. 아무래도 미쳤거나 무슨 음란 귀신이 씌었지' 그랬지만 이상한 것은 란희를 결정적으로 미워할 수가 없는 그 일이었다. 자신이 겪은 남자에 대해 담백하게 말하는 그는 치사하지 않았다. 어느 때는 오히려 내숭을 떨지 않는 그가 시원하고 깔끔했다. 남들이 도저히 흉내 낼 수 없는 솔직성. 자신의 흥을 감추지 않는 인간미. 남녀의 육체가 얽히는 실감을 맛있게 형용하는 재주. 냄새는 났지만 악취만은 아니었다. 그런 이야기를 하고 있을 때의 란희의 몸짓과 대화는 다소 격조 있는 포르노였다. 그네는 란희의 황음을 건너다보면서 자기가 대리만족을 하고 있는 것이 아닌지 의심이 들어 몸을 떨었다.

남편을 떠나보낸 후, 란희의 편력은 점점 심화되어 갔다. 그는 마치 열대우림의 곤충 잡아먹는 꽃처럼 처음 보는 남자도 눈빛 한번 건네는 것으로 그날의 사인을 만들어냈다. 고급 옷을 만드는 살롱에 드나들면서 그 옷집 주인이 만드는 파티에 참석할 때면, 그냥 넘기는 법이 없었다. 하지만 란희와 몸을 섞은 사람일시 분명한 어느 중년 남자가 언제인가 밥을 먹던 자리에서 란희가 손을 씻으러 간 사이에 내던지듯 말했다. "그 여자, 섹스는 알지만 '백치 아다다'야! 백치 아다다!" 무슨 이런 일이…… 유미는 그 사내의 뺨을 때려 주지 못한 자신의 비겁함이 너무 부끄러웠고, 란희 없는 자리에서 그 말을 홀로 들은 것이 란희에 대한 배신을 저지른 것 같아서 한동안 우울했다.

그런 우울증을 눈치챘는지 한동안 뜸하던 란희가 유미에게 저녁을 먹자고 조른 날, 란희는 다소 어두운 얼굴로 색다른 고백을 했다. "어떤 놈이 말이야, 나하고 몸을 섞은 뒤에 나보고 이름을 바꾸라는 거야. 왜냐고 물으니까, 내 이름이 문제라는 거지. 이름이 문란을 조장한다는 거야 글쎄, 문란희가 문란을 조장한다는 거지. 이름을 잘 못 지어서 이름값 한다는 거지. 별 괴상한 놈도 다 있어! 내가 문란해서 저한데 손해나는 일도 아닌데 말이야. 그리고 말이지 만나기만 하면 첫눈에 환장하고 달려든 놈이 왜 한 번 품고 나면 다시는 뒤도 안 돌아보는 놈도 있어, 무슨 조홧속인지— 더러 그래." 심란해하는 표정이 역력했다. '란희는 왜 그걸 모르는 걸까? 육체에는 여운이 없다는 것을. 남자들의 바람기가 상대방을 품고 나면 호기심이 꺼진다는 것을. 성취는 빛을 스러지게 만든다는 것을. 란희의 어울림은 연애가 아니잖아? 연애는 상상이고, 상상은 신비야. 여자의 몸은 신비로 남아야 남자들이 못 잊어 하는 거야. 란희를 두고 '백치 아다다' 라고 했던 남자는 신비가 너무 간단히 무너지는 걸 두고 그렇게 말했을 거야. 남자의 바람기는 순간적이고 충동적인 욕구에 불과하니까. 그렇게 몸을 섞는 것처럼 허황되고 어리석은 것이 없다는 걸 왜 모를까?' 유미는 지쳤다. 란희에게 더 해줄 말도 없었다. "애, 내가 왜 이렇게 사내들을 말아먹는지 아니? 사내놈치고 유부남이나 총각이나 육신의 누린내를 감당 못해서 절절매는 놈들 투성이잖아? 나는 그놈들의 육신의 누린 것을 태워 없애기 위해서 만나는 족족 그것들을 품는 거야! 알았니? 나는 세속의 누린내를 없애주려는 천사라고!" 아, 저 육체 속에 무엇이 도사리고 있기에 — 타고난 것일까. 후천에서 생겨 자란 것일까.

*

유미의 남편이 퇴역한 뒤, 유미의 여동생이 자리잡은 미국으로 이민 결정이 되었을 때, 그네는 란희 옆을 떠나는 일이 내심 홀가분했다. 몇 년 만에 다니러 왔을 때 이미 육십 중반을 넘기고도 충분히 풍만하고 때로는 요염한 란희의 행각이 여전한 것을 보고 질렸던 유미는 란희의 황음이 언제까지 어떻게 이어질는지, 어떻게 끝날는지 두려웠다. 그 두려움이 세 번째 귀국한 이번에 돌연사로 나타났다. 란희를 잘 알고 있는 주변에서 더러 수상한 수군거림이 이어졌다. "엎어져 죽었다지? 왜 엎어졌을까?" "알몸이 더 라네." "아직도 눈부시게 풍만했을까?" "누가 알아? 마지막 다녀간 놈이 보았겠지." 살아 있는 인간들은 죽은 자에 대하여 그렇게 오만해도 되는 것이었을까. 빈소를 다녀나간 두 중년의 사내들이 화장실로 가면서 수군거리는 소리를 듣던 유미는 울컥하는 구토증과 함께, 그놈들의 등덜미를 들이받고 싶은 충동을 가까스로 참았다. "여자에게도 복상사라는 게 있을까?" "글쎄 말이야 왜 엎어져 죽었을까—" 육체를 떠난 란희의 영혼은 저 치욕의 대화를 들었을까.

빈소에 걸려 있는 란희의 사진은 농염했다. "세상에, 인물이 저랬으니 무슨 목회를 할 수 있었겠어? 아예 신학을 시작한 것부터 이상하다고 했잖아?" "하여튼 미스터리의 여왕이 이승에 왕림하셨다가 또 미스터리를 남기고 떠나가셨어." 수군거림은 주로 아쉬움도 슬픔도 없는 농담이었다. 란희의 아들 형제와 친정 형제들은, 장례를 치르는 동안 그들 중에 누구도 슬퍼하는 사람이 없었다. 슬픔이 조금도 없는 그들의 장의절차를 두고 유미의 가슴이 무너졌다. 사내들의 육체적인 누린내를 태워 없애겠다던 란희는 그 자신의 육체가 불가마에 들어갈 때 어떤 생각을 했을까.

*

유미는 내내 잠들지 못하고 틈틈이 커튼을 조금 들치고 베로니카가 앉아 있는 한옥 툇마루를 내려다보았다. 몇 번 그렇게 창밖을 내려다 보던 중, 어느 사이에, 어둠 속에 조상(彫像)처럼 앉아 있던 베로니카 의 모습이 보이지 않았다. 시계를 보니 새벽 다섯 시. 기도실로 갔을 시간이다. 그네는 조심스럽게 옷을 갈아입고 발걸음 소리를 죽여 가 며 기도실로 갔다. 낮은 촉수의 불빛이 우련한 기도실에, 무릎 좌대에 무릎을 꿇은 열댓 명 수녀들의 뒷모습이 침묵 속에 잠겨있었다. 베로 니카의 뒷모습이 보였다. '사랑은 내 안에서 울어나는 것이 아니라. 그분께서 부어주시는 은혜의 우물입니다. 우물은 계속 퍼내지 않으면 말라버립니다. 우리가 할 일은 그 사랑의 우물을 퍼내는 일입니다.' 베로니카가 이따금 들려준 말이 메아리가 되어 그네의 영혼을 흔들었 다. 그네는 기도실에 오래 머물 수가 없었다. 평생을 기도로 바친 수 녀들의 고요한 숨결을 감당할 수가 없었다.

적군의 총탄으로 부모와 조부모와 가산(家産)을 한꺼번에 잃고, 득 득 얼어붙는 피란길에서 두 동생의 여린 손목을 잡고 달렸다던 박은 미. 추위와 기아로 남동생을 잃고 홀가분해 했던 죄를 평생 짊어져야 했던 베로니카의 비극은 결국 그분이 부르신 자비의 손길이었을까.

이렇게 고요하게 그분이 부어주시는 은혜의 우물에서 사랑을 길어 올리며, 겸비하게 하늘길을 준비하는 베로니카의 삶은, 그분이 정해주신 운명이었을까. 너무 기름지고 너무 넘치도록 부유하게 태어났던 문란희의 삶은 건너기 어려웠던 시험의 강이었을까. 이승의 거침없는 복락은 타락의 지름길이었을까. 시몬느 베이유 같은 여성은 부유한 가정에서 태어나고도 죽을 때까지 가난한 소녀들과 함께 공장 노동으로 생계를 이어가다가, 젊은 나이에 생을 마감하지 않았던가. 문란희는 당초에 인격의 지성소며 '신(神)의 음성'이라는 양심을 타고나지 못했던가. 유전인자 안에 처음부터 도덕이나 수치심이나 양심이 들어있지 않을까. 운(運)이나 운명을 뛰어넘을 수 있는 능력을 인간에게 주신 분이 하나님이시라면, 문란희에게도 그런 기회가 없지는 않았을 것을― 유미는 언제인가 우연히 펼쳤다가 위로를 받았던 전도서를 기억해냈다. 〈모두가 같은 운명을 타고 났다. 의인이나, 악인이나, 착한 사람이나, 나쁜 사람이나, 깨끗한 사람이나 더러운 사람이나, 다 같은 운명을 타고 났다. 착한 사람이라고 해서 죄인보다 나을 것이 없고, 맹세한 사람이라고 해서 맹세하기를 두려워하는 사람보다 나을 것이 없다. 모두가 다 같은 운명을 타고 났다는 것, 이것이 바로 세상에서 벌어지는 모든 잘못된 일 가운데 하나다. 더욱, 사람들은 마음에 사악(邪惡)과 광증(狂症)을 품고 살다가 결국에는 죽고 만다.〉 〈……슬기로운 사람도 죽고 어리석은 사람도 죽는다. 그러니 산다는 것이 다 덧없는 것이다. 인생살이에 얽힌 일들이 나에게는 괴로움일 뿐이다. 모든 것이 바람을 잡으려는 것처럼 헛될 뿐이다.〉 인류 역사상 가장 부유했던 솔로몬, 비빈을 수백 명이나 거느렸던 솔로몬, 하늘로부터 받았다는 그 지혜가 누구도 뛰어넘을 수 없을 만큼 빛났던 솔로몬이 인간의 일생을 그렇게 슬픔으로 기록했다.

*

　유미는 숨 죽여 기도실을 벗어나, 미명이 열리는 정원으로 내려섰
다. 새들이 쫑쫑쫑 대도회의 미명을 쪼아대고 있다. 새들의 부리에서
도회지의 하늘이 조금씩 흔들리는 종소리로 열렸다. 콘크리트의 우림
도 엄지손가락만한 벌새의 날개 앞에서는 숨을 죽인다. 도심에 있는
도피성(逃避城). 그네는 한밤중에 베로니카가 앉아 있던 한옥 툇마루
에 걸터앉았다. 그네의 볼 위로 눈물이 흘러내렸다. 베로니카가 그 젊
은 나이에 떠났던 이 신앙의 길을 이제라도 따라서 떠날 수 있을까?
덧없고 슬픈 한세상. 그런데 이름을 남긴 시인들은 순간과 영원의 만
남을 시(詩)로 남겼다. '시간 속에서 순간을 살고 있는 인간의 구원은
영원과의 만남에서만 가능하다. 시간과 영원, 상반되지만, 동시에 공
전하며, 갈등하지만 그 둘은 어느 때엔가 만난다. 그 정점이 십자가
다. 정점은 유한한 시간을 통해서 영원한 실존을 추구하는 자리다. 시
간은 시간을 통해서만 정복될 수 있다.' 엘리엇의 시(詩) 사중주에서
배웠던 대목이 이제야 떠오르다니 ― 키에르케고르는 그렇게 단정했
던가. '절망 안에서만 절대존재를 알 수 있는 가능성이 열린다.'고. 문
란희에게는 그런 절망을 만날 기회가 아예 없었을까. 김유미 그의 일
생에도 그런 절망은 없었던 것일까.

*

　수녀원의 아침 식탁에서도 베로니카와 유미는 말을 나누지 않았다.
상실과 아픔은 언어를 건너가는 신비였다. 열한 시 예배에서 베로니
카는 수녀들의 좌석으로 가고 유미는 일반석 뒷자리에 앉았다.

한없이 이어지는 대연도(大連禱). 주여 자비를 베푸소서. 이 세상을 구원하신 하나님, 자비를 베푸소서. 자비를, 자비를 베푸소서. 우리와 우리 조상들이 범한 죄를 기억 마시고, 우리 죄에 따른 엄한 벌을 내리지 마소서. 자비로 우리를 영원토록 지켜주시며, 주님의 고귀한 피로 대속하신 백성을 구하소서. 주여 우리를 구원하소서. 구원하소서. 주여 우리의 기도를 들어주소서. 들어 주소서— 우리에게 참된 뉘우침을 주시고, 죄와 태만을 용서해 주시며 우리에게 성령의 은총을 주사 주님의 거룩한 말씀을 따라 우리의 생활을 고쳐가게 하소서. 기도를 들어 주소서, 들어 주소서— 대연도는 아득하게 높은 천장으로 흔들려 올라가고, 스테인드글라스를 통해 광휘롭게 빛나는 아침 햇빛은 황홀했다. 소녀들 셋이 그 성당 뜰을 약속 장소로 정했을 때, 그분은 이미 세 소녀가 각기 살아가게 될 운명을 정해 주신 것일까. 가엾은 문란희—

예배 중 성찬(聖餐)순서에서 유미는 일어났다. 예배 참석자 모두가 좌대 앞으로 나아가 떡과 포도주를 받는 뒷모습은 거룩하고 아름다웠다. 세례를 받지 않은 사람은 받을 수 없는 성찬, 그네는 성찬을 받는 사람들의 뒷모습을 바라보며 뒷걸음으로 성당을 나왔다.

봄볕이 눈부셨다. 주여 우리를 불쌍히 여기소서. 자비를 베풀어 주소서. 봄볕 속에 고개를 숙이고 그네는 대연도를 암송했다. 봄볕 속에서 영혼이 움트고 있었다. 키리에(Kyrie)— 키리에— 불쌍히 여겨 주소서. 자비를 베풀어 주소서. 그네의 영혼이 드리는 대연도가 한없이 이어졌다. 그네의 대연도는 봄볕 하늘 위로 그네의 눈물과 함께 아지랑이처럼 올라가고 있었다.

영혼으로 표상되는 타자의 향기와 하나 되기,
그 소설사적 의의

1.

작가 정연희(1936~)가 여든의 나이를 넘어서서 창작집을 발간하였다. 2010년 이후 발표된 9편의 작품을 실은 이번 소설집을 읽으면서, 젊은 작가 못지않게 아니 젊은 작가보다 더 왕성하게 작품을 발표하는 작가의 창작 열정에 대해, 그리고 이번 작품집에서 작가의 문학 세계가 더욱 넓고 깊어졌다는 점에 대해, 나는 무엇보다 먼저 원로 작가에게 깊은 경의를 표하고 싶다.

작가는 1957년 동아일보 신춘문예에 삶의 불평등을 문제 삼으면서 신의 책임을 묻는 작품인 「파류상」으로 등단한 이후, 1960년대에는 에로스의 존재 여부를 탐색하는 작품을, 1970년대에는 20세기 문명을 비판하는 작품을, 1980년대에는 아가페적 사랑을 추구하는 작품을, 1990년대에는 생명과 영혼과 자연회귀의 문제를 다루는 작품을 지속적으로 발표해 왔다. 이번 소설집에 실린 작품들은 그동안 작가가 관심을 가지고 다루어 온 주제들, 곧 신, 에로스, 문명비판, 자연회귀, 생명, 영혼과 관련된 주제를 모두 포함하고 있으면서, 그 주제를 한층 깊고 넓은 영역에서 접근하고 있다.

먼저 주목되는 것이 이번 소설집에 실린 작품들 대부분이 삶과 인생과 인간 존재에 대한 깊은 성찰을 펼치고 있다는 점이다. 그 성찰을 「그물코」와 「무덤에 내리는 꿈」에서 확인할 수 있다. 작가는 두 작품에서 여성을 주인공으로 내세워 여성의 일생을 다루면서 진정 가치 있는 삶이란 무엇인가를 묻고 있다.

「그물코」는 1970~80년대 부패하고 타락한 한국 사회의 권력자들, 기업가들, 지식인들이 드나드는 술집 '피안'의 점주 김점순의 빈소에 들른 도희라는 여성이 김점순과 자신의 일생을 회고하는 내용을 다루고 있다.

지방도시의 고등학교를 졸업하고 서울의 명문 대학에 입학한 도희는 철학 교수인 중년의 민 교수의 강압에 못 이겨 그와 관계를 맺는다.

명문대학의 철학 교수, 그리고 으리으리한 보직, 그런 중년의 탄탄한 사내가 학생의 자취방을 찾아드는 것이 기이했지만, 도희는 절대자의 힘 앞에 현혹 아닌 굴종으로 끌려가는 작은 짐승이었다. (14p)

도희는 민 교수와 불륜 관계를 맺으면서 임신을 하게 되고 민 교수에 의해 시골로 쫓겨 가 아이를 낳지만, 민 교수는 그러한 도희를 외면한다. 도희의 아이는 사흘을 넘기지 못하고 저 세상으로 떠난다. 절망의 끝에서 자살까지 생각하던 도희는 새로운 출구를 찾고자 하는 의지로 복학을 하지만 민 교수의 내연녀에 의해 다시 학교를 떠나 고향 시골로 내려간다. 하지만 민 교수와의 관계가 고향집에 이미 알려져 집이 '난가(亂家)'가 되면서 도희는 산골로 도망쳤다가 결국 술집 '피안'으로 들어간다. 술집에서 남자들의 시중을 들던 도희는 사십을 넘긴 뒤 충청도 진천에 있는 미혼모의 아이들을 돌보는 곳으로 내려가 평생을 보낸다.

'피안'의 점주 김점순은 시골의 가난한 집안에서 태어나 못 생겼다는 이유로 시집도 가지 못한 채 부모에 의해 서울로 쫓겨나 이집 저집 드난살이를 한다. 급기야 술집 부엌데기로 흘러들어가 갖은 고생을 하다가 20년 만에 그 술집을 맡게 된다.

도희와 김점순의 이러한 파란만장한 일생과 관련해 작품에서 주목되는 것이 '시간의 그물코'이다.

> 시간에는 날카로운 시간의 고리가 이미 숨겨져 때를 기다리며 벼리고 벼리다가 심도희라는 낚시 물(物)을 찍어냈을까. 시간의 그물은 그물코에 고리를 만들고 고리는 관계를 얽어주고, 그 고리는 낚시 물을 낚아 운명이라는 점액질에 빠뜨리는 것일까. (25p)

도희는 날카로운 시간의 그물코에 걸려 여성으로서 철저하게 '망가진' 삶을 살게 된 것이다. 팔자 혹은 운명 같은 시간의 그물코를 벗어나는 방법은 없는 것일까. 그것은 죽음뿐이라는 것을 이 작품은 "18년 동안 나라를 끌어안고 씨름을 하던 대통령"의 죽음을 통해 제시하고 있다. 그렇다면 죽어서가 아니라 살아서 시간의 그물코에 걸려들지 않는 방법은 무엇인가. 두 가지 방법이 제시되어 있다.

먼저, 술집 부엌데기를 하던 김점순이 택한 방법이다. 그것은 시간의 그물코도 건들지 못하는 자신만의 골방을 가지는 것이다.

자기만의 골방. 누구도 함부로 들어갈 수 없는 골방. 스스로 살아갈 수 있는 기준을 아무도 건드리지 못하게 지키는 방. 시간의 그물코도 손 내밀지 못하는 골방. 무식하고 무식해도, 괴상한 인상(印象)을 타고 났어도 자신을 지켜가는 생명력의 원천이 거기서 샘솟는다는 것을 도희는 지켜보았다. '남에게 독한 게 아니라 저에게 독해야 살아남는다!' (40-41p)

김점순은 시간의 고리가 미치지 못하도록 '옹벽을 치고' 자신만의 '내면의 골방'에 스스로를 유폐시키는 방법을 택하며 평생을 살아간다.

다음, 삶이란 '그림자놀이'라는 것을 깨닫는 것이다.

(i) 한줌 흙이 되는 육신, 그 열두 관 육신에 잠깐 깃든 영혼이 무엇이기에 ― 존재가 현실이라는 터 위에 존재하는 것은 언제인가? 시간이라는 그물코에 걸려들었을 때 뿐, 얽혀 돌며 몸부림을 칠 때 뿐, 그물코에서 고리가 풀리면 잡히지 않고 닿지도 않는 그림자로구나. 피안은 매일 밤 사내들의 살타는 누린내와, 허공에다 휘두르는 돈이 풍기는 노린내의 웅덩이였다. (31-32p)

(ii) 그저 그림자놀이처럼 헛것을 향해 허공을 더듬던 한 생이었다. 탐욕도 분노도 근거가 없어진 어리석음뿐. 파멸에 이르러 비로소 눈뜨는 삶의 실체를 미리 볼 수 있는 눈이 없었다. (45p)

육체적인 측면만을 추구하는 삶은 그림자놀이 혹은 헛것을 좇는 것에 불과하다는 이러한 깨달음의 근저에는 '색즉시공'의 개념이 자리하고 있다.

색즉시공 공즉시색, 설마 점주가 반야심경의 요체를 터득하고 하는 말이었을까. 색은 곧 텅 비어 있는 공이고, 텅 빈 공은 곧 색이다…… 텅 비어 있음이 색이라니. 그 비어 있음은 비어 있음이 아니라 무(無)에서 유가 태어나는 바탕이 되는 것 아닐까. 그곳이 창조주의 터가 아니었을까. (28p)

작품에서 '색'은 인간의 육체적 쾌락을 비롯해 세속의 권력, 부귀, 출세를 지향하는 삶과 관련되며, '공'은 영혼의 순수함을 지향하는 삶과 관련된다. 대부분의 인간은 평생을 살아가면서 육욕, 물욕, 출세욕, 권력욕에 사로잡혀 수단 방법을 가리지 않고 온갖 불의를 저지르면서 그 욕망을 달성하기 위해 발버둥 친다. 시간은 그런 인간을 날카로운 그물코의 고리로 낚아챈다. 그런 삶은 영혼의 삶을 추구하는 관점에 설 때 '그림자' 내지 '헛것'을 좇는 삶에 불과하다. 내면의 방에 자신을 유폐시키고 시간의 그물코로부터 벗어나고자 하는 김점순의 삶도 영혼의 관점에서 볼 때 역시 헛것을 추구하는 것에 불과하다.

육체적인 쾌락과 물질적 풍요로움만을 추구하는 삶은 그림자일 뿐이며, 영혼의 순수함을 추구하는 삶이야말로 진정 인간다운 삶이라는 것, 그리고 그것을 미리 볼 수 있는 눈이 있다면 인간은 시간의 그물코에 걸려 허우적거리다 파멸하지 않을 것이라는 점을 이 작품은 보여준다. 그러나 미련한 인간은 파멸이나 죽음과 같은 삶의 끝자락에서만 삶의 이러한 실체를 깨달을 수 있으니 얼마나 허망한 존재인가.

「무덤에 내리는 꿈」은 삶의 끝자락에서 이러한 깨달음을 얻는 인물이 아니라 살아가면서 그 깨달음을 실천하는 인물이 등장한다. 이 작품은 어린 화자 용주를 통해 프랑스에서 화가가 되어 한국에 귀국해 생활하다가 죽은 이모의 삶을 다루고 있다. 여기서 이모와 이모를 제외한 인물, 특히 용주 엄마의 대조에 주목할 필요가 있다.

"엄마는 중동(中東)여자 비슷하게 큰 눈에 약간 가무잡잡한 피부에다 이마가 톡 튀어나와 조선종자 같지 않다고 어른들이 우스갯소리 하는 말을 종종 들었고, 프랑스에서 십년 넘게 살다온 이모는 순 조선 여자에다 촌스러움까지 드레드레해 보일만큼 몸매며 옷매무새를 가꾸지 않는 이상한 노처녀"에서 보듯, 두 인물은 외형적 측면에서 대비되는 동시에 삶을 살아가는 방법에 있어서도 대비된다.

엄마는 용주가 유치원 다닐 무렵 이혼한 뒤 혼자 생계를 이으면서 용주를 키웠다. 처음에 남대문 옷 도매시장에서 좌판을 차려 장사를 하다가, 프랑스에 살고 있는 이모가 보내주는 프랑스 패션잡지에 실린 옷들 중 한국 여자들에게 맞을 만한 옷을 골라 만들어 판매하면서 큰돈을 번다. 엄마는 그 돈으로 아차산 아래 통나무집 로그하우스를 짓고 아우디를 몰고 시장에서 장사를 하면서 온갖 값비싼 물건들로 집안을 장식한다.

무엇이든 눈에 띄면 접수해야만 직성이 풀리는 엄마는 집을 꾸미는 데는 남다른 감각이 있었다. 현관 입구에서부터 마른 꽃 한아름 꽂아놓은 용주 키만큼 큰 도자기 화병과 레이스 커튼. 거실 장식장에는 크리스탈 포도주잔에서부터 체코산 맥주잔, 일본 겐조의 아름다운 무늬로 유명한 접시들……. 미국 골동품 가게에서 골랐다는, 다소 투박해 보이는 원목 식탁에, 천장에 창을 낸 응접실에는 인도네시아에서 들여온 등나무 가구들과 안락의자들이 깔끔하게 정돈되어 있었다. 그리고 눈에 번쩍 띄는 '야드로' 도자기 인형들이 있었다. 옷감을 구입한다는 핑계로 유럽으로 갈 때면, 옷감도 옷감이지만 장식품이 더 많을 만큼 엄마는 꽃무늬 커튼 감, 도자기 인형, 색다른 찻잔에서 헤어나지 못했다. 이모는 엄마의 그런 취미에 심드렁했지만 엄마는 운전을 하다가도 색다른 가게가 눈에 띄면 절대로 놓치지

않고 들어가 마음에 드는 몇 가지, 인형이라도 사들고 나와야 했다. (190-191p)

엄마의 이런 삶은 앞서 「그물코」에서 살펴보았듯이 육체적이고 물질적인 것만을 추구하는 삶, 곧 그림자놀이에 불과하다. 반면, 어린 화자에게 '외계인' 혹은 '그림자'처럼 보이는 이모는 삶과 죽음이 하나라는 생각으로 세상을 살아간다. 다른 인간들은 삶과 죽음을 분리해서 삶이 영원한 것처럼 여기고 육욕, 물욕에 집착한다. 온갖 비싼 외국 물건으로 집안을 치장하는 엄마가 물욕에 빠진 인물이라면, 이모를 따라 한국에 왔다가 이모를 버리고 미모의 카페 주인과 사귀는 이모의 프랑스 남자 친구는 육욕에 빠진 인물이라 할 수 있다. 이모는 그런 인간들과 달리, 삶과 죽음을 하나로 여기고 살아가면서 육체보다는 영혼의 순수함을 추구한다. 이모의 그러한 측면은 인간보다는 동물과 사물과 교감하는 것으로 나타난다.

(i) 용주야 그중에 민들레꽃 한 송이를 만나보아라. 그리고 그 꽃하고만 이야기를 하는 거야. 그러면 그 민들레꽃하고 너하고 만의 이야기가 생기는 거야…… (176p)

(ii) 유난하게 너만 바라보는 그런 고양이 눈을 볼 수 있니? 먹이를 달라고 하는 눈이 아니라, 너를 바라보는 특별한 눈을 가진 고양이 말이야―(176p)

(iii) 네가 좋아하는 새는 무슨 새니? 그 새는 어떤 소리로 노래를 부르니? 너는 그 새의 노랫소리를 들을 줄 아니? 그리고 따라서 그 새들의 노래를 함께 부를 줄 아니? (176-177p)

프랑스에 있던 이모가 용주에게 보낸 편지의 일부이다. 이모는 민들레꽃, 고양이, 새, 그리고 산토끼, 다람쥐 등과 교감한다. 이모는 그 이유를 다음과 같이 들고 있다.

(i) 사람들보다 개네들이 훨씬 착하거든. 어느 때는 사람보다 완전하게 느껴지는 존재야. 동물이라고, 짐승이라고 하찮게 여기지만 개네들이야말로 저희들이 타고난 시간과 공간을 사람보다 알뜰하게 챙기는 당당한 존재라고. (195-196p)

(ii) 애들은 죽음에 대한 두려움 없이 살고 있어. 인간처럼 주검을 무서워하지 않고, 죽음 없는 삶을 꿈꾸지도 않고 그냥 살아가. 세월이 흐르는 일에 부담 같은 게 없거든…… 시간이라는 것에 저항할 일 없이 살다가 죽을 때가 되면, 죽음을 맞이할 조용한 장소로 홀로 찾아가지. (193p)

육욕과 물욕에 빠진 인간을 멀리하고 그런 헛된 욕망 없이 '타고난 시간과 공간'을 알뜰히 챙기고 '시간에 저항할 일 없이' 살다가 조용히 주검을 맞이하는 자연물과 교감하는 이모는 육체적인 쾌락과 물질적인 풍요로움만을 추구하는 삶이 아니라 영혼의 순수함을 추구하는 삶을 살아가는 인물이다.

그러나 이모가 추구하는 영혼의 삶은 육체적이고 물질적인 삶을 추구하는 인간들로 가득한 세상에서는 실현되기 어렵다. 이모가 무덤에서 죽은 자의 영혼의 속삭임을 듣는 것은 이 때문이다. 육체적인 것만 추구하는 인간은 살아서는 영혼의 속삭임을 듣지 못한다. 그러다가 죽어서야 살아서 못다 한 이야기, 곧 자신의 영혼의 이야기를 듣게 되고, 그 영혼의 꿈을 무덤에서 속삭인다. 이모는 무덤에서 그런 영혼의 속삭임을 들으면서 영혼의 순수함을 추구하는 삶을 살아간다.

"살아 있는 사람들이 너무 바빠서 자기한테 무슨 꿈이 있는지도 모르거든. 그래서 꿈들이 외로워서 무덤으로 찾아 가는 거야……. 무덤에는 살아 있을 때 다 못한 이야기, 속삭임이 있거든…… 세상 삶을 끝낸, 아프고 힘든 삶을 죽음으로 끝낸, 침묵에서 울어나는 영혼의 속삭임이……."

"피이! 이모는 도깨비 같애. 이상한 말만 만들어서 하고……."

"인간은 죽음을 끼고 태어났으면서 죽지 않을 존재들처럼 설쳐대…… 그래서 그들의 꿈이 따로 외롭게 떠돌다가 무덤으로 찾아가는 거야……."
(201p)

이모의 이러한 삶의 태도는 자연스럽게 삶과 죽음이 하나라는 인식으로 이어지고, 그 결과 삶에서 만나는 모든 인연과 항상 '이별 연습'을 한다. 이모는 프랑스 남자 친구가 배신하고 다른 여자와 사귀더라도 분노하지 않는다. 남자 친구는 육체의 쾌락을 찾아 이모를 떠났지만, 이모는 "나쁜 짓을 한 사람에게는 슬픔이 감추어져 있다"며 남자 친구의 버려진 슬픈 영혼에 가슴 아파한다.

이 두 작품을 통해 작가는 육체적인 쾌락과 물질적 풍요로움에 얽매여 사는 삶은 그림자 내지 헛것을 좇는 삶이고, 영혼의 빛을 추구는 삶이야말로 가치 있는 삶임을 강조하고 있다. 작가의 이러한 영혼에 대한 지향은 소설사적으로 매우 유의미하다. 근대 자본주의는 신이 사라지고 오만한 인간이 지배하는 시대, 영혼의 별이 사라진 어둠의 시대. 존재의 향기로 그윽한 존재의 집이 황폐화된 시대로 규정된다. 인간과 자연, 이성과 비이성, 의식과 무의식, 물질과 정신, 육체와 영혼, 남성과 여성이 차별 없이 공존하던 인류의 선험적 고향은 자본주의가 시작되면서 사라진다. 대신, 인간, 이성, 의식, 물질, 육체, 남성을 중심부로, 자연, 비이성, 무의식, 정신, 영혼, 여성을 주변부로 설정하고, 중심부가 주변부를 폭력적으로 지배하고 배척하는 이항대립 체계가 지배한다.

이 체계에서 근대 인간은 스스로를 세계의 중심이자 주체라 자처하고 모든 것을 인간 중심주의 관점에서 지배한다. 그러나 근대 인간은 자율적인 주체가 아니라 타자를 상실한 불구적인 존재에 불과하다. 이가 빠진 동그라미 같은 존재, 그것이 근대 인간의 실체이다. 중심부에 의해 배척되고 착취되는 주변부의 자연, 정신, 영혼, 여성이라는 타자와 공존할 때 비로소 근대 인간은 하나의 완전한 존재가 될 수 있다. 그럼에도 불구하고 근대 인간은 스스로 만물의 영장이라 착각하고 타자를 억압한다. 일급의 위대한 소설은 바로 근대 자본주의 사회에서 상실된 타자의 소중함을 일깨워주고 그것의 회복을 갈망함으로써 진정 인간다운 삶을 지향한다.

그런 점에서 작가의 이번 소설집에 나타나는 영혼의 속삭임에 대한 지향은 매우 의미 있는 것이 아닐 수 없다. 육체적인 삶에 의해 추방된 영혼의 속삭임을 지향하는 이번 소설집은 그래서 타자의 향기로 가득하다. 곧 이번 소설집에 실린 작품들은 「무덤에 내리는 꿈」의 이모에게서 발산되는 '향기', 영혼으로 표상되는 상실된 타자의 향기로 넘쳐난다.

영혼에 대한 이러한 지향성은 남녀의 사랑을 다루는 「바람의 날개」와 「불쌍히 여기소서……」에도 고스란히 드러난다. 「불쌍히 여기소서……」는 "전쟁. 참살당한 부모, 몰락한 가문, 그리고 피란 한겨울 길에서 겪은 지옥과, 남동생의 죽음을 두고 홀가분해 했던 자신의 이기심이 저지른 죄를 수도자의 길에서 보속(補贖)받으려" 하는 수녀 박은지의 아픈 영혼과 육체적인 쾌락만을 좇다가 돌연사한 문란회의 '농염한 육체'의 대비를 통해, 어떤 삶이 의미 있는가를 묻고 있다.

영혼에 대한 지향은 「바람의 날개」에서 전면적으로 강화된다. 이 작품은 여성 주인공 '은경'의 일생과 사랑을 다루고 있다. 1960년대 초 국책은행에 다니던 이십대의 은경은 기자 윤영하와 운명적인 만남을 통해 서로를 사랑하게 된다.

바람의 날개였다. 나비의 넋, 바람의 넋이었다. 은경만이 알아보는 바람이었다. 날아가고 싶은 윤영하. 현실에서, 이승에서, 어딘가로 날아가고 싶은 인간 윤영하. (131p)

은경은 윤영하로부터 '바람의 넋'을 본다. 그 넋은 '현실에서, 이승에서' 이루어지기 어려운 영혼의 사랑을 갈망한다. 은경과 윤영하는 이처럼 육체적인 측면이 아니라 영혼의 측면에서 서로를 사랑한다. 하지만 윤영하의 부모는 공산주의자로 9.28 수복 직후 총살당한다. 그런 부모로 인해 연좌제에 얽힌 윤영하는 그런 자신의 처지 때문에 은경과의 영혼의 사랑을 접고 부잣집 딸과 결혼한다. 이후 아내와 사별하고 미국으로 이민을 간 윤영하는 은경과의 영혼의 사랑을 끝내 잊지 못하고 평생을 살아간다.

한편, 은경은 아버지의 불륜과 부모의 불행한 결혼 생활을 지켜보면서, 남녀 간의 육체적 결합을 통한 결혼이 갖는 비극성을 인지하고 윤영하와의 육체적 결합을 거부한다. 대신 영원한 영혼의 사랑을 선택한다.

은경의 영혼은 하루하루 고통의 내용을 추론해가며, 홀로 견뎌야 하는 그리움의 아성을 쌓아갔다. 이루어지지 않는, 이루려는 의지도 없는, 한없이 깊어지는 영혼의 애달픔······을 뛰어넘을 만큼의, 그보다 더 순수한 사랑이 없다는 것을 은경은 알고, 또 믿고 있었다. 서로가 상대방을 수용한 뒤에 필연적으로 식어가는 갈애의 뒤끝을 은경은 이미 알고 있었다. 열애가 성사되면…… 서로가 익숙해지면, 신비는 쓰러지고, 애닮음은 권태로 둔갑한다. '아아, 나의 첫사랑이 그렇게 시들게 만들 수 없다……' 처음으로 눈뜬 사랑을…… 그렇게 쉽게 이루어지도록 맡겨 둘 수 없었다. 종내는 무덤이 될 사랑의 종말을 향해 자신의 첫사랑을 내던질 수 없었다. 첫 설렘이기에 다가갈 수 없었다. 차라리 설렘을 외면하는 고통의 길을 택하기로 결심했다. (134-135p)

육체적 쾌락을 좇는 에로스적 사랑은 '종내는 무덤이 될 사랑'이기에 은경은 그런 사랑을 거부하고 영혼의 사랑을 택한다. 그러면서 '이루어질 수 없는 사랑'으로 인해 "슬픔이 연무처럼, 떠나가지 못한 이 내처럼 떠돌"아 다니는 그런 고통스러운 삶을 살아간다. 은경은 영혼의 사랑을 내면에 간직한 채 군인을 남편으로 맞이하여 아들과 딸을 놓고 그럭저럭 살아간다. 그러다가 대학을 졸업한 딸이 미국 유학을 가게 되자, 은경 또한 미국으로 이민 간 어머니를 만나러 간다. 그 미국에서 은경은 우연히 윤영하와 조우한다.

송수화기를 든 은경에게 다가온 그의 목소리—
"전화 받는 것 은경 맞지?"
"네……"
"그날…… 우산을 던져두고 달아나지 말았어야지……." 은경의 전신이 불붙은 듯 떨렸다. 막혔던 숨이 가까스로 터질 때, 은경의 뜨거운 숨소리를 확인하듯, 한동안 잠잠하던 그가 말을 이었다. "너를 처음 본 순간, 너를 그대로 안고 싶었어. 내내, 지금도!" 아, 뜨겁고 뜨거운 바람의 넋이 날개를 접고 있다. 평생을 기다리던 나비의 넋이 날개를 접고 있다. 첫사랑 영원의 문이 열렸다. 은경이 떨면서 입을 열었다. 무슨 뜻인지 자신도 모를 소리로 "아, 네…… 나도……." 목이 막혀 자신에게도 잘 들리지 않을 어음(語音)을 흘리다가, 떨리는 손으로 송수화기를 가만히 내려놓았다. 영원으로 안고 갈 떨림으로. 지금까지 기다려왔던 그 한마디 ― 가없던 첫사랑이 그 한마디를 기다려 왔다는 것을 몸이 비로소 알았다. (166-167p)

육체의 쾌락만을 탐닉하는 사랑은 덧없고 허무한 것이며 영혼의 사랑이야말로 영원한 것이다. 그런 영혼의 사랑이 고통스럽고 힘든 것일지라도 그 사랑을 평생 추구할 때 남녀 간의 진정하면서도 영원한 사랑이 가능하다는 것을 아프게 이 작품은 보여주고 있다.

   2.

영혼으로 표상되는 상실된 타자의 향기와 하나 되기를 중심으로 작가는 영혼이 상실된 삭막한 한국 사회와 파행적인 한국 역사에 대한 비판으로 나아간다. 먼저, 한국 자본주의 사회의 불모성에 대한 비판은 「영원한 현재」와 「일회용, 일회용!」에서 펼쳐진다.
   「영원한 현재」는 두 가지 대립 구조로 이루어져 있다. 먼저, 주인공 정 교수의 과거 어린 시절과 노인이 된 현재의 시간적 대립이 일어나고 있다. 다음, 현재의 시점에서 서울 도심인 강남과 한적한 시골의 공간적 대립이 일어나고 있다.
   먼저, 시간적 대립이다. 정 교수는 어린 시절에 "전쟁, 고아원, 다방 레지에서 술집으로" 흘러들어간, 아홉 살 연상의 '미지'와 육체관계를 맺다가 가족에게 발각된다. 미지를 만나기 전에는 가족으로부터 '지청구 바가지'로 낙인찍혀 소외되던 말썽꾸러기 정현수는 미지를 통해 '황홀한 세상'을 맛본다. 그러나 그 황홀함은 "가족관계, 사회법으로 규정된 관습"에 의해 일순간에 사라진다. 가족은 미지를 미성년을 유괴해서 성 노리개 삼은 '영혼이 없는 여자', '육체만 가진 여자', '미친년', '괴물'이라고 욕한다. 반면, 어린 현수는 미지야말로 "영혼과 육체의 유기적 통합체"라고 믿고, 그녀를 욕한 가족과 사회의 관습을 증오하면서 평생 그녀를 잊지 않고 살아간다.

세월이 흘러 노인이 된 정 교수는 모임에 참석차 서울 도심의 강남에 들렀다가 할머니가 되어 구세군으로 활동하는 미지를 보면서, "살의(殺意)로 날을 세웠던 어머니의 욕설은 미지를 쫓아 낸 것이 아니라 미지가 새로운 삶을 찾아 떠날 수 있게 만든 채찍"이었다는 것을 아프게 깨닫는다.

다음, 강남과 시골의 공간적 대립이다. 정 교수에게 강남 도심은 수많은 자동차, 각종 광고, 온갖 의료원이 난무하고, "끝없이 쏟아져 나오고 끝없이 들끓는 인간군"으로 가득한 '이상한 전쟁터' 내지 '잡답'이다. 반면, 그가 사는 시골은 강남으로 표상되는 자본주의 물질문명이 아직 영향을 미치지 못하는 곳이다.

잡답. 끝이 보이지 않는 잡답(雜沓). 어디가 시작이고 어디가 끝일는지 알 수 없는 잡답을 향해 그는 한동안 우두커니 서 있었다. 갑자기 발밑에 허방이 뚫려 무너져 내릴 듯했다. 끝없이 쏟아져 나오고 끝없이 들끓는 인간군(人間群). 그 속에 자기도 섞여 있었으나 외계인이었다. 지구는, 아니 그 거리는 이미 유기체(有機體)가 아니었다.

갑자기 모든 것이 낯설었다. 여기가 어디야? 왜 던져진 듯 여기 서 있어? 산자락에 움막처럼 웅크린 자기 시골집으로 달아나고 싶었다. 앞으로는 황량한 벌판, 헐벗은 겨울나무가 까치집을 이고 있는 집. 산과 벌판과 겨울나무와 까치집이 어울리는 곳. 무엇한다고 허위허위 집을 떠나, 이 고독하고 비천해지는 잡답에 갇혀 있는가. (49-50p)

"무기물로 변해가는 도회지를 향해" "아직 유기체가 아주 망가지지 않았어요. 아직 우리는 한 몸 한 마음입니다!"라고 외치듯 종을 치는 구세군 할머니 미지를 강남에서 본 정 교수는 어머니의 욕설이 미지가 새로운 삶을 찾도록 만든 채찍이라는 것을 깨닫고는, 시외버스를 타고 A읍에 도착해 10대의 미혼모 어린 산모들을 만난다.

정 교수는 아기 엄마들의 짐을 모두 몰아서 받아들었다.
"먼저 타요. 짐을 들어 줄 테니—"
고맙습니다. 고맙습니다. 엄마들은 힘들여 버스에 오르며 고마워했다. 버스에 오르자 빈자리를 찾아 앉은 어린 엄마는, 포대기에 싸여있던 아기가 힘들어했을 것을 염려하며, 아기가 숨을 쉴 수 있도록 포대기를 젖혔다. 얼굴이 빨간 예쁜 딸아이의 아주 작은 얼굴이 드러났다. 순간 손잡이를 잡고 서 있던 정현수의 가슴이 뜨거워졌다. 미지, 미지도 이렇게 태어 났다……. 하지만 지상에서 일어난 일 중에 의미 없이 스러지는 것은 없다. 생명에게서는 지울 수도 빼앗을 수도 없는 현재만이 뿌리를 내린다. 속이고 속는 것도 없다. 순간순간이 영원한 현재다. 그 영원한 현재가 높은 곳으로 높은 곳으로 올라간다. '아가야……' 가슴이 뭉클했다. 눈시울이 뜨거워졌다. 생명이 누리는 현재는 영원하다. '아가야, 태어났으니, 어디서 무엇을 만나던 열심히 살아라, 그것만이 구원이다. 뜨겁게, 뜨겁게 살아라, 너의 영원한 현재가 여기에 있구나. 부디 복되어라, 복되어라. 지금 이 순간이 우리 모두의 영원한 현재로구나.' 미지의 한 생명 앞에서 그의 영혼이

혼신을 기울여 기원했다. 미혼모의 품에 안긴 아기를 바라보는 그는 나이를 잊었다. 토정동을 찾아갈 때처럼 모든 것이 황홀하고 뜨거웠다. (80-81p)

　인간이 진정 인간다운 삶을 영위할 수 있는 세상은 어떤 곳인가. 육체적 쾌락과 물질적 풍요로움이 좌충우돌 난무하는 도심은 '유기체'로서의 인간이 살아갈 곳이 아니다. 전쟁 때 고아가 되어 술집 여자로 살아가면서 미혼모가 된 미지가 구세군 할머니가 되듯, 미혼모 아이들을 포함한 모든 고귀한 생명체가 순간순간을 열심히 살아가고 복된 삶을 누릴 수 있는 터전을 제공하는 '시골' 같은 곳, 그곳이야말로 영혼의 삶을 추구하는 인간이 살아갈 수 있는 곳이라는 것에 이 작품의 주제가 자리 잡고 있다.

　「일회용, 일회용!」에서 작가는 '아파트 단지'와 '숲'이라는 공간적 대립 구조를 통해 영혼이 상실된 사회의 삭막함을 비판하고 있다. 삭막한 사회에 대한 비판은 제자의 편지 형식을 빈 요약적 진술, 청년 '그'와의 대화적 진술, 그리고 서술자의 요약적 진술 등을 통해 '디지털 시대'의 한국 사회는 물론이고 자본주의 문명 전체에 대한 비판으로 확산된다.

　교직에 있다가, 시영 아파트 단지의 통장이 된 60이 넘은 '그네(신은주)'는 인구조사를 위해 가정방문을 하면서 50대 중반의 여자에게 '늙다리', '노파', '일회용'이라는 욕설을 듣기도 하고, 오십대 중반의 사내에게 성추행까지 당한다. 또한 반려동물을 '아들'이라 말하는 이웃집 사람들을 만나면서 "인간이 드디어 개라는 짐승으로 전락"해 가는 현실에 절망한다. 여기에 "진보를 내세워 증오의 힘으로" 권력을 쟁취하려는 운동권에 대한 비판도 가해진다.

　그리고 집안에서는 스마트폰을 사달라고 조르는 손녀, 인스턴터 식품을 먹어 살이 쪄 "허리는 없어졌으며 허벅지는 웬만한 사람의 허리보다 굵"은 손녀, 담배가 골초인 손녀를 보면서 '숨 막히는' 삶을 살아간다. 급기야 큰딸네로부터 지방제거 수술비를 조르던 손녀가 아파트 옥상에 뛰어내렸다는 비보를 접하는 지경에까지 이른다.

이처럼 이 작품은 물질적이며 육체적인 측면만을 추구하는 이기적인 인간들의 '악다구니'와 '아귀다툼'이 난무하는 '콘크리트 괴물 덩어리 아파트 단지'를 통해 오늘날 한국 사회의 물신화된 측면을 비판한다. 이 비판은 특히 디지털 시대의 '스마트폰'에 집중된다.

그런데 스마트폰 거치대가 달려 있는 아기 유모차가 판매되고 있다니―
우리 삶의 근원적인 온갖 것을 뭉개버리는 스마트폰은 악마가 아닐까요.
스마트폰은 인간의 영혼이 감격할 기능을 빼앗아버렸습니다. 인간 영혼에게서 종합적 감지능력을 앗아가 버렸습니다. 스마트폰의 편리가, 그것의 시간 절약이 우리에게 무슨 기쁨이 되겠습니까. 삶의 이유를 자문하면서 살도록 창조된 유일한 존재였던 인간은 지금 어디로 가고 있는지요. (99p)

스마트폰에 미친 아들을 걱정하는 제자의 편지를 통해, 우리 시대 스마트폰이야말로 '삶의 이유를 자문하면서 살도록 창조된 유일한 존재'인 인간의 영혼을 앗아가 버린 '악마'라고 비판을 가한다. 인간의 영혼이 '스마트폰의 노예'가 된 곳, "영혼의 현주소를 잃은, 영혼이 목마르다 못해 피폐해 말라죽어가는 사헬" 같은 곳, 인간의 삶이 "쓸모없는 일회용으로 전락"한 곳, 그곳이 우리가 살아가는 '지금 이곳'의 현실이다.

영혼의 향기가 사라진 삭막한 아파트 공간으로 표상되는 현실을 비판하면서 이 작품은 우리가 지향해야 할 인간다운 삶이 가능한 공간이 무엇인지를 제시하고 있다.

　어둠이 그네의 숨과 함께 영혼까지 흡수하듯 육신이 어둠으로 녹아들었다. 푸슬푸슬 내리던 것은 어느 사이 싸락눈이 되어 그네를 가만가만 흔들었다. (중략) 영혼의 귀를 살며시 열어주는 소리가 있었다. 청대밭이 수런거리는 소리였다. 소리. 영혼이 흔들리고 어둠도 가만가만 흔들렸다. 언어로도 기호로도 표현할 수 없는 소리. 눈먼 영혼으로 전신이 귀가 되었다. (중략) 세상은 간곳없어지고, 조릿대에 내려앉는 비밀한 하늘만 있었다. 영혼은 구름 깃이 되어 하늘로 너울너울 올라갔다. 육신아 눈물로 녹아 흐르라. 이 순간을 위하여 한 생은 그리도 고달팠던가. 슬픔도 아닌, 감사도 아닌, 그저 조릿대 위로 내려앉는 싸락눈 소리로 녹아드는 눈물. 언어가 없었다. 순연한 목숨이 조릿대 한 잎, 싸락눈 한 톨이 되어 스며들고 있었다. (86-87p)

　자연과 인간이 영혼의 소리로 교감하는 곳이야말로 우리가 지향해야 할 인간다운 공간이다. 그러나 그 공간은 현실에 부재한다. 다만 그 공간은 "시간이 아니고 공간도 아닌, 인식(認識)도 없었고 사고(思考)도 없는 잠깐"의 '신비'로 다가와 우리네 영혼을 '헹구어준다'. 비록 그것이 '잠깐의 신비'이지만, 그렇게 영혼과 교감하는 신비로운 순간이 있다는 것이야말로 디지털 세상에 중독되어 잃어버린 '인간의 영혼의 향기'를 되살려내는 유일한 길임을 이 작품은 강조하고 있다.

　「하늘 사다리」는 1987년 미국으로 이민 간 부부의 삶을 다루고 있다. 부부가 미국으로 이민 간 이유는 당대 한국 사회의 전면에 등장하기 시작한 좌익 이념과 그 이념을 맹신하는 세력에 대한 거부감 때문이다. 부부의 이런 거부감은 6.25전쟁 때 집안 어른과 사촌형들까지 인민군에게 몰살당한 경험 때문이다.

　"우리가 전쟁 후에 태어난 전후동(戰後童)이라고는 해도, 우리도 그 후유
증으로 배곯고 헐벗고 살던 세대 아냐? (중략) 그런데 뭐? 육이오 전쟁이 북
침이라고? 주체사상만이 우리 민족이 통일하고 살아날 이념이라고? (중략)
요즘 우리나라의 소설, 철저하게 좌경(左傾)상업주의가 되어버린 것 몰라?
정말 몰라? 신문광고 잡지광고에 나오는 소설들, 빨치산을 미화하고 북한
을 향해 손뼉 쳐주지 않으면 책이 한 권도 안 팔린대. 유명하다는 대학교수
들까지 좌경이 되지 않으면 무식하다는 소리 들을까보아 그쪽으로 기웃거
리고 엉금엉금 기어들어가고 있는 것 모르겠어? 이런 나라에서 어떻게 내
아이들을 길러? 그리고 왜 우리가 피해가야 하느냐고? 몰라서 물어? 저런
세력이 형성된 원인이 정경유착이나, 가진 놈들의 거드름에 원인을 둘 수
도 있겠지만, 저 양상은 미구에 새로운 권력을 형성하게 될 것이라는 걸 당
신도 알아야만 해! 진정한 정의는 설치는 일이 없거든, 계속 핍박받고, 옳
은 사람이 쫓겨 가야 하는 것 모르느냐고? 두고 보아, 앞으로 이 땅에서 계
속 설치고 주도권을 잡는 자들이 어떤 자들일는지 두고 보라고! 심각해!
정말 심각하다고!"(285-286p)

　전교조가 등장하면서 한국 사회가 좌익 이념에 의해 지배당하는 현
실을 목도한 부부는 미국으로 이민을 가게 되고 갖은 고생 끝에 기반
을 잡는다. 하지만 자식이 교통사고를 당하자, 부부는 아들의 쾌유를
빌면서 새벽기도에 나아가 눈물의 기도를 올린다. 아들은 점차 의식
을 회복하고 부부는 교회를 '하늘나라'로 여기고 온 정성을 다한다.
세월이 흘러 2004년 한국에는 집권 여당이 '임을 위한 행진곡'을 부
르고, 미국에서 부부는 그것을 '그저 넋 나간 사람'처럼 바라본다. 중

년을 훌쩍 넘긴 부부는 교회에서 회계집사를 맡는다. 하지만 교회 재정부장 박 장로가 교회 헌금을 빼돌려 축재하는 것을 목격하고 고민하다가 목사에게 그 사실을 알리지만 목사에 의해 묵살된다. 결국 박 장로의 비리가 교포 신문에 알려지면서 교포 사회에 해일이 일어나게 되고, 교회는 "부부를 옹호하는 측과 교회를 망신시킨 장본인이라며 격분하는 파"로 갈라진다. 그 자리에서 부부는 깊은 절망의 심연에 빠지면서 비로소 자신들의 고난의 삶이 갖는 의미를 깨닫는다.

'세상이 너희를 돌려세웠더냐? 세상이 너희를 밉다 하느냐? 아니다. 너희가 틀리지 않았다. 십자가는 그렇게 외롭게 지고 가는 것이란……. 이제는 피해서 달아나지 말거라…… 이제 그 자리가 새롭게 떠나는 자리란다.' 현주의 영혼이 흐느낌 속에서 그 음성을 들었다. 삶은, 현실은, 계속 덮쳐드는 해일이라는 것을— 아아 얼마를 더 어떻게 견디면, 삶의 구비마다 만나는 복병을 피해갈 수 있을까. 분노도 원망도 없는 평화의 나라로 들어갈 수 있을까. 이제 겨우 하늘 사다리를 몇 단계 올라섰다는 말인가. 현주는 목울대가 아프도록 울음을 삼키고 내일을 향해 일어설 준비를 했다. (311p)

현실에서 겪는 갖은 '오해와 박해와 애매한 고난'은 '하늘 사다리'를 올라 '분노도 원망도 없는 평화의 나라'로 들어가는 과정이라는 것을 부부는 비로소 깨닫는다. "진정한 정의는 계속 핍박받고, 옳은 사람이 쫓겨 가야 하는 것" 그것이 세상이다. 한국이든 미국이든 진정한 정의는 말살되어 있다. 그러나 그 진정한 정의를 추구하는 삶이야말로 비록 고통의 연속이겠지만 한 단계 한 단계 '하늘 사다리'에 오르는 길 아니겠는가.

「하품」은 정보 기관원이었던 권생이 과거 기관원 시절 다루었던 두 사건, 조총련 프락치와 관련된 안 교수 사건, 중동 태권도 교관과 관련된 사건을 제시하고 있다. 이를 통해, 남북 분단의 아픔, 남북의 이념 대립이 갖는 허구성, 그리고 그러한 이념에 희생되는 인간들의 모습을 제시함으로써 "서로 물고 뜯고 죽이는 인간들의 잔인성"과 그러한 인간의 역사를 비판한다. 더불어 그런 인간의 역사적 작태를 바라보고 '하품' 짓는 '신'을 통해 '신'의 존재를 잊고 살아가는 인간들에게 경종을 울리고 있다.

위의 두 작품의 경우, 작가의 종교적 신념이 강화되면서 역사에 대한 다소 주관적인 접근이 나타나고 있는 것은 사실이다. 그러나 그러한 측면도 종교적 신념을 삶과 소설 쓰기에 하나같이 실천하면서 평생을 살아온 작가 정연희만이 할 수 있는 고유한 몫이라는 점을 잊어서는 안 될 것이다. 곧 종교적 신념이 작가의 삶과 소설 쓰기와 분리되지 않고 하나로 용해되고, 그것이 작가의 문학정신으로 깊어지고, 그 정신이 형상화를 통해 소설로 발현된다는 점은 작가 정연희만이 갖는 고유한 영역이 아닐 수 없다. 따라서 한국의 역사를 다루는 작가의 작품을 두고 역사를 주관화한다고 비판하기에 앞서, 역사를 바라보는 작가 정연희의 문학정신의 원형을 재구성해 그 원형이 갖는 시대적, 역사적, 소설사적 의의를 논할 때, 작가 정연희의 작품 세계를 올바로 평가할 수 있다는 점은 강조되어야 할 것이다.

3.

이제 「치앙마이」를 통해, 작가가 지향하는 영혼의 향기가 갖는 시대적, 소설사적 의의를 생각해 볼 때이다. 이 작품에서 주목할 것은 다음 세 가지 측면이다.

먼저, 이 작품에는 한국의 도시와 태국의 치앙마이가 대립되고 있다.

　(i) 차오르프라야 강(江) 연안에 있는 도시 치앙마이에는 고층건물이 없었다. 하늘을 찌르는 예각의 높은 건물이 없어서였을까, 그 지역 어디에도 칼날 같은 서두름은 보이지 않았다. (중략) 그곳 사람들은 어두워지면 잠을 잔다. 눈이 아프도록 불을 밝힌 야경이라는 것이 없었다. 찢어지도록 밝게 밝힌 불이 없었다. 달빛은 달빛이었고 별은 별빛으로 반짝였다. (중략) 거리에는 서두는 사람이 보이지 않았다. 휴대폰을 귀에 대고 걷는 사람도 없었다. 성형외과 광고판도 없었다. 서울 지하철역마다 도배하듯 처덕처덕 붙여진 성형외과 광고는 보이지 않았다. (중략) 치앙마이 거리에는 으리으리, 느끼한 풍요도 보이지 않았다. 체제도 통제도 상관없어 보였다. 정체성? 그런 게 있어? 스타도 탤런트도 없는 거리. 그런 것에 관심조차 둘 일이 없는 거리. 국가의 통치개념이 필요 없어 보이는 거리. 자유민주주의?, 그런 것이 밀고 들어온 자유시장 경제체제?, 다스리는 사람이 따로 없이 그저 사람이고 그저 하루가 평화로운 거리였다. 그 지역에는 필사적으로 달리고 달리는 속도가 없었다. 초고속을 지나 광속이라는 개념을 꿈에서도 알아볼 수 없는 거리였다. 성공이 무엇인지 알려고 하는 사람도 없는 듯했다. (211-212p)

　(ii) 이 마을 사람들은 끊임없이 부처님께 꽃을 드리고 오체투지 불법(佛法) 귀의를 고백하고, 한생의 고단함을 발원과 소망에 의지하여 한없는 위로를 받는다. 공양물 중에 가장 정성을 드리는 공양물이 꽃이다. 내세 소망의 원형을 꽃에다 두었을까. (211p)

한국의 도시를 지배하는 자본주의적 가치, 곧 화려한 야경, 하늘로
치솟은 건물, 온갖 광고 따위는 없는 곳, 물질적인 풍요로움이나 '초
고속', '광속' 같은 '속도' 개념이나 국가의 통치 체제 따위와 거리가
먼 곳, 그곳이 치앙마이다. 그곳에 사는 사람들은 신을 믿고 신에게
귀의해 살아간다. "보이지도 들리지도 않는 무심한 얼굴.", "살아 있
으나 살아 있는 것 같지 않은, 살아 있는 것 같지 않으나 영원한 얼굴.
세상에서 가장 가난한, 그러나 세상에 둘도 없는 평화의 부처" 같은
얼굴을 가진 사람들이 사는 곳, 영혼의 속삭임이 살아 숨 쉬는 곳, 그
곳이 치앙마이다. 그러기에 치앙마이 사람들은 육체와 영혼이 하나가
되어 타자와 교감하고 타자의 향기와 함께 한다. 이처럼 한국의 도시
와 치앙마이의 대비를 통해, 이 작품은 '무한경쟁'에 기초해 자본주의
적 가치만을 추구하면서 물신화되어가는 한국 사회의 불모성을 비판
하고 있다.

다음, 주인공은 우연히 치앙마이에 들렀다가 '아내와 어미와 며느
리로 서울에서 살아온 40여 년의 삶'을 되돌아보고 치앙마이를 '전생
고향'으로 여기고 그곳에 거주하기로 작정한다. 이와 관련하여 40년
동안 그네의 삶을 지배한 한국 사회의 남성중심주의에 대한 비판이
가해진다. 이 비판은 그네의 남편에 대한 비판으로 집중된다. 을지로
조명회사 사장으로, "운전도 할 생각이 없고, 컴퓨터도 배울 생각 없"
고 "모든 것을 직원에게 맡기고" 수시로 바꾸는 비싼 승용차를 타고
주말이면 골프에 몰두하는 남편은 '다이아몬든 원석' 같고 '주술이 없
는 문장'을 구사하는 사람으로 압축된다.

하루 만에 시들고 말 꽃을 낭비라고 하던 남편은 사사건건 아내를 면박
했다. 아침에 아내보다 늦게 일어나는 남편을 기다리며 아침상을 차린 뒤

에, 다시 기다리던 동안 조간신문을 펼쳐 읽었더니, 다음날부터 남편은 아내가 먼저 본 흔적이 있는 신문을 들춰보지 않고 그냥 나갔다. 휴일에 커피를 내려 커피 향을 즐기다가 남편에게 커피잔을 들고 다가가면 '먹기 싫어! 놔둬!' 돌아다보는 일도 없었다. 커피 향을 즐기는 아내의 모습을 아니 꼬워하는 눈치였다. 어쩌다가 오디오에 클래식을 걸어 놓으면 '꺼! 여자가……' 도대체 남편의 비위는 어디에 붙어 있는 걸까. 다이아몬드 원석 같은 남편의 언어에는 대개 주어가 빠지거나 서술어가 생략되기 예사였다.

(중략) 말이 영혼에다 뿌리를 내리는 것이라면 '말에는 거울처럼 인간 자신이 잘 비쳐진다.'던 홈 볼트 자신은 평소에 어떤 말을 썼을까. (중략)

결혼 전, 친정아버지는 과묵한 신랑감을 든든해 하셨다. 하지만 그네는 결혼하면서 말이 줄었다. 시간을 내어 책방에 들러 신간 몇 권을 샀던 첫날, 거실 한옆 탁자에 얹혀있던 책을 보자 신랑은 낯을 붉혔다. "책 읽을 시간이 어딨어?" 이후로 그네의 독서는 아슬아슬한 밀회였다. 외마디와 단답밖에 없는 다이아몬드 원석의 영혼은 어떤 황량함일까. 그네는 쓸쓸해지거나 남편을 이해할 수 없어 괴로울 때 몰래몰래 책을 읽었다.

(중략) 시어머님은 "아범이 세수 끝낼 때까지 수건 들고 대기해라. 그래야 남자가 밖에 나가 대접받는다." 남편은 어머니를 본떠, 더러 자신의 머리를 빗기라고도 하고 양말을 신기라고도 했다. 노인은 먹물 든 며느리를 싫어했고, 남편은 아내의 취향을 고급이라 여기고 사사건건 엇나갔다. (231-233p)

남편은 아내가 꽃을 사고, 자신보다 먼저 조간신문을 보고, 커피를 마시고, 클래식을 듣고, 독서를 하는 것을 "여자가"라는 주술 없는 문장으로 단호하게 배척한다. 심지어 자신의 머리를 빗기고 양말을 신기라고까지 강요한다. 그리고 시어머니는 먹물 든 며느리를 싫어하고, 며느리가 딸만 셋을 낳자 '5백만 원에 아이를 낳아' 주는 '씨받이'를 마련하려고 한다. 남편과 시어머니는 아내와 며느리를 밥하고 빨래하고 남편과 시댁 시중드는 하녀로 여기고 있는 것이다. "나는 내 딸을 꽃병으로 가꾸고 키웠는데, 그렇게 애지중지 키워 자네에게 주었는데, 자네는 내 딸을 재떨이로 삼아 재 떨고 가래 뱉었는가?"라고 눈물을 머금고 사위에게 항변하는 친청아버지의 말처럼, 남편은 아내를 '재떨이' 취급하는 것이다. '영혼'이 상실된 다이아몬드 원석 같은 남편의 말에는 '영혼의 속삭임'이 부재한다. 물질적이고 육체적인 것을 최우선으로 여기고 여성을 재떨이로 취급하면서 물리적인 폭력과 언어 폭력을 휘두르는 전제 군주 같은 남편과의 결혼 생활을 통해, 이 작품은 한국 사회를 지배하는 남성중심주의를 비판하고, 더불어 "내면의 말조차 지워가며" 살면서 온갖 억압과 멸시와 학대를 받는 여성의 한 맺힌 삶을 제시하고 있다.

마지막으로 노인의 삶에 대한 성찰이다. 그네는 고교 때 은사인 임교수를 모시고 치앙마이에서 생활하면서 노인이 된 스승의 고달픈 삶을 생각하고 또 스승의 회한어린 고백을 듣는다.

　(i) 치앙마이로 다시 가서 장기체류를 위한 집을 결정한 얼마 후, 선생님의 아들 내외가 관광도 겸해서 선생님을 모시고 도착했다. 며느리는 우선 병든 시아버님을 한 두어 달 모시지 않아도 된다는 안도감으로 얼굴이 반짝반짝 빛났다. 아, 늙어서 자식과 함께 지낸다는 것은, 그 부모가 어떤 재력을 가졌건 없혀사는 것이로구나. '푼돈만 내 돈이고 목돈은 내 돈이 아니다. 돈 안 주면 맞아 죽고, 반만주면 졸려 죽고, 남김없이 다 주고 나면 굶어 죽는다.'는 현세(現世)의 아비들……. 무슨 세상이 이런 지경에 이르렀는지. 선생님도 이런 눈치 속에 사시는 것은 아닌지. 작은아들 내외는,

그동안 아버지의 도움을 받고도 몇 번째 사업 실패로 완전 무일푼이 되어, 선생님이 마련한 강남 요지의 빌라로 들어가면서 아버님을 모시겠다고 했지만, 아, 노인이 되어 자식과 함께 지낸다는 것은 짐 중에 짐이로구나, 옆에서 보기에 그랬다. 아버지의 집에 아들네가 들어와 사는데, 당신의 집인데도 늙은 아버지는 아들에게 얹혀사는 듯 당당하지 못했고, 아들네는 젊음만 가지고도 너무 당당했다. 아들 내외는 사나흘 치앙마이 관광을 한 뒤에 홀가분하게, 너무도 홀가분한 여운을 남기고 서울로 돌아갔다. (227-228p)

(ii) "자식이 슬픔이야. 아니 누구의 삶이든 삶의 끝자락은 슬픔이지. 내가 말일세, 아들 셋을 내리 낳은 뒤에 딸을 얻었을 때, 나는 새로운 삶이 시작된다는 느낌이었다네, 딸이 아장아장 걷기 시작했을 때, 첫사랑을 만난 느낌이었다면 자네가 웃을라는가. 나에게 딸은 새로운 삶이었네. 내 딸 채윤이 말이야. 여섯 살 때 피아노를 시작했지. 고등학교에 입학했을 때, 집안에 들여놓을 만한 중간 크기의 그랜드 피아노를 장만해 주었네. 딸의 피아노 때문에 우리는 아파트 살림은 꿈도 꾸지 못했다네. 그렇게 대학에 다니다가 미국으로 유학을 떠났고, 거기서 신랑을 만나 결혼해서 아이 낳고 그냥저냥 살고 있네. 막내이기도한 그 딸이 늘 그리웠어. 편지에 전화에 늘 애비가 먼저 했고……. 나는 그 피아노를 딸처럼 바라보고 쓰다듬어가며 그리움을 달랬네. 그 피아노를 얼마 전까지 이사할 때마다 끌고 다녔어. 외출할 때, 딸의 손이 닿았던 피아노를 한번 팅 튕겨보고, 외출에서 들어올 때 다시 딸에게 인사하듯 팅 튕기고, 그렇게 수십 년 딸과 함께 지내듯 피아노를 끌고 다녔다네. 그런데 작년에 채윤이 아들이 고등학교에 입학했다며 애비한테 다니러 왔어. 그리고 며칠 묵던 동안 어느 날 외출에서 들어오다 보니까 피아노가 가뭇없이 사라졌네. 깜짝 놀라서 물었더니 채윤이 하는 말, '아빠 그것 아빠가 저 사주신 것 아녜요? 제 것 아녜요? 이제 더 묵

힐 필요 없어서 처분했어요. 돈도 좀 더 필요했고요. 좁은 집에 자리만 차지하는 물건이 뭐…….' 아무렇지도 않게, 아주 심상하게 당연하다는 듯, 그렇게 말하고는 그만 일세. 이것이 자식이야."

선생님의 눈물은 다시 이어졌다. 회한이, 아픔이, 지나간 날의 그리움이 눈물로 녹아 흐르고 있었다. 선생님은 그 일로 오늘 처음 우시는 걸까. 선생님의 아픔이 그네의 가슴으로 흘러들었다. (230-231p)

(ⅲ) 모두들 애비가 언제 없어지려나 하는 눈치야……. 인생이, 연애로 몸 닳고 들떠서 결혼하고, 자식 낳아 세상 혼자 얻은 듯 뿌듯해하고, 부양 가족 챙기려고 허둥지둥 몸이 부서져라 뛰어다니던 그때는 보이지 않던 것들이, 늙어 병들고 힘없어 저승 문만 바라보게 되는 즈음에 이르러 인생이 슬픔이라는 걸 알게 되니……, 구도자들이 궁극에 무엇을 만나려했는지 어렴풋하네." 나직나직 누구 들으라고 하는 소리가 아니었다. 그저 당신이 당신에게 하는 소리였다. 듣는지 마는지 흔들의자가 잠깐씩 흔들렸다. 잠깐 한숨 끝에 선생님은 다시 조용조용 이야기를 이어가셨다. "짐승들 중에는 죽는 꼴 보이지 않기 위해 죽을 자리를 몰래 찾아가는 것들이 있다지. 왜 사람만 그게 안 되는 것인지. 인간에게는 짐승에게 없는 도리라는 것이 있다는 뜻인가…… 도리(道理)라…… 도리…… 짝짓고 새끼 낳아 키우고 그렇게 끝냈으면 툭툭 털고 보이지 않는 곳으로 가서 눈에 띄지 않게 스러지는 것이 옳을 것 같기도 하구먼……." (233-234p)

평생 자식을 위해 헌신하면서 살아온 스승이 노인이 되어 자식으로 부터 버림 받고 소외 되는 삶을 살아가면서 흘리는 회한의 눈물 앞에 서 그네는 "스승도 제자도 피차 늙어 만난 자리에서 기억의 정점을 찾 는다는 것이 모두 아픔뿐"이라는 것을 절감하면서, "적멸. 오직 그 적 멸을 향해, 한 생이 그렇도록 단내 나도록 고달파야 했던가"라고 반문

한다. 그러면서 그네는 "40년 넘게 함께 살면서 딸 셋을 낳아 시집보낸 뒤에 마주 보게 된 다이아몬드 원석 같은 남편의 가슴에 담겨 있는 세월의 빛깔은 어떤 것일까."라 생각하다가, 남편을 치앙마이로 데려오리라는 결심을 한다.

한 생의 슬픔이 그리움 되어 외로운 넋이 눈물을 삼키게 만드는 해질 녘에, 우두커니 섰던 그네는 기슭에다 휠체어를 고정시키고 풀밭에 허리를 걸치고 앉았다. 흘러가는 강물 위로 누구인가의 삶이 따라가고 있다. 저 물무늬는 누구의 흔적일까. 누가 서럽게 살다가 떠나는 흔적일까. 사람마다 기억의 비등점이 있다면 저 흘러가는 물 위에서 어떤 무늬로 살아날까. 선생님은 오십여 년 전, 그때 이미 분홍빛 무늬로 흘러가셨을까. 그 무늬를 찾아보겠다고 오늘 우리는 이곳을 함께 찾아온 것일까…….

"자네는 이곳에 아주 머물 생각인가?"

그네는 대답 대신 선생님을 가만히 바라보다가, 사위(四圍)가 조심스럽게 옷깃을 여미며 저무는 해를 향해 얼굴을 돌렸다. 문득, 다이아몬드 원석 같은 남편을 데리고 올 생각을 굳혔다. 지구라는 별 한 귀퉁이에서 가난을 가난인 줄 모르고, 초 한 자루와 향과 꽃을 공양하며 살아가는 사람들이 있는 이곳에서 떠날 준비를 하도록, 저 혼자 선량하고 저 혼자 당당하고, 저 혼자 잘못 없는 사람이라 믿고 살아온 남편이, 혹시 아내인 내가 먼저 죽으면 그런 인간으로 남겨지는 것이 너무 두려웠다. 40여 년을 함께 살았으면서 끝내 그런 인간으로 남겨진다면 나의 배역은 무엇이었다는 말인가. 그가 이곳에서 살면서, 가난하지만 불편이 무엇인지 모르는, 부처님께 꽃 공양을 하면서, 꽃이 낭비가 아니라는 것을 배우고, 하늘과 땅과 강물과 살아남은 사람들 사이로 조용한 무늬로 흘러가는 그런 마감을 준비할 기회를 만들어 주고 싶었다. 그리고 떠날 때, 스스로에게 들려줄 독백을 준비할 수 있도록 돕고 싶었다. 이제는 자식들 눈앞에 얼쩡거리지 말고 훌쩍 떠나, 그가 떠나갈 때 '내가 아무개를 아내로 만나 다행이었다.'는 말을 스스로에게 들려줄 수 있도록 만들어주고 싶었다. 이제부터 다이아몬드 원석을 다듬어, 주어(主語)와 서술어를 제대로 쓸 수 있는 사람이 되게 만들고 싶었다. 그렇게 변화된 남편이 세상을 떠나면서 노을 위로 흘러가는 강물에 독백의 무늬를 흘려보낼 수 있는 사람이 되기를 바랐다. 아니, 아니, 그것조차도 욕심이라면 지금 흘러가는 저 강물 위로 모두의 삶이 너울너울 소리 없이 흘러가도록 버려두고 싶었다. (242-243p)

그네는 영혼이 살아 숨 쉬는 치앙마이에서 다이아몬드 원석 같은 남편을 다듬어 주어와 서술어를 제대로 쓸 수 있는 사람이 되게 하고자 한다. 어떻게 이런 결심이 가능한가. '황혼 이혼'이 급증하는 한국 사회를 염두에 둘 때, 그리고 평생 남편으로부터 온갖 멸시를 당하면서 살아온 '그네'의 삶을 염두에 둘 때 이런 결심이 과연 가능한가.

이 작품의 주인공 '그네'는 평생 여성으로서 고통스러운 삶을 살아오면서도, 육체적 쾌락과 물질적 풍요로움이 아니라 영혼의 순수함을 추구해 왔다. 그런 인물은 평생을 살면서 '나'와 '너' 혹은 남성과 여성 혹은 인간과 자연이라는 이분법적 사고가 아니라, '나'든 '너'든 남성이든 여성이든 인간이든 자연이든 모두 고귀한 영혼을 가진 존재라는 강력한 믿음을 내면에 깊고도 넓게 키워 왔을 것이다. 그러한 믿음으로 살아온 일생은 영혼의 속삭임으로 표상되는 타자의 향기와 하나 되는 삶이자, 타자에 대한 무조건적인 사랑을 실천하는 삶이고, 삶과 죽음이 하나 되는 삶일 것이다. 그러기에 '그네'는 영혼이 고갈된 남편이지만 그 남편으로부터 영혼의 순수한 향기를 되살릴 수 있다는 믿음을 지니고 있는 것이고, 그 믿음에 의해 그런 결심이 가능한 것 아닐까.

"한 생의 슬픔이 그리움 되어 외로운 넋이 눈물을 삼키게 하는 해질역"이라는 이 표현은 아무나 할 수 있는 영역이 아니다. 그 영역은 '영혼의 속삭임'으로 응집된 종교적 신념을 삶과 소설 쓰기에서 하나같이 실천하면서 평생을 살아온 작가 정연희만이 할 수 있는 고유한 영역이 아닐 수 없다.

영혼으로 표상되는 타자의 향기로 넘쳐나는 이 작품을 읽으면서, 나는 물신화와 비인간화의 극단으로 치닫는 한국 사회의 황폐성에 절망하고, 평생 남성중심주의 사회의 번영을 위한 도구로 살아온 여성의 한스러운 삶에 가슴 아파하고, 자식 잘 되기를 바라면서 삶의 모든 것을 바쳤지만 늙어 뒷방 쓸모없는 물건으로 취급되는 노인의 외로운 삶에 고개를 들지 못하고 있다. 나만 그런가.

작가의 작품을 두고 종교적 관점에서 접근하거나, 문명비판적 관점에서 접근하거나, 인간의 생명과 영혼의 관점에서 접근하거나, 자연과 함께하는 인간 존재의 관점에서 접근하거나, 그 어떤 관점에서 접근하든 이번 소설집에 나타난 작가의 작품 세계는 그 모든 측면에서의 접근에 대해 깊고도 넓은 문제의식을 던져 놓고 있다. 특히 "남편이 세상을 떠나면서 노을 위로 흘러가는 강물에 독백의 무늬를 흘려보낼 수 있는 사람이 되기를 바랐다."라는 진술은 한국 소설에서 노인 문학이, 그리고 여성 문학이 나아갈 새로운 지평을 함축하고 있다.

오랜 세월, 영혼의 향기를 찾아 소설을 쓰고 삶을 살아온 작가의 다음 작품이 어떻게 더 깊고 넓어지는가를 가슴 설레면서 지켜보는 것은 문학하는 사람만이, 또 문학을 사랑하는 사람만이 가질 수 있는 최대치의 행복일 것이다. 이런 뿌듯한 행복감을 주는 작가의 이번 소설집에 다시 한 번 문학적 존경을 표하면서, 작가의 작품을 휘감고 도는 아뜩한 영혼의 향기를 오래오래 맡을 수 있기를 기원하면서 글을 맺는다.

아직 남아 있는 몇 마디

소설이 죽었고, 종이책도 죽었다는데,
나는 아직도 글을 쓰며 살고 있습니다.
글 쓰는 일…… 내 목숨의 무늬입니다.
더없이, 더 할 수 없이 아프고,
등단 육십 년을 걸어오는 동안
무엇보다 어리석었던 한 목숨의 무늬입니다.
누구인가 단 한 사람, 영혼의 고향길 함께 갈,
어느 누구, 그 영혼의 물무늬에 가 닿을……
단 한 사람의 영혼이 손짓하는, 그 길을 고독하게 따라가는……

너와 나의 영혼이 만나 흐느끼는 흐느낌에서 흐르는 향취(香臭),
오직 한 가닥, 그에게 진솔한 고백을 드리기 위한,
정직한 삶의 그 영토를 지키기 위한……
때로 목숨 저미듯 아프고 두려운 작업이었습니다.

저도 모르는 사이, 계속 잇대어 써대던 글이,
어디쯤에서 과장(誇張), 교언(巧言), 장식(裝飾)으로 꾸며진다면……
내가 쓴 글이 나를 판결하는 판결문이 되는 이치를 깨닫게 하소서,
그렇게 거짓 없이, 치열하고 뜨거운, 생명분출로,
그분께서 보실 때에 미소지으실,
영원한 사랑, 신비와 기적을 증언하는,
세상에 단 하나밖에 없는, 그런 책 한 권,
하늘나라 타임캡슐에 남겨질 책 한 권,
그런 사랑의 증언을 이룩할 때까지,
이 작업을 이어가도록 허락해주소서.

2017년 6월
삼희동산에서 정연희

1쇄 발행일 | 2017년 6월 30일

지은이 | 정연희
펴낸이 | 정화숙
펴낸곳 | 개미

출판등록 | 제313 – 2001 – 61호 1992. 2. 18
주소 | (04175) 서울시 마포구 마포대로 12, B-127호(마포동, 한신빌딩)
전화 | (02)704 – 2546
팩스 | (02)714 – 2365
E-mail | lily12140@hanmail.net

ⓒ 정연희, 2017
ISBN 978 – 89 – 94459 – 77 – 6 03810

값 15,000원